辻井喬論

中村不二夫

土曜美術社出版販売

辻井喬論　中村不二夫

献詩

別れの時

——辻井喬氏に——

一夜にして　火の手は街区の一部を焼き尽くした
その人は　忘れ物を取りにいくと踊り場に消え
ぼくたちの前に二度と現われることはなかった
それはまるで風のような生涯だった
その人は伏し目がちにいつも言っていた
人は優しさがなければ　生きている価値がない
経済も国家も　世界とのつながりも皆同じだと
しかし　その人はそれを愛とは呼ばなかった
ただ　ノートの余白にその思いをしのばせた

四十年前　その人は世界を分刻みで回っていたはずだ
車中　ぼくはその人にサインをねだってしまった
その人は　二十歳そこそこのぼくを知るはずもない
しかし　そのとき思いがけず

「怒ったり悲しんだりして
私の掌には一握りの塩が残った」＊
という詩句がぼくの手に戻ってきた
その人はあり得ない優しさで答えてくれた
その行為にどれだけの励ましを受けてきたか

人はだれも時の流れを止める術をもたない
だれもが　天から仮の住まい　使命を与えられ
ほんのしばらく　異郷の空に鳥のように放たれる
その人は　猶予が解かれ故郷の空に還っていったのだ
だから悲しむことなど　何一つありはしない
いつだってそこに　人の住む空は在り続けるのだから
戦争、テロ、内戦、動乱…地球は壊れ続けている
その人のペンは　休むことなく戦禍の跡を洗い続けた
今日の空の深さは　その人の歩いた孤独な道のりだ
穏やかな海のような微笑みを残してその人は消えた

＊「白い塩」（詩集『不確かな朝』より）

辻井喬論　＊　目次

Ⅲ　詩集『自伝詩のためのエスキース』を読む

Ⅳ　ユートピア幻想と崩壊

V　セゾン文化の盛衰

VI　小説『沈める城』の神話性

XI　辻井喬論補遺

カバー装画／宇佐美圭司
「プロフィールのこだま：スカイブルー」一九七六年

辻井喬論

はじめに

1

はたして一般読者は辻井喬という名前を目の前にしたとき、どういうイメージを抱くだろうか。辻井喬は実業家堤清二のペンネームであり、辻井喬は知らないが、堤清二なら知っているということのほうが多いかもしれない。

それでは、一般に予想できる堤清二のイメージを列挙していくと、西武や西友の社長だった人、パルコや美術館を作り新しいことをした人、経済界の偉い人、弟がプリンスホテルの堤義明である人、テレビで見たことがある人などであろうか。もう少し違うアングルからみていくと、マスコミ九条の会の呼びかけ人や憲法再生フォーラム代表を務めた人、難しい経済書を出した人、大学で文学や経済学の講義をした人などが出てくる。あまりに多彩すぎて、その顔はひとつの像に結ばれていかないかもしれない。

さらに、そこへ詩人・作家辻井喬の顔が加わると、もうどう整理してよいのか収拾がつかなくなる。そうであれば、辻井のすべてを知ることなど考えず、それぞれの見方で「私の辻井喬」、「私の堤清二」を構成して考えていけばよいのではないかというところに行き着いた。よって本著は、私の辻井喬小論、あるいは辻井喬私論を書いたにすぎない。辻井を知ろうとすれば、辻井の遺した詩や小説、評論に直接当たるのがベストであって、本著の役割はそのためのひとつの手引きとなればよい。

堤清二はどんな経営者であったのか。ここに坂本藤良『日本の社長』（一九六三年・毎日新聞社）という本がある。坂本が辻井に取材し、「合理的精神と芸術家の魂との結合」というタイトルで書いている。その書き出しは、「皆がしあわせにならないうちは、私のしあわせはない――」であり、坂本はそれに「宮沢賢治のこの言葉に、堤清二氏は、深く打たれた。」とその胸の内を推察している。当時の辻井はまだ西武百貨店店長の肩書で働いていたが、西武コンツェルンの御曹司として次期社長が約束された存在でもあった。この辻井の日常について、坂本はつぎのように観察している。

彼は、店長室もつくらない。広い部屋に、みんなと机をならべて、この言葉を、胸中にかみしめる……

昼になると、七階の食堂で、ラーメンをたべる。代金もはらう。みじんの権威主義もない。

端正な、ちょっと前こごみのスタイルで、この若きプリンスは、足を運ぶ。店員が敬愛のまなざしで彼を見る。彼は、客の動きを調べる。

セゾン・グループの総帥になってまで、社員食堂で昼食という光景はよもや想像できないが、おそらく分け隔てなく接するという姿勢は終生変わっていなかったにちがいない。それは後年、詩の会の二次会などで居酒屋に行ったりしていたことなどでうかがえる。そういう場合、辻井は瞬時に大企業の経営者という仮面を脱ぎ捨て、清貧な詩人に自分の姿を変えてみせた。坂本によれば、辻井は一九五五年六月に店長になり、当時の順位は全国デパート三十五、六位だったという。そこから、東急、髙島屋、伊勢丹、三越の老舗デパートと鎬《しのぎ》を削り、一九八七年に年間売上高百貨店一位を獲得する。

坂本は、辻井の経営観をつぎのように分析している。

　社内の月報に、こうした「堤理論」を発見することは困難ではない。それは普通の社長の方針説明や説教とは全く類を異にする。分析の視角があり、情勢の検討があり、むしろソビエトや中国における革命指導者の文章をほうふつとさせる調子の高さを感じさせる。

辻井の場合、ここでの経営者と革命指導者は矛盾しない。革命指導者であるから、労働組合の育成にも積極的になれる。

ここからは、実業家堤清二ではなく、詩人・作家辻井喬のイメージに角度を変えてみていきたい。一般読者にとってミステリーゾーンに入ってくるが、難解な現代詩でいくつかの賞をもらった人、あるいは、小説でもいくつかの賞をもらっている人などが浮かんでくるかもしれない。こうして詩界や文壇の中にあって、辻井喬は充分著名な詩人・作家であるが、それらを総合しても、セゾン創設者堤清二の知名度にはとうてい及ばない。そうなると、堤清二論ならちょっと読んでもいいが、辻井喬論は敬遠したいということが起きるかもしれない。しかし、本著は堤清二論ではなく辻井喬論であり、内心そうならないことを願ってはいても、世間一般が抱く現代詩アレルギーのため、「もうここまでいいや」と、読者を諦めさせてしまう不安を払拭できない。

そんなこともあり、ここからは、そうした危惧に備える意味で、辻井喬の詩をどう読むかのガイダンスを考えみたい。なぜなら、辻井喬（堤清二）の実相に迫ることは、現代詩を読むことと等価で、それをまったくの説明なしで済ましてはいけないと考えているからである。

読者にとって最初に訪れる辻井喬の障壁は、難解・晦渋のイメージをもつ現代詩への対峙の仕方である。とくに辻井喬は、戦後現代詩という言語領域にあって、谷川雁や吉岡実たちとともに、ある時期、難解な言語派詩人として一つの極にいた詩人である。同じ詩人でも、初期から分かりやすい詩語を駆使し、読者層を広げた谷川俊太郎、中期以降、難解を転じ分かりやすい詩で読者を魅了した長田弘ともちがう。

辻井喬の初期から中期までの詩は、基本的には抒情の枠に入るが、一般読者の情緒に訴えかける言語的要素は少ない。三好達治や立原道造の詩を読んできた読者からすれば、辻井の抒情はその延長線上には存在しない。辻井の生き方は前人未踏の境地を行くものであったが、それを根底で支えていたのが創作活動であった。辻井の日常は、昼間はセゾングループの総帥として多くのスタッフを束ね、それのみならず、政財界に影響力をもち、夜になるとその仮面を脱ぎ捨て、詩人となってユートピア作りに邁進するという二つの顔をもっていた。つまり、辻井のような幾重にも折り畳まれている世界を持つ者にとってそれを表現するには、分かりやすい実用言語だけでは限界があり、意味の多義性を利点に暗喩を用いたというのも意外なことではない。辻井の暗喩多用は言語テクニックではなく、その多角的な生き方を表現するための必須アイテムであった。

本著ではいくつか辻井の詩を紹介しているが、読者にはあえて「分かる」「分からない」の意味解釈に向かわず、個々の詩作品の前に立ち止まり、辻井喬という詩人が、何を考え、どう生きようとしていたかの全体的イメージを描いてほしい。辻井の詩は、どれも「この詩はこう読んでほしい」などということではなく、すべて読者の前に、「どれをどのように読んでも自由」と差し出されている。よって読者は、辻井の詩に何か特定の意味を当て嵌める必要はないし、好きなイメージを描き、それをことばに出して語ってもいいし、もちろん何もいわず、ぐっと胸の内にしまって終わりにしてもよい。何より必要なのは、そこにイメージするものがあるかないか、すなわち感じるかどうかだけの判断である。

2

本著で論じた辻井喬の詩集は『不確かな朝』『異邦人』『群青、わが黙示』『南冥・旅の終り』『自伝詩のためのエスキース』『沈める城』などであるが、私は辻井の詩の言語的特性を詳しく分析できたわけではない。本来辻井の詩集を一冊ずつテキスト化し、それを論じてこその辻井喬論であったが、私の能力の限界もあって、なぜ辻井がそういう詩を書くに至ったかの背景を追うことにテーマを絞った。本著で、いくつか詩作品を引用したが、そこから先は、個々の読者に直接辻井の詩を読んでもらうしかない。詩集は少部数発行なので、すぐに絶版となってしまい、入手しづらいので、インターネットで検索し、辻井の本を収蔵している図書館に行くことをお勧めしたい。私の知る範囲だが、都心の大型書店などの棚より、よほど地元の図書館のほうが現代詩が置かれている印象がある。そういえば、辻井は書店「リブロ」を全国展開し、池袋西武や渋谷西武に詩書専門店を誘致していた。書店から売れないという理由で、現代詩や前衛芸術の書物が消えていくことを危惧していたのかもしれない。

つぎに小説については、体制への言語的挑戦などといっていたら、辻井といえども、まったく読者はつかなくなるので、こちらの文体は比較的分かりやすい。しかし、それが中身まで本当に分かりやすいかといえば、必ずしもそうともいえない。たとえば、戦後日本で国民作家といえば、推理小説の松本清張や大河小説の司馬遼太郎の名前が即座に浮かんでくる。彼らは一般読者にも分かりやすい文体を用いて、日本人の感性に訴えて広く読者を獲得し、その多くはテレビドラマ化もされてこちらの視聴率も良い。辻井は文明批評など評論活動も活発で『私の松本清張論』や『司馬遼太郎覚書』などの著書がある。しかし、なぜか辻井は、自らがそこで論じ擁護した二人のような大衆化路線を選ばなかった。辻井の経歴をみていくと、松本清張や司馬遼太郎に比肩する、国民作家の一人になれる可能性があったのではないかともいえるのにである。

ある意味、辻井はだれよりも一般大衆の意識の近くで事業を展開していた。渋谷パルコを開拓し、それを巨大なマーケットに育てあげた。また、日本にはじめてブランドショップをもってきたのも辻井だし、その反対にノーブランドの無印良品も立ち上げ、家族の反対を押し切り、セゾングループに牛丼屋チェーン「吉野家」も系列化した。こんな離れ業は、経営者としてよほど大衆の気持ちに寄り添わないとできない。いわば、辻井は松本清張や司馬遼太郎以上に、大衆の心理を熟知していたという仮説が成り立つ。そうであれば、反体制言語の現代詩はともかく、小説にそういう経験の一部が現われてもいいのだが、なぜかそれは気配すらみせてはいない。

辻井は小説の大衆性を肯定しつつも、自らはその道を選ばなかった。たとえば、詩でも、谷川俊太郎を肯定しつつも、自らの行くべき詩の方向はちがった。ただ、辻井の場合、そうした拒絶は否定ではなく、「自分はこの道を行く」ということの相対的な意思表示にすぎない。いわば、辻井は自らの詩にはきわめて厳しいが、他の詩人の描く世界には驚くほど寛容なのである。辻井の実像もまた、穏やかな話しぶりで物腰もやわらかく、反体制言語を標榜している詩人の雰囲気はない。そのため、一般に読者は辻井に前衛詩人というイメージは抱きにくいのかもしれない。しかし、辻井は言語前衛の最前線をいちども他に譲り渡さず、その生涯を書き終えた孤高の詩人であった。

3

本著でも触れているが、辻井はサブカルチャー（カウンターカルチャー）に関心はあっても、さほどそれに関わらなかった。だから、パルコの経営は夜学教師という異色の経歴をもつ増田通二に任せて、自身はメインカルチャーの推進に徹し、前衛の現代美術館やパルコ劇場を作った。

本著がなぜ辻井喬論なのか。それは詩人・作家辻井喬が、無意識に堤清二という実業の顔を否定的に選別していたことによる。あくまで、どの場においても人生の主人公は辻井喬であり、その支配下で堤清二が実直に経済活動に励んでいたことになる。しかし、あれだけの大企業の経営者堤清二であれば、詩人が経営者を下に置くなどということが実際に起こりうる話なのだろうか。ふつうからいえば、詩人辻井のほうこそ、堤清二の側から「高級な趣味」「社長の道楽」と揶揄されても仕方がない。この国の貧しい文化は、どんな仕事をして、どれだけ金を稼ぐかが人の価値を測る物差しになってしまっている。その中でも、詩人の地位は世界各国に比べて低すぎるし、そしてその状況に異を唱える者もいない。しかし、大企業の経営者でもある辻井は、自らが積極的に詩人と名乗ることで、世間一般に人間の目的は金銭ではないという価値観を知らしめたといってよい。

辻井喬が堤清二に指示している、という結論に至ったのは、本論を書きはじめて、そんなに早い段階ではない。私の前にたちはだかる堤清二というビッグネームに、はじめは恐れをなし、できればそこには立ち入らず、そっと詩集のみをテキストとして読み解く方法も考えた。しかし、辻井論を書き進めていくうち、自伝的要素のつよい小説はいうまでもなく、他の小説にも詩にも、堤清二／辻井喬は登場し、その実像はけっして世間でいう成功体験を語る経営者像とは格段に違っていた。辻井は小説『不安の周辺』『過ぎてゆく光景』などで、経営者として抱く不安、迷いや失敗など、その心の内をつぶさに告白している。それは、経営のトップが詩人・作家の辻井喬に弱音を吐いたことになり、そうした発言は経営者を辞任する覚悟がなければできない。そうすると、辻井本人もいっているように、かなり早い時期に経営の一線からのリタイアを考えていたのではないか。すなわち、一九八〇年代半ばには、堤清二は早々と辻井喬に主導権を渡していたことになる。

そうなると、辻井が堤に命じて作らせたセゾン文化は虚構へとシフトすることで、いつのまにか実業家堤清二は虚業化し、それに代わって詩人・作家辻井喬が前面に現われてくることを意味している。そして、世紀が変わると、いつのまにかわれわれは新聞の文化面に辻井喬が浮上し、堤清二は水面下に消えるという、それまでの実像と虚業の関係が逆転する現実に遭遇する。本論のⅤ章「セゾン文化の盛衰」で、あえて紙幅を割き、堤清二と辻井喬の逆転現象の真相に迫ってみたので、参照いただきたい。

ただ私は、ここでの実業と虚業の逆転現象を一般化して考える積りはない。反体制言語と称し、詩や小説を書くなどは虚業の域を出るものではない。やはり、詩や小説の役割は、実業に付随するものであってよいし、けっして人の生活の営みの上位に立場を飛躍させてはならない。いわば、ここでの実業と虚業の逆転現象は、辻井に限ってのみ肯定されることを申し添えておきたい。

辻井は西武のデパート売上げを、三越や髙島屋を抜いて一位にしたことがある。しかし、それは堤清二の業績であって、詩人・作家辻井喬が描く理想を実現するものではなかった。それでは、辻井はいったい何を目指していたのか。Ⅳ章「ユートピア幻想と崩壊」でそれを書いたのだが、私は辻井が描く理想の何に迫ることができたのか究明できず終わってしまった。辻井が生きていれば、君はこんな中途半端なものを世に出して恥ずかしくないのか、と叱られそうな気がしてしまう。

その死後、二〇一五年になっても辻井喬＝堤清二というビッグネームの余韻は鳴り止まない。私はそうした辻井の名に依存することはしたくないが、あえて隠すこともしたくない。現代詩は一人一党の自立した世界で、師弟関係もなければ、なんらかの特別な人間関係も生じない、すこぶる風通しの良い世界である。つまり、詩界で「私は〇〇の弟子」などといえば、すぐに売名行為ではないかと世の顰蹙をかってしまう。しかし、私にとっての辻井は、まぎれもない現代詩の恩師であった。辻井についての文章をはじめて書いたのは一九九八年三月で、すでに十七年が経過している。私の中では、もう十七年が経過したというより、まだ十七年という感じで、この段階で一冊にできるほど内容が熟成されていない。本著は何か意気込んで、辻井喬論を書きたかったのではなく、これまで私淑してきた辻井へ、一言感謝の思いを述べたかったにすぎない。

Ⅰ　辻井喬の詩的出発

一　詩誌「今日」への同人参加

一九五二年四月、対日平和条約・日米安全保障条約が締結され、一応戦勝国側の戦後処理が完了する。しかし、対日平和条約はアメリカとの政治的妥協によって作られたもので、日本民族の精神的自立が客観的に保証されたものではなかった。日本の政治・経済は、アメリカの模倣、アメリカへの追随、従属という統治支配に、二〇一五年現在に至るまで半世紀以上にわたり翻弄され続けていくことになる。こうした中、辻井喬は父の政治秘書から出発し、やがてはビジネスの最前線に身を置き、冷静・沈着にそうした日本の政治的動向を見続けていくことになる。

敗戦後、その詩的状況に何が生じたかと言えば、ＧＨＱの対日民主化方針もあって、急速に戦時下の愛国詩人の一掃が進められたことである。ほとんどの有力詩人は、戦前愛国詩に手を染めており、この時点で、それまでの詩人たちの詩的財産が一瞬にして没収、そして解体されてしまうことになる。

戦前、有名詩人であればあるほど、愛国詩発表の機会は広く、その告発が始まるや、ほとんど再起不能の立場に追いやられてしまったといってよい。そのことから、戦後詩は、それ以前の近代詩の歴史的遺産を全否定するところから生まれたことで、当然のことながら、戦前詩人／戦後詩人の亀裂と断絶を生むことになってしまう。現在（二〇一五年）、詩の世界ではインターネット詩が流行しているが、そうした電子詩が仮にそれ以前の活字媒体の詩をすべて否定し、現在の詩壇を席巻してしまっている状況と同じ位に考えてもよい（しかしながら、今も主流とされるのは活字媒体の詩人であるが）。

戦後詩創造の両雄「荒地」「列島」に属する詩人たちの敗戦時の年齢は、ほぼ二十代と若い。一方、一九五〇年に、日本詩人クラブ、日本現代詩人会という詩の結社が設立されているが、これら両団体の創設当時の構成メンバーの年齢層は高い。いわば、こうした結社に集まった詩人たちの世代的特徴は、愛国詩に手を染めた近代詩人であることから、戦後的状況の中では必ずしも彼らは詩界的な主流とはなってはいない。

辻井喬は一九二七年生まれ。敗戦時十八歳。同じ年代の詩人を探すと、木島始（二八年生）、長谷川龍生（二八年生）、中村稔（二七年生）、松田幸雄（二七年生）等の戦後詩人の名前が浮かぶ。つまり、年齢的にみて辻井は「荒地」の少し下、ほぼ木島たち「列島」の詩人と世代が重なる。

ここでは、「荒地」「列島」の活動について語る紙幅の余裕はない。拙著、『廃墟の詩学』を参照していただければありがたい。「荒地」「列島」以降に作られた戦後詩誌で、もっとも有力なのは「今日」であろう。ある意味で「今日」の登場は、時代的に敗戦処理の完了と合致するが、辻井は戦後的現在の「荒地」「列島」には属さず、ここでのポスト戦後詩とも言うべき「今日」を基盤に、詩的出発を果たしていくことになる。「荒地」「列島」の主張について、一方は執拗に詩のことばの政治からの自立を訴え、一方は詩と革命の統一的止揚をめざすという、質的な差はあっても、そこには双方共、戦後の政治社会情勢を抜きにしては詩の存在理由が考えられないという共通項があった。その意味で、紛れもなく彼らは優れた戦後詩の創始者にして推進者たちなのである。

「今日」は、一九五四年六月、伊達得夫の書肆ユリイカを発行所に創刊。五八年十二月、一〇号で終刊。創刊同人は、「詩行動」に所属していた中島可一郎、平林敏彦、飯島耕一、児玉惇、難波律郎、岩瀬敏彦の六名。二号以降、当時の俊英詩人たちが参加し、「ユリイカ」前夜の趣を為す。執筆者リストを掲げておきたい。

中島可一郎（創刊号、二号、三号、四号、五号、六号、七号、九号、一〇号）、平林敏彦（創刊号、二号、三号、四号、五号、六号、七号、八号）、飯島耕一（創刊号、二号、三号、四号、五号、六号、七号、八号、一〇号）、児玉惇（創刊号、二号、三号、四号、五号、六号、七号、八号、九号）、難波律郎（創刊号、二号、三号、四号、六号、七号、九号）、岩瀬敏彦（創刊号、四号、五号）、黒田三郎（二号、三号）、山本太郎（二号、三号、四号）、大岡信（二号、三号、七号、八号、九号、一〇号）、清岡卓行（二号、四号、七号、八号、九号）、中村稔（二号）、安東次男（二号）、鶴見俊輔（二号）、高桑純夫（三号）、谷川雁（三号）、鈴木創（三号、四号、五号、六号、七号、八号、九号、一〇号）、長谷川龍生（三号、七号）、立石巌（四号）、金太中（五号、七号、九号）、吉岡実（六号、七号、八号、九号、一〇号）、山口洋子（六号、七号、八号、九号、一〇号）、廣田國臣（六号、七号、八号、九号）、岸田衿子（六号、七号、八号、九号）、多田智満子（六号、七号、八号、一〇号）、岩田宏（六号、七号、八号、九号、一〇号）、辻井喬（六号、七号、八号、一〇号）、田中清光（七号、八号、九号、一〇号）、入沢康夫（九号）、吉野弘（一〇号）。

一〇号の発行は一九五八年十二月。この号の奥付に、「今日の会」会員として、つぎの詩人名が掲げられている。

飯島耕一、入沢康夫、岩田宏、岩瀬敏彦、大岡信、清岡卓行、金太中、岸田衿子、鈴木創、多田智満子、田中清光、辻井喬、中島可一郎、難波律郎、長谷川龍生、平林敏彦、廣田國臣、山口洋子、吉岡実、吉野弘

このリストをみただけで、「荒地」「列島」以降の戦後詩人のパノラマ図が容易に描ける。ここでの詩人たちは二十、三十代で詩作を始めており、半世紀以上にわたって戦後詩界の中枢にいて後進の詩人たちにも影響力を与えていくことになる。

五号までの編集を中島可一郎、六号から八号までを平林敏彦、九、一〇号を入沢康夫が担当。この間の一九五六年十月、伊達は後世に名を遺す「ユリイカ」を創刊。同誌は伊達の逝去する一九六一年まで発行。「詩学」が戦前から戦後に地続きの編集をしたことに対し、伊達は「脱戦中・戦前詩」を指向した。ここには伊達得夫（一九二〇—一九六一）、嵯峨信之（一九〇二—一九九七）の世代的違いがあったのかもしれない。

辻井の第一詩集は一九五五年十二月『不確かな朝』(書肆ユリイカ)。木島始の紹介で伊達得夫を知り、その伊達の紹介で入会したのが「今日」である。

そこには、平林敏彦、中島可一郎、難波律郎、児玉惇、飯島耕一、大岡信、それに、入沢康夫、岩田宏、清岡卓行、岸田衿子、山口洋子、吉岡実、吉野弘、といった人達がいて、私は会合に出席するたびに、彼等の話していることの半分も分らず、東京の秀才の高校生の中に間違って飛び込んだ田舎の中学生のような引け目と彼等への尊敬の念に縛られて小さくなっていた(略)。

(「私の詩の遍歴」)

この年、辻井は二十八歳。平林敏彦(一九二四—)、中島可一郎(一九一九—二〇一〇)、難波律郎(一九二三—)たちは戦争を挟んで詩作をしていた。一方、飯島耕一(一九三〇—二〇一三)、大岡信(一九三一—)、入沢康夫(一九三一—)、岩田宏(一九三二—二〇一四)などは戦後派であるが、辻井より少し若い。いってみれば、ここには革命青年辻井と時間を共有できる詩人はいない。この時期、辻井は伊達の編集する「今日」の同人になることで一流詩人としての仲間入りを果たしたが、一方でまだ詩のキャリアも足りないこともあり、かなりの疎外感があったのではないか。

そして、ここでの辻井と「今日」同人との時間差は、その後の修辞的な詩的方向すらも決定してしまう。辻井の詩は暗喩を主体とするが、平林や難波のような戦争体験を内面化した言語方法を取ることはなかった。あるいは、飯島耕一のように戦後風景を形而上的に切り取ることもなく、大岡信の戦後意識とは切り離された抒情ともちがう。平林敏彦、中島可一郎、難波律郎の戦争体験は、戦後詩に独特の言語的陰影を映し出し、大岡信たちは戦無派として、戦争の傷とは関係のない無垢の抒情世界を描き出していた。さらに辻井は同じ「今日」の入沢康夫の言語モダニズム、岩田宏のシニカルな社会風刺の手法にもなじまず、ほとんど他から独立した辻井ならではの言語空間を創り上げている。

怒つたり悲しんだりして／私の掌には／一握りの白い塩が残つた〃風琴の音や魚の臭がする白い塩は／碧い波濤の末裔／輝やかしい夏の記憶もあれば／時として貝殻の色を放つ〃白い塩は苦い／人々が「人世の悲哀」と呼ぶ衣裳にくるんで／谷へ捨ててしまえば／それは「自由」と言うものだ――。／私は罅割れた大地に立つて／白い塩を握りしめる／苦い味わいを味うために

（「白い塩」全篇）

辻井の革命活動をみていくと、前述した「列島」のように政治と文学の統一的止揚という文学的動機は見当らず、あくまでマルクス、エンゲルスからレーニン、スターリンに至る共産主義の系譜を現実化するものであった。この詩は、そこでの経験、同志への信頼／不信のアンビバレンツさを含みながら、さまざまな感情を「白い塩」という無垢の物質に集約しながら暗喩化している。辻井の詩を代表する名詩の一篇である。

「現代詩手帖」二〇〇九年七月号の特集は「辻井喬、終りなき闘争」。この中で辻井喬と評論家三浦雅士の対談は興味深い。三浦の博覧強記からなる質問に、辻井はつい本音で答えざるをえない、そう

いう展開になっている。詩誌「今日」以後について、三浦は後続の詩誌「鰐」に入らなかった平林敏彦、入沢康夫、辻井喬について、「平林敏彦は消え、入沢康夫は半歩遅れ、辻井喬は数歩遅れる」と率直に語っている。そして、この三名こそが、バブル経済崩壊後、それぞれの個性が開花し重要な詩人となっていることも指摘している。このことは戦後詩の系譜を辿る上での貴重な視点ではないだろうか。同誌の対談で、三浦は塩について、「ひとつの垂直性」とし、つぎのように語っている。

「塩」は辻井喬にとってはひとの汗の歴史なんだ。手に汗を握るというのが繰り返されてはじめて塩ができる。そういうイメージとして垂直に詩人に落ちてくる。そういうイメージってあまりないんですよね。少なくともぼくは見たことがない。

それに対し、辻井は「ぼくのなかの『塩』というイメージには辛い労働」があると答えている。さらに、三浦の塩に対する分析は鋭さを増し、「その塩はやがて聖書の『地の塩』とか、リア王のコーデリアの言う塩とかにも関連して豊かに」なり、それは「倫理性をも漂わせて」いくことになると語っている。

辻井にとっての塩のイメージは、かつての革命青年らしい階級闘争の最前線に立つ労働者の汗である。西武の貴公子堤清二と労働者がどこで結合するのかという疑問が出そうであるが、辻井という詩人はそうした階級的矛盾を拒まず受け入れることができた。

『不確かな朝』から、もう一篇「天津水蜜」という作品を引いてみたい。

目黒の坂を机にして／桃をたべる朝鮮の婆様／／束ねた髪は

潮騒のように／頬の筋肉は褐色の筏だ／／馬車が通る／
自動車が通る／彼女のチマはひるがえり／／太陽は秤の
分銅にとまっている／桃は胃袋にしみわたる／天津水蜜は
酸く固く／郷愁のような甘さがある／／坂の下は貧民街／
埃の中に過去がならび／瞳は朝鮮ダリヤの黄に溢れる

（全行）

これは辻井が革命活動に東奔西走していたときに出会った日常的な光景で、この詩にあるように坂の下は貧民街であったかもしれないし、アジア系異国の人が集まって住む場所ということもいえる。辻井の詩を貫くマイノリティへの視座は、ある種の観念を乗り越え、きわめて身体化されたものであることが分かる。この辻井のマイノリティへの視座については後述する。

三浦は詩誌「今日」がまともに論じられていないことを指摘し、それに伴い、辻井も平林敏彦も正当に評価され、論じられていないことが問題だとする。

平林敏彦の第一詩集『廃墟』は、辻井より少し早く、一九五一年八月書肆ユリイカから刊行されている。辻井の詩が戦後と革命活動の統一的止揚であるとすれば、平林の詩は戦後復興をソビエト的な革命政権の樹立に求めず、ただ目の前の廃墟に立ち竦む喪失感を表現する。それは宗教的感情とは無縁のそこに何もないという孤立した超越性である。戦後、軍国主義から民主主義に急カーブを切った中、「こんな世の中、どうなるものでもない」と、ニヒルで自由奔放にふるまう様子をいうのだが、この詩集にはそこまでの極端な虚無意識はみられない。しかし、平林の詩は戦後の態度価値として自然体であるし、戦後の焼け跡に生きた人たちの声が等身大に内面化されて印象深い。

廃墟

蝶がとんでいる／なにごとも起らぬ痴呆のような／たそがれの原を／きな臭い焼跡の風のなかを／／痩せた過去の頭蓋をかすめ／フィルムのように／あわあわと蝶の白さが／ぼくの夢幻のなかをながれる／／あたりは夜へ／死のようにすべりこみ／ぼくの四囲は／濡れそぼたれた羽ばたきでみたされる／／蝶は／むらがる影をかすめて／湿った闇の底をすれすれにとぶ／曇天に沁みる／ぼろのようにちぎれた記憶／ひよわい羽がいの疲れ／汚れた涙のしみあとのように／蝶のはねにこびりつく／ぼくの虚しい苛立たしさ／／フィルムは映す／とりつくしまもないこの世の廃墟／人気ない焦土のどこからか／きこえてくる銃声／蒸れかえる傷ぐちの腐臭／ひびわれる火器の匂い／／蝶はあけがた／ひからびた汚物の上を／錆び朽ちた鉄材の上を／もう手の届かぬ明るみのむこうへ／さむざむと吹

きながされていく　（全行）

平林はさらに三年後、『種子と破片』（薔薇科社）を刊行している。この詩集について、辻井はつぎのように述べている。

詩集『種子と破片』を手にした時、私たちの世代がとうとう表現を獲得したという印象を持った。それは一種の解放感と、私にはそれができなかったという無念の想いを伴っていた。敗戦後、ほぼ十年が経過した頃である。十五年戦争と呼ばれた時期の思想弾圧は想像を超えて広範囲の、かつ徹底したものだったから、右翼や軍国主義者たちが姿を消しても、新しい詩の鼓動は、戦地から帰還した少数のモダニストの詩人たちと、旧勢力打倒を旗印にした政治勢力に深い関係を持っている、これも少数の〝社会派〟詩人以外に見るべきものがなかったのである。

（「種子の再生」・現代詩文庫『平林敏彦詩集』所収）

辻井は平林の詩的達成に共感し、遅れて詩を出発させた自らの思いを、「私にはそれができなかったという無念の想いを伴っていた。」と、率直に吐露している。

辻井にとって、三歳年上だけの平林の存在は、詩学教授と院生位の隔たりがあり、目の前に初めて現われた畏敬すべき詩人であった。よって、辻井にとって戦後詩とは、「荒地」「列島」のそれではなく、平林の詩作を通して感受された「私たちの世代がとうとう表現を獲得した」ものといってよい。辻井は戦中的な匂いをもつ「荒地」の同行者の立場を採らず、平林を通して「今日」が目指した新しい表現主義の方向に賛同し、暗喩に彩られた言語芸術詩の創作に没頭する。

「今日」の中で、辻井と平林は言語的にはもっとも近い関係にあるが、二人は、三浦のいうように「荒地」「列島」、あるいは「今日」「鰐」など戦後詩の系譜の中で強固な存在感を示していたとはいえない。辻井の革命運動については、フルシチョフによるスターリン批判で、革命そのものの大義が薄れてしまったこともあり、二度と運動の現場に復帰することはなかった。その後、六〇年代、七〇年代の安保改定期、革新政党による反体制運動が再燃するが、それはかつての辻井が関わった革命運動とは異質の体制内批判のようなものであった。平林の場合、解体する戦後意識を内側に身体化してしまい、「鰐」の詩人たちのように言語主義への器用な変身が遂げられなかった。なぜ世紀が変わって、ある意味で泥臭い二人の存在が詩界の最前線にクローズアップされてきたのか。

八〇年代後半のバブル経済崩壊は、東京オリンピックを契機とする高度成長以降、これまで躊躇することなく拝金主義政策を進めてきた日本政府の脳天を直撃する。そして、そこから日本はアメリカ依存の金融至上主義からの脱却を始めなければならなかった。そのとき、現代詩の最前線で、もっとも力を発揮したのが辻井喬であったことはまちがいない。辻井は九〇年代以降、戦後詩史に残る注目作『群青、わが黙示』『南冥・旅の終り』『わたつみ・しあわせな日日』を発表。これらについては、本論の別項で触れていきたい。平林敏彦もまた、九〇年代から、詩集『磔刑の夏』『月あかりの村で』『舟歌』を刊行し、すでに解体し終えたかにみえた戦後意識の再検証を促す。労作『戦中戦後　詩的時代の証言　一九三五―一九五五』（二〇〇九年・思潮社）の刊行も大きい。

「今日」は、創刊号のマニフェストで「詩や言葉の新しさは、内部世界と比例する」ことや、「全体のなかの個の自覚」を主張している。つまり、内的自由の確保及び個の確立は、「荒地」グループの主張にも通じるが、「今日」グループの目的は、日本的風土の中の感受性の問題に着眼し、ことばを介しあらたな詩的現実の獲得を目指すというものであった。このことから、「今日」グループの主張は、「荒地」グループの活動に対して、「彼らの仕事が、現代は荒地であるという世界同時代性の不安を敏感に伝達したことよりも、彼らの伝達が、あくまで無人境の状況に限られたこと」「彼らの自我と状況の接点が空虚な心象でしかない」と批判的である。いうなれば、「今日」グループにとっての個とは、「荒地」グループのようにヨーロッパの風土を媒介せず、日本的風土の上に立った具体的な表現行為そのものを指していて、そこにこそポスト戦後詩の先駆といわれるゆえんがある。

平林は「今日」の前身「詩行動」の中で、「荒地」の『技術よりも態度』を、という姿勢が、ややもすれば雑駁な政治的傾斜を伴った作品を氾濫されがちであるが故に、あえてわれわれは政治から隔絶された地点を足場に、政治的偏向の一切を文学の風土から拒否することによって、逆に今日の絶望に耐え得る思想を背骨とした現代詩を意欲したい」と述べている。

平林敏彦は戦前「文芸汎論」「四季」などに投稿。平林にはつぎのような戦争体験がある。

一九四五年八月中旬、ぼくが召集されていた野戦重砲兵連隊の一箇中隊は茨城県鹿島灘沿岸を移動中だった。本来なら南方の戦場へ派遣されるはずの軍団は、米軍の爆撃で輸送艦の沈没が相次いだため、急遽敵前上陸に備える作戦を命じられて千葉から茨城にわたる海岸地帯を転進していたのである。すでに戦局は最悪の状態で、広島、長崎に原子爆弾が投下され、地獄の様相を深めていた。軍は無辜の民間人を巻きぞえにしながら、おびただしい血を流すこの戦争をいつまで続けるのか。もはや米軍の本土上陸も時間の問題という瀬戸際だったが、もともと戦意など喪失していた不埒な兵であるぼくの耳に、敗戦をほのめかすささやきが伝わったのは八月十五日の直前だった。

（『戦中戦後　詩的時代の証言』）

戦後平林は田村隆一たち「荒地」の詩人を誘って「新詩派」を創刊。田村の経歴は一九四三年十二月九日、学徒出陣、翌年には予科練の教官、舞鶴地区で陸戦隊に編入された後に敗戦。詩誌は中桐雅夫編集の「ＬＥ　ＢＡＬ」に参加、四〇年には「新領土」会員。戦後は「新詩派」「純粋詩」などに参加、四七年四月「荒地」を創刊。

辻井の平林からの影響について、大岡信はつぎのように述べている。

辻井喬が同人詩誌に最も深く関わりをもったのは、恐らくこの「今日」の同人としてであったと思うからである。少なくとも彼にとって、詩人の友人として一番親しい人々は、「今日」の同人だった何人かの人々であろう。そしてまた、彼の詩に流れている、ある暗い、自己処罰の匂いのする咏嘆の調べは、僕にふと、「今日」の最大の推進力であった平林敏彦の、優しすぎてニヒルになるほかない心情を包んだ、切なく美しいいくつもの詩を連想させるのである。もちろん、平林の詩と辻井の詩は異質のものだが、心情の核に、ある抜き難い挫折感があって、その暗い泉から歌が湧き出ていることを感じさせる点で、ある世代的類似性をもっているように思われるのである。

（『辻井喬詩集』解説）

辻井喬が「今日」同人として出発したことは、必然的に歴史のなかの個であるより、ことばのなかの独立した個を最優先させるという手法を選ばせたことになる。いわば、ことばで何かを書くというのではなく、ことばそのものをダイレクトに選び、それが何らかの社会批判的な暗示をもたらすという修辞手法である。よって、辻井の初期詩篇は暗喩に彩られていて、そこからは読者は日常的な意味は取りにくい。「荒地」には、鮎川信夫の森川義信への思いにみられるように、遺言執行人としての責務があり、詩は戦死者の魂の蘇生と歴史的保全のためにあることが明確に打ち出されていた。こうした詩的原理では、けっしてことばを辻井のように純粋に選ばせる修辞方法はとらない。六〇年代以降、日本の現代詩はこのことばをダイレクトに選ぶ姿勢が先鋭化され、とにかくそれがナンセンスなものであっても、自我の空転した意味不明の言語羅列であっても、ただ新しければ良いという先入観を読者に植え付けてしまった。たとえば、岡本太郎がアヴァンギャルドと称し、太陽の塔を造作すれば人口に膾炙するが、それと同じことを詩で行っても一般読者に理解は得られない。

後年、辻井の詩はかなり「荒地」「列島」の詩人たちにも近づき、政治的・思想的領域にコミットしているが、そんな時でさえ、そこでの辻井の政治性、思想性は、ことばの力によって精緻に社会事象が言語加工されていて、そんなに容易に従来の文脈の枠で解釈できるものではない。むしろ、そこで辻井は、「列島」とはちがう方法で、詩的言語の可能性と政治的、思想的領域との言語的統合を図っているかのようにみえる。これらは平林の詩論から影響されたのかもしれないし、「今日」同人たちとの切磋琢磨の結果によるものだったかもしれない。

辻井は「今日」参加以前に、第一詩集『不確かな朝』（一九五五年・書肆ユリイカ）を刊行している。二十八歳だから、今からみれば特段遅い詩的出発ではないが、戦後十年の物理的時間の推移は思いの外、スピードが速い。これをみると、辻井は『不確かな朝』刊行の実績をみて、伊達から「今日」同人に迎え入れられたといってよい。
辻井の「今日」での発表作品はつぎの通り。

六号（一九五六年十二月）　詩作品「生涯」
七号（一九五七年三月）　詩作品「きれぎれの歌」
八号（一九五七年六月）　詩作品「恋文」
一〇号（一九五八年十二月）　詩作品「野分の旗手」

初期の辻井を見ていくと、「列島」の木島始との出会いがきわめて大きかったことがわかる。

素朴なものを信じて／美しく生きた人の話がききたい　というスタンザを持つ、『不確かな朝』を書き終えた時、出来たら詩集を出したいという気持が湧いてきた。（略）私は木島始に紹介されて、当時ユリイカの主宰者だった伊達得夫のところに、おずおずと原稿を持ち込んだ。胸を病んでから四年目のことである。その伊達得夫の推薦で〝今日〟の仲間に加わった。
（「私の詩の遍歴」）

木島始（一九二八―二〇〇四）には田村や平林のような戦争体験はない。一九四七年、東京大学文学部英米文学部入学、在学中に東京大学学生新聞を編集。五〇年、木島は自らの編集で「列島」創刊に結びつくサークル誌「トロイカ」を創刊。この詩誌には、山田初穂、野間宏、安東次男などが執筆。

木島は五二年、アメリカ黒人詩集『ことごとくの声をあげて歌え』（未来社）、五三年『木島始詩集』（未来社）を刊行。

戦争終結を挟んで、わずかの年齢差が、戦後彼らにまったくちがう生き方を用意してしまう。木島も詩誌「列島」を牽引した左翼系の詩人だが、辻井のような具体的な革命運動への加担はない。

一九九八年二月、木島始によって編まれた『列島詩人集』（一九九七年・土曜美術社出版販売）のパーティーが、東京市ヶ谷の私学会館であり、その席に辻井も出席していた。そして、辻井は「勲章を貰った詩人は直ちに詩人という肩書を外すべき」、そして詩人はつねに「国家にとって危険な存在であるべき」とスピーチしている。この後、スタッフミーティングがあった際（私もその一人であった）、木島はこのスピーチの内容に共感し、また多忙なスケジュールの中、辻井が会に駆けつけてくれたことにいたく感謝を示していた。私は、そこに半世紀を越えた二人の詩人の熱い友情を思った。

それでは、「荒地」の詩人たちの場合はどうか。辻井の前に登場したかれらは、すでに一家言を有する詩界の家元的存在であった。そのことを辻井はつぎのように述べている。

「なんだ、君は詩を書くのか」と彼は言い、私は彼が中桐雅夫というペンネームで田村隆一や鮎川信夫と一緒の「荒地」の詩人であることをその会場ではじめて知った。やがて彼に飲みに連れていって貰う関係になって、中桐の方も私が議長の息子であることに気付いたのだった。

（『本のある自伝』）

これは、辻井がある詩人の出版記念会に出席し、中桐雅夫（一九一九―一九八三）と同席した際のエピソードである。中桐は本名白神鉱一、読売新聞で政治記者をしていた経歴がある。この時期、すでに辻井は東大国文科を中退し、議員秘書となって詩を発表していたはずであるが、中桐にはまだ辻井が一人前の詩人として視野に入っていない。後年、天才とうたわれる詩人は、ほとんどが早熟で、十代から二十代の内に大量の文章を世に遺していることからすれば、辻井はこうした部類に入らない。むしろ、戦後詩の主流「荒地」「列島」に属さず、ポスト戦後詩の「今日」にも途中入会という詩歴はマイナーでさえあった。辻井の特質として、ここでのかれらとの物理的な時間差こそが、「今日」で言語派詩人として出発し、やがて体験重視の「思想詩人」に習熟していったと説明できるのではないか。後年の辻井の活躍を勘案すれば、やや遅れた出発は功を奏したことになる。

辻井喬は詩人として出発するまで、歌人を母にもち、その青年期につよい文学への関心を抱いていたことは想像に難くない。だが、当時の辻井の認識は、文学的命題は革命の成就で必然的に貫徹されるとするマルクス主義的なもので、文学それ自体、現実とは切り離された抽象性のつよいファンタジーの世界でしかなかった。しかし、日本共産党からの不当なスパイ容疑、そして五〇年のコミンフォルム（欧州共産党情報局）批判による共産党の分裂によって、政治の領域でカバーできない人間の本質を発見し、むしろ革命願望そのものが観念の所産ではないかと、辻井の気持ちは一八〇度変わってしまった。そして、人間の真実は現実を踏まえた文学のなかにあるのだと。こうした辻井の意識は、その後父の政治秘書を経て、セゾングループ代表になった後も変節することなく持続する。そして、辻井は新聞紙上で、バブル前の八二、三年頃の心境をつぎのように述べている。

当時の私は、良い消費は人を元気にするものと考えていた。ところが消費のための消費へ、人を疲れさせる消費へと変質していた。

（「読売新聞」〇一年五月二十三日）

辻井喬は、経営者としてその時が引退の潮時であったと述懐している。「消費のための消費へ、人を疲れさせる消費へと変質」という見方は、その後の辻井の言論活動の核となっている認識である。辻井は、経営者として変革の人、感性の人と形容され、セゾン文化の推進によって一時代を築き上げた財界の大立者として知られる。しかし、辻井は経営者として、その全盛期にも自ら冷めていて、すでに経営の中枢からのリタイアを考え、文学のなかにこそ人間の真実があるという生き方へと自分を変えていた。その生き方は、鳥羽院の北面武士から出家し、歌人となった西行の生き方に近い。それは革命であれ、企業経営であれ、すべては文学という器のなかに還元されて普遍的意味をもつという考えである。しかし、こうした感性が選び取った独特の価値観は、合理主義からなる現在の企業経営のなかでは、つねに辻井に疎外意識をもたらすことにもなった。一流企業人であれば西行の和歌に親しむこともあろうが、はたして辻井の文学に触れて、その真意が分かる経営者が何人いるだろうか。

二　第一詩集『不確かな朝』

辻井喬の初期詩篇は、独特の暗喩が多用されて意味解釈が難しい。それは、読者が経営者堤清二の実用言語の現実と、詩人辻井喬が生み出す抽象的な言語世界の落差に想像が及ばないためである。辻井の初期詩篇はすでに紹介した詩集『不確かな朝』（一九五五年・書肆ユリイカ）にまとめられている。このなかに、つぎのような詩句がある。

素朴なものを信じて／美しく生きた人の話が聞きたい／いつか／用意が出来たと言いきれる人の／優しさについてすつかり聞きたい

待つている俺の／このまわりの静かな闇

いつだつたか丘に立つと／二人の肩の上で夜が軽くなつた／俺がそう言つたら／女もそんな気がすると答えた

あれは／遠い村の／祭の火を見ていた時だ

煙霧の立罩る街を／昔の奴は　鳥が啼く　と詠い出したが／このあたり　きつとたくさん鳥がいて／美しい国であつたのかしれぬ／耳を澄ますと／巨大な羽搏きが聞えるが／おそらくあれは／人間の通わなくなつたたつみの門を／北風が渡る音／あるいは／森を失つた白い鳩が／鋼色の空を渡る音／俺は／太陽の昇る時間を待ちつくして／線路沿いの松のように錆びてしまつた

子供の頃／桜の実を食べて／腹から桜の木の生えた男の
話を聞いたが／無邪気と狡猾の／人造繊維の袋の中で／
何を信じたらいい／今俺の腹からは／肉色の手が空へ向
ってのびる

この手　五本の指を持ち／爪は二つに割れているが／闇
をまさぐり／黒い説話をとって捨てる／俺の武器／常に
一羽の傷ついた鳩を持ち／馬鹿気たことに／水甕の口を
／夜の天にひらいている

肩に雪がかかって来る／風の流れの涯で／　水草はゆる
やかに廻っているか／瞼の上に雪が積る／左右の手を組
んでも／荒地は崩れ／もっと多くの大地／もっと多くの
空気を求めて／俺は手をのばす／穴の中から

忍耐とは／おのれに絶望しないこと／素朴なものを信じ
て／一番暗らい闇からさへ／美しく生きた人の話をきき

（『不確かな朝』・「待っている時間」）

に／人は鳩を放つと言うことを／俺は確証したいのだ

戦いの涯にのみ／真の戦いは息づくだろう／おのれとの
戦いは／戦いのなかの／きつと醜い部分に違いない

俺が戦争に反対するのは／幸せだからではない／俺をう
ちのめしたもの／ねじまげ　俺を隔離したものについて
／ただ抗議がしたいからなのだ

荒地の上を／翻つてゆく力を／俺は確信に持たせたい／
屈辱に耐えてうねる海から／忍耐を怒りへ／沈黙を奔流
へ／共にゆく叛乱の時を／俺は待つ／俺の前にいつたも
の／俺の後から来るもののために

（『不確かな朝』・「線の中の点」）

ここでの「素朴なものを信じて／美しく生きた人の話が聞きたい」というシンプルなフレーズには、辻井の詩の生活的基盤、経験的原則を重視する詩的文学観がよく表わされている。ここから伝わってくるのは、ある意味でのこれ以上ない愚直さである。カリスマ経営者堤清二に、このことばは似つかわしくない、という見方も出てこよう。それでは、ここで辻井は、自らの憧れとして素朴ということばを使ったのか。しかし、ここでの思いは紛れもない辻井の本心である。
この詩の背景に、一人の詩人の存在があることについて、近藤洋太がつぎのように述べている。

よく引用される「不確かな朝」の冒頭のこの一節は、辻井喬という詩人の初心をよく伝えていると思う。この「美しく生きた人」は、例えば『群青、わが黙示』に出てくる郡山弘史のような人であったかもしれない。彼は「無名の人だが実在の人物で、理想のため漂泊を厭わなかった見事な逸民」であったと記されている。（『続・辻井喬詩集』解説）

当時辻井喬は、分裂後の共産党「国際派」のオルグの一員として、城北地区を担当していた。当然、党の組織や施設は「主流派」が押さえていたので、辻井たちは共産党の別働隊として、組織作りを一から始めなければならなかった。そんなとき辻井は、自由労働者の組織化にあたって、新日本文学の事務局にいたある人間に郡山弘史を紹介される。郡山は、一九〇二年生、その実家は、仙台で大きな酒屋を経営、彼自身も東北学院英文科を卒業後、朝鮮京城府立第一普通高校、宮城県立農業高校教員となっていたが、戦後レッドパージで失脚。一九五〇年以降、吉江夫人とともに失業対策事業登録者（ニコヨン）になって土木事業に従事。このときのことを、辻井はつぎのように書いている。

彼女（注・吉江夫人）はキチンと伸ばした背筋を決して曲げない、それでいて優しさもユーモアも失わない人だった。だいぶ親しくなったある朝、彼女は野外で湯を沸かすためのコンロに手をかざしながら、
「うちの旦那はね、馬鹿だからさ、九月に革命になるっていうのを信じて仙台の家、屋敷をすっかり党にカンパしちゃったのよ。ところが革命なんて起りやしないじゃないの」

そう言って、天を仰いで哄笑《こうしょう》するのだった。作業所になっていたその頃の練馬あたりはまだ一面の畑で、テント掛けの集合所の横で私たちはその日の手配を待っていたのだった。そう言われて郡山弘史は、

「だけど、あの時は皆そう思ったんだよ」

とニコニコしている。

彼等は私がはじめて接した型の人達であった。私はその四、五年後にゴーリキイの『どん底』の芝居を見た時、郡山夫妻のことを思い出し、選ばれた俳優たちが、ひたすら暗く悲惨なリアリティを出そうと苦心している感じがして異和感を覚えたものだった。（『本のある自伝』）

たしかに、近藤洋太の言うように「素朴なものを信じて／美しく生きた人の話が聞きたい」のモデルは、郡山夫妻である。辻井にとって、ここでの郡山夫妻が醸し出す生活感こそ、「素朴なものを信じて／美しく生きた人の話が聞きたい」とする人物の具体的な実例であろう。辻井のいう美しい人の概念とは、それが革命運動であれ何であれ、悲痛の生活に耐えて生きる人を指すものではない。あくまで、自然体で革命の成功を信じて疑わない人たちであり、郡山夫妻のように物質的困窮を補う前向きでおおらかな精神的持主のことを指している。そうであれば、党利党略に奔走する党幹部、大声で革命のスローガンを連呼する人物はとうてい受容できるはずもなく、たとえスパイ容疑がかけられなくても、辻井が彼らと袂を分かつことになるのは時間の問題であった。

郡山は、英語教師という職を棄て、ニコヨン労働者となって革命の日の到来を準備していた。おそ

らく、戦後日米反動勢力の民主勢力弾圧の激しさをみて、これほどの楽天家はいないであろうが、辻井はそうした姿に素直に共感したのである。しかし、ここで辻井は自らに向けて「素朴なものを信じて／美しく生きた人になりたい」とはいっていない。あくまで、自分は「美しく生きた人の話が聞きたい」だけなのである。ある面、現在まで辻井に詩を書かせているのは、そうした究極の願いをもちながら、そうした人生を選びとれない自らへの悔いのため、といえなくもない。いわば、辻井には、心では分かっていても、身体が郡山のような生き方を選ばせない二律背反がすでに常態化していたことが分かる。

辻井は、つぎの郡山の『麦ふみ』を愛読したという。

麦ふみ

麦をふむ／一家総出で麦をふむ／霜にたえ／雪にもめげ
ず／ふまれてはいよいよ強く根をはるいのち／そのいの
ちを信じ　麦をふむ／　《くろ土に白と緑の縞模様》
麦ふめば／藁靴《くつ》にしみいる／春のぬくもり／ちちははも
／曲つた腰をしやんとはり／のつし　のつしと麦ふみた
もう／　《蔵王の峯に雲母《きらら》帽子》

――一九四七年、日本共産党東北大学細胞機関誌「科学者」、鈴木正二装画
『郡山弘史・詩と詩論』

郡山の詩歴を補足すると、一九二六年、詩集『歪める月』刊行。二七年、個人パンフレット「囚人馬車」刊行。三一年、日本プロレタリア作家同盟プロレタリア詩会員、三四年、作家同盟解散「詩精神」同人。三六年、「日本浪曼派」同人。四六年、日本共産党入党、六一年、離党。六六年死去。

辻井喬は言語派詩人として出発したが、言語そのものに究極の美を感じるというタイプの詩人ではない。辻井の詩は、根底にその生い立ち、革命家、経営者という生活的基盤、それを踏まえての経験的原則をもっている。辻井の詩の難解さは、つねに言語が現実と接点をもってはいるが、最終的にそこでの日常の中身は暗喩に置き換えられる性質にあるといってよい。辻井の詩は、音楽で言えばバッハの神的な啓示性、モーツァルトの天才性とも異質で、どちらかといえばワーグナー楽劇の言語的創造にちかい。ある意味で、これも天才の成せる業の一要素であろうが。だが辻井の場合、後天的な生活経験の蓄積が、その詩に素朴な抒情的要素を隠すまでに止揚していったと考えてもよい。だから辻井は、その詩の原点に「素朴なものを信じて／美しく生きた人の話が聞きたい」ということばを置いてみせたのであろう。こうした生活経験を暗喩化する技法は、つぎの詩にも特徴的に表わされている。

大学にて

不在を確めるためにやって来た／夕暮の／大学の構内／
高く聳える時計台は／選民《エリート》の象徴

黄色い銀杏は／暗い列をなす／気の故か見たことのある
顔が／そこここに覗いているようだ／額に『真理』の印
をつけて／　（しかし／　（虚偽の中に住む真実を／
（人々は青春と名づけるのだ

白い鳩の飛ぶ反戦旗／枝にかけられた赤い旗／彼等は奔
流し／塔は孤立する／　（願わくは旗が選民の飾りでない
ために／　（私の不在が確かめられねばならぬ

赤い煉瓦ブロックの／重々しい合唱は昇天する／大地を
杖で確かめながら／大学祝典序曲を聞く／　今は青春に
対してシニカルにならぬこと／　（それが／　（私の不在
の証明だ

ここで辻井は、高く聳える大学の時計台を仰ぎ見て、そこに物質的な意味での肉体はあっても、身体的な実感はないという二律背反に苛まれる。辻井は、そこから経営者、あるいは詩人・作家になっても、ここでの精神と肉体のアンバランスさ、すなわち「そこに自分はいるが、本当の居場所がない」という不在意識に呪縛され続ける。

こうして辻井の不在意識が、つぎの詩集『異邦人』へと引き継がれる。

三　詩集『異邦人』

辻井は、一九六一年に第二詩集『異邦人』(書肆ユリイカ)を刊行する。第一詩集から五年が経過している。この間、終刊した「今日」に代わり、伊達は「ユリイカ」の編集に情熱を注ぐことになるが、執筆陣には「今日」同人が多数起用されている。辻井も、この「ユリイカ」にさほど多くはないが、つぎの詩作品等を発表している。

一九五八年七月号・随筆「パリ・その前夜」、同十一月号・詩作品「静かな街」、一九六〇年一月号・詩作品「風葬」。

「ユリイカ」創刊号(一九五六年十月)に掲載された谷川俊太郎の「世界へ!」は、「今日」のマニフェストと共に、ポスト戦後詩の道標ともいえる衝撃的内容であった。その後谷川は評論活動に向かわなかったが、その言動は確実に厳しい時代認識に立った未来を予見する卓見であった。

詩人は積極的に戦わねばならないのだ。詩人は如何にあざ笑われようとも、詩を主張しなければいけない。それが詩人の人間的責任というものだ。世間が無視するからおとなしくひつこんで、現代詩は貧困か、などと議論している。みみつちい限りである。私は現代詩は貧困だと声を大にして云いたい。詩人はもつと貧困である。経済的には勿論のこと、精神的にも貧困なのだ。詩を売り込もうという工夫もしないで、あきもせず詩人の社会性とは何かなどと空論に花を咲かせる始末である。

私は詩人に、人々に媚びよと云つているのではない。それはむしろ逆なのだ。現代にこそ詩人は最も必要なのである。我々はあくまで詩人としての誇りを捨ててはならない。そしてそれ故にこそ私は、我々があくまで詩人として人々に対しなければならぬということを主張したい。詩人が人々に供給すべきものは、感動である。それは必ずしも深い思想や、明確な世界観や、鋭い社会分析を必要としない。むしろかえつて、それらが詩人を不必要にえらぶらせ、そのため詩の感動を失わせることが少くない。詩人は感動によつて詩を生み、感動によつて人々とむすばれて詩人になるのである。

今もこの谷川の問いは問いのまま現代詩人の前に突き付けられる。この問いを放った谷川だけが、みごとにこの難問を言行一致で実行しクリアしているが、谷川の問いは極端に難解というものではない。しかし、だれもこの問いに答えられず、現代詩内部はますます蛸壺化し、今や書き手＝読み手の関係は定説化し、谷川一人を除いて、詩でまともに生計を立てられる詩人はこの国にいない。これについて、筆者の見解はちがうのだが、それは現代詩全体の問題で、ここではそれに論及しない。知りたいのは、辻井がこの谷川の見解をどうみたかである。谷川に相対化されるのは「深い思想や、明確な世界観や、鋭い社会分析」を基軸にした「荒地」「列島」に結集した詩人たちであろう。辻井は後年、もっとも「深い思想や、明確な世界観や、鋭い社会分析」をもつ詩人になるが、この時点ではそれを積極的に支持する言論はみられない。

辻井の第一詩集『不確かな朝』の刊行は一九五五年である。すでに終戦後十年が経過し、戦後詩史でいえば、ほぼ主要戦後詩人の顔ぶれは出揃っていた。年代別に少し詩集名を記してみると、つぎのようになる。

一九四七年、秋谷豊『遍歴の手紙』
一九四九年、三好豊一郎『囚人』、吉塚勤治『鉛筆詩抄』
一九五〇年、関根弘『沙羅の木』、天野忠『小牧歌』、鷲巣繁男『亜胤』、永瀬清子『焰について』、安東次男『六月のみどりの夜は』、中村稔『無言歌』、杉本春生『無影燈』
一九五一年、河邨文一郎『山巓の火』、安東次男『蘭』、長島三芳『黒い果実』、平林敏彦『廃墟』、菅原克己『手』
一九五二年、御庄博実『交響詩・岩国組曲』、谷川俊太郎『二十億光年の孤独』、上林猷夫『都市幻想』、吉本隆明『固有時との対話』、中江俊夫『魚の中の時間』

一九五三年、土橋治重『花』、藤富保男『コルクの皿』、木島始詩集、西脇順三郎『近代の寓話』、桜井勝美『ボタンについて』、谷川俊太郎『六十二のソネット』
一九五四年、黒田三郎『ひとりの女に』、木原孝一『星の肖像』、谷川雁『大地の商人』、中島可一郎『子供の恐怖』
一九五五年、滝口雅子『蒼い馬』、入沢康夫『倖せ　それとも不倖せ』、吉岡実『静物』、川崎洋『はくちょう』、飯島耕一『わが母音』、内山登美子『燃える時間』、安西均『花の店』、茨木のり子『対話』、金井直『非望』

名詩集が並ぶ。この時代、詩人たちは詩集賞によって当該詩集が差別化されることもなく、各自黙々と自らの詩業達成に立ち向かっていた。ここでの詩集は、すべて現在にあっても完成度が高く再読する価値あるものばかりである。

この時期、辻井は、現実面でも東大文学部を中退し、父の政治秘書を経てデパート経営に参画する大きな決断をしている。前述した通り、「今日」の創刊は一九五四年六月、第一次「ユリイカ」の終刊は一九六一年二月。この間の辻井の年譜を示しておきたい。

一九五四年九月、西武百貨店入社
一九五五年四月、東京大学文学部国文科入学
十一月、西武百貨店池袋店取締役店長、東京大学中退

一九五七年五月、「近代説話」同人（寺内大吉、司馬遼太郎たち）
一九五九年一月、父康次郎の訪米に随行し、マッカーサーやアイゼンハワー大統領との会談に同席
一九六〇年九月、西武百貨店八階に美術展を提案
一九六一年三月、西武百貨店代表取締役就任
　　七月、詩集『異邦人』（書肆ユリイカ刊）

辻井を支えた伊達は一九六一年一月十六日、四十歳の若さで急逝する。その死後、辻井は第二詩集『異邦人』を出版し、翌年第三回室生犀星詩人賞受賞。

私が私であるためには／どの仲間入りもしないことであつた／愛する人にも　心のなかでだけ話しかけ／街を一つづつ建設することであつた

街には夕陽がさしたり、並木に風が揺れたりした／時々人が通つたが名前も性もなかつた／見なれぬ王国の暑い静寂のなかを／一発の銃声が馳けぬけると／あわされた唇は離れた

（「静かな街」一、二連）

僕は海峡を渉つた／遠くから見ると／輝いている国を離れて／僕は自分の時間をそこへ置いてきた

古びた証文には／異邦人と記されているが／遠い国にいた時も／僕は異邦人であつたのだ／とすれば／変貌はなかつたのだ／僕はいつも僕で／だから時間は失われて還えらないのだ

僕の劇は／仮面のない時からはじまつた／生の真実とは／何と照臭く／軽々しい言葉だろう／仮面を意識するのは／微笑ましい新参者／今　此の国で支配的なのは／悒鬱な商人

（「異邦人」1）

これらの詩は、辻井の現実生活の中での「不安」、そしてその内面形成にあっての原型となった「不在」意識がクロスオーバーして生まれてきている。ここから辻井は、世界標準の経営者になっていくのだが、そこには世の始まりにして、すでに世の終わりを予告するかのような不吉な何かが暗示されていて、全体にすでに若くして、ある種の諦観のようなものが漂っている。

辻井の詩集『異邦人』出版記念会が、一九六一年十一月二十八日夜、東京九段会館で開かれている。

発起人は土方定一、平林敏彦、飯島耕一、入野義郎、桂ユキ子、今東光、森谷均、中桐雅夫、岡本太郎、大岡信、嶋中鵬二、滝口修造、田村泰次郎、吉岡実。（「詩学」一九六二年二月号より）

この号の「詩学」に、辻井の室生犀星詩人賞が紹介されているが、そこに「辻井氏は本名堤清二、西武百貨店店長で堤康次郎の息子。企業界のホープである。」と紹介されている。ここには、いつか辻井は詩から足を洗い、実業に専念してしまうのではないかとの見方が隠れている。むしろ、同時受賞者の富岡多恵子（一九三五―）のほうが職業的小説家に専念し、詩から遠ざかってしまった。富岡の受賞詩集『明くる日の物語』は、第八回H氏賞（一九五八年度）『返礼』に続いての受賞。

辻井は父の興したデパート経営を世襲するが、それは自らが主体的に選び取った職業ではない。できれば、谷川のいう文筆業で生計を維持するのが理想であったが、それは限りない不可能性への挑戦であった。仕方なく、辻井は詩を書くために、他の詩人たちが医師になったり、教師になったり、役人になったりするのと同じように、他に適任者がいないという消極的理由で世襲経営者という立場を受け容れたといってよい。しかし、それは昼間の生業を適当に終わらせ、そこで余ったエネルギーを文筆業に注ぎ込むという意味ではない。詩人が優秀な医師、教師、役人であることは珍しくはないのと同じように、辻井はデパート経営という実業に全エネルギーを傾ける。しかし、辻井の精神は実業に潰されることなく、そこでの葛藤を詩のことばに転化する特異な業を会得し、その生を全うする。

こうした心境について、辻井は率直にその思いの丈を述べている。

自分は経営者に向いていないという考えはビジネスマンになってからも長い間僕を苦しめていた。ただ、小説家や詩人としてやっていく自信がないから、生活の糧を得るために勤めているのだという意識は百貨店の店長という立場になっても変らなかった。
（「マックス・ウェーバー『プロテスタンティズムの倫理と資本主義の精神』」・『かたわらには、いつも本』所収）

辻井は、この文章を「文藝春秋」二〇〇八年十二月号誌上で書いている。すでに時間的に過去の仕事を客観的に総括できる立場にいた時期の執筆である。セゾングループを世界水準の経済規模に育て上げ、「自分は経営者に向いていない」と言われても、にわかにそれを信じる者はいないかもしれない。しかし、これは謙遜でもなんでもない。辻井の本心そのものである。

筆者はある賞の選考で辻井と同席したことがある。選考は三時間近くに及び、受賞詩集が決まり、われわれがほっと一息ついてコーヒーブレイクをしていたとき、辻井はそこで黙々と選考経過のペンを走らせ始めていた。そして、みんながコーヒーを飲み終わったとき、辻井は主催者に書き終えた原稿を渡し、その場を足早に立ち去っていた。筆者がこの場面に遭遇したのは一九九三年のことであり、まだ辻井は実業でも多忙な時期であったにちがいない。それからも同じ選考会をご一緒したが、やはりその作法は同じだったと記憶している。おそらく辻井の認識では実業も詩人としての仕事も、一つの時間の中で同等の価値をもっていた。たとえ実業で数百億のビジネスの取引があっても、つぎにはまったく一文の得にもならない詩の仕事を引き受けることに何の躊躇もなかった。現在、われわれの社会生活は間に貨幣価値が介在されなければ機能しない。一億総拝金主義の前に、人々はかつての武士道精神のプライドを捨ててしまったのである。人が一流大学～一流会社、高級官僚、弁護士・会計士などを選択する背景には、この貨幣価値の評価が相対的に高く保証される裏付けがある。稀に赤ひげ先生などが出現するが、それはきわめて狭い範囲の美談の中の寓話にすぎない。辻井の生き方は、人が社会を貨幣価値で透視しなくなることで、逆説的に有り余る世界の自由が手に入ることの意味を教えてくれる。当然、それは「お金がある人間の余裕だ」という批判が聞こえそうだが、辻井は自らが選んだ不自由なビジネス空間で、一度は莫大な経済的富を手にしたことで、最後に「これを自分の手で終らせてもよい」という選択を得られたのではないか。辻井からすれば、デパート経営の職務に就いたことは、詩を書くための経済的基盤を固めることになったといえる。つまり、これは実務の報酬として文筆活動が得られることを意味し、その意味で、室生犀星詩人賞受賞も力になった。

いずれにしても、辻井が多忙な経済活動の合間を縫って、こうして地道な各種選考委員の仕事を積極的に引き受け、後進の指導に当たっていたことは特筆しておきたい。

多忙だから詩を書くのをやめるというのは、裏を返せば暇だから詩を書くということになりかねない。そんなところから、緊張感ある詩的言語が生まれてこようがない。辻井にとって多忙は覚悟の上であった。

ここに辻井が西武百貨店池袋店取締役店長時代、父康次郎、永井道雄(一九二三年—二〇〇〇年)を交えての鼎談という興味深い記録がある。『暮しの夢のフロンティア　西武百貨店』(フジ・インターナショナル・コンサルタント出版部・一九六二年)という本に収録されている。

戦前、大隈重信が出した雑誌に「新日本」がある。大隈が主宰、康次郎が社長、主筆は道雄の父、永井柳太郎。康次郎の妹ふさ子は、柳太郎の従弟永井外吉に嫁いでいる。外吉は西武鉄道の重役を務めるなど康次郎の事業を手伝っている。柳太郎は早稲田大学教授を経て、大正九年、衆議院議員に初当選、当選八回。政調会長、逓信大臣を歴任し、一九四四年死去。道雄は政界には進まず、朝日新聞論説委員などを経て教育社会学者として活躍する。一九七四年、三木内閣で道雄は民間人から文部大臣就任。道雄は、辻井というより康次郎との関係が深い。

この中で、康次郎の歯に衣着せぬ発言が興味深い。少し、その部分を紹介してみたい。

ところで、辻井喬の詩の話なんだが、わしはあれにはホントのこともあるし、また非常に、危ないこともあると思う。「私が私であるためには、どの仲間入りもしないこと」これはわしにもよくわかるんだ。ところが「愛する人にも心のなかだけで話しかけ」こいつはわしにはちょっとわからないんだよ。思う人に心のなかで話しかけていたんじゃや、心が全然相手に通じないんじゃないかな。（略）辻井喬が店内を回るとすれば「ああ、この人は思うことを心のなかで話しかけているんだから、私を思っているんだろうか、いないのだろうか」という迷いを生じさせるな。

つぎに、永井の「会長もまえから『事業は芸術なり』とかいっておられるでしょう。案外、ほんとは詩人なのかもしれませんね。」という問いに対し、つぎのように答えている。

いやそれはね、わしもちょっとそう思うことがあるんだ。若いとき読んだ『カレント・オブ・イングリッシュ・リテラチュア（英文学の潮流）』のなかにウォズウォースの詩があった。これを読むと、なんともいえない幽玄の境をホーフツさせるような気分になってね。辞書をひいては何回読み味わったかしらん。若いときにはみんなそういう気持ちがあるんだね。

さらに永井は、康次郎が浅間山山頂にドライブウェイを造るとなったとき、湯川秀樹博士の「それは科学者的ユメですね。事業というのはそれくらいのユメがあるのがいいですね。」のコメントに対し、つぎのような話を引き出す。

……そうするとああいう有名な科学者にも、やっぱり芸術、詩というものの気持ちはよくわかるんだな。清二の場合も、わしとしては詩心のあるのは非常にうれしいんだ。そういう気持ちがなければ、あれだけ大きい、おおぜいの人に満足を与えるということに情熱はもやせない。それがないとふつうの小売り屋となんら変わるところはないからね。詩心は必要なんだね。

康次郎は予想に反し辻井の詩作活動を後押ししている。辻井の詩心をデパート経営のＰＲに転用することも提言している。一般的に野卑なイメージの康次郎は、詩人辻井喬を事業の障害に当たるととらえていたとみられているが、これをみるとむしろ支援者の一人である。たしかに、康次郎は現代詩の暗喩を理解できなかったが、その感性はけっして現代詩を問答無用で切り捨てるようなものではない。辻井は康次郎の後継者として重責を担うようになっていくが、詩人辻井もまた同じ速度で成長する。辻井の実質的な上司は康次郎ただひとりで、ここで父から詩人経営者の言質を得たことの意味は大きい。もちろん、それは鼎談という世間話の範疇を出ないが、父との確執については一元化できない複雑な事情があることを読み取れる。

そして永井は、康次郎が事業を展開するにあたって、それを後押ししてくれた友達の有無を尋ねている。その答えはユーモアに富んでいる。

いや、友だちはいっさいなかった。だから、辻井喬の詩じゃないが「どの仲間入り」もしなかった。（笑）

康次郎の辻井の詩界でのスタンスを挿入しての当意即妙の受け答えは見事である。辻井に勝るとも劣らないずばぬけた頭の回転の速さである。ここで辻井の「私が私であるためには／どの仲間入りもしないことであった」というフレーズについて、父子に共通する人生観であったことは面白い。さらに、堤康次郎はその死後に『叱る』（有紀書房・一九六四年）という本を出版している。この中で、清水崑との対談で、自分に内緒で清二が室生犀星詩人賞を受賞したことを踏まえ、つぎのようなことを述べている。

清水さん、私は詩がきらいではないんです。詩を解する人情を持った人でなければ、人間としておもしろくない。詩を作る気持の人が経営者であることはけっこうです。しかし、詩にふけって夜中まで推敲《すいこう》することは、酒に酔うてすべてを忘れてしまうこととおなじようなものです。豊かな詩情を持った人であれば、豊かな人間味として経営者たり得るんです。

そして、康次郎は清二が母の感化を受け、詩心を育んだことに触れている。そして、自らが病に倒れ恢復した際、「お父さん、なおって梅の花ざかり」と日記に書いたことを喜んでいる。それに応え、清水は「デパートは事業としてりっぱだけれども、人間のかわいたところで、人間の善悪、弱点、人間そのもの、生まれつき持っている悲しきものがある。そうですから、そういう意味でデパートは『人間動物園』で涙ぐましいところです。逆説的にいえば蒸し焼き、そこまでいくと詩になる」と述べ、つぎのように康次郎の意見を引き出している。

私の事業観を話すには、詩の心を話さねばなりません。詩の心ということは、思いやりの心ともいえる。また、美を探究する心ともいえる。人の喜びを自分の喜びとする気持です。
詩の心は、あらわれて感謝となり、奉仕の誠心となって世の中を明るくします。金を儲けようとする心は万人共通の心理で、これにみんなが熱中するから、激烈なる競争が起こる。悪戦苦闘して共倒れになる。つまり、営利を目的として、儲けよう儲けようとしてやる仕事は失敗する。これに反して、詩の心を以って事業をやる人は稀です。なぜならば、引き合わないし、儲からないからです。そして、そこには競争がないので、無人の野をいくが如く、自らの境地を開拓することができる。そこで事業というものは、詩心を持たねばならんと思う。つまり、詩心を事業に対する心としなければなりません。

ここで康次郎は詠嘆調の近代詩を念頭において発言しているが、辻井の詩はその対極に立つ前衛意識を鮮明にした言語詩である。ここでの康次郎のいう詩心を無条件で受容はできないが、云わんとすることは分かる。ただし、辻井はデパート経営に康次郎のいう情緒的な詩心を転用することなど想定外の話であった。こうして、康次郎が辻井の詩作行為を認めていたにも拘らず、そこにはお互いに詩を共有する基盤はない。詩に関して、康次郎は中身も分からず一方的に息子に歩み寄っているにすぎない。辻井はほとんど父の思いを意に介さず、難解な現代詩に没入し孤高の道を歩むことになる。いわば、康次郎は詩に一般的な興味は示しても、現代詩人辻井の内面にまったく迫ることができずに終わってしまう。ある意味、辻井は、ここでの康次郎に内包する近代的感性を否定してデパート経営を推進したが、ただひとつ、共通するのは、康次郎もただ金儲けのための実業家ではなかったことである。

そして、この本の最後で康次郎はつぎのように述べている。

西武デパートの店長、清二の室生犀星詩人賞を受けた朝日新聞の記事のなかに、僕（清二）は権力意識はきらいとあるが、あの思想はよいことです。社員が一体となって、渾然として奉仕することになるから……私は生来、詩心は好きなんです。

ここでもう一つ、康次郎は辻井の反体制、反権力の姿勢に同意している。

Ⅱ　戦後的現在と『わたつみ　三部作』

一　詩集『群青、わが黙示』と神話

一九九〇年から二〇〇〇年に至る十年に限定すれば、この期間の辻井は、詩人として充実期を迎え、立て続けに『群青、わが黙示』『過ぎてゆく光景』『時の駕車』『南冥・旅の終り』『わたつみ・しあわせな日日』という力のこもった五冊の詩集を編んでいる。これらの詩集に共通しているのは、詩人内部への思想的な省察及び戦後的現在の検証ということになろうか。この中で、とりわけ『群青、わが黙示』は、エリオットの「荒地」を下地に、リルケの「ドゥイノの悲歌」、そして「古事記」のフォームを借りながら、近代以降の日本人の精神的位相に挑んだ意欲作である。さらに、辻井の探究は『南冥・旅の終り』『わたつみ・しあわせな日日』と続いていき、明治以前に存在した日本固有の文化の探究、日本国家再生のための思想詩の制作に没頭することになる。

辻井は『群青、わが黙示』で、その否定的意味の中身を明らかにしてはいないが、すべての意味で日本の政治動向に危機意識を抱いている。この詩集は、従来の「近代の超克論」とは異なる発想で、明治以降、日本が果してきた近代への決別を明示した詩集であろう。そのことについて、つぎの堤清二の言葉によって説明できる。

近代国家ということで言うと、例えば、ＥＵ（欧州連合）は自らの手で近代国家を壊している面がある。国家というのは固有の領土があって、それを守る軍隊があって、治安制度があって、中央発券銀行があって──と、ワンセットになっているが、ＥＵは、エキュという統一通貨を設けている。これは、重大な主権の侵害です。ところが、ヨーロッパの国は文句を言わない、むしろそれをしなければと言う。これは、テクノロジーの発展、経済規模の拡大が、近代国家というものを物理的に、物質的に規制せざるを得ない時代に入ったことを意味している。

（「鼎談・戦後50年を問う」辻邦生・堤清二・安江良介、信濃毎日新聞社）

ここには、辻井ならではの世界観が余すことなく語られている。今後の世界情勢は、経済至上主義が常態化することで、経済競争が激化、ますますＥＵ的になっていくであろうし、それによって日本企業は多国籍化し、国際化に向けてむしろその選択は歓迎されると述べている。ＥＵの経済的価値観が、やがてロシア圏内にまで波及することも予測している。そして、この国境のボーダレス化は、インターネットの普及もあって、時代のグローバル化を加速するものとしている。それに対し、一方で辻井は、ＥＵ連合に重大な主権の侵害をみることで、ポスト近代国家の構想をつぎのように提言している。

一方、思想的には、二度も世界大戦を起こしたことで、世界は、近代文明の権威というものをほとんど否定しなければならないところにまで追い詰められた。そうなって来ると、やはり固有

の文化に根ざした集団、近代国家に代わるものがもう一度見直されなければいけない。（同前）

ここで辻井は、近代の中央集権制度に代わるべき政治経済体制として、固有の文化に根ざした集団体制というものをあげ、時代遅れの覇権主義的な近代国家の発想に反旗を翻している。こうした辻井の視点からみれば、EU連合の在り方は、周縁を統合したというより、多様な個性を強引に集約し、アメリカに対峙する強固な体制を作り上げただけということもできる。そして辻井は、固有の文化の中身について、「ナショナリズムになった時の日本的なものではなしに、ナショナリズムにおおわれる前の日本的なもの」に依るべきものだと説明している。

『群青、わが黙示』は、戦前の帝国主義、戦後の経済至上主義と続いた近代の終焉を暗示しながら、新たな日本文化の再構築を模索したものといってよい。詩誌「地球」一一五号は、「辻井喬の詩と小説」を特集しているが、この中で石原武が辻井の詩的世界をつぎのように分析している。

この一世紀、私たちが追随してきた西欧の近代合理主義の破綻について、辻井喬の想像力は、かつて、T・S・エリオットがそうであったような所謂〈正統性という秩序〉に帰らない。中心を離れて、遠い縁《フリンジ》へ、縁から縁へ、たとえば、文化人類学者レヴィ＝ストロースにいざなわれたかれの感受性は、表層文化の奥の奥の基層の風を感ずる。ヨーロッパの西の縁のケルト、極東の島の北辺の縄文、そして出雲、これら神話世界をつらぬく普遍言語の認識は、〈知の組替え〉への極めて魅力的なプロポーズであるだろう。

この鋭い文明批評的考察は、この時代の文化的状況の欠陥にも論及し、出色の辻井論である。エリオットは第一次世界大戦後、母国イギリスの中に精神的価値の崩壊、倫理的な腐敗、経済的な破滅を複合的にみたことによって、長編叙事詩「荒地」を作り上げる。
越沢浩は、『T・S・エリオット「荒地」を読む』（一九九二年・勁草書房）という著書の中で、第一部の「死者の埋葬」について、これを英国国教会の死者の埋葬式から取ったものとし、つぎのように解読している。その冒頭の部分の訳詩とともに紹介したい。

死者の埋葬

四月は最も残酷な月で、死んだ土地から
ライラックの花を咲かせ、記憶と欲望を
混ぜ合わせ、生気のない根を
春の雨で掻き起こす
冬は何もかも忘れさせる雪で地面を被い
干からびた球根で小さい生命を養いながら
わたしたちを温かく保ってくれた（略）

第一部で暗示するところは、実らなかったが懐かしい恋の思い出と、人々がかつてその中に生きていた神話の文化の死滅である。そして今残っているのは相続権を奪われた人（the disinherited man）だけである。さらに神聖だが生死を繰り返す太母神、すなわち豊穣の女神の愛人である神が死んで、その結果女神が冥界に降りて行ったため、大地の生命が衰退してしまったけれども、やがて神が復活して春が訪れると共に生命力の再生を待つ前の苦しい忍従の時期を暗示することである。

（Ｐ七二）

この越沢の解説は、前述の石原武の辻井論とも重なるところがあり、『群青、わが黙示』と「荒地」の神話的世界の関連をさらに示唆している。『群青、わが黙示』は、日本固有の文化が死滅していくことへの危機意識を、神話の蘇生を視野におきながら表現したものとみてよい。日本の戦後処理は、精神的価値を犠牲に、いわば倫理的腐敗に目を瞑り、ひたすら経済大国への道を疾走することになる。そして九〇年代、バブル経済の崩壊によって企業の利潤追求主義にブレーキがかかるのだが、それは一時的なものにすぎなかった。辻井のいうように日本人は精神内部に核になるものをもっておらず、その結果、精神的価値にユートピアを見出すことができず、現在に至るまで真の豊かさというものを実感していない。エリオットは、「四月は最も残酷な月」だが、「死んだ土地からライラックの花を咲かせ」ようと、第一次世界大戦後の焼跡に神話の復活を主張した。同様に辻井は、『群青、わが黙示』でエリオットの「荒地」を下地に、リルケの「ドゥイノの悲歌」、そして「古事記」を加え、戦争と経済効率に特化した近代を否定的に問い、神話的世界の再生によって、新たな詩的言語の獲得を目指した。これらのモチーフは、古代的な意識の古層、あるいはユングの元型の掘り起こしということにもつながっている。

この時期、辻井は「古事記」を下敷きにした小説『ゆく人なしに』（一九九二年・河出書房新社）を刊行している。辻井はこの本で「古事記」について、戦時中に国定教科書で使われていたことを改悪と断じている。『群青、わが黙示』は、世界に向けてきわめてスケールの大きい日本現代詩の収穫の一つであったといってよい。

リルケの「ドゥイノの悲歌」と近代文明の関係については、辻井の「ノイズとしての鎮魂曲」(『群青、わが黙示』あとがき)という文章から引きたい。

ドゥイノの悲歌の場合、外界の出来事を直接扱ってはいないけれども、世界大戦がリルケに与えた深い絶望と不安とは、〝マルテの手記〟に現わされているような、近代文明や知への懐疑や不安を基調として考えれば明らかなように私には思われる。そのように読みこんでいけばいくほど、私達は現代というものをどのように受取っているのかと自問せざるを得ない気持になってくるのだ。

『群青、わが黙示』の第一章は「時の埋葬」である。その終わりの連を引きたい。

その頃　黄泉の国では大量の難民の漂着に悩んでいた
かれらにスサノオの面影はなかった。
水のなかの根ノ国はスサノオの住いに適さない
かれは海辺に立って聞いている
汀に寄せる波も　水平線を流れる潮も
スサノオ　スサノオ　君はいずこにさまようや　と奏で

なげき　そして囁いている
だれも応える者はいない　答えられない
ただ人びとの胸のうちには牡丹雪が降るだけ
黄泉の国にも降っているだろうか

神話の世界でスサノオは、太陽神天照大御神の弟であるにも拘らず、その粗野で破天荒な性格から数々の問題を起こし、楽園高天原を追放されてしまう。その後、大蛇を退治し出雲の地に復活したりするが、この詩にあるように、スサノオは命じられた海の国の支配者就任を拒絶してしまう。このスサノオの個性こそ、現在の荒んだ社会状況に生きる混沌とした人間像を象徴しているともいえよう。『群青、わが黙示』の中で、スサノオの復活劇の立ち位置をみることは重要である。

この詩集が出た三年後の一九九五年、オウムによる地下鉄サリン事件、阪神・淡路大震災が起きている。ある意味、『群青、わが黙示』は、これら未曽有の社会事象を予言していたともいえる。この二つの事象は、私たちの日常に突然衝撃をもたらしたが、明白となったのは、それに対峙する日本国家の脆弱さということである。神戸の被災民たちは、一夜の内に、まさに戦後日本の焼け跡生活さながらの耐乏生活を強いられた。また教祖に帰依した高学歴のオウム信者たちは、現実世界を逃避し、オウム帝国という仮想国家に集合した。彼らは、そのため、無差別殺人を計画し、一般市民を恐怖のドン底に突き落としてしまう。この二つの事象は、国家の唱える安全神話の崩壊を露呈する結果になった。それにしても、緊急時に国民の生命財産を守ることもできない国家とは、一体何の存在意義があるのか。

辻井はこの詩の中で、そんな脆弱な国家であれば潔く埋葬してしまおうとの大胆な試みに出ている。その言葉どおり、その後の日本は精神的価値の回復に向かうこともないまま、福島の原発事故を経験したにも拘らず、それを停止することなく再稼働するなど、国家として臨終の時を迎えつつある。

ここで辻井は、そうした国家を戦後的時間の中に解消してみせたのであろう。ただ、ここでの埋葬は、死者の姿が具体化されておらず、抽象的な描写にすぎない。おそらくそこには、むしろ第二次世界大戦で国家のために死んでいった死者の魂は今も埋葬されていない、という辻井の無念さが込められているのではないか。

辻井は「ノイズとしての鎮魂曲」の中で、「国粋主義が跋扈するようになってから、思想詩の水脈が途絶えた」と述べているが、その意味で『群青、わが黙示』は、それまでの詩の系譜にはない思想詩としての意欲を示したものともいえる。

二　詩人と昭和史の相克

辻井の『群青、わが黙示』は、詩で昭和史を遡行するという思想詩である。辻井は現実体験を踏まえながら、戦中から戦後の歴史的時間を詳細に検証してみせている。つまりここでの辻井によれば、昭和という時を経て、現在の日本はなんらかの滅亡の危機に遭遇しているという見方になる。

『群青、わが黙示』は、思想詩としての側面をもった意欲作であり、国家という言葉が頻繁に登場する。

どこまで行っても泥の海だ
この海峡は本当に海に通じているのか
ただの河口にすぎないとしても
そよぐ葦の角のような芽は見えてこない
国造りの作業は迂闊にすすめる訳にはいかない
（「I　時の埋葬」）

…………
国造りの作業はいまも工事中
だんだん悪くなるという説もある
いつの時代も識者は危うんでいたものだが　今度は……
（「IV　自死」）

辻井の昭和史とは、あとがきによれば「戦争があり、革命幻想があり、のっぺらぼうな経済というものに吸収されていった」時代ということになる。この背景には、はじめ革命幻想に捕らわれて、日本共産党東大細胞に属し、やがて経済界に進出するという辻井の特異な現実体験が重なる。

辻井に『国境の終り』（一九九〇年・福武書店）という自らの体験を描いた思想小説がある。この小説のストーリーは、一九五〇年の朝鮮戦争時から、一九八八年のソウルオリンピックまでの時代状況を背景に、辻井を思わせる学生運動家の主人公、在日韓国人李の二人の同級生の交流を中心に展開する。

二人は、朝鮮戦争当時、共に学生運動家として共産党内部にいたが、李の父親は慶州出身の韓国人で、当然、党の方針としての中国軍の朝鮮戦線出動に無条件で同意できない。その後二人は、日本共産党の分裂騒動もあって、学生運動の前線からしだいに後退していってしまうが、卒業後、主人公は大学教授に、李は日本でビジネスマンとなっている。日本は経済の高度成長を果たし、韓国もそれを追うかのように経済成長し、ついにソウルオリンピック開催に至る。

李は、オリンピック組織委員会から韓国に招待されることになり、「南北が統一するまで韓国には行かない」といっていた禁を破って、はじめて祖国の土を踏む。二人は肩を並べて開会式に臨む。そこで辻井は、つぎのような描写をしている。

　すべての演出の基調に、韓国の創世神話が横たわっていると徐飛石が話していたのを私は想起し、敗戦国日本はもう国際的な行事の際に英雄叙事詩を演出できないのだと考えた。戦争直後は神話を悪用した戦争への忌避の感情から、そして占領軍の目を気にして。そのうちに人々は歴史を忘れ、今では演出しようとしてもどう表現していいのか分からなくなってしまったようだ。

（P一五三）

開会式後、二人は釜山港を見下ろす海雲台の岡に立ち、李がこれから「日本はどっちの方向になるだろう」と主人公に質問する。李は、日本列島の方角に目をやりながら、涙を垂らしながら何も「見えない、どうしたらいいんだ」と呟く。そしてこの李の呟きには、「日本が見えない、祖国が見えない、国境が見えない」と国家の終焉を示唆して物語は終わる。ここでの辻井の神話的世界構築への意欲、そして二人をめぐる革命幻想、日本共産党の分裂、日韓の経済の高度成長、朝鮮半島の統一等の戦後的課題は、『群青、わが黙示』のモチーフにも重なり合う。その意味で、この小説のサブタイトルが「世の終りのための四章」となっているのも何か暗示的である。

ここで、少し前の詩集になるが、『動乱の時代』の中から辻井らしい個性をもった詩を一篇取り上げてみたい。この詩は、『辻井喬詩集』（思潮社）に収録されている。

霜の朝

暗い冬に耐える優しさのために
凍った風のなかの希望のために
梢に拡がる空にむかって
鳥を放とう　晴れた朝に

別れが　いつも次の出発になるために
黒く光る銃を磨こう
蹉跌がいくつも積重って虹を創り
やがて　素朴な歌になるまでに

愛が耐えることを教えるように

どこかで鳴りつづけている鐘がある
苦しみは決して減りはしないが
人生にだって意味はあるのだ

重い霜がやってくる朝
僕はひそかに武装を整える
危機を孤りで走るために
そのことによって
いつかくる再会を飾るために

この時期、辻井の詩は技法的に分類すれば硬質な抒情詩群といえる。ここでの言語的特質は、『わたつみ　三部作』へ至る思想詩人への成熟を準備しているといってもよい。、辻井の思想的特徴は、谷川や吉本とは別の意味で、まさにここから死に至るまで、その際立った反体制的態度の持続にあったといえるだろう。この詩は、その特質をもっとも表現したものとなっている。

しかし辻井は、つぎのような形で、この左翼的な思想性を言語内部に閉じ込めてしまう。

一九五〇年の一月、突然コミンフォルムが日本共産党を批判し、それを契機に学生運動の組織は混乱し分裂した。昨日までの同志が一晩のうちに最も憎むべき敵になる不思議さの前に当惑していると、論理的整合性は足早やに中空に舞いあがって、気が附くとそれは私の周囲に、反革命分子、分裂主義者、トロツキストという言葉の破片となって雪崩れてきたのだ。仮借ない近親憎悪のなかで幻想の解放区は消滅した。（「私の詩の遍歴」）

辻井は共産党の活動からは離れるが、これによって左翼的な思想性が消滅したということにはならない。このことは、小説『国境の終り』の中でも明らかにされている。また先の鼎談でも、戦後日本についてつぎのように語っている。

戦争前は相対化に耐えられない構造の文化、戦争後は相対化という視点を無くした、文化がなくて経済だけに関心がある構造―。それが、いよいよおかしいぞという感じになってきている。

そして辻井は、現在の日本人について、つぎのように「ノイズとしての鎮魂曲」（『群青、わが黙示』あとがき）の中で語っている。

それでも、敗戦前は、何人もの人が自分に納得のゆく生き方を貫こうとしていた。その多様性が一九六〇年以降、経済の高度成長と歩調を合わせるように消えてきたように見える。それは詩の言葉がマスコミ用語に奪われてゆく過程でもあった。

日本の戦後処理は、民主化の名のもとに精神的価値を矮小化し、世界に誇る経済大国の地盤を築き上げた。日本人全体の価値観は、世代を問わず「滅私奉公」から「滅公奉私」へと急転回していった。ここで辻井のいう「敗戦前は、何人もの人が自分に納得のゆく生き方」をしていたというのは、それらの生き方を肯定することで、現代人の精神的価値の貧しさを相対的に強調しようとしているのか。現在の日本人は、その対象が示す領域の範囲を問わず、自己決定能力というものが稀薄である。過度な偏差値教育、ブランド信仰をはじめ、すべての選択は、第三者がもたらす情報の追認にすぎない。

辻井によれば、情報社会がもたらすその実体は反思想的なノイズということになる。そして現在の日本は、その正体不明のノイズに支配された状態にあると言い替えられるのであろう。だから、この国はマスコミの情報操作によって、総理大臣や知事が決まってしまったりする。

現在の日本人ほど、国家意識の稀薄な民族はいないが、これは大変危険なことではないだろうか。もちろん日の丸を掲揚し、国歌を愛唱せよという記号的意味を問題にしているのではない。むしろ、そのような無自覚な国家への帰属は、まともな批評精神が育っていないことの危険な兆候である。つまり、われわれは個の権利拡大を声高に主張するが、国家や家を含む抽象的な共同体に対応していない。日の丸掲揚、国歌愛唱はごめんだとはいうが、かといって平和憲法を積極的に護ることはしない。すべてに自分の利益に関わること以外、無関心なのである。いわば、経済的価値の最大化を尺度に、世俗的欲望を満たしながら、しだいに個は全体主義の方向に寄り添うように画一化していっているのである。それでは単なる稚拙な個の遊戯であって、それは辻井のいう全体主義に抗い獲得する人間的自由の権利主張ではない。むしろ、これでは容易に、戦前以上の全体国家が作られていってしまうのではないか。

現在の日本人にとって、たしかに個人の自由権利の主張を規制するものはないし、己の経済力を誇示することで、大抵のことは実現可能な拝金主義社会である。しかし、そのことによって、どれだけの歪みが社会全体にもたらされているのか。例えば戦後の家族制度の解体は、各所に潜む家父長的な権威から個人の権利を解放したが、それは直ちに個の解放にはつながらず、単に個の断片化を促すだけのものでしかなかった。家族制度の崩壊は、一人暮らしの老人を増加させることだけに終わり、家族関係にまつわる凶悪な事件も後を絶たない。戦後日本は、辻井のいう情報のもたらすノイズ国家だといえる。辻井自身『群青、わが黙示』を書いていく上で、自らに情報という「ノイズに囲まれた私という存在の卑小さ」を感じたという。

辻井のいう納得の行く生き方とは、素朴だけど精神的価値の貴さを核とした家族関係、あるいは地域住民の自発的な互助精神のようなものを指しているのではないか。そして、たとえそれが明治以前の封建制度下、あるいは昭和の軍国主義下にあっても、そういう尊い精神的価値が戦争利用などとは異次元に、日本文化の基層にあったということを述べている。それが現在、かつての共同体ははっきりとだれにも分かるように瓦解してしまったのである。

『群青、わが黙示』の中につぎのようなフレーズがある。

> 私ことユーゲンデスが貿易商になった訳をお話ししましょう
> 成功の秘訣は裏切りでした　国家への　論理への　理想への
> かんたんな原理です　辨証法ぐらい
> よのなかの動きが手にとるように見えて儲かりました
>
> （「V　捜神の旅」）

ここでの貿易商、つまり人間が経済的に成功するには、国家、論理、理想への裏切りが不可欠というのは半ば辻井の自虐的なサタイアである。そして、ここで作者は自己の経済人としての身分を隠さず、これを「成功の秘訣は裏切りでした」と過去形をもって否定的に総括している。

ここで辻井は、詩人として危険な賭けに出ている。湾岸戦争時、詩に何ができるかという命題が出されたとき、そこに辻井は「第二次大戦の死者の魂を鎮めてくれる言葉」がなかったと指摘している。そして、つぎのように述べている。

第二次大戦での敗北という辛い経験が、少しも詩の言葉を豊かにしなかったかに見えるのは明治以後の詩の歴史と平仄を合わせているようである。先人の業績を吸収しながら乗り超えることで、蓄積が増え、言葉が洗われてゆくという具合に、言ってみれば重層的な生成の道ゆきを我国の詩は辿っていないように思われる。

日本は明治維新後、近代化を選択した時点から欧米受容を余儀なくされた。その近代システム自体が現在、あらゆる階層で破綻をきたしてきている。『群青、わが黙示』は、こういう時代に正面から対峙した詩集として注目したい。

三　詩集『南冥・旅の終り』と戦後精神

三部作の中で、『南冥・旅の終り』のモチーフは、日本の戦後史の総括ということになる。ここには、企業家としての辻井自身の実像が過不足なく書き込まれている。つまり、情報というノイズに囲まれ肉体は維持されているが、もうとっくに精神は海の彼方に消え去っているという大胆な仮説である。辻井は、この詩集の中で自らを先の戦争で死んだ死者として位置付けている。この認識は、詩集全体の骨格を形作っている。

私は死んだのだから
記憶が風化しても
怒ったり悲しんだりする資格はないのだと知る
（「仰角砲の影」より）

いくら君たちの残した手記を読んだとしても
その手紙を編纂し映画を作ったりしても
私は死んだ男として傍らを通り過ぎる人だった
その後はずっと繁栄の演出に忙しく
ゲームに熱中してもいたのだ
（「仰角砲の影」より）

かれらは永遠に若く私は老いてしまったのを知った
生き残って死んだ男になってしまったから
そんな死を認めまいとして
別の教えに残った意味を見つけようとした
（「まだ間に合うか」より）

自分も南の海で美しく死ぬのだと決めていた
だが生きてしまったのだ死者として
（「恋の事情」より）

みんな誰かに命じられたかのように
なにかを投げ終った姿勢のまま動きを止めて
死んだ生者は陽の当る島に残されてしまった

（「旅へ」より）

死んだ兵士は生き返らないまま
生き永らえた死者に向って禁じている
消えた地平に手をかざし目を放つことを
身を繁栄の都に置いて鎮魂の歌を歌うことを

（「旅へ」より）

一九四五年八月十五日の敗戦後、ＧＨＱ主導のもと、即座に日本の民主化は推進されていった。しかし、それは一九四七年の二・一ストを契機として、すぐに共産勢力の排除へと向かっていってしまう。ＧＨＱは、日本の民主化政策を中断し、経済復興推進一本へと急カーブを切らせる。一九五〇年六月、朝鮮戦争が始まると、ＧＨＱは、吉田内閣に公職追放の解除（約十万人）、職業軍人の追放解除、警察予備隊の創設、レッド・パージなどの反共政策を指令する。この時点で、実質上戦後日本の民主化への動きは絶たれたといってよい。

一九六〇年代、日本はアメリカを模倣し、経済の高度成長を成し遂げ、世界に経済大国の地位の名を不動のものとするが、九〇年代後半、バブル経済の崩壊によって銀行、証券会社の相次ぐ倒産、日本の経済至上主義はいったん頓挫する。

日本経済は、敗戦から奇跡的に復興したという世界的評価がある。もしも、それを可能たらしめたものがあるとすれば、GHQの民主化政策によるものではない。お国のためなら命までも犠牲にするという、日本人特有の滅私奉公的な勤勉さであろう。とすれば、戦後、日本人にとっての信仰対象が天皇崇拝から経済復興にすり替わったにすぎない。

戦後日本は、GHQの描いた青写真通り、戦前軍国主義の精神的遺産を清算し、同じ思考回路で経済大国の道へと盲進した。

ここで戦後という総体を人の形にたとえてみよう。現在彼は集中管理室で酸素ボンベを口に当てられ、瀕死の状態である。病院の待合室には、彼をよく知る少数の者たちが心配そうに待機している。その中の一人がまぎれもなく詩人辻井喬であった。病室の彼（戦後という総体）は、まだ息絶えていない。そこで辻井は、その遺言とも言うべき言葉を拾い集め、必死に書き留めようとしている。しかし彼の病状は絶望的である。この国に、彼を回復させる名医は一人としていない。おそらく『南冥・旅の終り』は、この国に対する絶望感から生まれたものであろう。

辻井の『南冥・旅の終り』は、一九四五年八月十五日を起点に、それ以降、現在までの史実を無力化し、時間の針を過去へとねじ戻す。そのことによって、戦死者の魂を戦場にタイム・トリップさせてみせる。一方、八月十五日以降、日本の経済的繁栄は単なる寓話にすぎず、無意味なものでしかない、という解釈をもたらす。辻井によれば、精神としての国家は敗戦後八月十五日で滅んでしまっているのである

そこでの思いはつぎのようなフレーズとなる。

そうだみんな死んだのだった
残されたことで死んだ者は死を分類することはできない
これは大義の死　これは犬死などと
決めたり裁いたりする権利は誰にもない
ただひと言だけあたりを憚りながら
あなたたちは帰らない方がいい　と言おう
生れた土地ばかりではなく国もそして遊星さえも
消えてしまい故郷ではなくなっているのだから
新しい旅への願いを捨てられない私には
何も言う資格はないのかもしれないが
ただ確実なことだけ言えと命じられれば
「帰らない方がいい」　と言うしかないのだ

（「旅へ」）

こうした辻井の戦後に対する認識は、『南冥・旅の終り』によって突然浮上したものではない。これまで、ずっと持ち続けてきたものである。

また戦後社会の虚構とは、戦後でありながら、戦争体験が人々の心の中に歴史上の位置を明確に与えられておらず、民主主義という形骸化された概念を媒介にして総ての営みが急速に風化されざるを得ない状況を指している。

（「私の詩の遍歴」）

この文章は、一九七五年に書かれている。そして、辻井の戦後意識で特徴的なのはつぎのような視点である。

タイトルこそ、富国強兵から経済復興、世界に冠たる日本民族から、平和で民主的な国際社会の一員へと塗り変えられていたけれども、普遍的価値も美学もなかったという点においては、二つの時期に本質的な差異を見ることは出来ない。この百数年間をとおして、頽廃の戯画は可能であっても、デカダンスそのものの条件は存在しなかった。かえって、民衆の生活の基底にはそれがあり、文化人は何等かの度合いにおいて啓蒙主義者であることによって、まがいしか持ち得なかったのではないか。（略）

ただ、第二次大戦後、あらゆる観念を用ありとする民主主義社会が成立し瀰漫《びまん》したことによって、逆に総ての人々を用なしに追い込むという倒錯した事態が出現した。（略）

死体が日常に登場する風景を地獄と呼ぶなら、生者が死臭を放って肥満してゆく現世の光景を何と名附けたらいいのか私は知らない。私達の地獄は深くひとりひとりの心中に蔵《しま》われてしまったようである。

（「夕顔別当考」・『堤清二・辻井喬フィールドノート』）

辻井はこの文章を一九七二年に書いている。この時点で『南冥・旅の終り』のビジョンは用意されていたといってよい。ここでの戦後政策そのものが「総ての人々を用なし」に追い込んだという指摘は鋭い。辻井は、詩集『ようなき人の』のあとがきでつぎのように記している。

「ようなき人の」という本の題は、言うまでもなく、伊勢物語の第九段「むかし、男ありけり、その男、身を要なきものに思ひなして」から取っている。今日のような世の中では「無用者の系譜」に見られるような「ようなき人」の存在は不可能に近いだろう。一所懸命に役に立とうとして駈けている姿のなかに、ということは古典的な〝ようなき人〟からは最も遠い存在のなかにこそ、その系譜に連なる〝ようなき人〟の形骸が沈潜しているのかもしれない。従って「ようなき人の」の次に「消滅」という字を挿入してもいい（略）。（あとがき）

ここには、戦後日本人の内部現実と外部現実の精神的乖離、すなわち「言ったことを守らない」「言ったことを忘れる」という言行不一致の倒錯性が見事に要約されている。日本では、しばしば、東大を出て高級官僚にまで上り詰めた人間が、つまらない欲望の罠に嵌まり一生を棒にふったりする。彼は本当に一夜にして「ようなき人」になってしまう。日本のために一所懸命に役に立とうとした結果がこれでは悲しい。そして「ようなき人」の予備軍として、今も子供たちはせっせと学習塾に通っている。

辻井は『南冥・旅の終り』で、「戦後の無効」ということを繰り返し主張してきている。これまで戦後詩は、「荒地」の詩人にみられるように、戦後に生き残った者が、戦死者の内面を代弁するという立場での主張をみてきた。とくに「荒地」の鮎川信夫は、自らの任務遂行の方法を「遺言執行人」として名付けている。あるいは石原吉郎のシベリアの強制収容所の詩に象徴されるように、自らの過酷な体験を内在化し戦後詩は作られてきた。しかし、彼ら戦後詩人に共通するのは、戦争体験を語る側に主体があって、戦死者の魂が戦後的時間をどのように浮遊したかなどの側面に論及されていない。そうなると、そこには戦後日本の弛緩した現実に同化しながら、一方で戦争を回顧するという二律背反的な要素も入り込んできてしまう。

だが辻井は、『南冥・旅の終り』で一九四五年八月十五日以降の現実をすべて否定し、すなわち戦死者を乗り越えて自分がどう生きてきたか、どう生きるべきかということを直視した。ここで辻井は、「荒地」や石原吉郎にはない斬新な見方を提出したといえよう。そして、この詩集のモチーフは、二十一世紀に人類が生き残れるかどうか、ということを普遍的に展望している。

詩集『わたつみ・しあわせな日日』は、戦後という時間軸を生きた辻井自身の回顧録である。辻井はこれまで二つの詩集で、戦後を無力化した後、そこに戦死者の魂を蘇らせてきた。ここで辻井はサミュエル・ベケットの戯曲「しあわせな日々」の中のセリフ「ああほんとにきょうはしあわせな日／とにもかくにも　今までのところは」を扉に掲げ、戦後を『わたつみ・しあわせな日日』とシニカルに形容する。辻井の詩にしては珍しく自虐的である。

四　愛と闘争・戦後十年史

詩集『わたつみ　三部作』で、辻井は自らを死者に位置づけることで戦後を総括しようとした。なぜ辻井には、このように戦後を相対化する視点が可能であったのだろう。

それでは、辻井の歩んだ戦後十年はどのようなものであったのか。その足跡を、『本のある自伝』（一九九八年・講談社）から少し書き記してみたい。

一九四三年（昭和十八）十月二十一日、東京府立第十中学（現西校）五年、神宮外苑競技場出陣学徒

の壮行会。後輩学生として先輩を見送る。辻井は学徒動員として、藤倉電線、岩崎通信機、海軍厚木飛行場建設等に従事。

（私は、自分が生れたのが遅かったために戦線に参加できないのが残念だった。この年の五月には北のアッツ島守備隊が全滅していたし、この時期に動員されることは死を意味していた。しかし私を含めた多くの若者達はそれを恐れてはいなかったように思う。それは殉教者の精神に近かった。）

一九四四年（昭和十九）　旧制成城高校理科甲類入学。

昭和二十年より帝都（東京）防衛隊に入隊。

一九四七年（昭和二十二）　理科卒業。文科に転入。

一九四八年（昭和二十三）　東京大学経済学部商学科入学　日本共産党入党。横瀬郁夫を名乗る。

一九五〇年（昭和二十五）　一月六日、コミンフォルムは日本共産党の平和革命論を批判。六月、朝鮮戦争勃発。

（共産党の機関紙アカハタが、

――東大細胞内に潜入したスパイ――

という見出しで、「もと黒龍会幹部の父親の命を受けて、横瀬郁夫と名前を変えた男が大学の党組織の分派活動に狂奔している」という記事を掲載したのもその頃のことだった。）

一九五一年（昭和二十六）　東京大学経済学部卒業。新日本文学編集部勤務。十月、喀血、肺結核と診断される。

一九五三年（昭和二十八）　六月、堤康次郎衆議院議長秘書。
一九五四年（昭和二十九）　十二月、吉田内閣総辞職、衆議院議長秘書辞任。
一九五五年（昭和三十）　詩誌「今日」参加。

辻井の詩を語るとき、戦後における革命運動参加、そして結核による病気療養、その後の革命運動離反という現実体験は切り離せない。結核は不治の病ともいわれ、正岡子規（一八六七―一九〇二）、山村暮鳥（一八八四―一九二四）、石川啄木（一八八六―一九一二）、宮沢賢治（一八九六―一九三三）、梶井基次郎（一九〇一―一九三二）、堀辰雄（一九〇四―一九五三）など、文学者の命を奪った難病のひとつであった。この年譜によると、一九五一年三月、東京大学経済学部卒業、新日本文学編集部勤務後の十月に喀血、肺結核と診断されている。

「十月の終りのある朝、それは洗面器いっぱいの、細かい気泡に光る喀血になった。その日から高い熱が出、ペニシリンを注射しても、何を飲んでも症状は変わらなかった。

喀血は何度も繰返され、肺結核と診断された。すべての活動は医師の指示で中止しなければならなくなり、寝汗にまみれながら夢に魘される毎日が私を捕えた」（『辻井喬全詩集』年譜より）

「昭和二十五、六年の頃はまだ、結核のための有効な治療法はなく、死に至る病のひとつに数えられていた。私の頼りは自然治癒で結核を癒した母の経験であった。励ますつもりだったろう、母は寝たり起きたりの十数年の話をし、意志の力が病を治すと宣言した。試しに高価なペニシリンを打ったが何の効果もなかった。」

（「暮しの音」・『本のある自伝』）

ここに、この当時の結核患者の動向をみる統計がある。

	新規登録患者数	死亡者数
一九五一年	五九万〇六六二	九万三三〇七
一九五五年	五一万七四七七	四万六七三五
一九六〇年	四八万九七一五	三万一九五九
一九六五年	三〇万四五五六	二万二三六六
一九七〇年	一七万八九四〇	一万五八九九
一九七五年	一〇万八〇八八	一万〇五六七
一九八〇年	七万〇九一六	六四三九
一九八五年	五万八五六七	四六九二

一九五〇年の結核死亡者は十万人を超えていた。アメリカで結核治療薬ストレプトマイシンが発見されたのは一九四四年だが、それが日本で、一般に普及され始めたのは辻井が結核に倒れた一九五〇年前後のことである。前記の統計資料は、ストレプトマイシンの普及効果を如実に物語っている。辻井はわずかの時間差で命拾いをしたことになる。これについて、辻井は前述の『本のある自伝』の中で、結核と診断された後、はじめ国立東京第一病院（現・国立国際医療研究センター）での治療法は鎮痛剤と解熱剤しかなく、それで、母の経験として自然治癒ということになったのであろう。そして、入

院後一月半が経過した一九五一年十二月、医師からストレプトマイシンの紹介があり、注射の三日目、薬が効いて血痰が消え、熱も三七度台に落ち着いたという。その後、辻井は東京逓信病院に移るが、この入院によって詩作の機会が与えられる。既述した木島始が見舞いに訪れたのも、入院二年目に入るこの時期である。

一九五五年段階でも、結核の死亡率は下がったといっても一〇％に近い水準にある。そうした中、辻井は比較的短期入院で完全治癒したことは恵まれていたといってよい。

こうした経歴を辿ると、辻井が表現行為それ自体に自我の確立を求めて感受性の優位を主張する、「今日」という潮流に属していたことをどう説明したらよいのか。これについて、辻井自身、つぎのように述べている。

「戦争には遅すぎ、戦後には早やすぎた」（長田弘）私は、長く寝込んでいるあいだに、総ての歴史過程が素早く風化することを、その成立の情況からして基本的な体質とした、戦後にも遅すぎた青年になったようである。（「私の詩の遍歴」）

そして、それが平林敏彦の指摘する「永遠の喪失者の意識」への志向につながる。つまり辻井は、戦後二十年代後半、「永遠の喪失者の意識」を携え、「今日」という新たな潮流に参加したことになる。

辻井は、今も「戦争には遅すぎ、戦後には早やすぎた」詩人として、そこに平林のいう「永遠の喪失者の意識」を抱えこんでいる。また、そうした詩人であればこそ、『わたつみ　三部作』のような詩集を生むことができたのであろう。

Ⅲ　詩集『自伝詩のためのエスキース』を読む

この章では、これまで述べてきたその詩的出発と戦後的現在の記述を踏まえて、その思いの丈を率直に語った詩集『自伝詩のためのエスキース』(二〇〇八年七月・思潮社)を読んでいきたい。

辻井喬の執筆活動はセゾングループ代表退任以降、読者の前に加速度を増し、それは目にも止まらぬ速さで新たな表現領域へと疾走し続けた。とりわけ、二〇〇〇年代後半、辻井喬の活動を総括するかのような著書が矢継ぎ早に出版された。『叙情と闘争――辻井喬+堤清二回顧録』(中央公論新社・〇九年五月)、『辻井喬全詩集』(思潮社・〇九年五月)、そして『自伝詩のためのエスキース』などである。

もう一つ、辻井の全体像に迫った「現代詩手帖」〇九年七月号特集「辻井喬、終りなき闘争」がある。ここでは、まずそれを参考にしながら、詩集『自伝詩のためのエスキース』の世界に入っていきたい。多様なテーマをもっている詩集であるが、ここでは主にふたつの点にテーマを絞っていきたい。ひとつはスパイ容疑によっての革命願望からの離脱、そしてもう一つは、その失意と引き換えに偶然手にした詩的出発についての経緯である。

まずこの間の事実関係について、年譜の一部を再掲しておきたい。

一九四八年四月、東京大学経済学部入学、全学連の幹部として活動
一九五〇年十月、東京大学でのゼネストに参加
一九五一年三月、東京大学経済学部卒業、新日本文学編集部勤務。十月、喀血し肺結核のため療養に入る
一九五二年、この頃から病床で詩作を始める
一九五三年六月　衆議院議長となった父の秘書を務める（五四年十二月まで）
一九五四年九月、西武百貨店入社
一九五五年四月、東京大学文学部入学。十一月、同大学中退、西武百貨店取締役店長就任。十二月、木島始の紹介で書肆ユリイカの伊達得夫を知り、辻井喬のペンネームで第一詩集『不確かな朝』を書肆ユリイカより刊行。伊達の推薦で「今日」に参加

この年譜から、これまで述べてきたように、辻井の詩的出発に関わる革命活動からの離脱、西武百貨店勤務、結核療養、木島始との交流、詩誌「今日」への参加などのキーワードが思い浮かぶ。『自伝詩のためのエスキース』は、六章の長編詩から構成され、それぞれ、これまで暗喩で培われた高度な言語手法、その対極にある事象に対しての散文的な処理の仕方と、辻井詩学のエキスが随所に凝縮されている詩集である。

一「影のない男」

影のない男はどこまでも無機質で、経営者であった時代の実存的な蓄積がない。物理的な時間軸に身を任せて生きていくだけで、そこに希望を見出すことも何か特別な思いを巡らすこともない。まさかあの辻井がと思うくらい、ここでの詩的対象は〈否定〉、〈闇〉、〈虚無〉、〈謀反〉というネガティブなキーワードに満ちている。そして、影のない男は、恐ろしく醒めた眼で、文明の破滅に身を投じていくのだが、そこには何らかの精神的救済を求めて錯綜するような美学もない。しかし、この男は辻井が空想で創り出した架空の人物ではない。ここでの影のない男、すなわち辻井は「本当の私はここにいる」のだと主張していて、恐ろしいまでにその言葉の裏側は真実の思いに満ちている。まさに辻井内部に潜む孤独は極限にまで昇りつめ、一つ終わればまたつぎの試練が待ち受けるというように、まるで休む暇がなかったといってよい。これは文学の命題というより、現世の煉獄にいて、何かの罪を贖う行為ではないかと、あのヨブの受難物語を想起してしまった。辻井はけっして神に祝福された存在ではなく、つねにサタンによって何かを試されるために生まれてきたのではないかと思わずにはいられない。

胸が烈しく動悸を打ちびっしょり汗をかいていた
革命運動に失敗し　発病した時と同じだった

いまのは夢だったかと気を静めて立上り
窓を開けるとこぬか雨があたりを包んでいた
僕はそのなかを歩きたくなった
どこまでも熱した頬を雨に打たせながら
照っていないから影のあるなしも気にならない
日蔭者とは僕のような男のことなのかもしれない
（部分）

たとえ、それが夢であっても「胸が烈しく動悸を打ちびっしょり汗をかいていた」（現在の）僕は、「革命運動に失敗し　発病した時と同じだった」（過去の）精神構造そのままであることに変わりはない。そして、これら過去と現在を架橋するキーワードは「影のない男」、すなわちどんな状況からも疎外されてしまう日蔭者の僕のことなのである。
そして、この詩の結末はつぎのとおりである。

そうして僕は見たのだ
そのこぬか雨のなかを　濡れしょぼくれて
綿虫に似た白いものが頼りなげに漂っていくのを
それは白夜のなかの過去の精霊だろうか
俳人なら屍の通る道の方には行くなと止めるのだが

詩を書いている日蔭者はぼんやりと見ているだけだ
あれは僕が失くした影かもしれない
残念なことに沢を飛ぶ蛍でも
あこがれ出ずる玉でもなさそうだと思いながら
（終連）

本来、詩は心ならずも世俗的な現実の中で理想を失くした、ある種の精神的営為の奪還作業とならなければならない。これはウルトラ経営者辻井に限らず、なんらかの経済行為に就いていれば、日常的に詩的感性が無力化されてしまう例は枚挙に遑がない。この人間社会に詩人のように優しい心をもって自然を賛美し、互助精神を説くのは夢想にすぎない。それらは建前であって、本音の部分において、人はより多くのパンを求めて、過酷な生存競争に明け暮れ、結局は自然界の掟に則り、だれもが弱肉強食の過酷な戦いに参戦せざるをえない。とりわけ近世以降、資本家と労働者という階級社会の出現によって、経済的富の格差が拡大し、そこで救世主のように登場したのがマルクス主義だった。しかし、そんなカンフル剤も、労働者の目を一時的に刺激したことはあっても、その実働部隊である戦後労働運動の後退もあって効き目がなかった。それでは、人間社会の秩序に「みんなが等しく食べられる」という自由平等精神はなじまないのか。いつのまにか、自由主義市場経済の名のもとに資本主義が息を吹き返し格差社会を蘇らせてしまった。こうしてみると、人間は競争によって格差を是認し、不平等社会を創り上げることでしか、満足できない種族なのかもしれない。これまで辻井はセゾングループの経営者として、想像を絶する強靭な精神力で三越などの老舗に全力で挑み、その一方で流通社会の新興勢力ダイエーなどのライバルとしのぎを削ってきた。しかし、そうした経済競争という歴史を総括してみて、後に残ったのは、社会の片隅で詩を書いている日蔭者という孤独な分身であった。それにしても、世界に誇るセゾングループ会長という立場と、「詩を書いている日蔭者」という、この乖離の深さと屈折した感情は尋常ではない。すべてに辻井は、想像を絶する過酷な精神世界を内に抱えて日々を生き抜いていたのだ。

これは、経営者堤清二の存在は、詩人辻井喬に試練を与え続ける存在であったことを証明している。あるいは、現世に詩人辻井喬を生かすための媒体といってもよいかもしれない。しかし、ある意味で経営者堤清二の孤独と日蔭者辻井喬が相殺されて、このような悲痛な詩篇が生まれたのではないだろうか。

二「翳り道 Ⅰ」

日常的に何が起きても主人公には生の実感が伴わない。経営者という物理的時間からもずっと疎外されたまま、「いつの間にか年齢を取り」現在に至っている存在だと自己分析する。あの敏腕な、世界レベルの経営者としての華麗な経歴をみたとき、辻井に限って、それはフィクションなのではないと思うのだが、おそらくここでの思いは本音であろう。それでは、人は何によって生の実感を得ることができるのか。あるいはヒューマニズムの働きか、どんな方法で人は何を他者に分け与えることができるのか。

マンハッタンと見紛う東京のビル群を横目に、辻井たちの世代はいまだ一つの人格の中に軍国少年の幻を消せないでいる。高度成長以降の経済的繁栄は人々に即物的な夢を与えたが、戦争犠牲者への心の負債を内部に抱え込んで解消してしまう。すなわち核家族化による家族の解体、物質至上による精神の荒廃を全世代的に拡げた。戦後、単に戦争がなかったというだけで、これを戦後経済政策の成功とみるのは早計である。いずれにしても、その間も辻井の精神はどこにも帰属することができずにいた。

社員にも朝礼をし　講演にも出掛けていたぜ
と低い声で誰かが指摘するのを聞いた
しかしそんな時でもどこかで僕は不安だった
この場所は僕がいていいところなのかと
落着けない部分が心のなかにあったのだ
（部分）

この詩には、辻井の心象風景が余すことなく極限にまで映し出されている。

三「翳り道　Ⅱ」

いずれにしても過去と影を失った
また自らに禁じているうちに歌う力も失った男の
佇む場所は　海に向って屹立する城ではなく

打寄せる波と対峙する山添いの道でもなく
なんの特徴も煌びやかさもない翳りの場所
たとえばかぶさるように茂っている木の下径
あるいは太陽が傾いた後の片側町
家並の前を通っている街道の一方は墓地
冬だったらKが橇で村役場に向ったような雪の道
そんな時　むかし見たのは漂泊者
あるいは都を捨ててゆくさきざきで相聞歌を詠む男
しかし今では数えきれない顔のない勤め人
そして遠くにはくたびれた後ろ姿の老人
そこには劇的な要素はいっさいなくただ翳りがある
それは勤め人が悪いのではない
通行人が無秩序で退屈なのでもない
おそらく現代とはそういう時代なのだと呟いて
僕である老人の彼は目的もなく歩いていくのだ
ぼんやり幻視される海は油に覆われ鈍く光って
白かった鴨の声も汚れてしまった

（終連）

なんと荒涼とした自他に対し救いのない心象風景であろう。おそらく、人は望んでこんなネガティブな人生を選択しない。これを読んで思うのは「こうありたい」内部現実と「こうあってほしい」外部現実には埋めようがない深い溝がある。こうした辻井の疎外感は、きわめて本質的な精神領域に根ざしていて、どんな名僧、名医（精神科医）が訪れても治癒ができない慢性疾患である。そして、辻井は書くことでこの不治の病を克服してきたといってはいないだろうか。

その意味で辻井ほど、文学者として内に正体不明の狂気を抱え込んで現実に対峙した詩人はいない。辻井の生活時間に文学をする内部現実と、経営活動をする外部現実は渾然一体となって、それらを隔てる境界もなければ、適度の休息時間すらも与えられない。俗に休む間もなく二十四時間働くというのはこういうことではないか。つねに辻井の身体には苦悩という文字が潜んでいて、そこにどんな手段を講じてもいっさいその煉獄から解放されることはない。はたして、人はどうしたらこんな過酷な人生を自らの手で選びとれるだろうか。全盛期セゾングループを率いて、売上高四兆三千億という国家的事業を手掛けた総帥。これだけでも、超人と呼ぶにふさわしい業績であり、本来そこでの艱難辛苦は、当然好きな文学の場によって癒されるべきはずであろう。しかし、辻井は何を思ったのか、文学という心的領域で再び自らの傷を広げてみせる。ここまで文学することとは過酷なものなのか。

この場合、辻井の詩がほとんど外部現実との交渉をもたない純粋詩であれば、さほどの問題は起きてこない。しかし、文学空間に立ち返っても辻井には外部現実の苦悩を引き受けてしまう習性がある。どんな負い目が、このように内部現実と外部現実に裂け目のない文学的スタイルを選ばせてしまったのか。まさに、辻井の自伝とはそのことの態度表明として成り立つ。

四「スパイ」

これは辻井の人間不信を決定づける事象として、拭いがたいトラウマとなっている。本来、こうした経験はその後の体験を経て浄化されてしまうことが多い。しかし辻井の場合、その後の実業家堤清二の豊富な経験を越えて尚、かつての共産党内部のスパイ事件は、自伝の原点に位置づけてもよい強烈なインパクトを放っている。

継母の言いつけで少年は家を追われ
悲しみのあまり視力を失って乞食になったと
それは中世の物語りだけれども
スパイだという指摘で僕は党を除名された
しかしこの場合常識は讒言を信じた
ブルジョアの息子が共産党に入ったのだから
それは虫酸の走る軽薄さ
ふざけんじゃねえと言いたいほどの事だったから
自分でも誤解は無理もないと判断した
この際はじっと耐えるしかないと思っている時

善良な友はわざわざ真意を聞きにきた
いったい何を考えていたのかと
自分が納得のいく答を僕から引出そうとして
好意的な態度に自信を持っている者の執拗さで
だから棲家を失ったスパイの魂は
いまでも平和の赤い門の上で羽撃いている
（部分）

このフレーズはつぎの年譜の部分を作品化したものである。

一九五〇年の一月、突然コミンフォルムが日本共産党を批判し、それを契機に学生運動の組織は混乱し分裂した。昨日までの同志が一晩のうちに最も憎むべき敵になる不思議さの前に当惑していると、論理的整合性は足早やに中空に舞いあがって、気が附くとそれは私の周囲に、反革命分子、分裂主義者、トロツキストという言葉の破片となって雪崩れてきたのだ。仮借ない近親憎悪のなかで幻想の解放区は消滅した。
（「私の詩の遍歴」）

辻井はその出自において、きわめて特殊な生活環境をもたざるをえなかった。一九三一年、北多摩郡三鷹村下連雀（現・三鷹市）に引っ越す。

私は母と妹と三人で郊外にひっそりと住まっていた。週に一度か二度、父が帰ってくる日をのぞけば、それは三人だけの、鳥や虫や植物たちの営みに囲まれた、小さな充足された世界だった。
（「大人の世界の影の下で」・『詩・毒・遍歴』）

一九二四年、辻井の父堤康次郎は大実業家であったが、衆議院議員に当選し、政界にも進出する。母青山操の父は事業に失敗し、一家は離散。操は康次郎の経済的援助を受けていた。操が康次郎の正妻となったのは一九五四年（昭和二十九）七月のことで、辻井は二十七歳になっていた。

ここで辻井をめぐる家族関係を簡単に整理しておきたい。堤康次郎には公表されただけで七人の子供がいる。この時代、とくに七人の子供数は特別のことではないが、康次郎の場合は女性遍歴が尋常ではなく、まさに「英雄色を好む」を現実化して生きた無頼的人物であった。一人目は最初の正妻の子淑子（明治四十二年生）で、義明以前の西武鉄道社長小島正治郎と結婚している。生母は康次郎の地元の女性で西沢コト。二番目は別の女性に生ませた清（大正二年生）。この人物は長男であったが、康次郎の怒りを買ってその地位を剥奪。東大経済学部を出た学業優秀な人物であったが、その立場を年下の辻井喬や堤義明に譲る。生母は康次郎が学生時代に経営していた郵便局の局員、岩崎ソノ。岩崎は旧制高女卒の女性であるという。三番目は辻井喬（昭和二年生）。四番目はその妹邦子（昭和三年生）。戸籍上、母は康次郎の側妻操とされているが、生母は不明という説がある。五番目は義明（昭和九年生）。六番目はその弟の康弘（昭和十三年生）、さらに猶二（昭和十七年生）。この三人の母は石塚恒子。この他、康次郎には二番目の正妻文がいる。一九一三年、康次郎は淑子を生んだ女性と離婚し、この文と入籍し、一九五四年に離婚するまで正妻の座に就いていた。文は日本女子大学を卒業、婦人記者をしていた先駆的女性である。その一族には東京大学を出た医師が多い。文は子宝に恵まれなかった。

康次郎は文と離婚後、辻井の母操が正妻となる。衆議院議長時代、隠し妻として操を同伴、これが新聞の社会面をにぎわしたことがある。操の父、青山芳三は銀行の役員を経て東京土地という不動産会社を経営、六男六女の子供がいた。操の姉雪子は三菱グループ重鎮、荘一族に嫁いでいる。荘清次郎は戦前、三菱本社専務理事、雪子はその息子素彦に嫁いでいる。三菱製紙の重役。兄弟には元三菱商事社長の荘清彦、元三菱銀行頭取夫人の静子、元東大教授夫人光子などがいる。

康次郎は操の実家の倒産に際し、資金援助とともに、操を含む四人の姉妹に手を出し、辻井も邦子もその姉妹の子供で、操が引き取って育てたという異説がある。他にも、辻井の自伝小説『彷徨の季節の中で』につぎのような箇所がある。

「あなたの、本当のお母さんの話ねえ」と緑が言った。私が怪訝《けげん》な表情になって見返すと、「アラ、甫さん」と、緑は驚いた様子で、

「あなたのお母さんはもと芸者さんで、今は深川の方で花屋さんをやっているっていう話よ、孫清さんがそう言っていたわ」（P九七）

緑は康次郎から勘当された長男孫清（清）の妻である。孫清も生母とは別れて暮らしているので、緑の発言もあまり信憑性はない。

康次郎の女性関係を探究すると、その行為同様隠微なものを含んでいて、その事実関係を正確に特定するのは難しい。辻井は小説家でもあり、想像を膨らませ、実母はだれとか、そういうモチーフに発展しやすいので、フィクションとノンフィクションの境目で仮説を試みるということがないでもない。本論では、定説はこれだということに拘らず、辻井の思いを優先させていきたい。

辻井が西武デパート経営に入る前の同社社長は、操の実弟青山二郎であった。育ちもよく温厚な二郎は弱肉強食の商売に向かず、デパート内は企業モラルも崩壊するなどの乱脈経営で社員の士気が停

滞していた。その背景には、デパートは鉄道の一事業部門ということがあり、社員たちには成績を上げても、どうせ上のポストは鉄道部門から出向、天下りしてくる人間のものだ、という諦めに近い雰囲気があった。

辻井はこの二郎からグループのお荷物と言われていた経営を引き継いだのである。

堤義明の母、石塚恒子もまた名家出身であった。恒子の父、石塚三郎は高山歯科医学院（現東京歯科大学）で野口英世と机を並べ無二の友と言われている。野口は歯科医学の研究から北里柴三郎の伝染病研究に転じる。石塚は野口の業績を顕彰するため、新宿区大京町に野口英世記念館を設立している。当該記念館は建物の老朽化のため、二〇一一年三月に閉館。二〇一五年四月、野口の出身地、猪苗代町に移転。石塚は戦前衆議院議員に就任。恒子は同じ衆議院議員を介し康次郎と出会った。なぜ、恒子が康次郎の側妻になったかの真相は分からない。

こうしてみると、康次郎と関係する女性は、だれも高い教養があり、側妻に堕すにはあまりに高貴な人たちの集まりである。

そうした女性がつぎつぎに野卑な康次郎の手に堕ち、戦後を代表する経済人にして詩人・作家の辻井喬、父から国土計画等を引き継いだ堤義明を生む。こうしてその数奇な系図を記すだけで、何か一人の英雄を取巻く現代の絵巻物の世界をみるようである。詩人辻井が再三にわたって、康次郎の本性を暴き、母操や妹邦子に細やかな愛情を注いだ理由もわかる。

とくに、育ての母操には格別の愛情を注いでいる。小説『暗夜遍歴』（一九八七年・新潮社）は母操と一族へのオマージュに充ちている。辻井は経営者と詩人を併せ持つ矛盾した存在であったが、ここでは鮮やかに詩人の精神的源流が詳細に辿れる。この本は、一九八七年に単行本が出た後、新潮文庫（一九九一年十月）を経て、再度講談社文芸文庫（二〇〇七年十一月）に入っている。この文庫に、辻井は「著者から読者へ」という文章を寄せている。

僕の母は一九八四年、夫の死後二十年経って他界した。もっとも素朴な願いとしては、少くとも母が夫の極道で苦しんだ年月だけは一人で自由に生きてもらいたいと僕は考えていた。そのためには九十一歳まで生きてもらわなければならないのだが、それがそれほど困難ではない長寿社会になっていたのである。結局その願いは果せなかったのだけれども。

複数の女性を力ずくでものにし、一方で西武コンツェルンの首領及び衆議院議長という肩書をもつ稀代の豪傑で、ある種の怪物といってもよい存在だった康次郎。もちろん、女性関係はたとえ愛妾という立場ではあっても、合法的に処理されていたのだから、当時であれば、不謹慎ながら「それが男の夢」などと拍手喝采を送る人物がいたかもしれない。

筆者は敗戦後、陸軍大将の地位にいたものさえ、就職先を探すのに苦心したことを耳にしている。当然、その家族もまた、経済的成功者の伝手を頼らざるをえなくなる。その相手が康次郎のように女性に異常な性的関心をもつ人間であったら始末におえない。たいていの人間は、社会的立場の上昇とともに、相応の品格が備わってくるものだが、稀に野生の出自が温存されたまま、一定の社会的地位に収まりつづけてしまう人物がいる。康次郎の息子、辻井喬は他の兄弟とは一線を画し、そんな父を終生にわたって否定し続けた。

ここで辻井は、母に対し、父のために苦しんだ歳月を好きな短歌などで取り返してほしいと願う。

こうした母への憐憫の情は他の自伝や小説にも書かれている。はじめに書かれたのは、康次郎の死去、五年後に出された小説『彷徨の季節の中で』(一九六九年・新潮社)である。この小説は、父と息子の確執という視点で多方面で取り上げられている。ここでは、それに触れることはしないが、とりわけ印象的なのは巻頭に置かれたつぎの文章である。

生い立ちについて、私が受けた侮蔑は、人間が生きながら味わわなければならない辛さの一つかもしれない。私にとっての懐かしい思い出も、それを時の経過に曝してみると、いつも人間関係の亀裂を含んでいた。子供の頃、私の心は災いの影を映していた。戦争は次第に拡がり、やがて世の中の変革があった。私は革命を志向したが、それは、外部の動乱ばかりが原因ではない。私のなかに、私の裏切りと私への裏切りについて、想いを巡らさなければならない部分があった。

辻井にとって侮辱とはつぎのようなものであった。

父が家にいないということで、学校の友達は私を仲間はずれにした。二年生になって間もないある日、〝妾の子〟という侮蔑の言葉を投げた同級生を、私は気が狂ったように撲っていた。(略)私は抗議がしたかったのだ。その抗議をすべき相手が、家にいない父なのか、病身の母なのか、あるいは私達の上に影を落している大人の世界なのか、私にはよく分らなかった。

(『彷徨の季節の中で』P六)

幼年期、こうした罵声を浴びせられることは不条理極まりないことだが、だれもその根本的解決に関与できない。教師や他のだれかが「弱いものいじめはやめろ」と注意しても、それは建前で、注意勧告という常識的なセレモニーを果たしたにすぎない。人間は強者には平伏し、弱者にはかさにかかって襲い掛かるという本能からは逃れられない。この幼児期の体験によって、辻井は自らのマイノリティとしての位置をはっきりと自覚する。幸い、辻井には生来の品性や知性が備わっており、暴力には暴力をもってする方向にもいかなかったし、幼児期いじめられた子供は、一定数いじめっ子になるという負の連鎖も克服していた。そして、辻井は間違っても、自分は弱者をいじめる者の側には回るまいと決意し、少年期から青年期へと入っていった。そして、辻井はセゾングループの総領となっていくのだが、マイノリティへの熱い視線が具体化するような記事がマスコミの誌面に躍った。

それは一九八一年十二月、西友ストアー横須賀店で、クレジットで物品を購入しようとした韓国籍の女性に対し、売場担当者が「韓国人はクレジットは使えない」とする公然たる外国人差別が行なわれてしまう。これは社の規定にはなく、売場担当者が先入観で答えてしまったもので、勘違いというより、その根っ子には韓国人はクレジットは使えないという差別感情があった。この報告が辻井の耳に入ったのはずいぶん後のことで、報告を受けるなり、厚さ二センチのテーブルガラスが拳で割れてしまうほどの力で叩き、激怒したという。そして、つぎのように言ったという。

「君たちはこの問題をビジネスのうえでの不手際から生じたこととして処理しようとしたのではないか。経営の理念に反する問題が起きたと、なぜ判断できなかった。私自身がすぐ、先方にお詫びに行く。謝罪の広告も出す」（「週刊朝日」一九八二年十月八日号・『セゾンの歴史』下巻所収）

そして、辻井は直接謝罪に出向き、西友ストアー代表取締役堤清二、西武クレジット代表取締役坂倉芳明の連署で「朝日」「毎日」「読売」「統一日報」「東洋経済新報」に謝罪広告が出る。

この謝罪文をみておきたい。

「昭和五六年一二月、西友ストアー横須賀店において、韓国籍のお客様朴英順様に対し、日本国籍をお持ちにならない故をもってクレジット販売をお断りする、という事態が起きました。これは、在日韓国、朝鮮人に対する民族差別であり、当社らは、お客様に対し、在日大韓キリスト教横須賀教会牧師・朴米雄様、信徒代表林妙子様、陳正順様および湘南差別を正す会の方々のお立ち会いのもとに、心から陳謝しましたところ、幸いご理解をいただきました。

当社らは今回の不祥事につき深く反省し、とりあえず、昭和五七年三月二九日付通達を以て、全店に対し、外国人のクレジット申し込みに際して、外国籍を理由にお断りすることのないよう、周知徹底させました。さらに、今後とも、全従業員から民族差別の感覚を払拭するための教育研修活動を積極的に実施することにいたしております。

かえりみますと、今日の国際社会においては、国籍、人種、思想、信仰等による、いかなる差別も許されないことは当然であり、当社らとしても、そのことを経営理念として参ったにもかかわらず、このような不祥事を起こしましたのは、誠に遺憾であります。これを機会に、当社ら従業員一同、今後再びこのような過ちをくり返さないよう自戒し、いかなる国、いかなる民族のお客様にも差別なく応対申し上げ、国際社会の皆様からひとしくご愛顧を賜われるよう、教育の徹底とサービスの向上に努力する決意であることをお知らせ申し上げます。」

（『セゾンの歴史』下巻・Ｐ四七七）

事件発生後、西友に謝罪の申し入れがあったにも拘らず、担当者たちは半年以上も辻井に報告するどころか、自分たちの判断でこれを隠密に処理しようとしていた。辻井は西友の社長ではあっても、セゾングループ全体の経営を指揮しなければならず、大所帯ゆえ、こうしたことが直接耳に入らなかったのであろう。しかし、この民族差別事件は、辻井にとってけっして些末なことではなかった。他の経営者であれば、社長がマスコミに出て、ここまでの対応をしたかどうか分からない。たとえ、それがあったとしても、昨今の謝罪会見をみていると、それが単なる社内利益確保のための打算に満ちたものというのがみえみえである。彼らはことばでは謝ってはいるが、その視線の先にあるのは、ここで辻井がいうようにビジネス上の失策をいかにごまかすかのポーズに終始している、ある意味恥の上塗りでしかない。しかし、ここでの辻井の対応は、自己のアイデンティティを揺るがすほどのものであり、そこに登場したのは経営者堤清二ではなく、詩人・作家辻井喬であった。すなわち、ここでの韓国人差別事件は、かつて自らが受けた差別と同根で、けっして等閑視できるものではなく、こうした不祥事を招いた担当者の陰に、無神経で鈍感なかつての学友たちをみていたのである。これについて、辻井はつぎのように語っている。

「〝差別〟というものに、私は無性に腹が立つのです。人間の値打に関係ないものが、大手を振るなんて許せませんよ」「失敗の経験を会社の歴史に残すことは、逆に創業の精神を伝えることにもなります」と堤は考え、広告の文案を自ら執筆した。

（『セゾンの歴史』下巻・Ｐ四七八）

辻井はいかなる理由、場合にあっても人の差別的行動には敏感に反応する。そうした辻井の感性が一冊に集約されたのは、やはり差別から国民作家になった松本清張を取り上げた『私の松本清張論』（二〇一〇年・新日本出版社）である。帯に「社会的弱者、差別された側にたつ新しい『民衆派作家』像」とある。辻井は多作であったが、こうして丸ごと一冊、特定の詩人・作家論を書いたことはない。松本清張は『或る「小倉日記」伝』で芥川賞を受賞するが、純文学の道を歩まず、社会派推理小説の分野を開拓し、一躍ベストセラー作家となって活躍する。そんな清張を、文壇は、大衆性をもった作家は文学性がないという奇妙な論理によってその中枢から排除してしまう。いわば辻井は、この本で「彼につけられている『社会派』という呼称の本質は、題材が社会的だという以前に、弱い者、差別される者に対するシンパシーがあっての社会派」（P三七）と書き、差別に挑んだ大衆作家の再評価に努めようとしている。松本清張論については、郷原宏の本格的評論『清張とその時代』（二〇〇九年・双葉社）がある。郷原は清張文学の立場をつぎのように述べている。

たまたま少年時代に芥川と菊池の全盛期に遭遇してその作品を愛読し、さらに木村毅の『小説研究十六講』によって小説の技法と構成を学んだ清張は、戦後「本流」復活のために立ち上がる。彼はまず江戸川乱歩に代表されるトリック主体の探偵小説を《お化け屋敷の掛小屋》として斬り捨て、返す刀で川端康成、三島由紀夫に代表される「文学」に斬りかかる。『天城越え』こそは、「本流」の嫡子清張が高踏的かつ独善的な日本の「文学」に突きつけた挑戦状にほかならない……。（P三〇六）

そして、郷原は「こうして『文学』という名の峠を越えた清張は、従来の『文学』とは比較にならない圧倒的多数の読者の支持を得て、日本の文学地図を塗り替えていく。」と評価している。

辻井は、けっして大衆作家ではないが、おそらくデパート経営が障害となって、はじめから正当な文学的評価を受けてはいなかった。少なくても、経営の最前線にいた一九九〇年前後までは、当該文学はその余技くらいにしか思われていなかったのではないか。やはり、辻井が詩人・作家として、デパート経営という大衆を動員して経済的利益を図る立場にいたことは、清張が大衆を意識して小説を書いていたことに通じるものがある。二人とも、図抜けた高い知的能力は有していたものの、アカデミックという高みで大衆を見下ろしていたわけではない。二人の視線が、必然的に大衆の目を近くに置き、そこで物事を思考する習慣を創り上げていたのである。ただ辻井の場合でいえば、頭は純文学を志向し、身体は大衆に導かれていたという二律背反の見方もできる。

大人たちの身勝手な行動の上に産み落とされた一個の生。幼年期、辻井はその宿命ともいうべき特異な出自を、鳥や虫や植物など、自然界の動植物と相対することで乗り越えてきた。

しかし、スパイ容疑による除名は辻井の人生に決定的なダメージを与えた。人間にはきわめて簡単に人を差別する習性が潜み、それはなんの脈絡もなく突然訪れるということを知ったことで、極度の人間不信に陥ったことは想像に難くない。

辻井にとって、かつての東大での細胞活動は、人と人が強い信頼関係で結ばれていくというある種のユートピアの解放区を意味した。しかし、それは辻井が勝手に思い描いた「幻想の解放区」にすぎなかった。辻井の詩的出発は、内的には数奇な運命を予知する複雑きわまる出自の超克、外的にはスパイ容疑による除名という仕打ち、そして、肺結核による喀血という負の連鎖の中で総合的に育まれていった。

こうした折、年譜にあるように五五年十二月、木島始の紹介で書肆ユリイカの伊達得夫を知り、辻井喬のペンネームで第一詩集『不確かな朝』を書肆ユリイカより刊行。伊達の推薦で「今日」にも参加する。

詩人辻井にとって、この五五年十二月というのが、ここでの自伝を編むにあたってのターニング・ポイントであった。

まずは、『辻井喬全詩集』栞の冒頭部分である。これはインタビュー形式になっており、「詩を書きはじめたころからのお話をうかがいたいと思います。一九五一年の暮れに肺結核で倒れて、そこから詩をはじめられましたが、なぜ詩だったのでしょうか。」という質問に答えて、辻井はつぎのように述べている。

最初に詩集の原稿を渡したのは五四年でしょうか。木島始が見舞いにきたので、ノートを見せたら、「おい、ちょっと貸せ」と言われて、どうするんだと聞いたら、「伊達得夫に見せたい」って。それがはじめです。そのころは欲がないもんだから、詩集になるなんて思いもしなかった。いいよって気軽に言ったら、詩集にしてくれるって話になった。ですから、『不確かな朝』のときは出版記念会なんかも、もちろんやらなかったし、送るのも十冊か十五冊、小野さんとか名前を知っている人に配っただけ。そしたらあとでみんなに叱られてね（笑）。「詩集というものを出したら、これだと思う人に五、六十冊は送るもんだよ」って。それを伝えてくれたのも木島始で、「まるで俺が送らなくてもいいよと言ったみたいに思われていて、俺は困っているんだよ」と。だから次の詩集『異邦人』が出たときには百冊か二百冊は送りました（笑）。
（「時代が突き付けるものと対峙して」）

木島始との交友はすでに第Ⅰ章で述べているが、ここで少し補足しておきたい。一九二七年三月生まれの辻井に対し、木島は二八年二月生まれで、学年では一年後輩である。そして、辻井の東大文学部への入学は五五年で、木島は五一年に東大を卒業していて、五二年五月、アメリカ黒人詩集『ことごとくの声あげて歌え』（未来社）を出版、この訳詩集をきっかけに、ニューヨーク在住のラングストン・ヒューズと六七年に死去するまで文通をするなど、すでに詩界でその名前が知られていた。五三年五月、『木島始詩集』（未来社）刊行。さらに、木島は五二年三月、「列島」創刊に編集委員の一人として参加。「列島」は「荒地」の内面的価値の重視に対し、政治意識と芸術意識の統合、すなわち政治的前衛であることが、同時に芸術的前衛であることを主張するなど、詩界の耳目を集めていた。「列島」は左翼主義ではあったが、その芸術理論の核心はイデオロギー依存のモチーフ主義を排除し、詩人の社会意識の内在化をめざすという芸術理論が基本にあった。詩的モチーフの内在化については、抵抗詩の類型化をめぐって、関根弘と野間宏の間に起こった「狼論争」が有名である。「列島」は五五年三月終刊まで全十二冊を刊行。木島は四号以降の発行人。

ここでの木島と「列島」の関係を読むと、つぎの平林敏彦の問題提起も解決する。

その辻井喬が伊達の紹介で最初に参加した同人誌（実態は寄稿も含んだ半同人誌？）は、前年六月にぼくたちが創刊したばかりの「今日」だった。「今日」の発行所がユリイカだった事情もあるが、もし木島がどこか他の同人誌に辻井を紹介するつもりだったら、当時彼が関根弘らと共に主要同人であった「列島」に入れるのが自然だろう。それともすでに続刊が危ぶまれていた「列島」の終刊はすでに予想されていたのか（略）（「辻井喬と詩誌『今日』のこと」・「現代詩手帖」〇九年七月）

平林は「辻井喬の第一詩集『不確かな朝』が誕生するきっかけを作ったのは木島始である。」と述べている。前述の文章はそれを受けてのものである。

たしかに、木島との親密な交友関係を考えると、辻井が「列島」に入っていた可能性がないとはいえない。しかし、辻井が詩集を出した時点で「列島」は終刊していたし、別の面からいえば、木島の性格からして、詩集の仲介をしたことで、それを交換条件に同人勧誘に動くことはなかったともいえる。辻井は「列島」でもない「荒地」でもない、きわめて自由な精神を軸とする「今日」グループから出発したことは幸運であった。スパイ容疑による除名を受けたことを考えれば、たとえうまくタイミングが合ったとしても、辻井が左翼主義の「列島」へ加入するのは難しかったといえるのではないか。当時の心境を辻井のことばから確認しておきたい。

私を排除した革命の組織に対する憎しみが不思議に薄かったのは、自分の無力感、敗北感が直接的な政治の場におけるものではなかったからだと思う。（略）

このような思考は、やがて私を、自分の感性以外は信じられないという謙虚で倨傲な姿勢に導いていった。それは論理を武器として活動していたはずの自分が、まさにその論理によって見事に転倒してしまったという体験の上に成立しており、同時に崩壊を感性によって支え、自らの世界の終末を回避したいと思う願いによって促進されていた。

（「私の詩の遍歴」）

辻井にとって、論理によって作られているものはすべて疑わしく、その半面自らが信じた感性への信頼はすこぶる篤かった。こうした辻井の人間的価値観は、もっとも合理的判断が求められる経営の場でも終生変わらなかった。だからこそ、あまり世俗的ルールに執着もせず、セゾングループの総帥として一世を風靡できたのであろう。

辻井の母操のペンネームは大伴道子である。一九〇七年（明治四〇）十一月、青山芳三、節の四女として本所区向島小梅町に出生。父は当時八王子の七十八銀行役員。市ヶ谷の日本女子商業普通科を経て、丸の内十五号館、久原鉱業本社会計課に勤務。康次郎に迎え入れられる。一九二九年（昭和四）、康次郎に無断で「スバル」社友となって吉井勇に師事。一九四八年（昭和二十三）、同じく康次郎に無断で「日本歌人」参加。一九五三年、第一歌集『静夜』出版。その後、『明窓』（一九五八年）、『道』（一九六二年）、『鈴鏡』（一九六五年）、『浅間に近く』（一九六八年）、『野葡萄の紅』（一九七〇年）、『羅浮仙』（一九七六年）、『真澄鏡』（一九八三年）の歌集を出版。死後、遺稿詩集『天の鳥船』（一九八五年・思潮社）刊行。

つぎの詩は、息子辻井へのオマージュのように思える。

虹

青年は
倦み易い眸を凝らして
空を仰いだ

青年が見たのは
現世に再び現はれる事のない虹
たまゆらのフォルム
彩と光の構築する
まろやかな天の橋

そこまで昇つてゆくことの
栄光とかなしみを
青年は知つてゐた
存在といふ
不思議なもろさの中で

辻井の母大伴道子について、本論でもうすこし詳しく論じたいところだが紙幅の余裕がない。短編小説集『書庫の母』（二〇〇七年・講談社）は、母の蔵書を整理している息子が、それまで知らなかった死刑囚と母との短歌を通しての意外な交流を知るという物語。

辻井の自伝小説は『彷徨の季節の中で』以降も、繰り返し出されるが、その最後を飾ったのは大作『父の肖像』（二〇〇四年・新潮社）である。この小説は雑誌「新潮」誌上に発表されたものである。連載期間は二〇〇〇年十月号から二〇〇四年二月号。これは辻井の年齢に即していえば七十三歳から七十七歳。康次郎は七十五歳で死んでいるから、辻井は自らの生物学的年齢を意識し、これを書き残しておきたかったのであろう。よって、この小説は従来の『彷徨の季節の中で』のように父＝抵抗物という図式で書かれていない。

この小説を読んで際立つのは、辻井と康次郎の類似性である。康次郎は実母と早くに生き別れるなど、母の愛とは無縁に育っている。また、学生時代から、郵便局を買収し鉄工所を経営、長じてからは事業家と政治家を兼ねるなど、辻井と同じように複合的な生き方を選択している。

それについて、辻井は『父の肖像』でつぎのように描写している。

楠次郎は他人との共同作業が苦手だった。自分ひとりで考え、自分ひとりで決め、それに従ってくれる者以外は敵であった。次郎にそうした態度を続けさせたエネルギーはおそらく胸中の欠落感だったのだろう。その渇きはひとつの道では決して癒せる性質のものではなかった。そう考えると、彼は二筋道に生きる生きかたしか出来なかったように私には思われる。

それは心の安まることのない毎日だったはずだ。しかし、二筋道を歩くから安まらないのではなく、もともと安息することが出来ない精神の構造を持っていただけのことだ。だから、政治家と事業家のどちらが基本だったのかという質問は意味がない。楠次郎という人間は、どっちの楠次郎が本質的だったのかというような二項対立的発想の間から、するりと脱け落ちてしまうのである。

（P一九〇）

ここには辻井の複雑な深層心理が見え隠れする。父を語ることで、詩人と経営者の二筋道を生きたことの自らの人生について語っている。おそらく、辻井も父と同じように「二筋道を歩くから安まらないのではなく、もともと安息することが出来ない精神の構造を持っていた」のであろう。しかし、辻井には詩人が必要不可欠であっても、経営者には固執していなかったのではないか。たしかに、辻井は父と同じように二筋道を歩いたが、経営は詩人・作家の道に収斂していくためのものでしかなかった。

辻井は、父の矛盾、たとえば戦前革新的陣営にいた人物が、翼賛会所属議員になってしまうこと、また敗戦後、鬼畜米英から親米派に転身するなどの変わり身の早さに触れている。

康次郎は事業家として窮地に立つと政治に邁進、政治家として大臣候補にあがると、事業の多忙を理由に断るなど、そうした二筋道の選択に自らのＤＮＡの源流をみている。

ここで辻井は、経営者として、それぞれが利害関係で離合集散する人間本能の中、心の平安を得られない孤独を経験したことで、はじめて父の心に寄り添うことができたのではないか。辻井の力をもってすれば、父以上の政治家となっての二筋道を経験できたかもしれない。しかし、辻井は政治とは真逆の詩人・作家としての立場を選び、その生い立ちから複雑極まる家族関係までをすべて包み隠さずに描いた。それによって、堤一家のプライバシーが世間一般に曝け出された。辻井が政治家ではなく文学の道を選んだことの意味はそこにある。辻井の政治家康次郎の評価はすべて悪いものだけではない。吉田茂の保守合同前の時代、康次郎は主流派にも反対派の鳩山一郎の側にもつかなかった。辻井によれば、その政治信条は国際派でも国粋派でもない、郷土派で、「二君にまみえずという信条を建前にしていたから、政治家としての活動の幅は年ごとに狭くなっていた。」（Ｐ五七二）という。この二君にまみえずというのは、外部には実業と文学という矛盾する二極を生きた辻井の生き方に重なる。辻井は一九五九年一月、父に随行しアメリカに渡り、マッカーサー、アイゼンハワーに会うなど、政治の最前線を見聞する機会にも恵まれる。

ただ、二人には二筋道という共通項はあっても、そこでの決定的なちがいは、康次郎のそれはいずれも世俗的であり、辻井は世俗／超世俗という二つの領域に分かれていたことである。しかし、ここで辻井は二筋道という共通項によって、はじめて父に理解を示したことはまちがいない。

この小説はこれまでのように一方的に父の価値観を非難するのではなく、実業や政治活動に伴い生ずる人間性に触れて温かい筆遣いである。この小説はつぎのような描写で終わっている。

楠次郎は翌朝、独りで息を引取った。様子を見に近寄るたびに追払われるので死んだ時、誰も彼の傍にいなかった。

七十六歳、正確には七十五年一カ月と十九日の生涯であった。（P六四五）

辻井の著作中、『父の肖像』は、もっとも新聞・雑誌の書評で取り上げられたといってよい。ここでその一部を紹介しておきたい。

彼の父もまた、一身にして政治家と経営者を兼ねた人生を生きた。著者は、自分の人生をふり返るよすがとして、自らの最大の敵であった父を白日の下にさらし描き出すことを本書で試みた。その中で著者は、「政治家と事業家のどちらが基本だったのかという質問は意味がない」「二項対立的発想の間から、するりと脱け落ちてしまう」と断定しているが、自らの姿を当然そこに重ね合せているに違いない。

（御厨貴「父の肖像」・毎日新聞朝刊二〇〇四年十一月十四日）

真実の伝記か、完全なる虚構か、という詮索《せんさく》はいらない。これは日本近代史の先端を生きてきた、どこか悪魔的な匂《にお》い漂う一族の血と骨の物語である。

（高山文彦「父の肖像」・読売新聞朝刊二〇〇四年十一月二十八日）

この華麗なる一族は、これからいったいどこに向かおうとするのだろうか。滅亡と崩壊の叙事詩は、これから序曲が鳴り響くのか。だが、この作品は、父の死という、過去の時点で筆が置かれている。一切の和解も、救済もなく。

（関岡英之「虚実の写し絵か、幻惑を誘う」・「サンデー毎日」二〇〇四年十一月七日号）

五　「おいしい生活」

七〇年代以降、セゾン文化は渋谷パルコを発信地として日本に未曽有の文化現象を引き起こした。その間の変遷はつぎの通り。

一九六九年、流通産業研究所（流通学のシンクタンク）設立。初代理事長は高宮晋（上智大学教授）、所長に佐藤肇

一九七〇年、西友ストアーの年商一二〇〇億円、西武百貨店が一一〇〇億円
流通グループの総売上三三〇〇億円で日本一
父康次郎七回忌、鉄道グループとの相互不干渉の了解

一九七二年、西武化学の不動産、レジャー部門を継承した西武都市開発創業
百貨店一〇店舗、西友ストアー一一〇店舗に拡張
一九七三年、西武百貨店池袋店第九期リニューアル計画。文化運動を推進する
文化事業部を創設。担当部長に紀国憲一就任
西友ストアー上場、この年の売上高は二二八八億円。流通グループの総売上高は六六
〇〇億円。池袋パルコ開店。西武劇場（現・パルコ劇場）開館
一九七四年、坂倉芳明、西武百貨店入社
一九七五年、西武百貨店池袋店十二階に西武美術館オープン。館長紀国憲一。書店リブロ開店。増
田通二、タウン誌「ビックリハウス」創刊
一九七九年、池袋コミュニティカレッジオープン。四三〇の講座、常時三万五千人の受講生
一九八〇年、西友のプライベートブランドとして無印良品設立
一九八一年、ファミリーマート設立。高輪美術館、軽井沢に移転
一九八二年、西武池袋店、三越日本橋店を抜き年間売上トップ（百貨店業界）。ウディ・アレンを
広告に起用、「おいしい生活」
一九八三年、「西武タイム」設立。社長に高丘季昭
一九八四年、西武有楽町店開店。世界最大の会員制レジャークラブ「地中海クラブ」と業務提携。
シネ・セゾン設立
一九八五年、西武流通グループを西武セゾングループに名称変更。「生活提案型マーケティング」

から「生活総合産業」へ。飯田橋駅前にホテル・エドモンドオープン。国鉄五一％、
セゾン三一％の共同出資

グループの基幹会社は八つ
百貨店・西武百貨店
量販店・西友
製造加工・朝日工業
不動産／観光・西武都市開発
クレジット・ファイナンス
外食／サービス・レストラン西武
航空／物流・朝日航洋
保険・西武オールステート生命保険
八五年初頭、グループ全体の売上高は二兆六二四五億円
企業数は八七社、三研究所
一九八六年、業界十位の「第一広告社」とセゾングループの「ＳＰＮ」が合併。「Ｉ＆Ｓ」設立
一九八七年、辻井喬、私財を投じセゾン文化財団設立。理事長に就任。ホテル西洋銀座オープン。
銀座セゾン劇場開館
一九八八年、八ヶ岳高原音楽堂開館。インター・コンチネンタルホテルズコーポレーション（ＩＨ

C）買収

一九八九年、池袋にセゾン美術館開館
一九九〇年、西武セゾングループからセゾングループへ改称。水野誠一、西武百貨店社長に就任。一九九四年退任
一九九一年、セゾングループ代表を退任。三人の代表幹事による集団指導体制へ。高丘季昭、竹内敏雄、和田繁明
一九九六年、西友会長、高丘季昭急逝
一九九八年、辻井喬、第一勧銀他主要銀行に「堤ノート」を差し入れる「セゾングループとして最低一四〇一億円から最大二二二一億円までは、利益、資金で西環を支援する」という内容。グループで負担すべきでないとする和田との対立を招く
二〇〇〇年、西洋環境開発、東京地裁に特別清算を申請、受理。負債総額は西環単独で五一七五億円。関係会社も含むと五五三八億円
第一勧銀など銀行団は三四〇〇億円の債権放棄。セゾングループで一〇〇〇億円、辻井喬の私財提供一〇〇億円

この年譜で、ひとつの分岐点は、一九八五年、西武流通グループから西武セゾングループへの名称変更で、「生活提案型マーケティング」から「生活総合産業」へ転換したことである。辻井は消費者

を自立した個人としてみて、それまでの小売り主体から、つぎつぎに文化的な拡がりを期待した手を打つ。

その一つの原点として、辻井が一九六九年春に創設した流通産業研究所の存在がある。

創設メンバーには、来る日本の高度産業社会に対応するため、辻井が総力を挙げて集めてきた当代を代表する政財界人が顔を揃えている。

理事長・高宮晋（上智大学教授・組織学会会長）、理事・福良俊之（経済評論家）、木川田一隆（東京電力社長・経済同友会代表幹事）、北野重雄（日本レアメタル社長）、三浦正義（日本商店連盟専務理事）、中内㓛（ダイエー社長・日本チェーンストア協会会長）、田実渉（三菱銀行頭取）、堤清二（西武百貨店社長・西友ストアー社長）、上野光平（西友ストアー常務取締役・日本チェーンストア協会副会長）、山下元利（衆議院議員）（ＡＢＣ順）

所長・佐藤肇（西武百貨店取締役）、監事・平井武夫（西武百貨店常務取締役）、顧問・影山衛司（日本商工会議所専務理事）

今では目新しくないが、辻井が一九六〇年代の終わり、デパート内につぎのような理念を掲げて流通産業研究所を立ち上げたことの意味は大きい。

流通産業研究所が独自の調査、研究、政策提言をするためにおかれた調査部は、流通近代化のため、構造、機能、政策、経営、中小商業などの研究テーマに応じて各部会を設け、専門家グループを効果的に編成して調査研究活動を行ないます。

初代所長の佐藤肇は辻井がスカウトした人物である。佐藤は一九四三年、東京大学経済学部を卒業。高宮晋の東大教授時代、大学院特別研究生として、日本資本主義と経営学の分野を開拓。戦後、高宮は東大を去るのに合わせ、学究生活を離れ、岩波書店、ＮＣＲ（日本ナショナル金銭登録機）に勤めるなど、ビジネス現場の最前線に転職していた。日本初のセルフサービス店は、一九五三年、東京青山に誕生したスーパーマーケット紀ノ国屋である。その実現に一役買ったのは佐藤肇で、ＮＣＲのキャッシュレジスターの普及が現在に至るスーパーの原型を実現したことになる。辻井が流通産業研究所設立とともに、近代経営学の重鎮高宮晋、その後継者佐藤肇の二人をスカウトしたことの意味は大きい。

辻井は流通業を、詩と一体化した文化事業に高めようとしたが、佐藤は流通理論を現実の場面で展開する理想を持っていた。佐藤には理論と実践を兼ね備えた名著『流通産業革命』（一九七一年・有斐閣）、『日本の流通機構』（一九七四年・有斐閣）がある。他にも北里宇一のペンネームで多数の論文がある。

この佐藤肇の父は、詩人・英文学者の佐藤清である。佐藤清は一八八五年（明治十八）、仙台市生れ。東大英文科卒業。辻井は、詩人を父にもつ佐藤肇について、つぎのように述べている。

佐藤氏は心の温い、内側に溢れるような抒情を蓄えていた人だった。学問を人間世界とは異次元の営みとして捕え、総ての情感を捨象した論理によってのみ理解しようとする土壌のなかで、私をも含めて人々は彼をどれだけ深く理解していたであろうか。

佐藤氏は、最後まで理論と実践の統一ということを頑ななまでに主張し貫こうとしていた。このことは、氏の鋭い洞察力が明治以後の日本の文化の本質的な欠陥を見抜いていたからだという気が私にはする。

（『佐藤肇追悼録』一九七六年）

佐藤肇は一九七五年四月十五日急逝。一九二〇年生れであるからまだ五十五歳の若さであった。ここでは佐藤の『日本の流通機構』のあとがきについて触れておきたい。詩人の息子であることの誇りに満ちた文章で、硬質な専門書には似つかわしくない抒情的な香りを伝える文章である。

私はちょうど一年前の早春のある日、教室に入る前のひととき、キャンパスの池のほとりの大木のもとに枯草をしいて坐り、澄みわたる蒼空を仰いだとき、ふと目にあついものがたまるのを覚えたことがある。それが何を意味するかを私は知らない。しかし、そのとき私は、いまから五十年以上も昔、若き日の父が異国にあってわが国を想ってうたった詩の声が思いがけなく心のなかに響いてくるのをきいたのである。そこで、ゆるされるならば、その詩の一篇をここに写させていただきたい。私は詩人ではまったくないが、この詩心に通うものが、やはり私の心の奥の奥にもあって、それは戦後の激動するわが国に生きながらえてひとつの問題と取り組んできた私を、今日までつき動かしてきたものでもあったからである。

その一篇とはつぎの作品である。

望郷

わがくにはみづきよきくに、
わがくにはやまたかきくに、
わがくにはあらしふくくに、
わがくには陽《ひ》のおほきくに。

そらあをくけむりたなびき、
野のくさのかをりよきくに、
なつかしきすあしにて、
つゆをふむさわやけきくに。

もろ手よりわれにしたしく、
いきよりもわれにしたしき、
わがかたることばをかたる、
うつくしきをとめらのくに。

わがくにはわがははのくに、

なつかしきいもうとのくに、
おゝ、たぐひなくうつくしき、
わがたましひのこひびとのくに。

わがくにはわがゆめのため、
わがいのちささぐべきくに。
わがゆめをわがいのちもて、
現実にかへすべきくに。

（佐藤清第二詩集『愛と音楽』一九一九年・六合雑誌社）

ここで辻井は佐藤の業績を踏まえて、自らの流通業を物から文化的な質への転換を図ったのである。

佐藤肇の理念は、辻井の命を受けてメインカルチャー路線を推進する高丘季昭に引き継がれる。高丘は流通産業研究所で佐藤を補佐していた。

高丘は一九二九年一月、東京目黒で、父子爵高丘和季、母美喜子の長男として誕生。その経歴はつぎの通り。

一九四八年三月、学習院高等科を卒業。四月、東京大学法学部（政治学科）入学
　渡辺恒雄、氏家斉一郎たちが共産党を離脱、「東大新人会」を結成。高丘はこれ

に参加
一九五一年三月、東大ゼミ、岡義武（一九〇二―九〇）に学ぶ
東大卒業。四月、社団法人東京新聞社入社
一九五六年四月、東京新聞大阪編集部に転勤。労働組合書記長、委員長を歴任したため、左遷の意
味あり
一九五七年秋、東京新聞社退社
一九五八年八月、株式会社ニッポン放送入社
一九六三年七月、ニッポン放送退社。八月、株式会社西武入社
一九六七年二月、西武百貨店宣伝企画部長。八月、販売促進部長
一九六九年三月、流通産業研究所出向
一九七七年五月、日本チェーンストア協会常務理事
一九八三年、西武タイム設立、代表取締役社長
一九八六年五月、ファミリーマート代表取締役会長
一九八八年二月、西友代表取締役会長。五月、日本チェーンストア協会会長
一九八九年三月、セゾン劇場代表取締役社長。七月、流通産業研究所理事長
一九九一年九月、セゾン美術館館長
一九九五年一月、経済団体連合会副会長
一九九六年三月十三日、肺炎による呼吸不全で死去。享年六十八歳

辻井にとって高丘は、パルコの増田通二とともに、セゾングループ推進の立役者の一人であった。東大の同窓生だが、高丘の東京新聞、ニッポン放送勤務という経歴は増田に近いものを感じる。ともに頭脳明晰であるが、卒業後、官僚や大学教授、弁護士、財閥系企業に就かず、三大紙ではない新聞社の労働組合で旗を振っていた。こんな高丘の経歴が辻井に興味をもたせたのだろうか。つまり、高丘はすでに出来上がった既成組織のポストに収まるのではなく、辻井のアイデアを実現する名参謀として力を発揮した。いわば、高丘はセゾン最大の立役者といってもよい。

まず、高丘は『ショップレス・エイジ』(一九七〇年・徳間書店)、『西友ストアーの流通支配戦略』(一九七〇年・日本実業出版社)などの著書を刊行、高度な流通理論を携え、西友やコンビニ推進の原動力となる。一九八〇年代初頭、高丘が西友の文化事業に動いたとき、つぎのようなことが語られたという。

高丘はよく「市民文化」「生活文化」という言葉を口にしていた。量販店として毎日無数の人々に接しながら、「世の中が成熟してくるにつれて、モノだけを売っていても仕方がない。文化と名づけていいかどうか分からないが、そういうものがビジネスになる時代がやってきた」というのが持論の一つであった。

「チケットだってビジネスになるとは思われなかった。興行や映画製作だってビジネス」という考え方である。

(高丘季昭『こころざしを持って』)

これは『こころざしを持って』の年譜から引用した。年譜作成は尾崎勝敏。これが書かれているのは、一九八二年である。この年の三月、西友ストアーに文化事業部が設置されていて、ここでの高丘の考えは辻井の「生活総合産業」の経営理念に合致している。

それまで一九六〇年代位まで、西武や西友など、いかに安価に生活財を消費者に提供するかを軸に経営が進められてきた。消費者は物品を保有、所有することで生活空間を豊かに満たしてきていた。しかし、ある程度、物品が全般的に行き渡ると、生活文化の獲得に欲求が変化する。その生活文化の中身について、流通産業研究所がつぎのような研究結果を発表している。

① 生活財の再検討
家に溢れた物品をどのように処分し、何を買い替えるのか。小売業は家に物品を溢れさせるだけでは責任を果たしていない。

② 生活空間の再編成
小売業は家に物品を溢れさせるのではなく、部屋や空間を演出することに視点を注がなければならない。

③ 生活時間の再編成
とくに女性の自由時間の活用に注目する。

④ 男女の役割関係の変化
女性の社会進出、男性の巣帰りという現象に着目する。

⑤ 社会関係の変化
男性は職場中心の生活から、地域社会や趣味を通じての新しい人間関係を構築する。

女性は家庭や地域社会を離れて、クラブやサークルに積極的に参加する。

これは筆者が、西武百貨店池袋コミュニティ・カレッジ流通産業研究所編『先端商業の発想と戦略』(一九八二年・ダイヤモンド社)から生活の再編成について、その要点をまとめてみたものである。当時はまだ小売業が、安売りなどで消費者の物質的欲求を満たすという次元にとどまっていた。しかし、辻井は何年も何十年も先の消費動向を読み、流通産業研究所を立ち上げていた。このリポートは、二〇一五年の現在、すべて小売業の定説になっており、しかも、消費生活の再編成はさらに加速化し続けている。まさに、辻井の読みはズバリと当たっていたといってよい。

九〇年春で基幹会社十二社、グループ・関係企業二百社、従業員数十一万強、八九年度グループ全体の売上高四兆三千億円。セゾン文化の実質的なオーナー辻井は時代の寵児となり、当時マスコミはそれを「感性の経営」としてもてはやした。セゾン文化が展開された七四年から九〇年の平均経済成長率は三・八%を誇った。「おいしい生活」はセゾン絶頂期を象徴する名コピーである。

ダッター　ダーヤヅム　ダー
おいしい生活　**ダッター**
おいしい生活とは何か
それは僕の旗印　僕の進軍喇叭

ダッター　ダーミヤーター
それでお前の生活はおいしかったか

みんなのおいしい生活のために努力すること
それが僕の生活をおいしくすると言っても
聴衆は薄笑いを浮べて次の言葉を待っている
かれらはそういう言い方にうんざり
たいていの政治家はそんな嘘をつくし
だいいち「みんな」とは誰なのか
僕にも分っていないから言葉に迫力がない
部屋のなかは黄ばんだ午後の光に満ち
蚕が桑の葉を食べる音が
さざ波のように拡っている
まるで通勤電車から吐き出される
無表情なサラリーマンの靴音のように

（「おいしい生活」部分）

しかしながら、辻井はこうした「おいしい生活」が保証するセゾン絶頂期にその終焉を察知してしまう。たとえば富士山への登山を例にすれば、その過程の何合目かでみえてくるものと山頂でみえるものとは明らかにちがう。辻井は頂点に立ったことで、マルクスのいう「本来、人間的過程であるべき消費が、資本制生産様式のもとにおいては、労働力の再生産にのみ、それを目的として行われる」という言葉の前にはたと立ち止まる。つまり、自らがめざした「本来、人間的過程であるべき消費」が空転し、いつのまにか「消費のための消費」になっている事実に気づく。それによって辻井は消費活動が人間を幸福にするというユートピアへの希望を失くす。この理由を説明するのは難しいが、辻井によれば、一九五〇年代から六五、六年まで、日本人は戦後日本の物質的困窮を抜け出せずにいた。この間、日本人の多くは三種の神器など、消費が増えることが幸せな生活という見方で一致していた。それから経済の高度成長が始まり、辻井は廉価で良質のものを家庭に届けることを使命に、スーパー西友を立ち上げた。ここには、まだ辻井のいう消費が生活を豊かにする人間的過程は残っていた。人がスーパーを訪れ、めいめいに好きな食材を購入することの喜び、それをみて辻井は消費者に物を売ることの使命感に燃えていたにちがいない。しかし、七〇年代後半に入り、そうした人間的過程であるべき消費の意味が終焉する。つまり、幸せの価値が生活に喜びを見出すことから楽しむことに変わる。辻井は、そのターニング・ポイントを八〇年代、ディズニーランド開設の時期にあるとみている。たしかに、ディズニーランドは日本人が戦後的な物質的困窮から抜け出て、アメリカ的に余暇を楽しむ余裕ができたことの経済的富の象徴であろう。しかし、辻井の分析は鋭い。それは日本人が人間的に成熟したのではなく、単に状況の変化に同化していったにすぎない社会現象だとする。極端にいえば、ディズニーランドによって、辻井の提示した生活総合産業の構想は打ち果ててしまったといってよい。

つまり、辻井の言いたいのは消費の手触りということになる。ディズニーランドで時を消費することは、どこが辻井の主張と異なるのか、それを具体的に説明することは難しい。なぜ、それが辻井のいう「人間的価値、人間的生活過程」にはならないのか。これについて、辻井の言葉に耳を傾けてみたい。

実際、消費というものを、自分の手に握りきっていないのではないか、ということです。今の過度に発達した工業社会の住民は、本当に消費を自分の手に握っていない。やっぱり操作されてしまっているという感じです。しかも、怖いのは、子供のころから操作されている意識を持たないで完全にロボット化してしまうという感じですね。

（「未完の世紀」・「論座」一九九九年四月）

たしかに、ディズニーランドで遊んでいて、生活する喜びというイメージは浮上してこない。それは生活の楽しみであって、「人間的価値、人間的生活過程」には及ばない。西武は糸井重里のコピー「おいしい生活」で一世を風靡したが、そこには隠された生活者への発信があったという。しかし、現在に至る高度消費社会を支える広告媒体について、それは非「人間的価値、人間的生活過程」を露呈してしまっていると指摘する。

広告代理店が、実に機敏に、たとえばランボーの詩などを引用して「ぼくはランボーする」なんていうコマーシャルフィルムをつくると、見るほうはなんかすごい知識人のように思ってしまう。見るほうの大部分は、ランボーを読んだことがない。ですから、そういう広いギャップのなかを広告代理店が自由自在に泳げる。そういった社会状況が形成されてきたというふうな気がしますね。

（「未完の世紀」・「論座」一九九九年四月）

このコメントから、すでに十六年が経過している現在、こうした消費者現象は加速化している。産業社会は人間的に成熟することで目的を達成するのだが、日本は欧米社会のようなわけにはいかない。とくに、広告が人間を支配する構造は、非人間化の方向を示唆してしまう。

こうした辻井の消費は「人間的価値、人間的生活過程」を促すという姿勢は、自社の内側にも向けられる。ここに西武百貨店発行の社内報「かたばみ」がある。康次郎の死後、辻井が実質的経営に乗り出した時期の発行である。そこで、辻井はだれよりももっとも熱く、社長としての経営方針を語っている。その言葉を少し追ってみたい。

「物を創ることに喜びを感じる人間は社会を進歩発展させる人間として、ただ物を消費する人々よりも高い価値を持った存在である」と言われています。

それでは物を販売するという仕事は、一体どんな意味と価値をもっているのでしょうか。ただお客さんの言うがままに、ケースのなかの商品を取り出して包装紙に包みながら、心のなかで「今度の休みにはどこへ遊びに行こうか」などと考え無愛想に手だけ動かしている人は、自動販売機にでもできる作業をやっているのと同じで、価値を創造する仕事をしているとはいえません。

お客さんが何を求めているか、そのためにはどういう商品がもっとも適当かを考え、お客さんの身になって質問に答え、知っているかぎりの説明のできる人は、そのことで、お客さんの生活設計に参加しているわけです。

お客さんの価値創造の協力者になることで販売員自身も価値を造り出しているのです。だから販売ぐらい、それを実行する人の姿勢次第で、創造的行為にもなれば、単なる運搬手段になってしまう仕事もありません。

いうまでもなく、物を創る行為は、人間の知恵の働きを必要とします。頭を使って販売をする人は、少なくとも価値を創造しようとしている人だということができます。

（堤清二「十一月の声」・「かたばみ」一九六六年十一月）

辻井は分かりやすい言葉で自らの経営観を語り、西武の販売員に創造価値を求めている。しかしデパート内は、こうした辻井の発想とは逆の論理で動き、販売員は消費者を前に無言で立っている。押し付けはいけない、聞かれたら答えるというものなのだが、これでは辻井のいう価値創造にはつながらない。おそらく、それは西友やファミリーマートでも同じで、消費者は勝手に商品選択をし、無言でレジを済ませ店を出る。これは「人間的価値、人間的生活過程」には程遠い話である。それを踏まえて考えると、たしかに、現代人にデパートに行き販売員と対話し消費する喜びはない。しかし、それもまた、どこかで辻井の自己矛盾が生み出した副産物といえなくもない。こうしたかったのだが、結果はこんなはずじゃないというのは、辻井にはつねについて回る話である。

さらに、これも一九六九年の流通グループ入社式で語った言葉である。

職場の風土としてはヒューマニズムというものを高く掲げて、手をとりあって人間的な成長にまでおよぶ、いままで学校の先生方や日本の指導者がやれなかった教育や総合点検教育をきびしく行ないます。

企業の姿勢としての消費者最優先、組織の理念としての経営共和主義、そして職場の風土としてのヒューマニズムと、この三つを武器として、今日から社会人としての生活を送ってほしい。そして、私が皆さんにのぞむことは、どうか相手の心のわかる人間に成長していただきたい、ということです。父親や母親の、そして兄弟たちの気持ちがわかる人間になることが流通業にたずさわる者として、また社会人として、最も重要な人間的な資格だからです。

(「仕事のなかで幸せになる基礎を築こう」・「かたばみ」一九六九年五月)

この時期、流通グループの社員総数は一万三千人にのぼっている。当該年度の売上目標は、西友グループの三千億円、西武百貨店の二千億円など総計で六千億円の数字を掲げている。しかし、辻井はここで物を売りまくれとか、そうした数値目標に触れることなく、新入社員に向けて、あたかも哲学者のように消費者の心のわかるヒューマニズムを身につけてほしいと話している。一般に社長談話がどういうものか分からず、比較検討できる材料はないが、こうした挨拶は辻井ならではの異例のことではないのか。辻井の販路拡大路線は、消費者最優先に、つぎに社員とその家族、そうした人たちの幸せを願ってのものではなかったのか。

一九八八年の記録によれば八七年に単独店舗として西武池袋店は売上高で全国一位に、会社として西武百貨店の売上高も、流通企業集団としてのグループとしても業界一位に、つまり三冠を獲得しているのだが、その同じ年に出版した『鳥・虫・魚の目に泪』という詩集の冒頭の作品は、「きつつきはたたく　たたく／たすけを呼ぶ技師のように」ではじまり、「私ハモウ駄目デス　モウ駄目デス　駄目デス」というリフレインで飾られ、「町に棲んで／はとは季節を失った」ではじまる「家鳩」も、「あけがた星がひときわ輝いたのは／ゆうべ蝶が死んだからだ」の「蝶の失踪」にしても、「夢のなかを泳ぐ魚には目も鼻もない」の「夢のなかを泳ぐ魚」にしても、「魚が泣く　夢のなかで／鬼灯草のような涙は／溢れる前に溶けてしまう」という「泣く魚」に至るまで、詩集全体が喪失と挫折に彩られているのだ。まるで日本一になったことで何かが失われた、とでも訴えているみたいなのだ。

いくら矛盾を矛盾のまま抱え込むことで生きる辻井にしても、「私ハモウ駄目デス　モウ駄目デス　駄目デス」は看過できない。

六　「駐屯地で」

するとまたもや　ここを少しこうすればと
うぬ惚れとひとつになった指導者意識が働いて
いつの間にか僕は名実ともに経営者だった
名誉なことなのかもしれないが
不名誉なことと言うべきなのかもしれないが
いずれにしても隠してみてもはじまらない

そうなればここは駐屯地にすぎないのだから
すべては適当がいいのだけれども
競争には勝たなければと号令をかけていた
それは無責任きわまりないいきさつだった
はじめは少し手伝うだけのつもりだったのに
駐屯地の人々はなぜか納得して頷いたり
僕を見上げて指示を待ったりするようになった
そこで遅まきながら気が付いたのは
この駐屯地には聖なる捲き取り機械があって
その領域に一歩でも足を踏み入れたら
なかなか抜けられなくなるということだった

（「駐屯地で」部分）

ここでの駐屯地の意味するものは何か。駐屯地とは陸軍が平時に駐在する軍事基地である。辻井は反戦・平和、憲法九条堅持を旗印にしており、ここでそれをアイロニーとして使ったのか。この詩はスパイ嫌疑から共産党離党、父の政治秘書を経て、デパート経営者となり、やがてセゾングループ総帥として陣頭指揮を執ることを書いているのだが、それを息苦しい駐屯地勤務に見立てようとしていたのか。戦前、日本国家は陸軍の暴挙と暴走によって破滅していった。そうしてみれば、辻井は企業経営を、「はじめは少し手伝うだけのつもりだったのに」「なかなか抜けられなくなるということだった」と、この陸軍の失敗に重ねてみせた。

七　「今日という日」

かつては山林に自由存すという言葉に酔い
武蔵野を歩き木や草と言葉を交わしたが
いつのまにか小鳥たちも囀らず風の伴奏もなく
すべてが金額で表示される市場に入っていた
駐屯地に着く前からそうだったのだから
だれかを責める訳にはいかないのは分っている
豊かになる　権力を持つ　名誉を得るためには
その代償として魂を売らねばならない
そんな単純な原理を忘れてしまったのは
おいしい生活がそこに入ってきたから
どこで何が変ったのか指摘できないのが残念だ
過去と影を消すことに夢中になっていたからか
あまりに長く翳り道を歩いていた影響なのか

（「今日という日」部分）

辻井にとっての企業経営は、戦前の陸軍勤務のようなものであったのか。そうだとすれば、ある時期に経営から離脱したことは賢明な選択ではなかったか。辻井は企業経営を利潤追求ではなく、革命運動の挫折に代わるものとして文化資本の蓄積のために行なった。それは文化革命といってよい。よって、失敗は想定内のことで、それをもって辻井の失政を責めるのは本末転倒である。

Ⅳ　ユートピア幻想と崩壊

一　辻井喬のユートピア構想

この章では、辻井喬の著書『ユートピアの消滅』（二〇〇〇年・集英社新書）を読み解いていきたい。辻井にとって、ユートピアということばは重要な記号的意味をもっていて、学生時代の共産主義運動、セゾンを通しての文化的事業、その後の詩・小説を通した文筆活動と、そこに共通して現われる基本概念で、その樹立に向けて、一生を闘いつづけてきた人生といってよい。

本論に入る前に、学生時代の共産主義運動への没頭と挫折をモチーフとしたと思われる詩を改めて読んでみたい。すでに第二章で紹介済みであるが、ここでもう一度引かせていただきたい。

霜の朝

暗い冬に耐える優しさのために／凍った風のなかの希望のために／梢に拡がる空にむかって／鳥を放とう　晴れた朝に／／別れが　いつも次の出発になるために／黒く光る銃を磨こう／蹉跌がいくつも積重って虹を創り／やがて　素朴な歌になるまでに／／愛が耐えることを教えるように／どこかで鳴りつづけている鐘がある／苦しみは決して減りはしないが／人生にだって意味はあるのだ／／重い霜がやってくる朝／僕はひそかに武装を整える／危機を孤りで走るために／そのことによって／いつかくる再会を飾るために

（詩集『動乱の時代』）

ここでの愛や理想を掲げる直接的表現は、思想的詩人辻井にはなじまないが、しかし、辻井はそれが革命であれ何であれ、その根底に愛や理想という情念が内在化しないものを認めない。辻井の詩は観念的傾向が強いが、しかし、その表現形式は喜怒哀楽が内部に隠されず、直接外部へとストレートに現われやすい傾向がある。その意味で、この詩は辻井のそうした硬質な抒情的資質が出ている。

ある時期まで、辻井にとってのユートピアとは、私有財産の放棄、階級社会の解体など、いわゆる共産主義社会を実現させることで実現すると考えられていた。しかし、一九五〇年一月、コミンフォルム（欧州共産党情報局）の日本共産党路線批判を契機に、密告、裏切り、粛清、弾圧などによって自らが属した革命運動は分裂し、おぞましい人間の本質を外部に曝け出す。辻井は党内分裂の渦中、同志たちからスパイ容疑の嫌疑をかけられ、半ば強制的に共産主義運動から身を引くことを余儀なくされてしまう。そして、一九五六年、ソ連共産党大会でのフルシチョフによるスターリン批判によって、ソビエト政権内部の官僚腐敗などが炙りだされると、少しも共産主義社会は公平・平等なユートピア社会を実現するものではなく、極めて不完全なシステムであることを露呈してしまう。辻井の見方によれば、共産主義という人類救済のユートピアが、ソビエト連邦にスターリンという独裁者を生み出してしまった付けの衝撃は大きい。それについて、辻井はつぎのように述べている。

独裁を作り出す精神構造の危険性とは、その国や組織の規模の大小や、掲げている目標が幼稚なものか説得力を持ったものかという、政策科学的有効性や現実性とは異なった次元の問題である。（『ユートピアの消滅』P六八）

独裁者は特定のイデオロギーの特定の人物を指すことばではなく、あらゆる組織がそういう象徴的な怪物を必要としてしまうということである。共産主義が資本主義と比較し、民意を問うという機会がなく、独裁に向かいやすいという見方は正しい。しかし、民主主義国家内にもそうした独裁的人物は生まれてくる。よって、われわれが、現在の共産主義国家を一党独裁体制だと批判しただけでは何も解決しない。

辻井は戦後民主主義国家の独裁的特徴をつぎのように説明している。

日本の社会にはヤクザのようなアウトローの集団内部ばかりでなく、堂々たる大企業の組織のなかにも独裁に対し、妙に寛容な風土がある。最大多数の幸福のためには独裁も止むを得ない。

それこそ民主主義の精神だ。今の独裁は民主的、法的手続きを踏んでいるから正当だ、という主張こそヒットラーの台頭を許したワイマール末期のドイツの精神風土にも通底しているのではないか。私は大学の革命的な組織に属していた時、架空のスパイ事件が持ちあがり、一部の幹部に対して烈しい査問が行なわれたことを覚えている。

辻井によれば、それが政治の世界のみならず、企業であれ行政機関であれ、教育機関であれ、すべての組織でわれわれ自身がそうした独裁的象徴を任意に生み出しているという。それは本音の部分では外敵からの弾除けとして、そうした人物がいたほうが有効かつ頼もしいということにつながる。そして何より、日本には辻井がいうように独裁者には比較的寛容な風土性がある。

（『ユートピアの消滅』P六八）

ヒトラーの台頭を許したワイマール末期ドイツのように、はじめ民主的に選ばれた当該人物が、リーダーシップが深まってくると、それが一転独裁者と変容するまでさほど時間はかからない。そうなると、辻井がいうように民主的人物と独裁者はコインの裏表の違いでしかなくなる。いわば、独裁者誕生の要因は選んだ民衆の側にあり、彼らのさじ加減ひとつで、当該人物は民主、非民主のどちらの顔にも仕立て上げられてしまうのである。そうなると、ある程度の組織体になれば、当該時間の経過とともに、必ず指導者は独裁者の色合いを帯びてくるといってもよい。そうでない指導者はかえって民主的な指導力は期待できない。つまり、みんなに慕われる物分かりのよい指導者など現実にありえない。それであれば、辻井がときにセゾン内で独裁者と呼ばれたのも分かるし、それは有能な指導力の為せる業であったといってよい。

二十世紀後半の世界史は、ヒトラー、スターリン、毛沢東、金正日、フセインと、虐殺と粛清に彩られた独裁者たちの血の系譜である。この残酷極まりない歴史的事実こそ、独裁者の限界を曝け出している。おそらく、こうした独裁者の面々こそ、辻井の描く共産主義ユートピア実現の不可能性を逆説的に証明しているのだといってよい。こぞって彼らは民主主義の指導者として行動したというより、我欲にとり付かれて魔界に転落した異常性格の持ち主であった。ただ、一人の人間のどこまでが指導者の領域で、どこから独裁者に堕してしまうのか、その境界は一般には定めがたい。

しかし、辻井は自らの描く青写真として、共産主義自体を全面的に否定していない。むしろ、それを使いこなせなかった統治者に批判の矛先を向けている。

社会主義が駄目なのではなく、スターリニズムの中央司令経済が社会主義を駄目にしてしまったのだという考え方のひそみにならえば、産業社会が駄目なのではなく、それを促進してきた自由市場経済、その主要な形態としての資本主義が、自由主義を歪めてしまったのだと言うことができるのだろうか。　　（『ユートピアの消滅』P一七九―一八〇）

また別の著書で、辻井はつぎのようにユートピアとマルクス主義の関係について述べている。

私たちは、エラスムスの友人でありユートピアの語源となったトーマス・モーアの著作（一五一六）をはじめ、クロード・ジルベールの『カレジャヴァ物語』（一七〇〇）、スウィストの『ガリヴァー旅行記』（一七二六）、そして数々の千年王国説をも視野に入れて検討し、一方、理想に燃えて出発したロシアにおけるソビエト政権がなぜ堕落してしまったのかを冷静に追究する必要があると思われる。

マルクス、エンゲルス、レーニンの訓古学に堕した感のある「マルクス主義思想家」の手から、

生きたマルクス思想を救出することが求められているのではないか。（『流離の時代』P九二―九三）

これによれば、辻井は指導者が、もしもヒトラー、スターリン、毛沢東、金正日、フセインなどの独裁者でなかったらどうかという希望的な仮説を捨象していない。たとえば、ガンジーのような聖人が共産主義を牽引したらどうなのか。ネルソン・マンデラでもマザー・テレサでもよいが、彼らの時代を牽引する指導力には圧倒される。歴史的に彼らを独裁者と呼ぶものはだれもいない。それによれば、辻井自らが父康次郎のように政治家になって、何らかの政治組織を統治したらという仮説も成り立つかもしれない。ある意味、辻井のセゾングループ経営は、その共産主義的な仮説を具現化したものといってよいかもしれない。ことごとく、創造的破壊によって老舗デパートという既成勢力を打破していった辻井の行動は、まさにかつて不完全燃焼に終わった革命的エネルギーの噴出のようにみえた。そして、最後にそれはバブル経済の崩壊とともに、空中分解した。それは辻井がデパート経営を起点に、未曽有の革命的実験を行なったといえなくもない。

二　トマス・モア『ユートピア』

ユートピアの語源は、イギリスの政治家トマス・モア（一四七八―一五三五）によるものだが、「どこにもない場所」という皮肉な解釈がある。いわば、よい国を造ろうと、いくら想像はできても、だれも形にはできないという意味。モアのユートピアは、ギリシャ語（outpia）にもとづき命名したものだが、そこには「善い場所」（eutopia）という意味も隠されている。十六世紀のイギリスは五十四の州から成り立っていたが、モアのユートピアも五十四の都市の連合体で構成されていた。モアは、私有財産制を社会悪の根源とし、その克服を原始共産制の中に求めて解決しようとした。モアのユートピア構想は、現実に即して考えれば原始共産制だが、その中身については、柔軟に理想の国と解釈してみたほうがよい。そのことは、モアが『ユートピア』のなかで、ラファエルに原始共産制の有効性を語ってはいても、別の箇所でつぎのようにもいっていることからも分かる。

「私には逆に、すべてが共有《コンムーニア》であるところでは人はけっして工合よく暮《コンモーデ》らしてゆけないように思えます。自己利得という動機から労働に駆りたてられることもなく、他人の勤労をあてにする気持で不精者になり、だれしも働かなくなるようになれば、物資の豊富な供給などはいったいどうしてありえましょうか。そのうえ、たとえ貧窮が労働への刺激になっても、自分の手で働いて得たものを法的に自分のものとしてとっておくことができなければ、当然絶えず暗殺と反乱の脅威にさらされざるをえないのじゃありませんか。特にまた、公職の権威とそれにたいする尊敬心がなくなってしまうと、お互いになんの区別相違もないような人間のあいだで、どういう権威がそのかわりに通用しうるのか、私にはまったく想像もつきません」

（トマス・モア『ユートピア』澤田昭夫訳・Ｐ一一三）

その前に、「私有財産制《プロプリエタス》がまず廃止されないかぎり、ものが、どんな意味においてであれ公正、正当に分配されることはなく、人間生活の全体が幸福になるということもないと確信しております。」（Ｐ一一二）とあり、モアは私有財産が廃止され、共産主義になった場合、そこには主体的に働かない怠け者が続出することを危惧するなど、先見の明がある。

こうしたモアの物質と精神の二元化は、そのまま辻井の革命運動挫折後の世界観に通じる認識である。辻井は、共産主義運動からパルコの文化戦略に至るまで、物質的な充足を果たしながら、同時に精神的欲求を満たしていこうとする、まさにユートピア思想に命を賭けて取り組んだことで説明できる。辻井によれば、所得格差の是正がもたらす消費生活の充実によって、日本ではユートピアの実現が可能とみた。その場合、物質は精神生活を支える補助的手段でしかないという認識だった。それによって、あまたいる経営者のなかで、辻井だけが経済の高度成長下、その手中に文化資本を主体的にもつ人物と評されたのである。

一九八四年十月、銀座に有楽町西武がオープンした時点を、辻井が率いたセゾングループの絶頂期とみるものが多い。まだ、バブル経済が膨らむ前だが、すでに辻井はつぎのような考えをもっていたという。

「(略)この時期の私が抱えていたのは間違いなくニヒリズムです。自分の中のユートピア、産業社会への希望はすでに消滅していた。つまり経済的豊かさが人間にもたらすものの限界に、七〇年ごろには気づいていた。それでもビジネスマンとしての私は、アメリカに遅れて出現した日本の消費社会を体現して生きてきました」(「消費社会と文化」読売新聞二〇〇〇年十月十日夕刊)

辻井の立場を考えれば、こうしたリタイアという選択肢が即座に実現に至るとは考えにくい。この思いはバブル経済崩壊の九〇年代初頭まで待たなければならなかった。

それでは、さらに辻井の本を追いながら、ユートピアの意味を探っていきたい。

辻井の『ユートピアの消滅』の内容は、ロシア革命による社会主義政権の誕生からその消滅までを軸に、それに添う形で辻井自身の現実参加への系譜が語られている。辻井には、セゾングループの経営を通してつくり得た、三島由紀夫たち各界著名人との交流があり、本著ではこれまで公にされてきていない個人的なエピソードが、ふんだんに語られているのが興味深い。新書判ではあるが中身は濃い。

辻井は、共産主義運動離脱後のユートピアをつぎのように位置付ける。

少なくとも敗戦によって、明治維新以来のユートピア論のひとつを失った我が国は、朝鮮戦争とベトナム戦争の二つの期間に際して、経済大国に成長するという目標以外の、どんな目標をも持とうとしない国として存在することを、内外に示したのであった。

経済的価値以外の判断基準を持たないという我が国の指導者の基本姿勢は、外交問題、国際関係の問題についての判断を、アメリカに一任しているという〝政策〟によって裏打ちされていたと言うことができる。

（『ユートピアの消滅』P八二―八三）

それでは、ここで辻井のいう明治維新以来のユートピア論とは、どういうものであったのか。それについて、辻井は本著の締め括りでつぎのように述べている。

最初は一九四五年、焼け落ちた東京の光景は、神の国、八紘一宇、大東亜共栄圏というユートピアから私を引き離した。憧れを遠い他者に求める心の構造を自分で分析する力を持っていなかった少年は、政治的表象としては正反対である共産主義に魅力を感じるようになった。

（『ユートピアの消滅』P二一〇）

戦前昭和期、すでに明治以降の近代化強化によって、日本は欧米列強に肩を並べるほどの軍事力を誇り、そして、アジアの盟主に君臨すべく、誇大妄想的な大東亜共栄圏というユートピアが夢想されていくのである。本論は大東亜共栄圏の中身を論評したり質すことが目的ではないが、辻井がいうように、そんな夢は見るべきではなかったと否定するより、その夢が夢として一度は日本人にあった事実として考えてよい。辻井にとって、少年時代にみた大東亜共栄圏というユートピアはあくまで仮想現実的であり、戦後の革命運動に賭けた夢の挫折感のほうがより現実的ではなかったか。それについて、別項でも触れてはいるが、ここでもう少し補足しておきたい。

辻井が日本共産党に所属していた頃、ソビエト連合こそが、日本共産党が崇拝、模倣すべき信仰的対象であった。『共産党宣言』(一八四八年)によれば、共産主義は「理念としては帝国主義的意図を隠し持っていないユートピア思想と考えられて」(P四二)いて、そこから、アメリカ資本帝国主義の格差社会を仮想敵国と定めた。それに対し、ソビエト社会主義は正義の味方で、その格差を是正するために現われた救世主という概念が生まれる。日本共産党内での分裂はあっても、ここでの共産主義ユートピア志向は、革新政治勢力を中心に五六年のスターリン批判まで続いていたとみてよい。

本著によれば、辻井がはじめてロシアを訪れたのは意外と遅く一九六七年四月である。日ソ間の航空協定が締結され、その記念の招待旅行でマスコミ言論界、労働界、官界、財界、芸能界などから選ばれた招待客は辻井を含む総勢八十名を越えた。リーダー格は昭和電工の安西正夫社長、大阪商船三井船舶の進藤孝二社長。二十日から二十八日までの九日間、モスクワ、レニングラード(現・サンクトペテルブルク)、ソチを訪問。

それは、マルクーゼが、ベルリン自由大学で世界に衝撃を与えた「ユートピアの終焉」(『ユートピアの終焉』一九六八年)を語った時期に重なる。マルクーゼは、ハイデガーの下でヘーゲルを学び、マルクス主義の思想を吸収するが、アメリカに亡命、第二次世界大戦では対ナチ宣伝作戦に協力する経歴をもつ。

私がこれまで暗に述べて来た新しい質的変化とは、（略）社会主義の概念は、それ自体われわれの念頭においては、なおまだ生産力の発展の枠内、労働の生産性向上という枠内でしか理解されていない。そのような理解は、科学的社会主義の理念が基礎づけた生産性の発展段階についてなら、単に頷けるというばかりでなく、必然でもあったであろう。（略）さて、社会主義社会のもつ新しい質的差異の全体を述べるべき何か一つのスローガンを、というのなら、まさにここで私は美的―エロス的質という概念が常に私の念頭に浮かんできているということを申し述べておきたい。まさにこの両概念にこそ――そのさい美的なる概念は、感覚（Sensitivität）の発展として、人間存在のあり方として、その言葉本来の意味に受取らるべきであるが――自由な社会の質的特殊性がある。そしてまたこのことは、再び言うが、技術と芸術、労働と遊びの一致を暗示もしているのである。

（清水多吉訳『ユートピアの終焉』Ｐ一四―一五）

これは、一九六七年七月十日から十三日にかけて、ベルリン自由大学において行われた討論の記録内容の一部である。ここでマルクーゼはマルクス主義的ユートピアの後にくる社会として、斬新な発想で美的―エロス的世界と、「技術と芸術、労働と遊びの一致」をもってきている。これは七〇年代から始まる辻井のセゾン経営のコンセプトを暗示してはいないだろうか。辻井は、理想の国ソビエトロシアを前に、「内発性を獲得した革命思想と敵対する存在」の腐敗した官僚組織の実体をみる。

辻井は文化状況に照らし合わせて、その原因を探る。

ユートピアのイメージ、少なくともそれへの期待を担って発足した組織、国家の体制は、いつどんな決定の結果として、民衆にとっての抑圧機構に変質したのか。

それはスターリンが「新経済政策（ネップ）は終わった」と宣告し、農業の集団化（ソホーズ、コルホーズ化）を唯一の農業形態と決め、それに見合うかのように一九三四年、自国の作家芸術家を脅迫して、

「社会主義リアリズムこそはソビエトロシアにおける文学芸術の唯一の創作方法である」

と決議させた時点に求めることができると思う。

スターリンは、

「作家は魂の技師である」

という言葉を好んで使ったが、この表現方法を採用するなら、この一九三四年から作家たちは
「魂の詐欺師」になることを強要されることになったのである。

人間の感性と想像力へのこのような公然たる干渉は、民衆を支配しきってしまいたいと思う官僚たちの欲望を自制の檻《おり》から解き放った。この時、思想の内発性は大地から切り離されてしまったのである。


（『ユートピアの消滅』P三四―三五）


ここでの想像力の擁護という点には着目してよい。辻井がみたソビエトロシアの人々は、感情を押し殺し、党の方針に従ってそのプロパガンダに精を出すロボット部隊であった。この光景をみて、辻井が受けたショックは予想をはるかに越えるものがあった。

スターリンが一九五三年三月に死んでからすでに十四年が経過しているのである。我が国でも、ある種の企業や宗教団体には小独裁者が君臨している場合があって、そうした組織の構成員は、

皆同じような顔をしていることが多い。しかしそれらは例外的な存在であって、いずれは小独裁者が死ねば呪縛は急速に解けるはずのものである。だが、ソビエトロシアの場合はスターリンが死んでも変わらなかった。

（『ユートピアの消滅』Ｐ四五）

これは、まだいくらか辻井の内部に残存していた共産主義というユートピア幻想が、完全に途絶えた瞬間でもあった。

戦後詩の系譜をみていったとき、言語派＝難解・晦渋、生活派・社会派＝平易・類型的という二項の修辞的文脈が一応成立する。これによれば、「列島」のように芸術と政治の統合を唱える場合は別にして、いわゆる詩人が社会性を押し出す場合、その詩が当該思想のプロパガンダに転じ、たとえば反戦詩であれば、外的要素としての反戦・平和活動を目的化し、詩作品の言語的中身についてはどうでもよい方向に誘導されてしまう。その意味で、戦後の『死の灰詩集』を『辻詩集』の裏返しといった鮎川信夫の見方はあながち間違っていない。辻井は言語派詩人として、そうしたステレオタイプの社会派詩人の行動をもっとも危険視するなど、いくら戦争反対、平和を守ろうと叫んでも、外的要素の変化によって、いつのまにか「魂の技師」が「魂の詐欺師」に擦り代わってしまうことも珍しくないという。辻井は、ことばの前衛を貫き通すことで反体制の立場を堅持できた詩人といってよい。

三　ユートピア社会と経済

辻井喬が共産主義運動から離れていくのと歩調を合わせるかのように、日本人のなかに新たなユートピア幻想が生まれた。それは高度経済成長がもたらす物質至上主義である。東京オリンピックを契機に、日本人は戦後占領期には想像できないほどの経済的な富を元手に、マイカー、マイホームを手に入れ、従来、ほんの一握りの人間にしか与えられていなかった大学進学、海外旅行という機会権利を、努力次第でだれもが達成可能なものへと近づけることに成功した。しかし、その後日本人は、そうした物質的充足を文化的な質に転換することができなかった。つまり、経済的富を手にした人間は、ワンランク上の住宅や車、ファーストクラスや豪華客船での海外旅行、一食何万円もする和製満漢全席、高級ゴルフ会員権への金銭投資は現実化できても、それは単なる浪費の拡大であって、とても辻井のいう文化的発展につながるものではなかった。

少なくとも敗戦によって、明治維新以来のユートピア論のひとつを失った我が国は、朝鮮戦争とベトナム戦争の二つの期間に際して、経済大国に成長するという目標以外の、どんな目標をも持とうとしない国として存在することを、内外に示したのであった。

（『ユートピアの消滅』P八二）

九〇年代初頭、バブル経済の崩壊は、日本人の物質至上主義という内実に乏しい価値観が、その頂点において自爆を遂げた未曽有の社会現象であった。これによって、物で心を満たす価値観へのアンチテーゼとして、オウム真理教など、怪しげな新興宗教がつぎつぎに出現するなど、「癒し」という新しい商法がマスコミ誌上に飛び交うことになった。辻井の言葉を借りれば「そこに、美しい人、美しい顔というものはない。消費社会の因子としての人、部分としての顔の美しさがあるだけである。」という無機質な生活空間の拡大延長である。これが、日本人が選んだ消費社会というユートピアの末路であった。

辻井は、バブル経済を牽引する過剰な消費社会を演出した一人であるだけに、その体験を通して見たものへの自責の念はつよい。それもあってか、辻井には自戒を込めての『消費社会批判』（岩波書店・一九九六年）という著書がある。ここでの分析も紹介しておきたい。

北アメリカの先住民の間に見られた「ポトラッチ」と呼ばれる贈与は、未開社会の豊かさの表われであったが、これと比較すると、現代における豊かさは、豊かさへの記号にすぎないのではないか。実感のない豊かさ、無償の贈与が見られない豊かさこそ、消費社会の豊かさの個性である。ボードリヤールが指摘するように、ここでは消費は欲求の充足ではなく、欲求と消費はともに生産力の拡大のための媒体なのである。（Ｐ九一）

われわれにとっての消費生活とは、過剰なＣＭにのせられ、生活に必要のないものを買わされてしまうというように、辻井が考えていた生活総合産業とは関係のない物質的次元に堕してしまっている。ボードリヤールが指摘するように、今も尚、消費は「欲求の充足ではなく、欲求と消費はともに生産力の拡大のための媒体」と化している。不況下にあっても、高額ブランド品の売り上げが、いまだ史上空前の数値を示しているという。若い女性たちは、食費を削っても高級ブランドを買っているという。

辻井は消費幻想というユートピアの消滅を眺めつつ、バブル経済の崩壊を契機に、かねて念願のというべき、企業経営からの全面的撤退を決断する。既述したように、すでに八〇年代半ば、辻井は消費社会が成熟し、その先、すでに人が幸福で暮らせるユートピアは待っていないという結論に達していた。それはまだ、辻井がセゾングループの頂点にいた時で、「辞めたくても辞められない」というアンビバレンツな立場に置かれていた。いずれにしても、辻井はどんな理由であれ、経営という煉獄から解放されたことになる。

企業活動か文筆業専念か、初期段階の心象を映し出す詩集は『誘導体』（一九七二年・思潮社）である。辻井がこの暗喩に彩られた詩篇に込めた思いは重い。

どうしてここにいるのか／脱走せよ　自然の拒否を乗越えて／神の教義の及ばぬ地域へ／会議をやめて密林に入れ／哺育器のなかの幸福と／村の風景のあいだに関連はない／混乱は狼狽し得ぬ空間に拡がる／　（これこそ真空状態なのだ）／輻射熱に鍛えられた獣　盲いて立上り／先取りの熊手に戯画化された反抗を無視して吠える／平和と自由は会話を続けるための緩んだ帯道／森のなかで／一本の老木が倒れたほどの意味ももたない／いつまで経っても青空は見えず／潰されまいと四散する蟻　羽虫／彷徨に価しない寄生樹探し／恒産あれば恒心ありとか／スカートをめくって寝所を造れ／内部に放れた射撃音は木魂し　土壁に反響し／殷殷として光線を滅する／

岬を廻って船首のむきを変える汽車の音／身体を寄せるべき橋は高価な飾り窓のなか／真空を埋めるべき応急の詰め物／伝統的価値は神格を放棄し／最早火花を散らす破滅の予感／日暮れて道遠く／孤影肥満して駅逓ストライキ／負にむかう暴発を組織せよ／使徒腐り　随伴者戸惑う時／会議は終了／岬は美しい夕映えになる

（「真空状態」後半）

この詩は副題に、「歴史に漂流するぼくら、下田に集ってポスト・ヴェトナムについて議論する」を掲げている。この経緯について、辻井は『ユートピアの消滅』の中で詳しく書いている。それによれば、日本人の民間人が自由に意見交換する「下田会議」は、「アメリカのジョンソン大統領が一九六六年の年頭教書で『偉大なる社会』の建設を訴えた」（P四八）年に開かれている。ここでの会議では、アメリカが主張するベトナムの共産化は東南アジアの共産化になる、というドミノ理論を巡って議論が白熱化したという。そして、日本側の一人が米軍のベトナム撤退を主張したことに対し、会議に出席していたマクナマラ国防長官が「アメリカ軍がいなくなれば〝真空状態〟が生まれる。それは危険だ」と反論する。そこで、辻井はつぎのように発言する。

「他の東南アジアの国もそうだが、ベトナムには、何千年という歴史があり、そこで暮し続けてきた人が何億何千万という規模で生きてきたのだから、真空状態が起こるというのはあまりにアメリカ中心の考え方ではないか。北ベトナムの指導者の意識は共産主義というより民族主義のように思える。」

（『ユートピアの消滅』Ｐ四九）

そして、辻井は「民族主義を理解しなければ、アメリカはアジアで孤立するだろう」と述べると、この議論は「日本側の他の出席メンバーによって取り押えられるという恰好」で終わってしまう。こうした背景を踏まえて読むと、詩集『誘導体』の具体的な中身が浮かび上がってくる。当時の辻井は、日本有数の大企業の経営者の一人であった立場にいた時でさえ、その目は現実の数値目標の獲得に埋没することなく、すべてを抽象的な詩精神へと還元してみせる強靭な想像力、時代状況に対しての鋭い分析、そこから未来を予見する判断力というものを堅持している。まず、そのことに驚かざるをえない。

辻井は、アメリカ高官の「彼らは懐疑などすることがない人間のように、自分を善の代表と信じて疑わない」性質について、ロシアから国外退去を命じられたヨシフ・ブロツキーの発言を例に出し「人間は自分を悪と戦っている正義の体現者と思いこんだ時、危険人物になる」のだと分析している。これこそがアメリカンデモクラシーの偏った本質であり、〇三年三月二十日のイラク進駐時でもそのことが実証されている。

ここで、辻井がロシアからの亡命詩人ブロツキーの言葉を出したことには別の意味がある。辻井は、思想詩人、あるいは社会派詩人であっても、いわゆるプロレタリア詩人、リアリズムの詩人ではなく、むしろその詩法はブロツキーのいう「正義の体現者的」な社会派詩人の綱領的な動きに疑問を呈している。前述したように、一九三四年、ソビエト作家同盟はスターリンの指示によって「社会主義リアリズムこそはソビエトロシアにおける文学芸術の唯一の創作方法である」という声明を出しているが、おそらく辻井の詩の根底には、そうした偏狭な社会主義リアリズムへの拒絶反応があったとみてよい。

辻井は自らが創る難解な詩の背景について、つぎのように述べている。

　深く時代の頽廃を感受した人々の行動に対して、シンパシーと恐れとの互に矛盾した対応を繰返しながら、イロニイの底に沈んでゆく自己の罪障感は、私に従来の手法の詩、従来の質の抒情を不可能にした。

「不毛の状況を逆転させるためには、自らへの裏切りが必要だ。なぜなら、総ての状況は主体によって選択されたものなのだから」

というのが、七二年の秋に『誘導体』という詩集にまとめた作品が書かれた時期の私の発想の通奏低音であった。

　そのために、自分が纏っている与件を剝ぎ落してむき出しの想像力に身をゆだねること、あえて言葉のシンタックスを無視し抒情のリズムを破壊することが、私の方法上の意識であった。

（「私の詩の遍歴」・現代詩文庫所収）

日本の詩界は、思想的・社会派詩人である辻井を、その詩のイメージから言語派詩人に分類してしまう愚を犯しかねない。日本では社会派詩人の性格について、外部の秩序・体制への批判を行い、平和だ、戦争反対だ、とシュプレヒコールを送る者との誤認がある。それに対し、とかく現代詩は意味が難解であると非難されるが、想像力の擁護、抒情の否定、意味の破壊、こうした諸要素を抜きにして、詩のことばの存在理由があるだろうか。そのことを取り違えたとき、詩は戦前の愛国詩と同じように大衆のアクセサリー、国家の走狗に朽ち果ててしまう。ただ、ここでいう詩の難解さは自我の空転した言語遊戯のことではない。

それについて、辻井はつぎのように述べている。

　彼らが武器とする進歩、平和、平等などの思想は、人間関係の経験や、日常性の感覚、生活体験に裏打ちされていない観念であることが多かった。

（『ユートピアの消滅』Ｐ四〇）

戦後、社会派詩人の系譜は「新日本文学」「人民文学」「列島」「現代詩」という左翼系の雑誌によって展開されていった。しかし、それらの多くが、ソビエトロシア革命政権の模倣にあったことは否定できない。それはフルシチョフのスターリン批判によって官僚の腐敗が暴かれると、それはそのまま、社会派詩人の停滞を招き、六〇年代以降、詩界に没社会的な言語モダニズムの席巻を許してしまう。「列島」は文学と政治の統合を唱え、たとえ一部であっても、高度な芸術性をもった詩作品を残すことに成功した。しかし、一般に社会派は芸術性に劣り、言語モダニズム詩は社会性に稀薄というのはほぼ一般に定説となった。それが戦争を含むどんなに厳しい社会状況であろうと、あるいは自らの身体がどんな過酷な状況に追い込まれようと、辻井は詩のことばの意味の難解性をおそれず、共産主義ユートピア崩壊後の社会を見据え、その詩にできる限りの社会性、歴史性、思想性を盛り込んでいった。その点で、詩集『誘導体』の呈示しているユートピア像のイメージははっきりしないが、初期の硬質な抒情、後期の『わたつみ　三部作』などを架橋するという意味でも、注目してよい。『誘導体』からもう一篇だけ引いておきたい。

宙空に吊られた近代自我伝説の悲喜劇／哄笑する戦死者の下駄は風に乗り／含羞する魂　啜り泣く醜／歯を喰い縛り　眼を見張り／おお　皆の醜／変革の袖を引き　涶れし／過度の自己愛に越境の罪を犯し／口に血糊して断絶を賞味する／英雄譚は故郷を求める衰えに寄生し／浄土は想い描く痴呆の涯てに／死はなお休息であり得るか／寛容の眠りを約束しているか／寂寥の快感　拒否の燦き／生きている時孤りであった／皆の醜／死んでも醜であり続ける

（「おお皆の醜」後半）

一九六〇年代、村田英雄のヒット曲に「皆の衆」があったが、それのパロディであろうか。辻井の多彩な技法が伺われるとともに、辻井にしてはめったに見られないタイプの詩作品である。

戦後日本は東京オリンピックを契機に、軍備・政治はアメリカに依存・追随するということで、経済活動のみに国家戦略を特化し、驚くべき高度成長を遂げた。それによって生じた一億総中流社会によって、若者から老人まで、さほど変わらない衣食住を享受することができた。これは自由・平等という見地からすれば悪いことではないし、それはそれで、たとえ束の間であっても、辻井のいうある種のユートピア社会が実現したかにみえる。しかし、地域共同体の解体によって、今や若者たちにとって老人は、かつての人生の先達という見方に対し、競争社会から脱落した過去の遺物にすぎない。

目の前で起きた犯罪行為には見て見ぬふりで、みんなだんまりを決め込み、公共の場ではだれもが傍観者であることを恥じない。かつての地域共同体には、それぞれ貧富の差、頭の善し悪し、性格の強弱、家族構成等、さまざまな要素がデータ化され、たとえば経済的な強者は弱者を援助し、頭の良い人間は周囲の尊敬を集める分、総じて慈悲深かった。その当時も凶悪犯罪は起きていたが、口コミで犯人らしき人物はすぐに特定された。戦争下、地域単位の互助精神は、国家による相互監視としての隣組制度に悪用されてしまい、戦後民主化のなかで、他人への干渉はすべて否定されることになった。

辻井は、こうした共同体についてつぎのように規定している。

しかし、ユートピアと同じように、人間は共同体を求めずにはいられない生き物である。戦後社会でも人々は、村落共同体に替えて、職場共同体、新興宗教共同体、趣味の共同体などを作って、そのなかで〝人間性〟を蘇生させようとしていたのである。（『ユートピアの消滅』P一八二）

たしかに、現在職場の共同体、新興宗教的な共同体、趣味の共同体ということはあっても、かつての地域共同体とはどこか雰囲気がちがう。経済の高度成長によって、人間的本能に根ざす他者への善意という無償の精神性はすべて雲散霧消していった。地域共同体なき後の市民生活は、自由・平等の名の下に我関せずの稀薄な人間関係しか結べず、凶悪犯罪は増え続ける一方である。すぐに凶悪犯罪は昔もあったと反論されそうだが、検挙率はどうなのか。

辻井は、ユートピア思想について、つぎのような否定的見解を示している。

ユートピア思想のなかには、自らが信じている理想郷の建設に反対する思想、勢力は滅ぼさなければならないという情動に、正当性を与える場合がある。それが狂王の殺人行為を誘導したり、イデオロギー化して原理主義に転化し、テロリズムを惹起する場合がある。そういった数々の罪科を受けた二十世紀人のなかから、ユートピア思想、ユートピア幻想などない方がいいという気持が起こったのは、無理からぬことであった。

もしかすると、今日の世界的な思想衰退情況は、その背後にユートピア思想の過剰がホロコーストや戦争、地域紛争の原因になっているという認識があるのかもしれない。

（『ユートピアの消滅』P九二）

人は、それが共産主義のようなイデオロギーであったり、宗教であったり、有り余る物質であったりというように、なんらかのユートピア思想によって支えられて生きている。

消費社会というユートピアが崩壊した現状に対し、辻井は『伝統の創造力』（二〇〇一年・岩波新書）という一冊を呈示する。この新たな伝統回帰の発想こそが、辻井の考えるポスト消費社会のユートピアなのであろうか。これについて、辻井同様、日本有数の経営者で京セラ会長（当時）の稲盛和夫が「足るを知る」経済指標を掲げたことを思い返す。稲盛は、日本人は十分豊かなのに、その豊かさが実感できないのは、「足るを知る」精神を喪失しているからだという。近代文明の大量生産・大量消費がもたらす弊害が、いたずらに地球環境を破壊し、やがては資源を枯渇させて人類生存の危機を誘発してしまう。これはタコが腹を減らし自分の足をちぎって食べているのと似ている。稲盛がいう「足るを知る」経済とは、「規模の拡大を目指さなくとも、その内部では、常に無限に変化している活動的な経済。丁度、元禄以降の江戸時代のように、人口や経済の規模はほとんどゼロ成長であっても、内部は少しも停滞しておらず、封建性の強い規制のなかにあっても文化的に高い水準を維持した経済」（会報「環境と文明」一九九九年九月号）であるという。

おそらく、辻井のいう「伝統の創造力」とは、ここでの「封建性の強い規制のなかにあっても文化的に高い水準を維持した経済」のようなことを指すのではないのか。この点で、辻井は明治維新前の日本文化の在り方に着目する。

それにつけても、明治維新に際して、万葉時代の理想郷を「安らぎと歌の共同体」として回顧する思想が、生命力を持っていたとしたら、それは日本の文化芸術としてのルネッサンスをもたらすことができたのに違いない。（『ユートピアの消滅』P一五六）

辻井は『伝統の創造力』のなかで、哲学者今道友信の世阿弥の「風姿花伝」の、「風という文字を使った術語は百十五に及ぶ」（『東洋の美学』TBSブリタニカ）という指摘から、「今道によれば、姿とは動きの過程を示す用《ゆう》と形との弁証法的統一として在り、『形の美学に反立する風の美学が姿の美学に自己深化するところを考えなければならない』のである。」と述べている。ここで今道は『全体としては視覚的な日本古代の支配的な美学に反する』と指摘し、古代と中世とで、わが国の文化の伝統に大きな変化があった」としている。

そして、つぎのように述べている。

この指摘の奥には、やはり伝統の美の規範は時代によって変化するという認識があるのだと思われる。動きの規範として型があり、それを常に頭に描き、修練を受けたからだを動かしていく時、そこにその人でなければ、あるいはその時代でなければ現れ得ない匂いや佇まいや風情が浮ぶのである。その風情がより感動を呼ぶ姿に昇華してゆくとき、そこに幽玄が生れる。

ここで辻井は、風から幽玄ということばを引き出している。そして、ここでの幽玄こそが、日本文化の基層を為すキーワードであったことを示すのである。

（『伝統の創造力』P一三八―一三九）

したがって、幽玄とは本来烈しいものを裡に秘めた静謐であり、静に見えて風を含むことで動を内的契機として蔵しているのである。そのことは謡曲が人間の葛藤を歌い、能がそのドラマを舞って、シェークスピア劇に匹敵する人間の原形を描くことに成功している理由である。世阿弥らによって開かれたこの芸術様式のダイナミズムは、江戸時代に入って近松・西鶴・鶴屋南北の演劇に引き継がれ、十返舎一九・上田秋成・滝沢馬琴の小説へ、一方、芭蕉・蕪村の俳諧へと開花していったのである。もちろん、琳派の流れの発展としての絵画の動き、宗教や俳諧と結びついた日本画の多様性をも忘れてはならないだろう。

（『伝統の創造力』P一三九）

これは、何を述べているのだろうか。ここには芭蕉の不易流行の精神に通じるものがある。たとえば、その時々の政治・社会体制は流行としての衣裳であって、戦前であればそれは大東亜共栄圏、戦後についてはアメリカ主導の擬似的な民主化、それが先鋭化して革命政権の樹立、さらに経済の高度成長と物質至上社会、それらはつねに一時的な流行にすぎない。そうした流行は、人間生活のすべてを規定してしまうほどのものではない。辻井によれば、人間生活は流行が日本固有の伝統文化と融合することで、ユートピアを実現するという。

辻井は、かつて日本的伝統が十五年戦争で軍閥や国粋主義者によって歪曲、悪用されたことについて、つぎの二つの要素に分解して説明する。

ひとつは、わが国の伝統の内部に、悪用されやすい性質が含まれていたという、内在論的な考え方である。もうひとつは、従来の伝統がそのままでは顕現し得ないような経済社会体制が生れてしまったので、一部の指導者の恣意的な悪用計画や私的愛着の思惑を超えて、伝統が地滑り的に醜いものになっていったという、どちらかといえば外在論的な思考方法である。

（『伝統の創造力』Ｐ一八二）

たしかに辻井がいうように、現代のユートピア像を構築するために、伝統という部分をもう一度問い直さなければならない。そして、辻井はＧＨＱ支配下の戦後期の政治的動向の在り方を注視する。戦後現代詩は、戦後を軍国主義の解体、民主化の過程として捉えることに疑いをもっていなかった。だが辻井は、そのことについて「歪んだ国体思想が崩された敗戦の時期に伝統は本来の姿を取り戻すべきだった」時期とし、つぎのように疑問を投じる。

敗戦は、新しく作られた天皇制下の富国強兵策が、わが国の文化と伝統とは別の事柄であったことを明確に主張する機会だったのかもしれない。しかし、明治維新で、江戸時代に発達・成熟した文化まで否定してしまった〝近代的〟文化芸術の世界は維新後の新しい体制下で自らの伝統的創造の心、広い意味での詩の精神を表現する手法を獲得することができなかった。

（『伝統の創造力』Ｐ一八四）

日本は明治の近代化以降、猛スピードで西欧文化を受容し、やがて世界の列強に仲間入りし、それがアジアの盟主としての大東亜共栄圏の夢想に結びついていったのである。そうした時間経過の中で、日本的伝統は、太平洋戦争下、軍部による愛国心の鼓舞として利用されたほか、戦後以降、一度も正当に振り返られることはなかった。それを考えると、「下田会議」での「民族主義を理解しなければ、アメリカはアジアで孤立するだろう」という辻井のことばは異例で、これをそのまま、現在の日本の立場に置き換えて考えてみる必要がある。そうすることで、明治維新にまで遡って日本人の精神的位相を再検証することが可能となるが、これも新たな近代の超克の仕方ということになろうか。

　この場合、留意すべきは、日本的な伝統という概念を、再び政治の走狗にしてはならないことである。これについて辻井は、伝統が偏狭なナショナリズムと結び付く危険性を察知し、梅原猛、大岡信、瀬戸内寂聴、灰谷健次郎、暉崎淑子たち二十四名で、教育基本法「改悪」に対する反対声明を出している（二〇〇二年七月十八日）。

　それでは、辻井が伝統という概念のどこに注目しているのか。辻井は、「わが国の文化芸術が創造性を取り戻すためには、やはりもう一度美意識の源泉を確かめておく必要がある」と述べている。辻井のいう美意識の源泉とは、前述したように、日常に「蔽われ、隠されている」ものとしての幽玄のことである。そして、一方で幽玄には「仄暗さ、朦朧さ、薄明」という非日常的要素が潜んでいて、これが過去、軍部主導によって伝統の改悪を許してしまったことも指摘している。

　幽玄とは心のありか、持ち方と言い替えてもよい。あるいは、西田幾多郎の「形相を有となし形成を善となす泰西文化の絢爛たる発展には、尚《たっと》ぶべきものの許多なるは云うまでもないが、幾千年来我等の祖先を孚《はぐく》み来った東洋文化の根底には、形なきものの形を見、声なきものの声を聞くと言った様なものが潜んで居るのではなかろうか。（中略）私はかかる要求に哲学的根拠を与えて見たい」（『伝統の創造力』P一九六）ということであろうか。

V　セゾン文化の盛衰

一　セゾン文化の台頭

近年、日本のアニメが世界の映像市場を席巻しているが、その背景には純文学の総合的な停滞がある。これは後で触れるメインカルチャーとサブカルチャーの問題にも還元されてくる。筆者も含む団塊世代では、アニメや劇画は純文学に至るまでの通過儀礼であったが、今や後続の世代にとってその常識は通じない。サブからメインカルチャーとしての純文学への発展的経路は敷かれていない。たとえば、ドストエフスキーの『カラマーゾフの兄弟』などの純文学が、若い世代には劇画となって読まれている。劇画は視覚に訴える効果はあっても、読み手の想像力を刺激するには乏しく、哲学、思想など人間的本質に根差す効果はあげるのは難しい。昨今は新聞系週刊誌にも劇画が掲載されているし、ハウツー本も活字より劇画で説明ということになりつつある。これを嘆かわしいと思うのは、高齢者の精神的硬直であり、この時代の文化現象に自らの感性が追い付いてないことを意味してしまう。これはアニメや劇画を矮小化していうのではなく、ノーベル賞作家大江健三郎と肩を並べての、世界の手塚治虫であり、宮崎駿なのである。純文学でいえば、かつてハイティーンの心を捉えた大江の小説だが、当時のそれはけっしてサブカルチャーではなかった。それに比べ、村上春樹の小説は若者たちに支持されているが、その洒脱な文体には純文学特有の難解さがなくサブカルチャーに近い。

かつてわれわれ世代の胸を捉えたのは岩波文庫の教養主義で、難解という大きな山を越えてメインカルチャーに到達する喜びがあった。もう、そういう文化は過去へと消えてしまったのか。

それではじめに辻井喬が発案、そして実践していったセゾン文化の内実とは何であったのか。一般にデパート経営はアニメや劇画、野球や相撲と同じように、そこでの消費活動はサブカルチャーの範疇で、本来純文学的なメインカルチャーになじまない。

辻井ほど、生涯を通し、難解な現代詩、難解な現代美術に没入するなど、メインカルチャーの王道を歩んだ詩人・作家はいないのに、どうしてそこにパルコのサブカルチャーの話が出てくるのか。

一般に大衆は高度な文化を求めてデパートには足を運ばない。しかし、辻井が主宰するパルコという戦略的な文化産業が出現したことで、消費生活の中にそれらがマスコミ誌上をにぎわしてしまった。ここで辻井は、デパート経営を基盤に、西洋環境開発（前身は西武都市開発）などのレジャー産業を通し、市民の消費活動一般を生活総合産業と命名し、消費者全体をメインカルチャーという高い次元に引き上げようと試みた。つまり、辻井はメインカルチャーを起点に、空前絶後のスケールでデパート経営という文化事業に革命を起こしたのである。

この場合、詩人辻井喬が経営者堤清二に一般大衆階層への文化注入を指令したといってよい。まさに、堤清二は辻井の文化理論を現実化してみせる忠実な伝道師となって身を粉にして働く。これは商道徳に沿っていえば金儲けの経済活動にあらず、詩人辻井による一般大衆への壮大な啓蒙活動ということになる。しかし、みんなアニメや娯楽雑誌が読みたいのに、辻井はあくまでそれを許さず岩波や純文学という側面に固執した面がないわけでもない。結果的に、セゾンはサブカルチャーでは成功するのだが、辻井の標榜するメインカルチャーでは一敗地にまみれたといえなくもない。これについては、後述したい。

ときに辻井はマスコミなどで、独裁者と叩かれたりしたが、その独創的な発想がなければ、前人未到のセゾングループの戦略的展開はなかった。いわば、詩人辻井喬は経営者堤清二にだれにも成功できないデパートの文化戦略化という不可能性を託したのである。それは当然のことながら、デパート経営らしからぬ創造と破壊を繰り返す前衛的実験に彩られ、けっして安定飛行には至ることはなかった。同じデパート経営でも、長く培ってきた人脈や伝統を内に蓄積しつつ、経営効率を優先する三越や髙島屋という老舗デパートとは一八〇度手法がちがう。そもそも、辻井にははじめからデパート経営の完成形が明確にイメージされていなかった。だから、デパート事業を始めたとき、そこにはすでに未完成のままの終焉がぼんやりと意識されていたのではないか。詩人辻井にとって、デパート経営の営業利益獲得、その手段としての費用対効果の机上計算は興味の対象ではなかった。最終的に、セゾンは企業譲渡されるのだが、辻井にとってその終わり方もまた、想定内にあった事象とみてよい。当時、経営者堤清二は借金清算でマスコミの矢面に立たされたが、詩人辻井喬は何も精神内部に傷を負うことなく、そのお蔭もあって、かねて念願の文筆業に専念することができた。本来、あれだけの巨額の負債を目にすると、普通の神経ではいられなくなるはずだが、辻井の心はまったく動揺せず、淡々と負債整理を進めていくのである。辻井が大経営者であったことより、こちらの胆力のほうがはるかに凄い。

二　セゾン文化とパルコ

堤清二は、辻井喬の出す難問をものともせず、鋭く七〇年代から八〇年代の時代を切り開いていった。

まずサブカルチャー路線の覇者、消費者に強烈な印象を植え付けたセゾン文化の基幹事業、パルコ（ＰＡＲＣＯ）の歴史に触れておきたい。一号店は池袋パルコで一九六九年十一月開店。パルコ文化の中核を為す渋谷店は七三年六月、続いてパート2が七五年十二月、パート3が八一年九月に開店。都合国内外で二十二店舗を展開。とくに渋谷パルコの登場は街の光景を一変させた。それまで、渋谷のシンボルといえば、戦後ヤミ市の余韻を残す駅前周辺の猥雑さと、ＧＨＱの兵士と日本女性の間を取り持つ代筆屋が店舗を構えた「恋文横丁」位であった。代筆屋は一九七五年(昭和五十)ぐらいまで、「英仏文翻訳恋文横丁の店」として、現在の一〇九ビルの裏手の百軒店入口にあったという。このレトロな戦後的風景の消滅と交替で、突如渋谷に出現したのが辻井喬社主のパルコ旋風であった。

実際にパルコを牽引したのは、辻井の旧制中学時代からの盟友、不世出の異才増田通二（一九二六―二〇〇七）である。増田は一九二六年四月、東京市ヶ谷生れ。府立十中（現・都立西高校）に入学、ここで偶然隣の席に座ったのが辻井である。その後、東大でも学友。増田は堤康次郎の薫陶を得て一九五一年に西武鉄道グループの国土計画入社。しかし、個人的理由でいちど退社している。その後、都立五商の定時制高校の教師八年を経て、六一年辻井のスカウトで西武百貨店に再入社。そのとき増田は辻井に東京丸物（池袋ステーションビル経営）の再建を任されたという。パルコは専門店ビルに広告媒体を使って運営する空間ビジネスで、すなわち不動産賃貸業者であった。

不動産賃貸業であったが、パルコは新しい発想で、テナントからその売上の一〇％を徴収する歩合制を採った。そこにはテナントの売上とパルコの収益がリンクする相乗効果があった。さらに、テナントの売上を一度パルコ側で回収し、歩合分を控除し、そこから各店舗に戻すという経理方法を採ったことで財政面も安定した。パルコは一般のテナント業の事業形態とは一線を画し、時代の最先端に躍り出た。

さらに、それまでの専門店ビルは、一業種一社が常識であったが、増田はこれを一つのビルに同業種を集めて運営する古書街的な方法を採用した。そして、増田はテナントの繁栄を願い、そこで放つ広告宣伝に三宅一生や高田賢三など、新進気鋭のデザイナーを起用し、若者たちの購買欲を刺激した。さらにパルコは、出版、劇場、ライブハウス、映画制作と、経営者堤清二の文化戦略の先兵となって、七〇年代から八〇年代、その時代の文化的な最前線を視野に疾走する。七五年には、渋谷のタウン誌「ビックリハウス」を創刊、発行部数は八三年には十八万部に達した。増田パルコは時代の若者文化を牽引し、その手法は他の百貨店をはじめ、ファッション業界にも多大な影響を及ぼすなど、またたくまにそれは社会現象化していった。

社会学者の上野千鶴子は、辻井の懐刀としての増田の力を評価する。戦国時代でいえば、織田信長、豊臣秀吉、徳川家康に仕えた軍師黒田官兵衛のような智者であったのか。辻井との対談で、「パルコがやってくれれば、そのほうが楽でしょう。西武はそれに追随していけばいいんですから」（『ポスト消費社会のゆくえ』Ｐ一〇二）ということばを引き出している。上野によれば、後に西武が打ち出した広告宣伝のひな形は、すべて増田のパルコに先駆があったということである。上野はフェミニズムの旗手であり、たとえば増田の企画したイラストレーターの山口はるみ、アートディレクターの石岡瑛子、コピーライターの小池一子を使っての「三人娘」の広告イメージを大絶賛している。しかし辻井は、セゾングループ・パルコの成功はあっても、それらを客観視し、自らはメインカルチャーの王道から一歩も道を踏み外すことはなかった。よって、マスコミ全般の増田への称賛は、あまり興味の対象にはなかったのかもしれない。社主であれば、稼いでくれる部門はドル箱として金一封ともなるが、辻井は増田には「よきにはからえ」と金は出すが口は出さずに推移を見送った。

パルコの立役者、増田は辻井と並んで興味深い人物であり、ここで一応、その経歴をみておきたい。その定時制教員生活は一九五二年四月から六〇年三月までの八年間。増田は社会科の教員であった。五二年五月の皇居前広場の「血のメーデー」にも参加。勤務先は国立市にあり、定時制の生徒たちは昼間は東芝武蔵、日野ヂーゼル、日本鋼管武蔵などの重工業に勤務する肉体労働者たちであった。増田は生徒会の文芸部顧問として、五三年から三年間、彼らの学園闘争を支援し、学園誌「夜道」を発行する。そこには、つぎの詩のフレーズが掲げられている。

暗い道を帰るとき
　考える未来を
暗い道を帰るとき
　拾う知識を
暗い道を帰るとき
　強くなる意思が
暗い道は遠くまで続く
　しかし前には光がある
暗い道は遠くまで続く
　しかしおいらはくじけない

これについて、増田は「生徒たちは自分の思いをこの同人誌にぶつけてくれた。私も『意地』について」という一文を掲載してもらった。」(『開幕ベルは鳴った』P六〇―六二)。と書いている。

この時期、増田は夜学生たちの人気講師として、前述したようなリアリズムのことばで勤労学生を鼓舞し続けた。ここでの増田の活動に、後のパルコ運営はあまり結びつかないが、こうした文学青年的な面があったことで、辻井が彼を信頼し、パルコ運営を任せた一端が伝わってくる。しかし、その後大変身した増田の姿について、かつての定時制の生徒たちはどうみていただろうか。

七三年六月十四日の渋谷パルコ開店を契機に、渋谷区役所通商店街の人たちの動きで行政を動かし、渋谷区役所通りという名称が現在の渋谷公園通りへと改称されている。こうした無味乾燥の名称はお役所の特権で、ここでは役所通りをパルコ通りではなく、公園通りとしたことで、なんとか認可を得られたのであろうか。たとえば、筆者の住む青山の近くを走る道路は骨董通りと呼ばれているが、それはあくまで通称で、行政の正式名は一般になじみの薄い高樹町通りである。東京は世界的にも魅力ある街だが、行政側にはそれを観光資源ととらえ、外部に訴えようとするアピールが足りない。道路に限らず、交差点にしてもバス停にしても、そのネーミングは公民館前だの区役所前など、行政主導で無味乾燥すぎる。いくらでも都市の景観を刷新できる立場にいるのに、何も変えようとしないのが行政の習性か。

公園通りはパルコ前を通過し、渋谷区役所前交差点に至るまでのおよそ四五〇メートルの坂道で、今も（二〇一五年現在）そこはファッショナブルに着飾った若者たちでひしめき合っている。七五年になると、増田たちの戦略で、パート1裏手から井の頭通りへと下る緩い坂道を、「スペイン坂」と命名し、それに呼応するかのように周辺商店街のオーナーたちがこぞって南欧風の町作りに着手する。まさに渋谷は、パルコの登場によって一瞬にして近未来都市となって生まれ変わってしまった。

一九七五年というのは、あれほど熾烈をきわめた学園紛争が沈静化し、若者たちを中心に、現在に至る没社会的なしらけムードが漂いはじめていた頃でもあった。つまり、それは背後から、戦後意識の解体、政治意識の稀薄化、仮想現実の台頭という現在につながるポストモダン文化の波が押し寄せてきた時期でもあった。辻井はサブカルチャーを軽視したが、既成勢力を打破するポストモダン的文化状況は受容した。ここに、一つの矛盾が生じる。ポストモダン的にいえば、パルコは辻井の信奉する岩波的教養主義を解体し、増田のサブカルチャー路線を追認することになる。また辻井は、ポストモダンは肯定するが、文化の軽薄短小化は認めない。それは、セゾングループの中に、辻井的なメインと増田的なサブという二つの文化路線が共存していたことを意味する。

辻井は矛盾を矛盾のまま放置し、セゾン文化推進役としてパルコに増田を位置づけ、自らはカリスマ的存在となってマスコミの表舞台に登場し、時の経済に影響力をもつ人物へと昇りつめていった。増田も経営者堤清二を前面に押し出し、自らは軍師のように陰に隠れて黙々と実務経営に励んだ。上野の見方によれば、辻井はパルコの広告塔ではあっても、実質支配は増田にあったということになる。

三　経営と詩人・作家の二律背反

一般大衆の目からみて、詩人はつねに俗世間の価値観とは一線を画し、存在そのものが超越的かつ普遍的価値を帯びていなければならない、という妙な通説がある。たとえば、生前まったくの無名であった宮沢賢治と、稀代の流行作家で文化勲章を受章した吉川英治のどちらに、現代の若者はシンパシーを感じるだろうか。おそらく、賢治の詩や童話は今後数世紀、さらに読み継がれていくだろうが、吉川英治の『平家物語』『太平記』『三国志』などのベストセラー物は保証の限りではない。まず時代小説には書き言葉の賞味期限があって、いつまでも吉川英治物というわけにもいくまい。そこが吉川に限らず、不易に乏しい流行作家の弱点である。

辻井喬の場合、ことばはけっして平易ではないが、内部現実（詩人・作家）と外部現実（経営者）の矛盾と混沌が詩作品や小説の中に渾然一体となって溶け込み言語化されている。辻井喬という存在は、宮沢賢治の詩的普遍性と吉川英治の言語プラグマチズムが矛盾しあって活字の中で共存している。よって、この詩人を探求していくためには辻井が書き記した詩や小説だけでは完結しえない難しさがある。本論は文学論であり、なるべく辻井の経営、経済の領域に文章が逸脱しないように配慮していきたいのだが、そうもいかない。

おそらく、この内部と外部の二律背反性が、文学の世界で辻井は理解されず、実業の世界でも辻井が理解されない二重の悲劇を生んでしまっている要因だろうか。いわば、詩人辻井喬と実業家堤清二、そこでの言論活動が統合され、はじめてその人物像が浮かび上がってくるのだが、その精緻な分析は不可能にちかい。そのため、本著の書き出しは、十数年前に遡るのだが、いつか一冊にまとめなくてはと思いつつ、その不可能性の前にしばしば筆を折るしかなかった。辻井本人からも生前の刊行を期待されていたにもかかわらず、その期待に応えられなかったのは辛い。

それでは、なぜ辻井は詩人辻井喬と実業家堤清二との明確な分別を行わなかったのか、このことを探究することこそが本論の主題である。セゾングループ退任の時期まで、堤清二は詩人・作家辻井喬を生み出すための私的傭兵であったとさえ解釈できる。分かりやすくいえば、辻井はつねに物より心を優先し、それは経済人の資質からもっとも遠い気質となる。

堤清二のセゾンの仕事は、前述したように九〇年春で基幹会社十二社、グループ・関係企業二百社、従業員総数十一万人強、八九年度グループ全体の売上高四兆三千億円という目もくらむ数字に成長した。もうひとつの驚きは、辻井喬として、経営者の時代も相応の執筆は続けていたことである。

それにしても、戦国時代顔負けに魑魅魍魎の渦巻く世俗世界で、どうして辻井は詩人・作家として存在し続けられたのだろうか。四兆三千億円のプラグマチズムの完成と、ほとんど経済的対価を生まない詩人の潔癖性の乖離の前に正直目がくらむ。

七〇年代以降、セゾン文化は渋谷パルコを発信基地に未曽有の文化現象を引き起こした。〇六年二月、同じ渋谷の神宮前同潤会青山アパート跡に、安藤忠雄設計の商業ビル、表参道ヒルズが完成した。この建物は歴史的景観や周囲の自然環境に配慮した設計がマスコミで話題を集めたが、表参道ヒルズそれ自体が一つの周辺エリアをそっくり作り替えてしまう独自性は薄かった。むしろ、建物が周囲のブランドショップの風景に埋没し、悪くいえば、ヒルズはそのPRに一役買う程度にしか映っていない。それは六本木、汐留、お台場、丸の内、日本橋各地区の再開発にもいえて、無秩序に既成のブランドショップや有名企業・飲食店をテナントに誘致しているだけで、そこにそれまでの風景を刷新する文化現象が生まれているとはいい難い。しかし、こうしたテナント誘致は、パルコが先鞭をつけたのだが、それに比べれば、二番煎じ、三番煎じの感がしないでもない。それだけ、渋谷パルコの創造的価値が果たした役割は大きい。今も渋谷を歩けば、その時代の消費動向が分かるという高い評価がマスコミから与えられているが、これもパルコの功績のひとつか。

パルコは、セゾングループの解体で、西武百貨店所有のパルコ株が森トラストの手に渡り、その後、J・フロントリテイリングの傘下に入るなどの変遷を経ているが業績は好調だという。

四　セゾンとポストモダン

七四年のオイルショックを経て、七五年以降、再び日本の経済成長は上昇に転じ始める。セゾン文化が展開された七四年から九〇年の平均経済成長率は三・八%、ちなみに経済の高度成長を果たした五六年から七三年が九・一%、バブル経済崩壊後の九一年から〇五年が一・三%である。つまり、セゾン文化が一般消費者に消費活動を促すためには、安定した経済成長の後ろ盾が必要だった。経済の高度成長で三種の神器（電化製品）を手にした日本人のつぎなる目標は、セゾンが提案した海外ブランド品を入手するとともに、現代美術やシアター、劇などの鑑賞、いわば文化生活を享受することにあった。日本人の消費動向は、明らかに「ありさえすればいい」という物質至上から、自分にとって「なければならない」精神性重視へとカーブを切りつつあった。セゾンは、消費者に向けて、高度な最先端の情報を発信し、たえず彼らの好奇心を満たすことに成功を収めたといってよい。よって、七〇年代以降のセゾン文化の中身を解読していくことで、見事なまでに当時の、そして現在につながる日本人の生活スタイル、生活感情の変化までが浮き彫りにされてくる。当時辻井はマスコミから「感性の経営者」と形容されたが、詩人経営者の狙いはむしろそこにあったのであろうか。

もう一つは、前述したとおり、七〇年代以降、セゾンと歩調を合わせるかのように現われたフランス発のポストモダン思想である。ポストモダンとはある一つの観念（形而上性）がずらされ（脱構築）、物事の主体がマイホーム、マイカーなどの固定観念に縛られず、個々の生き方が脱中心的、断片的になっていく文化状況をいう。その具体的な中身は、ボードリヤールが『シミュラークルとシミュレーション』（竹原あき子訳・一九八四年／法政大学出版局）の中でつぎのように述べている。

コミュニケーションの大がかりな演出の裏で、マスメディア、情報は猛烈に、社会体を立ちなおるすきも与えず破壊する。だから情報は意味を解体し、社会体を解体する、しかもそれは技術革新のためではなく、それとは反対にエントロピーの総量に捧げられたある種の混沌の中で。

（P一〇六）

一九世紀の最も重要な事実である意味（表象、歴史、批判、などの）、その意味が有利に働くような外観（そして、その外観の誘惑）を破壊する巨大なプロセスを、私は認め、応じ、深く受け受け止めている。近代性《モデルニテ》、という一九世紀の真の革命、それは外観の根底的な破壊であり、世界の呪縛を解くことであり、そして解釈と歴史の暴力で世界を放棄することだ。

第二の革命、つまり二〇世紀の革命である脱《ポスト》＝近代性《モデルニテ》の革命は、意味破壊の巨大なプロセスであり、それ以前に起こった外観の破壊に匹敵する。私はその革命を認め、応じ、深く受け止め、分析する。意味の手で衝撃を与えようとするものは、意味の手で殺されたのだ。

弁証法的舞台も批判的舞台も空だ。もはや舞台などない。そのうえ、意味の治療も意味による治療もない。つまり治療自体まだ未分化な、ごく一般的なプロセスの一部だからだ。（P一九九）

ポストモダンの脱構築とは、これまであった制度的な論理の軸が消去され、情報社会の中で〈現実と虚構〉〈表層と深層〉〈素顔と仮面〉〈客観と主観〉という境界があいまいにずらされていく文化現象をいう。これらを批判的に捉えると、人はこう生きるべし、社会はこうあるべしという基本的理念の全面的崩壊を生み出すことになる。ボードリヤールによれば、ポストモダンが進めば、われわれの生活は情報社会がもたらす、非人間的、没社会的な仮想現実に埋没して生きることを強いられてしまうという。そのことは、九〇年代初頭のまるで電子ゲームのような湾岸戦争で実感することになったし、それ以降イラク戦争も含め、現代社会で、現代人が仮想現実に対峙させられてきているのは自明である。

ポストモダンの利点をあげれば、男らしさ、女らしさをあえて強調しないジェンダー・フリーの生き方、中心から周縁へのマイノリティ擁護の視点、それによる文化の多元化・グローバル化などが挙げられる。政治・経済の多極化もポストモダンがもたらしたものの一つで、パルコの広告宣伝の仕方はこうしたポストモダン状況に合致していたといえる。

一九八九年のベルリンの壁崩壊、一九九一年八月二十日のバルト三国（エストニア、ラトビア、リトアニア）の再独立。十二月八日、ソビエト連邦の消滅と独立国家共同体（ＣＩＳ）の創立宣言（ベロベージ合意）。こうした中心から周縁への政治的変化も、ポストモダンの流れとは無関係ではないだろう。まさにすべて国内外の状況が、ポストモダン的なセゾン文化を消費市場の中枢につよく押し出す格好になった。

日本でポストモダンという用語は、八〇年代初頭、建築・美術の世界から生まれていて、建築家の磯崎新ははじめこれを「分裂病的折衷主義」と呼んでいた。こうしたポストモダン的状況が日本に生まれたのは、サービス業がＧＤＰに占める割合が五〇％を越えた、七〇年代半ば頃よりであろうか。統計的には、すでに七一年にサービス業がＧＤＰに占める割合は五〇％を越えている。ポストモダン的な経済書、ダニエル・ベル『脱工業化社会の到来』が出版されたのは一九七二年である。この本の中で、ダニエル・ベルは「ポスト産業」なるものを分析し、二十種類以上のポスト○○を打ち出しているのが興味深い。そして、その本の中でポスト産業資本主義とは情報資本主義的傾向になることを示唆している。だが辻井は、その後も日本は工業社会の継続の上にあるという意味で「脱工業化社会」の訳語の不正確さを指摘している。

七五年からの十年間、辻井は分刻み、オーバーにいえば秒刻みで世界中を動いていたといっても過言ではない。ここで、実業家堤清二としてもっとも多忙をきわめた時期に書かれた著作を掲げておきたい。

現代詩文庫『辻井喬詩集』（七五年六月・思潮社）、小説『けもの道は暗い』（七七年十一月・角川書店）、詩集『箱または信号への固執』（七八年十一月・思潮社）、経済学専門書『変革の透視図』（七九年十月・日本評論社）、エッセイ集『深夜の読書』（八二年一月・新潮社）、詩集『沈める城』（八二年十一月・思潮社）、小説『いつもと同じ春』（八三年五月・河出書房新社・平林たい子文学賞受賞）、『現代語で読む　日暮硯』（八三年十二月・三笠書房）、小説『静かな午後』（八四年八月・河出書房新社）、小説『不安の周辺』（八五年一月・新潮社）、詩集『たとえて雪月花』（八五年三月・青土社）、詩画集『錆』（八五年十一月・河出書房新社・脇田愛二郎との共著）、『変革の透視図』改訂新版（八五年十二月・トレヴィル）。『変革の透視図』の筆名は堤清二である。

晩年の旺盛な活動からすれば相対的に少ないが、その著作内容は詩、小説、経済、古典と多岐にわたっていて、個々の専門分野だけに限っても、この仕事量をこなすことは並大抵のことではない。

五　セゾン文化の活動理念

セゾン文化の中身をセゾングループ史『セゾンの活動』（一九九一年十一月刊行）から少しみていきたい。七五年から十年間の動き。

七五年九月五日、セゾン美術館（旧西武美術館）、業界初の常設美術館として池袋に開館。館長は紀国憲一。紀国は一九三二年北海道生。小樽商科大学卒。大正海上火災保険入社。一九六二年、マッキャンエリクソン博報堂転職。一年でＪＩＭＡ電通転職を経て、一九六八年、西武百貨店宣伝部入社。紀国は「大量生産、大量販売、大量消費という経済の仕組みの中で、人間の物質的欲望を刺激するような広告宣伝の仕事を一四年も続け、いいかげん疲れ果てた時に文化の仕事が与えられた。」（『武満徹を語る十五の表現』小学館）という。ここでも辻井は強力な援軍を得ている。一九七三年、紀国をリーダーに文化事業部設立。辻井の命を受けて、一九九二年、六十歳の定年まで、つぎのような展覧会を企画運営。一九九五年まで、常務取締役としてセゾン文化財団など文化事業部に従事。紀国は一九七五年の開館から二十年、辻井の文化事業を牽引する。

第一回展示は、「日本現代美術の展望」。その後、主な現代美術関係の展示として「カンディンスキー展」「エッシャー展」「アメリカ美術の三〇年」「タピエス展」（以上・七六年）、「エルンスト展」「ソビエト映画三大巨匠展」（以上、七七年）、「ジャスパー・ジョーンズ回顧展」「デュフィ展」（以上・七八年)、「ミロ展」「荒川修作展」(以上・七九年)、「デュラー版画展」「勅使河原蒼風展」「ヴンダーリッヒ展」(以上・八〇年)、「ジャポニズムとアール・ヌーボー」「マルセル・デュシャン展」「宮本百合子展」「草原のシルクロード展」(以上・八一年)、「ジャン・デュビュッフェ展」「ジョージ・シーガル展」「レッド・グルームス展」「芸術と革命展」(以上・八二年)、「アンリ・ミショー展」「ジャコメッティ展」「シュヴィッタース展」(以上・八三年)、「スーラージュ展」「ヨーゼフ・ボイス展」「ピカビア展」(以上・八四年)、「アルマン展」「フランス現代美術展」「シカゴ美術館印象派展」(以上・八五年)。

セゾン文化はポストモダン的な多面性をもっているが、ここでの紀国の美術展示の選択はその象徴である。それまで、デパートの美術展は集客を意図して、分かりやすい印象派のものが多かった。しかし、それは一般消費者を矮小化したデパート側の文化的ムードの提供にすぎず、辻井にすれば消費者の意識改革を伴ったものとは呼べなかった。辻井にとって、西武美術館はデパートが物売りから文化事業へと飛躍を果たさなければならなかった。二十世紀の前衛美術(とくに第二次大戦後)を多く展示する西武美術館の大胆な発想は、一企業の思惑を越えて、現代美術の啓蒙という意味合いを帯びていたといっても過言ではない。七〇年代から八〇年代にわたり、西武美術館が前衛文化の発信基地となって各所に話題を投じたことの社会的意義は大きい。百貨店が建物全体の中に集客の見込めない前衛的な美術館を作ることは、きわめてリスクの大きな事業で、三越などの老舗には到底思いつかない大胆な発想であった。本来、日本の公的機関が推進すべき領域を、辻井は私財(民間企業の儲け)を投げ打って開拓していたのである。

辻井は、美術館開館にあたってつぎのようなマニフェストを投じている。

一九七五年という年に東京に作られるのは、作品収納の施設としての美術館ではなく、植民地の収奪によって蓄積された富を、作品におきかえて展示する場所でもないはずです。それはまず第一に、時代精神の據点として機能するものであることが望ましいとすれば、美術館は、どのような内容を持って、どんな方向に作用する根據地であったらいいのか。

七〇年代に私達は、成熟することによって同時に大きな変革を内包せざるを得なかった、いくつもの流れを看取しています。そうであるから、多様なままにそれを受け容れることが、そのまま據点としての資格になるのだと思います。その意味では明確な主張や、古典的な特定の主義に立たないことが美術館にとって必要であるに違いありません。（略）

自分達の生活意識の感性的表現として美術作品に接するのではなく、海外から指導者によってもたらされ開示された教養を、礼儀正しく観賞するという姿勢で接することが、いかに深く美意識の閉塞状態とかかわってきてしまったかについては多言を要しません。作品を大急ぎでジャンル別に分類しなければ気が済まないという一事をとってみても、百科辞典的な知識を前提として美術品の前に立つことがいかに多かったかを証明しています。私達がこれから取扱う作品は、その意味では分類学的な境界を無視していると言えましょう。その結果として、印刷、映像、生活美術等に、対象が拡がっているという印象を見る人に与えることになるかもしれないと思います。ただ、多種多様の作品をとおして、常に時代精神の表現の場であって欲しいと願っています。

（略）

だからこの美術館の運営は、いわゆる美術愛好家の手によってではなく、時代の中に生きる感性の所有者、いってみればその意味での人間愛好家の手によって動かされることになると思われます。

美術館であって美術館ではない存在、それを私達は〝街の美術館〟と呼んだり、〝時代精神の運動の根拠地〟と主張したり、また〝創造的美意識の収納庫〟等々と呼んだりしているのです。これは、経営者堤清二の挨拶というより、詩人辻井喬の思想信条を端的に表わしたマニフェストといってよい。現在の美術館展示は、再び辻井の危惧する海外の所蔵品を礼儀正しく鑑賞する方向へと回帰している。かつて西武美術館が「時代精神の運動の根拠地」になるべく、現代美術を通し旧体制に挑戦状を突き付けたことの意味は見るべくもない。

ここで辻井は、難解な現代詩は、どう動こうと一般大衆の心を動かすのは至難の業だが、ことばの意味解釈のいらない美術であればそれを啓蒙できるとみたのか。大胆な決断と実行力で日本の戦後美術界の閉塞性を刷新しようとした。同じ難解でも、人の元型（ユング）が覚醒されたり、直観に刺激が与えられたりするなど、美術は一瞬にして聴衆の心を動かすサブリミナル効果を秘めている。一九七〇年代に入り、ここで美術館を基幹とした辻井のメインカルチャー路線、パルコを軸とした増田のサブカルチャー路線の棲み分けが明らかにされた。

売場面積あたりいくらの売上という費用対効果が強く求められる百貨店業界にあって、ここでの辻井の独自の文化路線は、周囲の関係者からは「詩人オーナーの気楽な道楽」としてしか捉えられていなかった。しかし、七〇年代半ば以降の日本の経済成長を背景に、一般階層の中にも美術品のコレクターが増加するなど、美術館単体では赤字ではあっても、西武百貨店の美術フロアが思わぬ収益事業に転じてしまう強運もあった。そうすると、西武の現代美術展そのものが、現代美術を見る、見ないは別にして、顧客にとって間接的に多大な宣伝効果の意味を帯びてくることになってくる。

これについて、当時辻井がその模様を語った記事がある。「現代の理論」二一一号（八五年三月）の特集「ポスト産業社会と生活文化」で、堤清二、筑紫哲也、影山喜一による座談会「企業文化と若者文化」である。当時影山は『企業経営と人間』（日本経済新聞社・一九七六年）などを持つ気鋭の経営学者。

この座談会の冒頭で、辻井は「文化は反体制的な本質を有する」ので、「企業は文化戦略、芸術戦略を持つべきではない。それは文化に対する冒瀆」であることを力説している。これに対し、筑紫は「にもかかわらず、世間で言う西武の文化戦略が成功してしまうのは何故なのか」と問題提起し、『俺は知らないよ』と言ってることがかえって効果をあげてしまうというのは『堤さんはやはり深謀遠慮でずるいんじゃないか』」と切り返している。そして、辻井の文化戦略の全体を捉えて、筑紫はつぎのような興味深い指摘をする。

デパートが展覧会のパトロンであるという非常に特異な国ですね、日本は。そうしますと普通のデパートは特設売場で展覧会を開いて、そこを出て来た所ですぐ売場があって物が売れるということ、つまり非常に直接的に文化というものと自分の利益とを考える。しかし堤さんは、西武美術館という擬似的なしきりをつくって分けてしまう。分けてしまうということは、すぐ傍で物を売ってる売場には直結しないかもしれないけれど、回り回って他のデパートが展覧会をやるのとは違う展覧会のイメージをつくっている。それがまたはねかえって西武についての違うイメージができてきた。こういう効果はありますでしょ。

前述したように、当時のセゾン文化は儲けを度外視した手法が反対に儲けを生んでしまうなど、逆風を追い風にしてしまう想定外のミラクルさがあった。いずれにしても、セゾンはメインカルチャーの美術館、サブカルチャーのパルコ共に一般大衆を味方につけたことで、向かうところ敵なしの状態になった。それについて、辻井の業績を妬む旧来の経営者も少なくはなかったが、それに対し、つぎのように率直に胸の内を明かしている。

ありますね。「それがくやしい」とか「それが小ずるい」とか「あいつはワルだ」とかいうことになりつつあるのではないでしょうか。それは非常に恐怖ですね。

はじめに辻井は「企業は文化戦略、芸術戦略を持つべきではない。それは文化に対する冒瀆」とアンビバレンツさを打ち出したことで、それがほとんど一般大衆に理解されない現代美術の展示の実現につながり、それを通し既成のデパートに対し反体制的姿勢を明確にしえた。そのことで、セゾンは既成の文化的権力に何一つ迎合することなく独自の道を歩むことを可能にしたのである。そして、世界的なポストモダンの思潮、一般大衆の物質的な意味での「モノ離れ」という消費欲求への変化がそれを間接的に支持した。こうした当時の状況を、影山喜一がうまく説明している。

堤さんが冒頭で言われたように一般的通念としては、文化が企業にせよ国家にせよ権力を持ったものに支配されてはいけない、また文化とは本質的に反体制的要素を持つものであるということになっています。したがって大企業や国家の権力が直接文化に接近しタッチするのは、本来立ち会う人々の心のなかに違和感をもたらす。しかし違和感を一瞬持ちながらも、同時にそれを継続的にみせられると、そこに新たな何かが生まれる。異化作用が同化作用に転化するとでも言いましょうか、そこのへんを西武はうまく使ってやってきた。もちろん異化作用は、いったん間違うと自分の方に突きささってくることになるかもしれない。

これに対し、辻井は「異化作用をつくり出す部分は『あっ、これは同化作用の方に入ったな』と思ったら逃げて新しい異化作用の方に入っていかなければいけない」と答えている。まさに、辻井の経営哲学の根底にあるのはテーゼに対するアンチテーゼ、そしてジンテーゼという一人三役による破壊と創造を繰り返す弁証法的な経営戦略であった。とにかく、経営者辻井は詩人・作家辻井以上に鋭敏であった。

セゾン文化戦略の中核、セゾン現代美術館は、現在財団法人セゾン現代美術館が運営している。夏期、内外の現代美術を中心に展示。前身は高輪美術館だが、これまでのセゾンの美術館の流れを押さえておきたい。

一九六二年、高輪美術館開館（東京・高輪）
一九七五年、西武美術館開館（東京・池袋）
一九八一年、高輪美術館　軽井沢に移転、軽井沢高輪美術館（現・セゾン現代美術館）開館
一九八九年、西武美術館をセゾン美術館へリニューアルオープン
一九九一年、軽井沢高輪美術館からセゾン現代美術館へ改称
一九九九年、セゾン美術館閉館

ここで、セゾン美術館を総括する意味で、実質的なリーダー、紀国憲一の文化資本論をみておきた

い。永江朗『セゾン文化は何を夢みた』（二〇一〇年・朝日新聞出版）に紀国の語ったことばがある。紀国は、西武を離れるにあたって、マテイ・カリネスクの『モダンの五つの顔』（一九八九年・せりか書房）を読んだという。五つの顔とは、モダニズム、アヴァンギャルド、デカダンス、キッチュ、ポストモダン。紀国は、西武美術館が担ったのはアヴァンギャルドだという。それについて、後年紀国はつぎのように回顧している。

「開館のときに掲げた〈時代精神の根據地〉が狙ったのは、この本でいうとアヴァンギャルドなんですね。ところがアヴァンギャルドというのは、破壊はするけれども未来の方向は示せない。堤さんの根本には破壊と再生ということがあった。文化についても、まず何を壊して、つぎにどう新しいものをつくるか。時代精神の根據地たれということは、アヴァンギャルドの根據地たれという意味だった。カリネスクはこの本で、アヴァンギャルドは破壊するだけで再生しないと言い切っている。アヴァンギャルドが破壊すると、デカダンスになる。再生ではないんです。そしてアヴァンギャルドのもうひとつのあらわれかたがキッチュ。文化史のなかでキッチュという概念が出てくるのがおもしろい。日本の文化状況というのはまさにキッチュで終わっていると思う。見えるものはみんなキッチュだよね。キッチュからは何も出てこない」

（永江朗『セゾン文化は何を夢みた』P二〇二―二〇三）

戦後芸術はアヴァンギャルド（前衛）とキッチュ（後衛）に二分化したという。キッチュはドイツ語で、安っぽく見せかけ、俗悪という意味である。他に意外な組み合わせという意味から、動物同士の組み合わせ、動物と人間の組み合わせなどもある。

紀国によれば、西武美術館は前衛にして、美術の王道を行くメインカルチャーであったが、破壊の先でそれが創造に転化せず空転してしまったという評価なのか。ずいぶんと厳しい自己査定だが、現実にそれが軽井沢セゾン美術館を除いて機能していないとなれば、それを受容していかざるをえない。ある意味、紀国はキッチュが予想を超えた速度で、日本全体を支配していることに絶望するあまり、こうした過激な言動につながったのかもしれない。この後、紀国は反自民を標榜して出てきた民主党政権や、彼ら多くの出自である松下政経塾に対してもキッチュであると名指している。その通り、民主党キッチュ政権は短命に終わり、二〇一五年現在、安倍出戻り政権になっているが、紀国はこれについて何と形容するのか。それにしても、日本美術界はなんと〈時代精神の根拠地〉の理想から遠く隔たってしまったのか。この文化的停滞現象は、美術界のみならず、文学や音楽についても大差はない。

ここで紀国は、ある希望的な展望を描いている。

「モダンはまずアヴァンギャルド、古いものは全部捨てよう、これから二十世紀は明るい未来の時代だ、とスタートしたけど、それは経済的な豊かさ、モノの豊かさを追いかけるところに突っ走ってしまった。それがモノが満ち足りたら、お金をお金でむさぼり食うような金融資本のいちばん悪いところで突っ走ってリーマン・ショックだのとまだそんなことをやっている。救いは、モダンがアヴァンギャルド、デカダンス、キッチュときて、ポスト・モダンがここでやっときたということ。レヴィ＝ストロースなんかの相対主義、西洋の文化だけが前面に出るのはおかしいじゃないか、アメリカの先住民やアフリカでも、進化論的には遅れた文化であるかのように見えても、自然との関係で人間らしい文化を立派にやっているじゃないかという考えが基本にありますよね。そういうことが、新しい公《おおやけ》とは何かということともつながると思うんだけど、それが政党の延命のために政策として出てくることこそ日本のキッチュな状況を象徴している」

（前著・P二〇三）

紀国はアヴァンギャルドがキッチュに分化、そこにポストモダンが生じたことを好意的に受け止めている。しかし、西武美術館のアヴァンギャルドはポストモダンを統一的止揚できず、時代的使命を終えたという。

いずれにしても、辻井にとって紀国憲一は自らの分身というより、その思想を体現する唯一無比の存在であった。

つぎに美術館から離れて、セゾン文化のもう一つの担い手の劇場他についてみてみよう。まず、渋谷パルコパート1の九階に作られたパルコ劇場（旧西武劇場）。客席数四百五十八席ながら、演劇、ダンス、音楽、ミュージカル、ファッションショーなどの話題作を上演。銀座セゾン劇場の創立は一九八七年三月。

当時入手困難な音楽を集めた「ウェイヴ」（ディスクポート西武・一九七三年）。

アングラ系小劇場・ミニシアターの先駆けとしてのスタジオ二〇〇（一九七九年十一月）。

書店の「リブロ」（西武ブックセンター・七五年）、出版部門の「パルコ出版」（七四年七月設立）、「リブロポート」（八〇年七月設立）。

音楽の「八ヶ岳高原音楽堂」。一九八二年、世界的ピアニスト、スヴャトスラフ・リヒテルと武満徹をアドバイザーに招いて設計完成。ここの六角形の建物は、自然と環境に調和したとの評価で八九年毎日芸術賞受賞。第一回の演奏はスメタナ弦楽四重奏団。その後、ブーニンやミッシャ・マイスキーなど著名な演奏者の公演。

手元に八ヶ岳高原音楽祭八九のパンフレットがある。プログラムを紹介しておきたい。

一九八九年／九月二十二日（金）十八時半〜二十時半
クロノス・カルテット、デイヴィッド・ハリントン（第一ヴァイオリン）、ジョン・シャーバ（第二ヴァイオリン）、ハンク・ダッド（ヴィオラ）、ジョーン・ジャンルノード（チェロ）。
九月二十三日（土）十三時半〜十五時
詩のコンサート・三人の詩人たち「音楽と自然」
大岡信、谷川俊太郎、辻井喬、武満徹（構成・司会）、伊藤恵（ピアノ）。
九月二十三日（土）十八時半〜二十時半
高橋悠治コンサート・地上の愛
高橋悠治（構成・ピアノ・キーボード）、三宅榛名（構成・ピアノ・キーボード）、菊地真美（ボーカル）、吉野弘志（ベース）、中川昌三（フルート）。
九月二十四日（日）十三時半〜十五時
詩のコンサート・宮沢賢治とわたし
林光（構成・お話し）、藍川由美（歌）、伊藤恵（ピアノ・ハルモニウム）、苅田雅治（チェロ）、森田利明（クラリネット)。
九月二十四日(日)十八時半〜二十時半
クロノス・カルテット(前述)
ジャズ/佐藤允彦・菊地真美・吉野弘志

クラシックやジャズを中心とした王道を行くプログラムである。辻井にとってサブカルチャーのパルコは増田の自治区で、それが経営的に成功しているのであれば、消極的に追認しようというスタンスではなかったか。辻井の本質は、こうした音楽祭のプログラムなどでその本領が発揮されている。筆者もこの詩のコンサートに観衆の一人として参加した。後にそれがNHKテレビで放映されたので、この音楽祭は全国的に話題を提供した。

辻井はそれが経営の場であろうと文学の場であろうと、つねに〈正と逆〉、〈真と偽〉、〈陰と陽〉、〈顕と隠〉、〈成功と失敗〉、〈創造と破壊〉とを併せ持って生きているアンビバレンツな存在である。辻井を論じていく場合、一面だけをみての理解は、もう一面の相対的な不理解につながるし、同様に一点の強調は「木を見て森を見ず」の方式通り、必ずしもその思想的本質を捉えるものではなくなってくる。もう一つは、経営者堤清二の全体を捉えようとしたとき、それを打ち消す非現実の辻井喬という大きな山が出てきて、すべて目の前の具体的事象を複雑に覆い隠してしまう。

辻井の二律背反の内実は容易に論理化できない。世界水準の経営者にして難解な現代詩人、もうそれだけでそこに第三者が侵入できない敷居の高さがある。

こうして辻井論を書いてきて、もっとも難しいのは二律背反の処理の仕方である。これについて、辻井と大澤真幸との対談での対話（「談」九〇号）が興味深い。大澤は社会学者である。

辻井さんは、ビジネスマンとしての側面と文筆家の側面、この二つは一体なんだとおっしゃいましたが、これは僕流にいえば、理想の時代的なものの一体性なんですよ。しかもそこに捩れがあるのが興味深い。ビジネスというのは、成功のためにはリアリズムに立脚しなければならないから、理想の時代的なものです。一方、文学というのは虚構の時代的な仕事です。ところが、文学者としての辻井喬さんは虚構の時代的なものではなくて理想の時代的な文学をやるんです。ところが一方でビジネスマンとしての堤清二さんは、ビジネスマンでありながら、ビジネスとは遊離した虚構の時代的なものをつくる。そのように複雑に捩れながら、一つになって結びついている。それがすごく面白いし、僕らが学ぶものがあるんじゃないかと思うんです。

大澤のビジネスでは虚構をつくり、文学では理想を追うという指摘は、辻井を理解する上での助けになる。めまぐるしく変転するセゾンの文化戦略をみると、これは経済活動ではなく文学的理想の追求というしかないが、この捩れは、そこでの辻井の二律背反を踏まえてはじめて理解できる。だから、辻井にあっては、デパート経営に文化を入れてはならないという鉄則を捨て、文化戦略に神経を集中することになる。

最近読んだ本に田坂広志『人は、誰もが「多重人格」』（二〇一五年・光文社新書）がある。これは多重人格を肯定する内容で、有能な経営者であればあるほど、多重人格でＴＰＯに応じて人格の使い分けができているのだと指摘する。これまで、こうした多重人格を説明するにあたって、「何を考えているのか分からない人物」など、田坂のように肯定的に捉える視点は少なかった。それを田坂は、複数の人格を適材適所に使い分けることこそが、リーダーの条件であると語る。「なぜ、マネジメントやリーダーシップの世界では、性格や人格の切り替えや使い分けが求められるか」の問いに対し、つぎの答えはきわめて説得力がある。

一つの理由は、マネジメントやリーダーシップの本質が、「矛盾」に処することだからですね。そのことを象徴するのが、経営者やマネジャー、リーダーに語られる教訓の言葉です。これらの言葉は、多くの場合、「大胆にして、細心であれ」や「疾《と》きこと風の如く、動かざること山の如し」「クール・ヘッド、ウォーム・ハート」など、矛盾した性格や人格の両立を求める言葉ですね。また、こうした教訓の言葉には、「思い立ったが吉日」と「急がば回れ」、「老婆心」と「冷暖自知」など、矛盾した言葉も多く、経営者やマネジャー、リーダーに、全く矛盾した資質を、同時に求めてきますね。（P一〇〇―一〇一）

こうして、田坂は「優れた経営者は、例外無く、『多重人格』だという結論を導き出す。辻井は、田坂のいう多重人格をもつ優れた代表的な経営者であったといってよい。辻井をテーマに分析すると面白いのではないか。

六 『変革の透視図』と消費社会

セゾン文化は、時代に対して過剰すぎるアンビバレンツさを含んだ前代未聞の創造的展開であった。表参道交差点から根津美術館方向にコムデギャルソン、プラダ、カルティエ、原宿方向に、グッチ、ルイ・ヴィトン、バーバリー、ディオール、シャネルなどのブランド店が軒を列ねている。こうして、モノを記号化し、モノそのものの本質より、それを所有する精神的価値の満足感を優位に、マーケティング化していったところに辻井のセゾン文化の真骨頂がある。まずそこには、豊かさの記号的象徴としてのブランドの価値表示があり、一般大衆にそれらを所有させることで他者との差異の均質化をはかる狙いがある。同じブランドでも、東大や早稲田・慶応に入学するためには厳しい入学審査があるが、ブランド品はそれを持ちたいと願望をもった人の数だけ平等に与えられる。たとえば、ルイ・ヴィトンは本場フランスでは限られた層の熟年世代しか所有しておらず、現実に所得の少ない年少者がもつことはまずない。しかし、日本ではコンビニのおむすびで食事を済ませ、ワンルームの狭い部屋に住む若い女性たちが、この高価なバッグを競って購入する。体全体にブランド品だけが浮いていても構わない。それが似合う、似合わないが問題ではなく、ブランドという仮想現実の中で刹那的に所有欲を満たせばよいのである。「お金を使うところを間違えている」などといっても、まず彼女たちは聞く耳をもたない。

日本人全体の消費の平準化・規格化をみたとき、それはブランドというより大量生産—大量消費という古典的な資本循環方式よって巧みに誘導されている側面がある。つまり、日本では個々の思惑がブランドの位置まで高まったというより、勝手にブランドが売上至上主義という理由で一般大衆の位置にまでかるく降りてきているにすぎない側面がある。ブランドの価値は他に平準化・規格化されないところにあるのだが、逆に日本ではブランド品の横行によって、人々の生活が平準化・規格化されようとしている。

それによって、本物／偽物の境界がずらされ、辻井の考える生活文化の習熟という理想が矮小化され、みごとに空転してしまっている。たとえば、東大や早稲田・慶応出を採用していれば、何か世間的には頭が良いというブランド価値を与えられる。しかし、それは当該人物の一部を測る物差しにすぎない。しかし、すでに近代化した世間にあっても、この面での社会的評価は硬直していて、学校格差は社会の隅々に至って歴然と生きている。

たしかに、メインカルチャー全盛期には、東大や早稲田・慶応を出ていれば、よほどのことがない限り、外れはなかった。商社に勤めようが、銀行に勤めようが、あるいは官僚や政治家になろうが、彼らは等しく当該組織に一般教養を身にまとった秀才として君臨することができた。しかし、現在、そうした学校歴をもった人間が、高度な文化的教養を身につけているのかどうか疑わしい。それは、おそらく大学の大衆化すなわちサブカルチャーの弊害であろうか。そこには、かつての旧制高校の学生がもっていたメインカルチャー的空気は存在しない。

こうした文化の大衆化について、辻井は『変革の透視図』の中でつぎのように書いている。

物質的な基礎としての所得の平準化がすすみ、生活意識を拘束する規範が完全になくなった。だれもが同じような生活をしてよい、また、そうすべきであるという意識が一般化した。いわゆる消費様式の自由化・マス化・大衆化という現象がつくりだされてきた。

このようなマス化・大衆化が一般化すると同時に、自分の存在を明確にしたいという個別化の傾向もうまれてきた。したがって、わが国の大衆消費市場は、第一次消費革命以後、つねに大衆化と個別化という正反対の二つの力にひっぱられるという体質をもつようになった。

（「消費様式の自由化と流通構造改革の乖離」Ｐ二二三）

こうした「消費様式の自由化・マス化・大衆化現象」を背景にセゾンの文化戦略は構築されていった。そして、ここでの「大衆化」と「個別化」という正反対の二つの力に誘導される消費者の体質は今も変わっていない。

辻井は日本人の消費傾向について、つぎのように分析している。

わが国の消費者は、もともと集団帰属性が強い。つまり、人をみてそれにならう、あるいは群れるという傾向がある。このような集団帰属性の強いわが国の消費者の場合は、中間的集団が発達すれば、それなりの確信性にもとづいた安定感をもちうるはずだという見方がある。中間的集団というのは、社会学的な概念で、村とか家という集団ではなく、企業、各種の宗教団体、同好会というような集団を指す。たしかに中間的集団が発達すれば、擬似普遍的価値があたえられるので、カッコづきではあるが、確信性にもとづいた安定感をもちうる。

（前述・Ｐ二二五）

『変革の透視図』の副題は、「セゾン文化を牽引した脱流通産業論」である。辻井は、「資本の論理と人間の論理の境界に位置する産業である流通産業は、社会・文化・政治など、経済のシステムをふくむ全体のなかで検討されなければならない」とし、つぎのように述べている。

しかし同時に、資本の論理と人間の論理の境界にたつマージナルな産業である流通産業は、つねに内部に緊張関係をはらんでいる。流通産業は内部矛盾を本質的にもった産業であり、つねに流動性をもっている。資本の論理と人間の論理は、現実社会の問題としては調和できても、原理的には調和できないし、また安易に調和させるべきではないだろう。資本に対しても人間に対しても安易な妥協をすべきではないのである。

つねに内部に本質的な緊張関係をはらんだ流通産業においては、考え方のマンネリズムとか、一つの伝統的な規範だけによって事務的な処理をすることはゆるされない。そういう緊張関係は、流通産業をおしすすめていく場合、理念型いかんでは危険なものにもなるが、一方では人間的な作業を遂行する要因ともなる。矛盾をもたない人間は存在しえないように、矛盾をもたない社会経済体制もありえない。また利便の追求とその道具としての資本の論理は、たとえ社会体制が変化したとしても生きつづけるであろう。しかし、それは人間の論理とは本質的に矛盾する側面をもっているので、安易な調和はさけるべきだろう。つまり、実態を正確につかむことによって、流通産業は人間的な産業になる可能性をもっているのである。（前述・P三四五—三四六）

この経営企画書『変革の透視図』は、セゾン文化の絶頂期に発想し、そして出版されていったものである。これは辻井の言行不一致というより、詩人経営者辻井の創造と破壊というアンビバレンツさの具現化で説明できる。いわばセゾンは完成形のない永久運動といってよいのか。

本著から読み取れるのは、セゾン文化の斬新なデザインがどこに由来し、そしてそれをどのように一般大衆の中に定着させていったかの大胆かつ緻密な戦略である。しかし、一方でここでの流通理論を実践していた辻井と、それを客観的に冷静に判断するもう一人の辻井とのアンビバレンツさの根源はどこに起因するのか。おそらくセゾン文化の内実とは、それら現実と非現実が総合化された詩人辻井喬現象のことではなかったか。だから、一般社会でセゾンといえば、今でもその創業者辻井喬のことが直ちに思い浮かんでくるのである。

そして現在、パルコ文化の担い手としての辻井はいないが、その文化的現象は他の経営者によって引き継がれている。表参道のみならず、銀座・有楽町、丸の内・日比谷をはじめとするブランドショップも、辻井の存在なくして生まれなかった。この本で、辻井は「流通産業は人間的な産業になる可能性をもっている」と示唆しているが、セゾンを人間的で活力に富んだ産業にしたいと考えていたことはまちがいない。

こうした辻井の経営哲学について、三浦雅士が「堤清二は、『無限に自己決定を留保する心的態度』こそが自身の経営の方法であることを明確に把握した」とし、つぎのように述べている。

むろん、経営者の個人的な思想がそのまま巨大企業の姿勢を決定するわけではない。かりに経営者がそうありたいと考えたとしても、集団の論理がそれを許さないというべきだろう。セゾングループは堤清二の関数ではない。だが、辻井喬の詩に見られる逆説のたたずまいは、驚くほどセゾングループの展開する逆説的戦略に対応している。

セゾングループは、自身を批判し否定する要素をそのまま自身のなかに取り込もうとする。籠絡するとか懐柔するとかいったことではない。たとえば、百貨店やスーパーマーケットの客など相手にしていないとでもいいたげな企画を展開するのである。文化戦略、芸術戦略のほとんどは、スーパーマーケットの自己否定だとさえいっていい。それが逆に客を惹きつけるのである。「無印良品」にしてもそうだ。サンローランやアルマーニといったブランドものを売りまくっておきながら、同時にそれを真っ向から否定する企画を展開している。「量販店」から「質販店」への転換にしてもそうである。大量販売から小量多品種販売への転換を巧みに言い換えているわけだが、本来的にいえば、量販店が質販店を標榜したのでは自己矛盾以外のなにものでもない。これらのすべてが「無限に自己決定を留保する心的態度」を思わせるのである。

（「生ける逆説―文化・芸術戦略批判」・『セゾンの発想』九一年十一月・リブロポート）

三浦雅士の「無限に自己決定を留保する心的態度」という鋭い分析によって、経営者堤清二の企業的戦略の全貌が浮かび上がる。そして三浦は、辻井の「無限に自己決定を留保する心的態度」をつぎのように分析している。

「無限に自己決定を留保する心的態度」とは決してスタティックなものではない。自己をつねに矛盾に追い込みつづけるわけだから、むしろ逆にきわめてダイナミックな態度といっていい。興味深いのは、この「無限に自己決定を留保する心的態度」が、一九七〇年代から一九八〇年代にかけて思想界に浸透したディコンストラクショニズムを思わせることだ。思想に潜む自己矛盾を暴いて決定不能に追い込む、いわゆる脱構築の手法は、「無限に自己決定を留保する心的態度」そのものとさえいっていい。どのような言説も決定不能に追い込まれる一点を持っているとすれ

ば、人は自己決定を留保するのではなく、留保させられるのである。（同前）

一九八〇年代に入り、辻井は華美な装飾で実質の伴わないアパレル商品を排し、シンプルで機能重視、実質本位の商品「無印良品」の開発に着手した。世はブランド全盛時代に突入しようかとする矢先のことで、日本にブランドショップを作り上げた当事者が、百八十度方向転換を果たし、消費者にシンプルなライフスタイルを提案したのである。ここでの無印良品の例こそ、三浦のいう詩人辻井の経営に対する対立するものを止揚する自己矛盾の具現化ではなかろうか。ここでも、ブランドショップから無印へと、〈華美〉と〈質素〉、〈高価〉と〈安価〉というアンビバレンツさを中和するミラクル技をみせてしまう。無印良品のアドバイザーに、現代デザインの巨匠、田中一光を起用したことからみて、この時期辻井にとっての無印良品は、パルコに比肩する大きな文化戦略の核に位置付けられていたとみてよい。

当時のポスターからその一部を抜粋してみたい。

むじるし・りょうひん。西友がガッチリ組みたてた商品群です。食べるものなら、おいしく。日用品はしっかり役に立つことが原則。ソシテどこまでどうして、安くできるかを徹底追求したのです。素材、工程、包装の三段階で、それぞれの商品特性を生かしてコストを引きしめ、規格や見た目よりも実質を選びたい。私たちの結論を、あなたにお渡しします。

無印良品は、八三年には東京青山に初の独立店舗を出店。その後、渋谷西武にも出店。八四年には、取り扱いアイテム千種類を突破。八五年、事業部創設とともに、初の海外ショップ、シンガポールにも出店。

辻井は九一年にセゾングループ代表を降りるが、無印良品の成長は留まるところを知らず、九三年には取り扱いアイテム二千種類を突破。九八年には同四千を突破。〇一年、大型旗艦店として有楽町、難波に出店。〇六年六月末現在、国内直営店一六二店舗、ライセンス・ストア六七店舗、西友インショップ店七七店舗、イギリス一六店舗、フランス八店舗、台湾七店舗、スウェーデン六店舗、香港五店舗、韓国三店舗、イタリア、ノルウェー、ドイツ、スペイン、シンガポール、ニューヨーク各二店舗、アイルランド、中国（上海）各一店舗。

九〇年代に入り、日本はバブル経済の崩壊によって長い平成不況のトンネルに入っていった。バブルに浮かれていた人々のファッションは華美な衣裳から、モノトーンを基調とした無機質なものに変わりつつあった。人々の中には流行にとらわれず、自分らしい生き方をすることが新しいトレンドとなって定着するが、そこにはバブル経済崩壊という時代の変化があった。それが偶然にもシンプルで機能重視、実質本位を看板に掲げる無印良品を時代の前線に押し出す結果になったといってよい。非ブランド志向で始まった無印良品だが、九〇年代、皮肉にも消費者から熱狂的に支持されてしまうほどの新しいブランドになってしまう。

辻井はここにある詩的な仕掛けを講じている。それはつぎのように思いがけないものであった。

いまの都市生活では、高層ビルの住まいに風鈴をかけても、ビル風に煽《あお》られたクーラーで閉め切ったり。そよ風が吹いてきてチリチリンと鳴る情緒を得られませんから。都市生活者は自分の生活空間をなるべく淡彩、彩りをなくして、そこで自分の心のなかに彩りをもって生活空間を賑《にぎ》やかにする。そういうふうにしないと、生活のなかの主人公になった満足感を味わえない。

（『うるわしき戦後日本』）

辻井の生活総合産業の帰結は、鎖国時代の江戸文化、さらに時代を遡り東山文化に答を求めた無印ということだったのか。そうだとすれば、池袋に高層ビルを建て、ヨーロッパ・ブランドを輸入、スーパー西友が提供する無味乾燥な生活提案との整合性は破綻する。しかし、ここにこそ、前述した辻井の多重人格性、すなわち矛盾を矛盾のまま受容する特異な体質がある。それは三島由紀夫への否定と肯定、日本国憲法への否定と肯定、日本共産党への否定と肯定と、こうして書き出せばその多重人格性は切りがない。

そして、その矛盾は妾の子として誕生するという出自に行き着く。すべての矛盾を総括するのは詩人辻井喬と経営者堤清二の二重性である。こうした稀有な人物は歴史上、他にいたのだろうか。

七　詩集『箱または信号への固執』刊行

七〇年代半ば、辻井は『箱または信号への固執』（一九七八年・思潮社）という硬質で暗喩に満ちた詩集を出している。流通理論を実践する辻井、それを客観的に批評するもう一人の辻井、ここにはさらにそのアンビバレンツさを止揚する詩人辻井喬がいる。

『箱または信号への固執』は、帯に歯ブラシ、椅子、傘、洗濯鋏……など、「身辺の道具をとりあげ、その日常性の奥にひそむ世界へと限りなく想像力を展開させることによって、物象の本質や本来の輪郭を発見し浮彫りにする連作二二篇」とある。装幀・装画は脇田愛二郎。辻井のつねに物に取り囲まれている立場からすれば、物を人間の手垢のついた対象から物そのものを解放しようとする手法はきわめて自然である。当時こうした手垢まみれの人の手から、物そのものの物質性に着眼する試みはフランシス・ポンジュなどによっても展開されていた。その立場を斟酌すれば、ここで物質の回復を発想すること自体、すでに辻井の内奥に何らかの危機意識が察知されていたのかもしれない。これからセゾンが上昇に転じようとした時期にあって、ここでの辻井の物の物質性の復権への視点はことさら興味深い。この詩集の中からまず一篇読んでみたい。

揺れる秤り

秤りが揺れるのは／測りあぐねているからだ／形にな
ったものの重さと／形にならないものの重さを／同じ
秤りにかけようとする心の／不遜な逞しさについて／
その役割の明らかな負への転換について／測り手が
その助手が迷っているからだ／東方の市場では毎日市
が立つ／祭りは毎夜ひらかれる／そこで秤りが揺れる
のは／戸毎に風が立つからだ／分銅は使いこまれてい

るうちに／領主の象徴に変身し／商人の髪はもう摑み
あわなければ乱れない／囂《かまびす》しい叫びのあいだを縫う静
かな風に／ふと惑いを知る予定落後者は／故郷のコス
モスの花びらや／童唄のいくつか／破れ築地に咲く夕
顔を／確かなもののように思い返す／その時　あるか
なきかに秤りが揺れるのは／見えない涙が一滴ずつ注
がれているからだ／正義の味方を僭称する夜間警備隊
が／故意にか、または偶然に見落した／論理の隙間／
自明の理／永遠の体制と考えられた構造の亀裂から／
石を穿つ水滴のように／恨みを飲んで死んだ男の眼／
飢えた子を抱いて果てた女の眼窩から／健忘症をなり
わいとする者の瞼へ／音もなく雫が／陽に煌くことも
虹をつくることもなく／滴り続けているからだ／だか
ら市場の総ての秤りが／数学で言う群の作用によって
／波をうちはじめるのだ／それはまことに甍《いらか》の波に似
て／家々を覆い／屋根の下で睦み合う男と女の／交合
の図を包みこみ／どこへとも分らない時の崖へ／町そ
のものを押し流すのだ／誰れも阻止は不可能／予感と

警告は対策ではない／人々に残された権利は／自らの生存に抗議すること／せめて滅びを美しくと／引かれ者の小唄みたいに意気がって／時代の沈澱物を掻きまわしたい気持を押さえること／成算はなくても賭けは必要だから／恒産がないのに恒心を持たなければならない／革命家への要請が過度に倫理的だとしても／秤りは烈しく揺れているのだから／測り手は自らの変節を意識しながら／測り続けなければならない／歴史の轍の軋みを負って

辻井にとって詩を書くこととは、日常の経験を内なる思想に変えていくため、己に厳しい訓練を課す聖なる人生の道場であった。このことこそが、おそらく経営者の身分を解かれて、詩人・作家となった後の辻井を支えていく精神的支柱になったのではないか。筆者は辻井に、世間一般の価値基準を当て嵌めようとは思わないが、肉体の健康維持はもちろん、精神の緊張感を一定に保ち、あれだけの日常と非日常の仕事量をこなしてきたことのタフさは筆舌に尽くしがたい。その禁欲的な生き方は、ウェーバーのプロテスタンティズム精神の実践というより、ほぼ人間本体にとって極限的挑戦に近い。しかし、辻井はウェーバーの近代化後の「精神のない専門人、心情のない享楽人」という言葉を引いて、プロテスタンティズム精神の空洞化を指摘するなど、この理論には半ば否定的である。この「揺れる秤り」という詩の行間には、随所にカリスマ経営者堤清二、経済学者堤清二の心情がちりばめられている。あれはあれ、これはこれと謎解きのように言葉を当て嵌めていくことはできるが、あえてここではそれに論及しない。

つぎの「鳥籠」も辻井らしい力のある散文詩である。

鳥籠

鳥籠が呼ぶ風は桃の咲いている遠い宇宙を渉ってくるのだ。雲雀も九官鳥もすでに死んで残っているのは地球儀と大航海時代の帆船の模型。鳴らなくなったコントラバスに掛っている裂地に王侯の乗馬姿と喇叭を吹く従者。吠える犬の集団が縫取られている。時間は星が鏤められた暗灰色の空に走り去ったのか。あるいは溟濛の埃のなかに姿を消したのか。鳥籠のごとく視線は通りぬけられて身体は通り抜けられぬものとして残る。生活とは自由とは故郷とは鳥籠にとって何か。

女は胸のなかの鳥籠に自分を容れたり男を入れたり時

には冷い霧を招いたりする。鳥籠は飛ばない。雲の縁から拡がる深い森は夢の沃野を縫って白い河床である渇いた寝台を突きぬけ原始のどよめきに情火燃える祖先達の墓に達するのだ。憎しみも恨みも当人たちが死んでしまえばもはや史実ですらない。無意味な生活無意味な苦しみの堆積にもし存在意義があるとすればそれは鳥籠を構成する針金の一本としてだ。すこぶる論理的に聞こえる罠から逃げ出すか安全と家族のために囚われているか身を痩せ細らせて死と自由の境界を飛ぶかの選択権は本人にはない。言葉がまた少しずつ籠を編む。

警官が傘をさして鳥籠を提げても鳥籠は空である。女帝が倒立ちをして股のあいだで青空を喰べても鳥籠は残る。ただ韜晦の季節には格子のあいだから白い雪を被った遠い山脈が見える。頂に屹立する羚鹿に憧れて汚い鳥が枯れた紫陽花を啄む。埃の立罩める下層空間を泳ぐ金魚には関係がない。釈迦来迎図が腐蝕してしまったから物体は製鉄所高速連続鋳鋼炉で作られる。多島海の青い海でさえ透明度が落ちた。古い城の赤煉瓦は風雪に洗われたが化合物にはならなかった。歴史はひとりで旅立ち城は残った。見物にくる化合物人間は流れる。その軽い質量。沈黙は固有名詞が消えれば美しいと教えてくれる。千年王国とは光が届く範囲という意味だ。睫毛に霧が光って鳥が啼く。輝かしき放埒の朝といいたいところだが今は黄昏。鳥籠は夕焼けだ。

八　小説『不安の周辺』など

もう一つ、ここで触れておきたいのは小説『不安の周辺』(一九八五年・新潮社)である。この小説は、広告会社を舞台に繰り広げられる企業小説ともいうべきもので、とりわけ広告会社社長たちの言動を通しての心理描写が興味深い。ここでは物語の細部に立ち入らないが、簡単にその筋書を紹介しておくと、主人公は広告会社、広告堂社長山上由雄である。この山上は業界新聞主幹柴木達之進と組み、強引に社業の拡張を図ろうとしている。その策略が暴露され、柴木に司直の手が及ぶと、山上は神経を病んで入院してしまう。

第一章「誤解」は主人公山上の想いがモノローグによって語られている。山上は大学院で経済学を学んだ後、なぜか妻の父の資金援助で町の書店経営者になっている。その後、旧友の誘いで広告堂に入り、社長に就任するのだが、このあたりの経緯は辻井の東大経済学部卒業、新日本文学編集部勤務、政治秘書を経てデパート経営という経歴と深層部分でつながっている。まったくのフィクションではなく、ここでの山上の告白は辻井の内面の心理を語ったものとみてよい。

つぎのことばは、山上が社長になってからのことである。

広告堂は私がいなければ駄目なのだという気持と、自分はもともと、こういう役割にはむいていないという考えとが、いつも潮の干満のように、胸の中を出たり入ったりしていました。高校生の頃まで作っていた短歌を再びはじめたのも、ふわふわと迷い出しかねない気持を落着かせたいと思ったからです。（P一八―一九）

これを西武デパートの経営に当て嵌めて考えると、どこかに辻井には「もともと、こういう役割にはむいていない考え」があり、それでも企業経営にどっぷり漬かってしまった二律背反がある。当局に捕まる業界新聞の柴木は、経営者はつねに危ないことに関わってしまうことのアレゴリーか。

そして、山上はつぎのように語る。

私が社長になってから業績は伸び、三年目には対前年四十パーセント増しの取扱量を達成しました。そのために地位を失った他社の幹部が幾人か出ました。私は恐れられましたが、それこそ東国武士の名誉だったと思っています。たとえその成果が、本来身に備わっていたのではない意志の結集によって、一時的にもたらされたものだったとしても……（P三九）

これは西武百貨店からセゾングループ形成までの経済成長を背景に、辻井の経歴を語ったものか。たしかに企業経営は血を流さない内戦のようなもので、勝つか負けるか、日々優勝劣敗に臨んで力を競うことを基本とし、それはときに相手の首を飛ばすほどの非情な決断を迫られる。いくら人格の使い分けの名手であったとしても、辻井はそういう場にいたくなかったし、いるべき人間でないことはだれよりも分かっていた。しかし、この小説の主人公のように、自らが破滅するまで、辻井はそのドグマから容易に抜け出すことはできなかったのかもしれない。

さらに、経営者山上の心理描写は具体性を帯びてくる。

もっとも、仕事の最中に、自分には本当のことが分っているのだろうか、と不安になる時がありました。しかし、誰だって自分の素直な気持とは別のところで仕事しているのだから、あまり生真面目に生活と職業の関係などを考えてはいけない。そんなふうでは競争相手に敗けてしまう。企業の勝敗は、経営者の感覚の切れ味や鮮度ではなく、精神的耐久力なのだと、私は不安を押し殺すようにして頑張ってきたのです。

そのうちに私は次第にこうした状態に慣れました。無理に意志力を集中しなくても、ほとんど反射的に経営者としての判断ができるようになりました。感覚が良くても組織を壊す人間は迷わず辞めさせました。善良でも無能な幹部は遠慮せずに役職からはずしました。法に触れないならば、社のために過激な方法をとっても気にならなくなったのです。（P四二）

ここには経営者堤清二の本心が透けてみえる。その全体的不安の感覚はどこからくるのか。企業経営者の目的は利潤追求に徹して、企業の内部留保を増やすことにあるが、辻井にあってはここではそうした社長業の前提条件が崩れている。辻井は事業で得た資産の多くを美術館や劇場の建設など、すべて文化資本の強化に使っていこうとする。しかし、その資産獲得の手段は他の経営者同様、役員の降格など非情な決断を拒めず、また、法に触れないぎりぎりの経営判断もときには強いられる。そして、経営者の不安は自らが自らに課した「精神的耐久力」と相殺される。

そして、さらに辻井は経営者の内面をつぎのようにさらけ出す。

町を歩いている人が、みんな所属をはっきりさせているとしたら、私はそれだけで息が詰るような気がします。

銀行員が来て、非番の運転手が来て、総務課長が来て、零細小売店の店員の次に役人が続いて、セールスマンがやってくる……などという具合だったら、それこそ呼吸ができなくなる感じです。柴木達之進を取巻く専門記者会の連中との交遊が楽しかったのは、彼等が正体不明であったからでした。××新聞編集兼発行人などというのは、世を忍ぶ仮の姿なのです。私にとっての社長という肩書も、本来はそうだったはずなのですが。（P五七）

ここでの正業を世を忍ぶ仮の姿とするのは辻井の本音ではないか。普通であれば、経営者のほうが正業で、詩人が世を忍ぶ仮の姿ということになるのだが、ここでは世俗と超俗の価値意識が転倒している。しかし、実際の辻井は正業に猪突猛進し、ブレーキを踏む間もないまま、ついにここでの山上のように、バブル経済期、予期せぬ赤字転落という危機に遭遇してしまう。辻井は、実際には八〇年代半ばに経営者に見切りをつけているが、自らが発案した西洋環境開発など関連会社の清算に追われ、すべての役職を降りたのは二〇〇〇年代に入ってからである。

第二章の「不安」は、柴木の恐喝事件の調査を担当した検事、大沼正一のモノローグである。この事件の中心人物、山上由雄は辻井に似た政商の庶子である。また、柴木達之進の父は戦前の左翼指導者であったが、大沼の父は戦前には右翼、戦後は民主主義に転じ、地方の市長の座に収まるという経歴をもっている。大沼はこの思想的に節操のない父に反発を覚えて成長を果たす。柴木は九州の大物右翼岸田善ともつながっていたが、大沼の父もまた、岸田とも親交をもっていた。さらにこの大沼の女性関係は複雑で、妻は別居してパリに住み、その家には父の末弟の妻、叔母が同居している。

第三章の「残光」は、山上由雄の妻の兄、沢忠介のモノローグである。この沢が初対面の柴木と会って話し合う場面がある。

「僕が知っている経営者のなかで、山上さんは際立っていたなあ」と柴木は語った。大抵の者は、山上の熱に触れて、嫌悪して引下るか、逃げ惑うという具合であったろう。

「彼と組めたのは、僕がまあ下層階級と言うのかなあ、そういったところに根を持っていたからですよ。彼はどうしても、その下層階級の一員になりたかった。しかしあんたも知っているように意識の上では貴族で、子供の頃からの生活も、まあ結構なものだったでしょう。それでいて世間ではそうは扱ってくれない。下手をすれば、上層にも下層にも所属できないことを自覚して――」（P一五五）

おそらく世間的には、辻井は人もうらやむ地位を得た世俗的成功者とみられるかもしれない。しかし、そのどこにも所属できない不安の心理はどこからくるのか。ほとんどの人は、こうした不安にいつまでも呪縛されることなく、一過性の出来事で終わってしまうのだが。

この小説は、三人のモノローグを介し経営者堤清二の本音を抉り出している。つまり、これを語った柴木にも大沼にも経営者辻井の心情が投影されている。辻井には自叙伝的な書物はあるが、そこではここまで直情的に自己の内面を語ってはいない。もちろん、フィクションという制約の上での展開だが。

辻井には、もう一冊、経営者の内面を語った小説として平林たい子文学賞受賞の『いつもと同じ春』（一九八三年・河出書房新社）がある。小説の主人公（「私」）は、百貨店経営者で、家族は家父長的な父と忍耐強い母、パリに暮らす妹で、自伝的要素のつよい小説である。主人公の日課は、パスカルの『パンセ』を読むことで、「自分がいつも同じように生きているという安心感」を得ることにある。

この小説が刊行された前年、西武百貨店池袋店は百貨店の年間売上一位を達成している。その前に、辻井の西武は池袋東京拘置所跡の再開発によって造られた高層ビルサンシャインシティに事務所を移していた。小説でも、ある日の出勤時、主人公は五十二階にある事務所に行く。そして道すがら、電気掃除機の柄を押し絨毯を清掃する老人に出くわす。ここで主人公は、有名作家の描いた小説「永年勤続」の主人公を思い起こす。彼は社の催す永年勤続者表彰について、「かつて、一度も彼を対等の人間として扱ったことのなかった人々が、老人の真面目な勤めぶりを讃える儀式」に連なることに耐えられなくなり、これを拒絶してしまう。これから売上増加を図るため、経営企画会議やらの商談が待ち受けているであろうそのとき、どうして主人公の視線が清掃人に注がれるのか。これは一瞬にして、ビジネスマンの主人公に、詩人に変身できる本能が備わっていることを物語っている。この老人についての描写はさらに細やかである。

清掃の老人は生真面目な男らしく、いつも下をむいて黙々と作業をしていた。私が声をかける時だけ、お義理のように顔をあげて会釈する。年齢からすれば戦争に行っているはずだから、あるいは相当偉い軍人だったのかもしれない（略）。

（Ｐ一〇―一一）

この小説で、このシーンはたいして意味をもつとも思われない。読者は、父の世代の西武VS.東急のような経済戦争のようなものや、売上高日本一を達成した成功譚を期待するかもしれない。「永年勤続」の主人公のように、このようなシーンは読み過ごしてしまうかもしれない。しかし、こうした描写をすることが、辻井の辻井らしさといえるかもしれない。辻井はとりわけ韓国人差別事件でみせたように、人間の尊厳に関わることはどんな小さなことでもけっして見逃さない。ここで辻井は、西武の総帥である自分も、清掃の老人も人間としては同等であり、自分はたまたま社長として執務室に入るということの事実にすぎない。人はここまでへりくだることができるか、というギリギリの線まで辻井は自らを追い込む。他のだれより辻井が凄いのは、そういうことができることではないか。

社長堤清二は、つねに客観的であり、つぎのようなことを踏まえて、所定の椅子に座る。

異った会議室に入るたびに、私は精神を集中し、分析を加え、部下が果すべき役割についての分担を決定する。廊下を歩いている間だけが用意を整える時間だ。集っている社員の顔ぶれを想定し、彼等が主張するであろう意見を予測し、それについて示すべき判断を推敲しながら部屋に入る。ざわめいていた会議室が静かになる具合で、それまで人々を支配していたであろう空気を嗅ぎ取って腰を下ろす。

（Ｐ四六）

たしかに、辻井にとって社外にいる時間は詩人・作家で、そのための執筆時間を最優先して確保しなければならない。帰宅してからは詩人辻井喬の絶対的な時間であり、すべて昼間はこうした「廊下を歩く時間」を活用して経営戦略を組み立てなければならない。ここで辻井は、廊下で清掃人の老人をみながら経営会議のことを考えていたことになる。

つぎの描写は、複雑な経営者の内面を文学的に語っている。

妻と別れたあとの一時期、私は金魚を飼っていたことがあった。仲間が死んだ傍を、美しい尾鰭を揺らめかせて泳ぐのを見て不思議な感じがしたのであったが、人間の場合も、倒れた同僚は見えないところにいるだけで、生き物はみんな金魚と同じなのだと妙なことを考えた。

（Ｐ一九三）

この家でみた詩的な金魚のイメージから、つぎのようにビジネスの場に転じてみせる。

昔は二百人たらずの社員であったから人事部長の言う〃個体管理〃が出来たのであったが、今の丸和百貨店では不可能だ。だが、現在の方がお前にとっては楽なのだ、という声も私の内心には聞えてくる。事故を起した社員を辞めさせるのも、組織が代行してくれるのだ。私はその社員の家族のことや、年老いた母親などを想像しないで済む。金魚鉢のなかの金魚のように、目の前にそれを見なければならないのだったら、私はおそらく経営者としての職務を遂行することができないだろう。いや、そうなったらなったで、お前は相当強硬な措置も平気で実行するだろう、何と言っても西垣浩造の血を引いているのだから、という別の声が聞えてくる。お前が恐れているのは、本当は自分が西垣浩造と同じ経営者になってしまう、あるいはなれてしまうことなのではないか、とその声はもう私を脅かす響きを持ってくるのだ。

（Ｐ一九四）

たしかに、清掃人に目を留め、執筆時間を確保するため、廊下を歩きながら経営会議のことを考える経営者などいない。辻井はつねに自分は経営に向いていないと告白していたが、それは本音ではなかったか。ここでも、辻井の社員の家族、とくに弱者へのまなざしは深い。当然、それは社長として、福利厚生に跳ね返して実現するのだが、その辺りの対処法はどうだったのか。

九　セゾングループの破綻

辻井の創造に満ちたセゾン文化は短期間に破綻する。これについても、簡単に経過を追っておきたい。一九八九年年末の大納会で株価は最高値を付けた後、一九九〇年代に入り、日本経済は不動産と金融の不良債権化によってバブル経済が崩壊し、その余波を受けたセゾングループ解体が始まる。この処理の初期過程で、辻井は一九九一年に代表を辞任する。

グループの足を引っ張ったのは、不動産の西洋環境開発と、金融のノンバンク、東京シティファイナンス（TCF・一九八二―二〇〇二）である。西洋環境開発は日本人の余暇利用を見込んで、「サホロリゾート」（一九八六―二〇〇二）、「タラサ志摩スパアンドリゾート」（一九七二―二〇〇二）、「ホテル西洋銀座」（一九八七―一九九九）などの開発など、つぎつぎにリゾート、レジャーのディベロッパー事業に着手した。完成後、事業不振に陥り、それに土地買収の価格下落が拍車をかけた。負債額は、一九八三年度に一一一八億円、八五年度に一七〇〇億円、八八年度に二六四〇億円、九四年度に西洋環境開発本体で五〇三九億円、それに関係会社も入れると負債の合計は七五二七億円。この処理について、銀行団とセゾングループのつばぜり合いは、辻井と和田の内部対立などを引き起こすなど、一時泥沼に陥った。

少しでも多額の金銭を引き出したい銀行団と、グループ内の被害を最小に留めたい和田の交渉は暗礁に乗り上げた。和田たち、ポスト辻井の首脳陣にしてみれば、なぜ業績良好の百貨店が自らの内部留保で西洋環境開発を救済しなければならないのかということになる。それは、創業者辻井及び当該関連企業がすべて責任を取ればよいという理屈だった。九八年三月、銀行団は和田会長を更迭し、辻井を再び不良債権処理の交渉役に戻す。創業者辻井の考えは、百貨店も含め、グループ全体がバブル破綻の金銭的責任を取らなければならないというものだった。結果、二〇〇〇年に入り、関係者によって西洋環境開発の特別清算が決まり、〇一年にその処理は完了する。負担の内訳は、貸手責任として銀行が三四五七億円、セゾングループが一三四四億円、西洋環境開発関連会社とピサグループが二二四一億円。辻井の私財提供は一〇〇億円。しかし、辻井は経営者たちから、ここでの私財提供は資本主義の原理に反するという批判も受けている。辻井は個人的に債務保証しておらず、これは銀行側の堤清二の顔で融資したという主張への道義的責任に答えたということになる。

辻井は保有する西武百貨店・西友の株も放出したことで、これによってグループ全体への影響力は低下することになる。この時期の破綻処理の事例として、銀行の負担は軽く、グループ全体の負担はきわめて重いものとなった。こうした辻井の経営判断は、たしかに和田たち後継者には納得のいかないものであった。何しろ自分たちが築いた資産が不良債権の処理にもっていかれるのだから。

一九八四年九月十一日、辻井の流通グループはバカンス・サービスの地中海クラブと提携する。現在地中海クラブはクラブメッドと呼称が変わっているが、本社はフランスのパリにあり、世界三十六ヶ所に百以上のバカンス施設をもっている。辻井はそれを機に本格的に観光リゾート業に進出する。地中海クラブと西洋環境開発の折半で、エム・シー・エム・レジャー開発を設立し、海岸、山岳、都市近郊などを拠点にバカンス村の開発に乗り出す。

第一号は、北海道のクラブ・メッドサホロ（八七年オープン）である。八八年、日本郵船、三菱商事、三井物産、西武百貨店、地中海クラブなどと共同で、海洋レジャー開発に特化した朝日航洋を設立。この実現には欧州のように長期滞在型のバカンス文化の促進という条件を必要とした。辻井は、日本は物質的に豊かになって、つぎは欧州のように余暇を楽しむ社会の到来を期待しての事業拡大であった。しかし、日本人は物質的に満たされていっても、一向に会社人間から解放されなかった。

ここに年間有給休暇取得の比較がある。

アメリカ　十四日
イギリス　二十六日
フランス　三十七日
ドイツ　二十七日
イタリア　三十三日
スペイン　三十一日
日本　七〜二十日

（二〇〇八年・『観光大国フランス』より）

フランスでは、一八一四年に法定年次有給休暇に関する法律が成立。年間有給休暇も法律で定められていて、日本のように年度末で未消化ということにはならない。各国の年間労働時間はつぎのとおり。

所定内労働時間＋所定外労働時間

日本　一七九四時間＋二〇九時間＝二〇〇三時間

アメリカ　一七七三時間＋二二九時間＝一九六二時間（註・上記数値、原典ママ）

イギリス　一七四九時間＋一二五時間＝一八七四時間

フランス　一五三七時間（総労働時間）

ドイツ　一五三八時間（総労働時間）

（二〇〇六年・『観光大国フランス』より）

これをみて、日本も労働時間そのものはドイツ、フランスには及ばないが、先進国の水準に近づきつつある。この資料によれば、辻井が日本人のバカンス欲に着眼したのもあながち間違いではない。しかし、その模倣元はバカンス王国フランスであったことは計算違いである。フランスは法律で保障されているから、有給休暇取得は労働者の権利行使というよりか半ば義務化されている。よって、有給休暇は一〇〇％消化される。これはワークシェアによって、つねに背後に交代要員を控えさせるなど、国全体でバカンスを楽しむことが推進されている。こういう社会的風土であれば、地中海クラブの提唱する長期滞在も成り立つが、日本の職場は日常的にバカンスのために休暇をとれる雰囲気はない。バカンスは年末・年始、お盆の時期などを使っての全員一致型ということになる。まだ日本では、上司・同僚の目が気になり、フランスのように権利としての有給休暇取得にはならない。最高の頭脳と鋭い感性を併せ持つ辻井は、本当に日本が豊かになって欧州のようにバカンス王国になると思っていたのか。それにしても、九四年度に西洋環境開発本体で五〇三九億円、関係会社も入れると合計で七五二七億円の赤字の源泉は何か。

辻井は日本が成熟社会になれば、西欧の先進国のように長期滞在型のユーザーが増える、そういう理念のもとに、リゾート地を開発したが、日本の労働事情は好転せず、短期滞在型で固定してしまった。これでは、西洋環境開発の構想が空回りするのも無理はない。

つぎに、セゾン解体に大きな影響を与えたのは、東京シティファイナンス（ＴＣＦ）である。ノンバンクのＴＣＦは、銀行本体で扱いにくい融資案件を引き受け、それが焦げ付いたといってよい。業務内容は宅建事業向け融資、マンション事業向け融資、個人向けつなぎ融資、消費者金融向け卸、個人融資事業などである。これも辻井の生活総合産業推進の発想から出たもので、グループの提携企業の社員向けに低金利、無担保、無保証の社員融資制度も採用した。これが法人向けにも拡大され、バブル経済の崩壊で、そこから致命的な不良債権が生じる。セゾンはＴＣＦの不良債権によって解体を迫られることになる、当該社長にすべての権限を任されていたという。しかし、銀行はカリスマ経営者辻井喬に融資をしていたという側面がつよい。だから、セゾン会長を退いた後も、和田に代わって経営責任を問われたのであろう。

ＴＣＦの欠損は、一九九九年三月に合意成立。内訳は銀行団の支援（債権放棄）が二〇〇〇億円、親会社の西友の支援が二八〇〇億円、自助努力が一三〇〇億円、計六一〇〇億円。これによってグループの旗艦企業西友の体力は低下し、のちにアメリカのウォルマートの傘下に入ることになる。

グループの基幹会社のうち、ファミリーマートが伊藤忠商事、西友がアメリカ資本のウォルマート、西洋フードがイギリス資本のコンパス、パルコやロフトが森トラストの資本系列に入った。西武百貨店は、新会長の和田繁明傘下の「そごう」と統合、その後、セブン&アイ・ホールディングスの資本下に入った。

これをみると、辻井の生活総合産業の構想は失敗したかにみえるが、西武百貨店も、西友も、パルコも、セゾンカードも、無印良品も、ファミリーマートも、資本本体は変わっても、そのひな形は現在の経営陣に継承されている。

Ⅵ　小説『沈める城』の神話性

一　小説『沈める城』と架空の島

辻井喬著『沈める城』（一九九八年・文藝春秋）は、八〇〇ページ、原稿用紙一六五〇枚に及ぶ長編小説で、後述する失踪した主人公の残した「荘田日記」の解読がテーマである。日記によれば、アルコール中毒の詩人野々宮銀平が沖之波美島に派遣されて、その島の建国と滅亡に関する古文書を解読するという壮大なストーリーである。しかし、地図の上にこの島の名はない。この島はヤマト朝廷が成立する以前、日本が縄文から弥生へと移っていく時代、琉球弧の海の近くにあって高度な文化をもった共和国として栄え、島には「日本人が形成されてきた過程、天皇制誕生の経緯、日本語の構造と周辺のアジアの諸言語との関係、等々」の歴史が潜んでいたという。島が消えた理由には、「陥没、小さい珊瑚礁の場合だと侵蝕、海底火山の爆発、それに最近では核実験の影響」（P一六〇）があり、あるいは「どうも忽然と消えてしまったらしい。時期は敗戦前後と思われます。もっとも島が消える話は古来いくつもありますよ。大がかりなのはアトランティック大陸だが、ブルターニュ海岸近くにイス伝説などもあり、消えた島に関する記録は決して少くない」（P三六三）とする説もある。その実体は不明。

この島の調査をする詩人野々宮銀平（野見恭平）は現実世界には生きてはいない。現実と非現実の間にいて、いわば非現実世界の中で古文書解読は進む。古文書はある古代都市に派遣された測量技師が書いたものである。

現実の世界では、総合食品会社社主楠元太郎とその後継者荘田邦夫が主人公である。楠元太郎は明治十五年、二十歳の時、瀬戸内海の真琴市で楠製パン工場を創業。その後、戦時下の「健康パン」等数々のアイデアで驚異的に商売を成長させた立志伝中の人物。しかし、この元太郎の出生地も定かではない。後にそれは地図から消された沖之波美島出身であることが判明する。

荘田邦夫が後継者となったのは、楠元太郎の娘（実子ではない）との結婚で、それに至ったのは元太郎の妻いくと彼の母うめが姉妹であったことからの縁による。しかし、後に邦夫は、自らが元太郎とうめとの間に生まれた実子であることをしらされる。この親子関係は辻井の生育した境遇と同じように複雑である。元太郎は叩き上げの経営者、邦夫はボストンの大学で近代経営学をマスターした合理主義者であり、また実母が没落士族の出というのは、実際の辻井と堤康次郎との親子関係を暗示している。

元太郎は昭和五十二年、九十五歳で死去。その後、邦夫は楠製パンを継ぐが、失踪。この謎を解くため、邦夫の留学時代からの友人で大学教授となっている、この小説の語り手雨尾弘が登場する。雨尾は荘田の残した「荘田日記」から、その失踪の謎を解いていくという形で物語は進む。そこに非現実世界に生きる詩人野々宮が加わるので、読者には知力の集中が必要とされるが、この辺りの展開はミステリー小説の味わいがある。日記解読の依頼者は総合出版社の編集者秋山亨で、雨尾教授の本を担当。野々宮に古文書解読を依頼するのは、昭和経営史研究所理事長の朝倉喜久雄という謎めいた人物である。朝倉は戦犯容疑者で、荘田元太郎とも親しい。

小説は野々宮銀平の古文書解読で進んでいくが、当然のことながら、彼の生存を確認する資料はない。最後に野々宮の正体は明かされるのだが……。

そして、『沈める城』を解読するキー・ワードは古代にあって沈んだ沖之波美島ということになる。非常に盛り沢山の複雑なテーマをもった小説である。

二　巨大な塔の建設

荘田邦夫は、行商時代の元太郎の姿を目に浮べるたび「文字を残さず、竪琴を弾きながらヨーロッパ大陸の四方へ散っていった古代ケルトの族長」（P六八）の姿を連想するという。荘田はこのような楠製パンを近代的な大会社に成長させた後、「企業が人間に夢を与えられた時代は終った」と、かつてどこにもないような巨大な塔の建設を夢想する。建築雑誌で、この塔は「古い都である真琴市の絶望の浄化作用」「この計画には、古代の滅びの記憶と、近未来の滅亡の予感がオーバーラップしている幻想都市の趣がある」と紹介される。

息子荘田邦夫が近代文明の象徴で、父元太郎が古代人のそれであるとすれば、この塔の建設の背景には明らかに日本が受けた近代の敗北が暗示されている。

そして荘田はつぎのようにいう。

「かつては大東亜共栄圏というのが人々に夢を与えていた。それは見事に崩れた。それから一時、僕らがボストンにいる頃、日本では革命による社会主義の実現、労働者の共和国という夢が流行した。六〇年安保の頃までそれは続いた。それから高度成長だ。だんだんみみっちくなったが、それでも当時、企業は夢の製造販売の一手引受人だった。（略）」　（Ｐ三二）

これは実業家堤清二の思想信条を率直に語ったものだろう。戦後辻井は革命家として日本共産党に入党、スパイ容疑で党を離脱後、結核療養を経て堤康次郎の政治秘書、そして西武百貨店の経営を継承し、その後グループ企業百社、従業員十一万というセゾン・グループに育てあげた。これは一個人の経歴というより、まさに日本の戦後経済史の立役者といってもよい。というより戦後日本の国家的デザインを創造した一人であったといってもよい。そんな日本だが、バブル経済の崩壊と共に戦後近代システムが破綻する。辻井にとって『沈める城』の城が意味するものとは、自らが革命を夢見、そして自らの手で沈めてしまった戦後という城である。

それでは、辻井喬の内面を支えていたのは、一体どんなユートピアなのか。その夢の象徴が、ここでの巨大な紡錘形の塔である。邦夫は塔についてつぎのように語っている。

「（略）僕が作りたいのは、あらゆる技術を動員はするけど、それが目的じゃない。むしろ、あの排気ガスの雲のなかに幻のように浮んで見える城、一度そのなかに入ると、異星空間に呑み込まれてしまったような気持になる無限に高い塔、勿論、形はいろいろでいいが、入った内部空間は卵型のドームになっている。卵は未知への可能性を秘めているからね。そう、外形は遠くから見ると今にも倒れそうな恐れを感じさせる大地に突刺さった飛行船でもいい」（P二二一—二二二）

しかし、この塔建設について地域住民から反対運動が起きる。塔の建設場所には瀬戸内海の真琴市、楠製パン本社工場跡地が選ばれている。アジア史研究家宮崎市定は、日本文化の発生について、九州から瀬戸内海を通って北へ向かったという「東征」ではなく、瀬戸内海から九州全域に広がった「西征」論を提唱している。辻井の見方は、ここでの宮崎の「西征」に従ったものということになろうか。この小説を神話的に解読する場合、この事実は踏まえておく必要がある。

三　古文書解読

この小説を解読するポイントは、前述した塔建設と古文書解読ということであろう。それでは、古文書の内容とは何か、それからみていきたい。

一、中国大陸と日本を結ぶ交通上の要衝にあったある島の建国と滅亡に関する叙事詩。
（一節には、天皇の家系に関する記録）

二、古文書はある古代都市に派遣された測量技師が書いたもの。

ここでの測量技師は「測量技師として合理性を追求し、同時に不合理なものに惹きつけられているという二律背反と格闘し」ながら、二千年も前に生きた超越的存在である。

辻井にとって古文書解読とは、おそらく神話の掘り起こし、つまり国家創造の源流への探求を意味している。そして、その業務を担う元過激派の詩人（野々宮銀平）は、革命家として山村工作隊員に任命され、N県からY県にまたがる山林王と呼ばれている男を襲撃しようとしたことがある。野々宮は「挫折した革命家であり、しかもアルコール依存症の病歴」があり、古文書の解読は彼の「描いた幻想の宇宙と考える」（P二三六）ことができる。

辻井はこの詩人に、つぎのようなことを語らせている。

翻った瞼の裏に
傷痕の杭が立ち並び
商人の栄える町で教義は死滅する
そこで輝きを増すのは信号機
主役のいない広場の敷石は冷え
城外に繋がれた馬は
野戦を慕って嘶《いなな》き
閉門を布告する銅板が喪章さながら
官僚の顔で屹立する

このフレーズは、彼の詩集『痕』の一部である。それについて、辻井は詩人に「この詩を書いた時、私を占領していたのは『城は滅んだ』という意識だった。一九六〇年の安保騒動で革新派が敗北した少し後のことだ。私は革命の戦線から脱落していた。」（Ｐ一七七）と語らせている。辻井にとって、戦後日本の城とは革命政権によって樹立されようとした新しい国家像であった。これについて、つぎのような「昭和経営史研究所」の戦犯朝倉喜久雄の応答がある。

「君が革命の組織に参加したのは間違いではなかった。君は国粋主義者だ。六〇年に敗れたのは革新思想ではない、日本なんだ。しかし実は日本はその十五年前に滅んでいる」

（Ｐ一七七―一七八）

六〇年安保の敗北どころか、すでに日本の背骨は敗戦で滅んでしまっているという。ここで辻井は、国粋主義者を革命の障害とみていない。それどころか、革命を推進する力の一部とさえみている。

さらに辻井の分身、革命詩人はつぎのような思いに至る。

悔恨と肉体の苦痛と現在を再構成しようとしても考えがまとまらないもどかしさは、かつて砂川基地拡張反対闘争の乱闘で頭を割られ、警察の監視下にあった病院で正気に戻った時の感覚に似ていた。極めて不本意なことではあるが、私はその頃から、人間は捕われている中でこそ存在し得るのだという気がしていた。落胆と無念の想いの奥から、心ならずも安堵の気分が忍び寄る。

（Ｐ一八三）

ここでの「(……)に人間は捕らわれている中でこそ存在し得る」という認識は辻井喬の悲観主義的な人生観につながっている。辻井にとって、(……)の中身は革命、詩人、経営者と、反体制であればどれでもいい。つねに辻井のテーマは、それが革命家としての国家権力への対峙にしろ、宗教的な神であるにせよ、経済という擬似的な神にせよ、すべて捕らわれた身からの自己超越の試みということになる。それでは、辻井は一体何に捕らわれていたのか。ここで辻井は、古文書解読という行為を通し、戦後日本が焼け跡からバブル経済の「国家なき経済繁栄」までを検証し、そして近い将来の国家滅亡に至るまでの道筋を予見してみせる。ここで、辻井の胸を捉えているのは、大きな犠牲を払ったにも拘らず、戦後日本を「こんな国にしてしまった」という戦死者への自責の念であろう。それは戦後半世紀、辻井が命を投げ打って革命、詩人・作家、経営者として生きた過去の内実を否定することになる。そして、その果てにみえるのは現実への絶望、究極のロマンチシズムつまり死へのあこがれでしかない。

死へのあこがれといえば、この小説に三島由紀夫の「楯の会」のことが頻繁に登場するが、三島の死が小説『沈める城』に影響を与えていることは否めない。三島は自らの命と引替えに天皇制を中心にアメリカから独立した文化国家再建を叫んだ。当時、それは三島の自作自演の寸劇のようで、そこでのアジ演説は時代に置き去りにされたピエロのようであった。辻井はこうした三島の遺志を受け継ぎ、この小説で国家再建の道を模索するのだが、当然のことだが三島のたどった轍は踏まない。それでは、辻井はどんな行為に及ぼうとしているのか。それは古文書の解読を通して、「サイエンスとしての歴史の発見」である。辻井は三島のように国家再生を単純に天皇制に一元化し収斂させてはいかない。

小説の中で、詩人（野々宮銀平）がその革命的心情を述べる場面がある。

朝倉の最大の誤算は詩というものがいかに本質的に革命的で危険なものかという認識の欠落から、私に仕事を廻してしまった点にある。しかしそれも無理はない。日本にはせっせとマスコミ受けする詩を書いて、すごろくの上りは天皇から勲章をという類が溢れているのだから。だが僕は違う、朝倉の失敗は本当の詩人と栄達を求める装飾詩人の区別をつけられなかったことだ……。

（P一八一―一八二）

現代の詩人たちへの辛辣な批判である。辻井の分類に従えば、日本でも相当の詩人たちが栄達を求める装飾詩人ということになろうか。辻井の仕事に協同できるのは、あくまで時代に対して革命の意思を持つものでなければならない。三島も相当過激ではあったが、辻井の内側に向けたエネルギーはそれに優るとも劣らない。いずれにしても、三島はノーベル賞候補に挙げられた日本を代表する作家であったことを忘れてはならない。辻井のように、そうした角度から、あの世間を震撼させた割腹事件を冷静にみていく必要がある。

詩人は城の解読に進み、その中にかつて自らが出した詩集『痕』に似たフレーズを発見する。

そして詩人は「城」とは「希望の、民族独立の憧れの喩」であると考え、つぎつぎに測量技師が書き記した古文書を解読する。

――透明な水のなかに金色に輝く城が沈んでいるのを見たのは、この町に赴任してしばらく経ってからのことである。実在するものを見たのか、あるいは幻影であったのかは確かではない。考えてみると、そのように実在性が不確かなことこそ、城の本質なのかもしれなかった。なぜなら城は町の人々が商人としての平和のために、自分たちで生み出した幻想と思えるのだから

——　（P二一〇）

こうした古文書の解読部分をつなげていくと、それだけで壮大な叙事詩になる。その後の解読で、探していた城は測量技師が派遣された時、すでに滅んでいて、町は支配者の統治下にはなかった。それでも町は諸国との交易の中心地として栄え、通商国家に成り下ったかつての城を建国の象徴と認め、尊んでいたことが知られる。

彼らの没思想性、低俗な実利主義と表裏一体になった敬神の念の深さこそ、まことに妙な構造なのだけれども、その町を栄えさせ、かつやがては島を没落させる力であった。町の人たちはその危機が近づいているのを察知し、測量技師の派遣を要請し、滅んだ城の再興を、城の跡地を確定するところからはじめようとしたらしい。

一度、自由に現代の概念を使って表現することに決めると、古文書が意外に今の時代にあてはまる寓意に満ちているのが見えてきた。（P二二〇）

町を繁栄に導いたのは、「彼らの没思想性、低俗な実利主義と表裏一体になった敬神の念の深さ」だという。たしかに、この特徴は真面目で信仰心はあるが、思想はなく実利主義であるという日本人の精神的位相を表わしている。こういう民族であるから、軍部の大東亜戦略にまんまと乗せられ、そ

の狂気を疑うこともなく黙認してしまう。根底に確たる思想がないから、すぐにそれは戦後の経済至上主義に涼しい顔ですり替わっても平気である。

さらに辻井は、この城と国家体制の成り立ちや一般民衆の関係を現在の日本の中に還元してみせる。かつての国家建国の象徴である城。そして、古文書には城と城の間に高速道路の建設が計画されていたことが報じられている。それは、古代以前のことである。そうなると文明は何度も滅んで、現在まで幾多の創造と破壊を繰り返してきたことになる。近年ではアジアへの侵略を進めた大東亜戦争敗戦時、いつもそこにあったのはなんらかの喩としての城である。

小説『沈める城』の根底にあるのは、辻井の揺るぎない戦後否定で、最後に希望を託すのはなんども沈み、そのたびに人々に尊ばれていた幻の城である。

さらに辻井は、古文書解読の過程にさまざまな修辞を挿入する。朱雀師が琵琶をバックに「汨びた島の叙事詩」を歌う描写場面はことさら美しい。

城　蒼穹に屹立《きつりつ》し
漏刻《とき》は正しく跼蹐《かが》みて　錆　薄暮に青く
怨　疼痛の銀波を掲げ、衣赤き民
都市に集い　離散して沙門を残す

と聞えた。内省的な声の重さを際立たせるように、今度は琵琶が、いくぶんせわしなく掻き鳴らされた。

去年《こぞ》　今は無く　縷《いとすじ》より光は射さず
双つ城　抗《あらが》い沈み
追憶　悔痕の水脈《みお》を曳かば
時ありて到る　邑《むら》ありや
鬨《とき》の声　否《いな》やと銅鑼《どら》を打ち鳴らし
胸の秘奥《おくが》に旅程続く
いざ　銀《しろがね》の唄を汲むべしや

章句は繰返され、ひときわ強く払われた弦は余韻を長く夜空に震わせていった。小さな軽い音のシンコペーションが起り、旋律が抒情に流れたがるのを、何者かの強い意志が押えている気配だ。

満天の星林《ほし》　雫と化して風の弦索を弾じ
いと巨き壺の沈黙
黄金華輦《かれん》より悲歌聴ゆ　悲歌聴ゆ

（P二二八—二二九）

また、つぎのような古文書解読の箇所がある。

――辻々の立札には蕃族の支配が滅びた日が祭りの起源になっていると記されていた。ただその時以来、町から城の姿が消えてしまったのも歴史の真実である――（P四一八）

これについて辻井は、『「その時」とは『滅んだ日』を直接指しているのか、ひとつの民族が消滅した日か、それとも戦争に敗けて、それまで神格化されていた王が人間になってしまった日を指しているのか」（P四一九）はっきりしないとしている。これは明らかに、先の大東亜戦争敗戦時の無謀な出来事を指してのものだろう。

クニマの命が絶える場面でも、詩人は朱雀師の「泯びた島の叙事詩」を耳にする。

蒼穹を弦が征く
楽のごとく
闇に誦唱せるは異教の詩
暖き現世《うつしよ》に腐爛する
幽暗《おぐら》き秋の御厨子《みずし》の裡
飛翔しゆくは想念の鳥

（P六二二）

詩人にとって文語詩は過去の遺物にすぎない。現在ほとんどの詩誌は文語詩を掲載していない。しかし、詩の散文化、詩の言語遊戯化によって、ここまで口語現代詩の力が衰退している現在、もう一度文語のもつ語感を見直してもよい時期なのではないか。

かつて小説の世界では平野啓一郎『日蝕』が独特の文体で芥川賞を受賞した。平野の文章は文語ではないが、古典から高度な言語的美質を引き出した功績は評価してよい。

四 『沈める城』と神話再生

小説『沈める城』は、辻井のメイン・テーマとなっている神話再生の仕事が全面に展開されている。辻井は、日本は戦後の経済優先の国作りで失敗したことになるが、これは自らの共産主義ユートピア樹立、資本主義社会での文化資本の充実、こうした辻井の連綿と続いた戦後的価値観が潰えたことをも意味する。そして、そこで実業家堤清二に寄り添うようにつねに存在したのは、まさにこの小説の主人公のように詩人辻井喬であった。その意味で、小説『沈める城』の中の二人の主人公、詩人野々宮銀平と実業家荘田邦夫は辻井喬と堤清二のアンビバレンツな関係を暗示している。

これについて、小説の中で沖之波美島の仙人クニマが、つぎのように詩人野々宮に語りかける場面がある。

「まず第一に現世離脱の志を持っている人物、第二に自分が求めている価値が二つに分裂していて、一方に近づけば反撥を覚え、他方に身を置けばその環境に耐えられない種類の男だった。何故なら島には二つの城があったと想定されたからだが、そのために世俗的には狂人扱いされていようと、分裂症と見られていようと、そんなことはわしには問題ではなかった。（略）」

（P二九四―二九五）

これは仙人クニマを通し辻井の超越的な価値観を語ったものである。島の仙人クニマは、超俗的ではあっても精神修養を極めた聖人ではない。むしろ、すべて世の規格に収まりきれない人間で、いうなれば世俗にも非世俗にもなじむことのできない異端者であった。辻井にとって仙人とは現世離脱を果たした者ではなく、別の価値観をもってアンビバレンツに生きている人間の象徴である。そして、クニマは他者である詩人野々宮に向けてつぎのようにいう。

「（略）わしは、野々宮銀平名の印刷物は全部読んでいる。君の内部には互に反撥し合う二つの理論が同居している。感性すら二つに分れている。それは滅びた王国のものと王国を滅ぼした革命的精神の二つだと言ってもいいし、ある場合には論理性と情緒、別の時には実利性と美意識の格闘なんだ。（略）」

（P二九五）

これは辻井がまた、経営者堤清二の内面を率直に語った言葉として銘記すべきである。これによれば、詩人辻井喬は実業家堤清二の現実を補完するものではない。いわば、その欠落部分を互いに補いあう関係にはない。むしろ、詩人・作家辻井は実業家堤清二の生活秩序を破壊してしまう危険な存在である。しかし、その辻井とてその実体は定かではない。この両者は、革命ユートピアを起点に戦後という時間を並走し、ついにこの世の終末を見、そこで同時に夢を見失った同志である。そして、その絶望が小説の中では塔の建設、内面的には幻の城の発見ということになったのであろうか。しかも、象徴としての城が二つ存在するというのは、詩人辻井喬と実業家堤清二の内面を暗示してのことか。

これについて、小林康夫の興味深い分析がある。小林は、この小説は辻井喬と堤清二の自画像であるが、それは「一枚の絵へと収斂しはしない」としつつ、つぎのように述べている。

つまり荘田と野々宮はついに出会わず、ついに一致せず、作品はけっして「二」を解消しない。それどころか、作品の企ては、むしろ「二」を増殖させ、激化させる方向に向かうのであって、実際、いちいちディテールを挙げることはできないが、そのいたるところで、テクストは、分身・鏡像・影といった「二」の増殖作用に支配されているのだ。　（『二』の必然」・辻井喬コレクション月報８）

日本では神話というと皇国史観と結び付けられて考えられがちである。実際に『日本書紀』は、天皇家を絶対化するために、当時の朝廷が学者に命じて作り出した啓蒙書という歴史的背景がある。そして、戦前軍部は開戦から敗戦に至るまで神話を利用し尽くし、それを材料に個人の行動を拘束した。そうした価値観の中で、神話は戦後になると紙屑のように捨てられ、いわば、第二次世界大戦の敗戦は神話的時間の終わりを意味した。だから、戦後になって神話を口に出すことは半ば知識人の間ではタブー視されていった。

現在国家は個人的権利の主張のためのサービス機関になってしまっている。ここでの国家を、家や親、学校や教師に置き換えても同じ答になるだろう。現在の国家には精神としての定型がない。たしかに、国家が個人を縛っては戦前のようになってしまうが、だからそれでいいというわけではない。その声を背に辻井は、国家と日本人の究極の形を神話の中に再現しようとする。しかし、小説『沈める城』の中身は、皇国史観の持ち主が、国家再生のために神話の再利用を図ろうとしたものではない。こうした国家再生の作業は、最近では三島由紀夫を除けば、だれも手を付けていないアンタッチャブルな領域である。ここで辻井は、従来のカテゴリーには入らない「国生み神話」を呈示するのだが、ある種のタブーに挑戦した辻井の文学的姿勢を買いたい。この問題提起は、これから国内で自由に国家論の展開を促す意味でも重要である。これまでの国家論議は、天皇制に結び付けて考えるか、革命によっての天皇制打破という二者択一にしかならなかった。

それでは、ここで辻井の神話史観というものを整理しておきたい。それについて、「詩と思想」一九九八年十一月号が、特集「芸術と神話」を組んでいる。その中で辻井は、美学者の今道友信との対談（司会・小川英晴）で、つぎのように神話を語っている。そのエッセンスを引いてみる。

大国主系の神話を読むことによって、日本の文化の一番の元には敗北というのがあるのではないか。地形的にもいつも圧倒的に優勢な文明が、必ず海の方からやってきて、それに抑えられてそれまで住んでいた人は言葉を失う歴史。しかしその中から自分たちの言葉を創り出すことで今では取り戻してきた。現代の日本人というのは本当の意味では言葉を失っているのではないか。昨今どうも詩が奮わないのは、社会全体が本当の言葉を失っているからではないか。そうすると、それを取り返す、盛り返すというのは大国主系神話を読み直すことの中で、まず詩人が自分の言葉を持つ必要があるのではないか。ですからいろいろな形で『古事記』には大国主神の抵抗精神がよく出てきます。（略）

これは大国主側の抵抗の精神が、実はその時の権力よりはるかに強かった、という話です。（略）神話というのはやはり多面的なものだから、戦争に負けるまでは日本の神話は狂信的皇国史観で歪められるという危機があって、敗戦以後の神話というのはいわゆるカッコ付きの社会科学的歴史観でそれを壊すという危機があって、今はテクノロジーが神話を殺すという三段階目の危機

に入っていると思います。（略）

神話受容の多様性が保障されているのが自由な社会だと思います。私が言いたいのは神話から遠ざかり神話を拒否するのが自由な社会ではないんだということです。

ここには辻井の神話についての基本的見解がある。要点は、大国主系の神話の元には日本の戦後のように敗北があること、それは民族の言葉を同時に喪失し、その奪還作業が必要なこと、その場合、大国主神の抵抗精神が活用できることなど。しかし、現在の日本はそういう方向をとらず、三島のいう過度の物欲が日本人の精神を壊し、そして今はそれがテクノロジーに取って代わられているという。そして、神話が自由に語り合える社会の創造ということになろうか。

戦後の革命運動、そしてサンフランシスコ平和条約を経てアメリカの傘下に入っての経済活動、それは辻井に「党内の派閥抗争」あるいは「国家なき経済繁栄」への加担を意味した。その中から、一九九〇年代に入り、経済の物質至上からオウムなどのカルト集団が続出し、さらにハイティーンの少年を中心とした猟奇事件や官僚から金融、教育、警察に至るまで不祥事が続出する。官僚たちは国家エリートと言われているが、そうではなかった。ある時期、われわれ日本人は何かを忘れて、そうした偽装エリートたちに国作りを任せてしまった。諸悪の根源は、「金でなんでもかたがつく」という物質至上主義ということになろうが、今やそうした夢もすべて潰えた。なぜなら、辻井に言わせれば、国そのものの本体が沈没してしまったからである。

これについて、古文書の解読者の詩人は「最初、城は建国の精神の神聖な象徴であった。それが、戦力を放棄した通商国家、町人国家になってから、物質的繁栄の象徴に堕落したのだ」と解釈してみせる。これは戦後から現在に至るまでの日本のルポルタージュであるともいえよう。

これまで人間は、科学万能の中、何でも自由に支配できると思うようになっていた。しかし、もはや人間の手で達成できることには限界があることが分かった。一度人間の手から、その主導権を神と自然との間に戻さなければならない。そうした時、辻井がもっとも信頼を寄せるのは神話の世界であった。

古文書解読はつぎのような言葉で終わっている。


――いつの間にか、広場には水が瀰漫してきた。女のからだの周辺に、堀端の石垣に咲いていた赤い花が散っている。女の行方を追っていけば水門に出られるはずだ。その先に城があるのだろう。これが私の尋ねるべき道だったのかと、今は思い定めて歩き出そうとしたが、重力が消滅してしまったみたいでうまく歩けないことが分った。宿に置いたままになっている測量機械のことが気になったが、今更悔んでも仕方がない。止むを得ずからだを横にすると、私の肉体はどんどん透明になってゆく気配で、女とは逆の方へ――

（P七六七―七六八）


このフレーズは詩集『沈める城』の末尾と同じである。ここで詩人は、この言葉に「女はみんな体内に古代の共和国をひとつずつ持っている」ことを思い浮かべる。

そして詩人は、この『技師の書』が現代に古典として公認され、評価され、人々が沖之波美島の存在を信じ、「仏教徒はそれを浄土になぞらえて掌を合せ、日本主義者はこれをやまとごころの発祥の地として、毎朝島の方向に向いて遥拝する様」を空想する。

五　小説と詩集『沈める城』

辻井の『沈める城』はスケールの大きい思想小説といってよいだろう。そして、おどろくのはこの小説の構想が、すでに二十年近くも前に練られていて、同じ題名で、すでに詩集『沈める城』（思潮社刊・一九八二年）が刊行されていることである。

小説『沈める城』は「城は遠い／時間は規則正しく流れて／錆を深くする」という古文書の解読作業から始まるが、この書き出しは、詩集『沈める城』の「水のなかの城」とほとんど同じである。そして、それを後世の人間が「技師の書」として残されている古文書を解読する作業もしかりである。そうであれば、辻井は詩集『沈める城』を小説で散文化したことのようにみえるが、そう物事は単純ではない。まず、二十年という歳月は、バブル経済全盛期を経て、その破綻までの時間的推移をすっぽりとカバーしてしまう。またその間、実業家堤清二は日本経済の顔として、世界の檜舞台を分刻みのスケジュールで飛び回っていたはずである。

詩集『沈める城』は、われわれがバブル経済の到来すら予感できない時期に書かれている。つまり詩集『沈める城』執筆時、辻井はバブル経済の破綻、日本国家崩壊寸前までを予測しているのである。辻井はそうした見方が、不幸にも当たったことを、小説『沈める城』の中で確認しようとしたのではなかったか。

こうしてみると、辻井が書き続けてきた詩集のテーマに注目していかざるをえない。詩集『群青・わが黙示』『過ぎてゆく光景』『南冥・旅の終り』の諸作、いわゆる『わたつみ　三部作』である。小説『沈める城』の最後にも、「私の頭に、『南冥』『旅の終り』という言葉が浮んできた。」（P七九二）とある。これらの詩集によれば、確実に日本は国家的に崩壊過程を辿っていて、ここで辻井は、その救済を社会体制の変革ではなく神話的世界の復活に求めた。

小説『沈める城』によれば、実業家堤清二は詩人辻井喬の分身であったことは明瞭である。

いろんな国のいろんな都市に、亡命者や、偽装とも本心ともつかぬ心情を抱えこんでいる転向者が影のようにして住んでいるのだと分る。彼はそうした一人だったのだ。都市とは、そのようにして漂着した大人たちが住んでいる場所なのだ。みんな心を何処か、遠い場所か過去の時間に残して、今は別の生活を送っている。そのうちに住んでいる所への愛着や、そこに住んでいる人間との関係ができて、もとの国、本来の任務への想いは見果てぬ夢として残置されたままになる。

（P四三〇）

辻井は、経営者と詩人という矛盾する二つの顔を同時に使うことで、近代文明を受容しながら同時にそれを否定的にのり越えようとした。しかし、その本質はただ文明の進捗に身を任せるのではなく、意識の古層に潜んでいる人間本来の姿を取り戻すことにあった。ここでの記述に添えば、現代人は杭打ちがされていない高層建築の上で、きわめて危うい生活を営んでいることになる。建物は自然の力でいつ倒壊してもおかしくない。それを知りつつ、その危機を隠蔽し、「偽装とも本心ともつかぬ心情を抱えこんで」生きているのである。ユートピアは、高層建築に囲まれた現在にはなく、おそらく「遠い場所か過去の時間」にある。

主人公の革命家につぎのような言葉を語らせている箇所がある。

「彼岸と此岸、常世と現世のあいだに画然と境界を設ける思想こそ近代産業社会のコードなんです。マルクス主義者もその産業社会の存続を前提として権力闘争を組む。だから勝利した革命はその日から民衆を抑圧する権力に変れるんです。その陳腐な悪循環を断ち切るには境界を粉砕するしかないんです」

（P五六四）

さらに辻井は、経営者と詩人の目を通し、具体的に自らの経営者としての思いを激白する。

この仕事にかかるまで、私は経営者を野性的な創業型と、善良で管理優先型の紳士との二つに分類するのを常としていた。時代によって要求される経営者の型はそのどちらかに重点を移行する。理想的な経営者というのはこの二つの要素を体内に抱え込みながら、上手に自己調整を計る人物のことだ、というのが、発想の創造性の秘密と並んで私の経営者論の中心になっていた。

しかし、晩年の荘田が破滅に向って突き進んでいった過程を追跡してゆくにつれ、互に矛盾する二つの要素を上手に操っていくなどという軽業がどれほど危険であるかと思い知らされたのであった。荘田は自分が体内に孕んだ矛盾のために周囲にも誤解され、結局、後継者からも疎んじられるようになっていったのではないか。

（P七三二）

これを読むと、はじめ辻井は、セゾン・グループの経営者として、硬軟をうまく調整し人事を使い分けていたことが分かる。それがバブル経済の破綻で破滅に向かうことで、その経営手法の過ちに気付いてしまう。

そして、小説には未来を託す徳大寺という青年が登場する。最後の場面で、この青年が語るつぎの言葉こそ、小説『沈める城』の核心的な主張ではないだろうか。

「（略）僕は日本という島がただ物質的な豊かさを求める集団に堕落してしまったのを苦々しく思っていました。この状態を変え、人間を取り戻すには人々の意識の底に拡がっている常世《とこよ》幻想を核爆発によって粉砕するしかないと思うようになりました。しかしこの考えも根本的な思索はまるで不得手なくせに新しがることが好きで、それでいて世間の良識に気ばかり使っている連中からは危険思想として非難されるでしょう。でもそれは僕にとっては名誉みたいなものです」

（P七五八）

この小説で辻井はかつて栄え海に沈んだ王国に探求することで、現在滅びつつある日本という国家を再構築しようとしたのである。

Ⅶ　二つの城と測量技師の眼

一　詩集『沈める城』の発掘

辻井喬詩集『沈める城』（思潮社刊）は、一九八二年十一月、書下しで刊行されている。本文に二十篇の詩、それに詩集全体を読み解くためのガイダンス「水のなかの城」によって構成されている。辻井喬にとっての詩集『沈める城』の刊行は、その後の詩集『群青、わが黙示』（思潮社・一九九二年）、『南冥・旅の終り』（思潮社・一九九七年）、『わたつみ・しあわせな日日』（思潮社・一九九九年）という思想詩を促すきっかけになったといってもよい。九〇年代以降、辻井の詩は国家とは何か、日本人としてのアイデンティティとは何かを問うという方向を強化するが、しかし、それは大東亜共栄圏下に論議された〈近代の超克〉の思想的な言動とは趣がまったくちがう。辻井の〈近代の超克〉の中身は、そういう憂国的な姿勢とは明確に区別されていて、あくまで純粋な詩的活動の発展した独自の形だといってもよい。

詩集『沈める城』を読む場合、巻末の「水のなかの城」という解説文から入って、再び本編の詩に戻るようにした方が分かりやすい。この解説文は、ある種の長編叙事詩ともいうべき文体で書かれている。

それでは、詩集『沈める城』の中身を、辻井の解説に倣って進めるとして、まずその解説文の導入部をみていきたい。

「沈める城」という題は後世の人がつけたのである。文書が発見された時、滅びた国の文字を解読する技術が失われていたためもあって、これは古代の神に関する信仰告白だと考えられた。城を現わす文字が、我が国の神という字に似ていたからだ。

ここでは、『沈める城』が発見された経緯に触れているが、そこで、これを書いた作者はだれなのかということになる。そして、まずこの作者は城に入ることを許されなかった城外賤民説、それから頻繁に市とか祭りという言葉が出てくることから商人説、それに隊商を含む複数の作者の存在によって書かれた諸説を経て、最後に「技師の書」あるいは「あと書き文書」と呼ばれる史料の発見をもって、作者は小説と同じ測量技師であったことが分かる。しかし、この文書の作者がいつ生まれ、いつの時代にこの文書を書いたのか、またそれがいつ発見されたかはまったく見当がつかない。

そして、「技師の書」は偶然何者かによって発見され、つぎのような文章で始まっていたとのことである。

「透明な水のなかに金色に輝く城が沈んでいるのを見たのは、この町に赴任してしばらく経ってからのことである。実在するものを見たのか、あるいは幻影であったのかは確かではない」

「私を町に派遣したのは秩序と進歩を重んじる科学的な組織であった。私はただちに作業にとりかかり、まず町を囲繞する堀の測量からはじめた。それは正方形で、かつての支配者の意志を正確に反映していると思われた。というのは、民衆が常に明確な直線によって管理されることを彼は望んでいたに違いないからである」

ここで辻井喬は、新しい「国生み神話」を呈示しているのであるが、たとえば、われわれが国家の起源を考えるにあたって、なじみ深いのは『日本書紀』『古事記』である。それらは神話という形をとって、われわれの意識の古層に、日本人とはどこから訪れ、どう発展していったかということの情緒的な意味を孕んで訴えかけてくる。しかし、当時『日本書紀』『古事記』が書かれた際、それ以外にも多くの日本と日本人に関する記述が存在したことが知られている。そうしたものをすべて捨象し、極めて作為的に天皇家を中心にまとめられたものが『日本書紀』『古事記』である。この場合、『日本書紀』『古事記』のような正史ができてしまえば、それ以外の記述は、たとえそこに真実を含むものがあっても偽史として後世に退けられてしまう。このようなことは、『日本書紀』『古事記』に限らず、現存するすべての歴史書にも当て嵌まることであろう。いわば、すべての権威ある書は、一般大衆の経験と心情が最大公約数化されたものではない。何かの都合で、時の権力者が、自分に都合よく、ある種の権威を内側に偽装しようとする動機に突き動かされ、成り立つ創作物である。

辻井喬は、詩人の想像力を働かせて、そうした『日本書紀』『古事記』という正史に頼らず、あるいはこれまでの日本史の記述にはない、日本と日本人に関する歴史について、つまり国家の成り立ちを解析してみせる。そのことから、ここでの測量技師が描いた王国の歴史とは、詩人の感性が想像力で捉えたものであって、歴史学者の手によって実証されたものではない。そのことから、『沈める城』には学者的な意味の整合性、あるいは事実に関する客観性、実証性を重んじるアカデミックな視点はない。この詩の中に流れる時間は、人間の静的時間でいわば深層心理を満たす超越的時間である、といってもよい。しかし、ここでの辻井の描く世界は、詩人特有の直観に頼るだけではない、一方では現世価値を食べ尽くした企業家堤清二の体験を伴ってのそれである。ある意味、ここで詩人辻井喬に国家再生という大命題を課したのは、実業家堤清二の究極の願いであったといってもよい。詩集『沈める城』には、つねに詩人（非現実）と実業家（現実）の二つの時間、つまり物質的時間と物理的時間が流れているといってもよい。そういう二つの領域が流れているだけに、この詩集の訴えを単に詩人の想像物である、と言い切れないものがある。

二　城と国家の幻影

戦後日本、半世紀の繁栄は、辻井喬にとっては中身がない幻影でしかなかった。これは、当然実業家堤清二の認識でもあるが。戦時下の日本は、大東亜共栄圏という壮大な城の建造を考えた。これは日本に城を打ち立てるということではなく、蒙古族、漢民族、朝鮮民族、満州族、日本民族の五族が一体となって、アジア圏に巨大な城を作ろうとするものであった。ここで、日本は西欧社会の脅威からアジアを解放するという名目で、植民地政策を推進していったのである。これはどうみても、西欧との植民地争奪戦で、「〇〇に支配されるよりはまし」という程度の話である。

日本はアジアの解放を、従来の西欧的な植民地政策とは違う独自の方法で運営した。そうした西欧コンプレックスの裏返しとして出てきたのが、独自の植民地政策としての日本的精神の復興、つまりアジア全体に日本固有の城を建てるべし、という〈近代の超克〉論である。しかし、この無謀・無秩序な計画は、鬼畜米英などという大言壮語の精神論で西欧大国に対峙するには無理があった。この城は、連合国軍の反撃によってまたたく間に沈没してしまった。その最大の生贄ともいうべきは、辻井と同世代の学徒兵たちである。この戦争で、どれだけの国家的な頭脳が闇に葬られてしまったか。辻井は、彼らとはほんの一、二歳しか違わず、もう少し戦争が続いていれば、間違いなく学徒兵の一人となっていたであろう。

彼らは一九四三年十月二十一日午前九時二十分、陸軍戸山学校軍楽隊の勇ましい「観兵式分列行進曲」が流れる中、学徒出陣（七十七校二万五千人）として明治神宮外苑競技場内を行進した。そして、東条内閣の「挙国一致」の指令を誇示するため、足にはゲートルを巻き、肩には三八式歩兵銃を担がされ、まるでプロモーションビデオ撮影のように雨の中を一時間も行進させられたのである。当時の彼らの価値観は、当日の学生代表の挨拶「生等《せいら》もとより生還を期せず」の言葉通り、国のため自らの命を捧げることを良しとしたもので、国家的洗脳が充分に彼らに浸透していたことを知らされる。そして、彼らの内三千人の学徒兵が下級士官として戦地で無残な死を遂げる。

戦争で死んだ彼らの声は、日本戦歿学生の手記として『きけ わだつみのこえ』（東大協同組合出版部・一九四九年）に残されている。

戦後、日本人は国のために命を捧げた彼ら戦死者の声を忘れて、民主化の名のもとに内外に物欲的なエゴイズムを極めてきた。そして、外見上は、世界の経済大国の一員となっていき、どこに文句があるのかという傲慢さも透けてみえる。しかし、物質的繁栄と引替えに、われわれが失ってしまった精神的価値の意味は計りしれない。これまで、こうした面に触れるのは半ばタブーであり、むしろ、個の尊厳を守るため、戦前軍国日本の象徴、日の丸掲揚や君が代斉唱はいらない、家制度を支えた共同体は解体すべき、自由平等の時代、長幼の序は不合理などという意見が多数を占めた。

たしかに、戦前の大東亜共栄圏建設という野望は、多大な犠牲者を出し、一瞬の内に崩れた。戦後、その朽ち果てた城跡の回りには、まるでシロアリのように個というエゴイズムがはびこっている。

辻井喬は、詩集『沈める城』刊行以降、国家再生という壮大なロマンの構築に着手している。これらは『群青、わが黙示』（思潮社・一九九二年）、『南冥・旅の終り』（思潮社・一九九七年）、『わたつみ・しあわせな日日』（思潮社・一九九九年）によって具体化されているが、それらの詩集については別項で触れている。

こうした辻井喬の国家再生という言動をとって、安易にナショナリストと決め付けてはならない。むしろ、国家再生＝ナショナリストという文脈に縛られず、もっとわれわれは辻井のようにそこから自由になるべきである。そのことについて、かつて辻井は土井たか子（当時日本社会党委員長）との対談で、これからの政治は「共同体をぶち壊すことこそ革新」という固定観念を振り払うことの必要性を説いている。

別に共同体そのものが悪いのではなくて、共同体が国家によって犠牲にされることがよくないのであって、小さな単位でも、家族なんかでの連帯感というものは大事にしたい。

（「月刊Ａｓａｈｉ」八九年十月）

ここで辻井喬は、国家再生を知の見直しという言葉に言い替えているが、これに対し、土井たか子も「文化多元主義」の尊重という意味に言い替えて、ほぼ辻井の意見に同意している。

三　詩集『沈める城』を読む

それでは、詩集『沈める城』の測量技師のことばについて触れていこう。この技師は測量を終えた後、何者かに捕らえられてしまうが、その原因は「測量以外のこと、町の歴史や言語の起源、鎖国状態の有無」に関心をもったことによる。測量技師は、あくまで「没価値的にのみ没頭」すべきとのことであった。ここで辻井の描写は極めてシュールである。

やがて一人の女が食事を運んできた。盆の上には山盛りの魚卵が血の色を輝やかせて載っている。私は、それが寝ているあいだに抜き取られた自分の内臓であることを直ちに見破った。

突然登場した「この町の住民の純粋種」という女の存在、そして、盆の上に「寝ているあいだに抜き取られた自分の内臓」を見る倒錯性、いったいこれはなんの象徴なのか。さらに、ここでの描写は女との関係へと導かれる。

影のように動き、地上僅か上の部分を滑るように足を運ぶ女の様子に心を奪われて、私は一言も発することができない。女は見える姿の背後に、本当の彼女を従えている気配で、私が注目しているのはその抜け殻に違いなかった。

自らの内臓の魚卵を咬えば、視野は転換するであろう。下手に喰べれば、あらゆる視力を喪失するかもしれないと気付くと、私は眼のかわりをしはじめた指先に赤い血の色の粒を摘んで舌鼓みを打った。

幽閉の中での測量技師と女との同棲生活。そこで技師は、つぎのような幻覚に捕らわれる。

昆虫の変態もこのようにして行われるのか、とすると捕われてからの私は蛹の時を過していたのかと怪しみながら盆を見ると、そこに浮んでいるのは金色に輝く城の姿である。私は城に到達できない身体になってはじめて城を見たのであった。あるいは近づけないからこそ見えたのかもしれないという気がする。見るという行為のなんと禍禍《まがまが》しいことか。

ここで技師は、はじめてその視野に「金色に輝く城」の存在を収めるのである。〈現実と非現実〉、〈意識と無意識〉、〈事実と虚構〉、〈顕在と潜在〉、〈正気と狂気〉、〈有限と無限〉、〈物質的と心的〉……。人間は、いずれかの項に偏るのではなく、たえず、そこでの対立する二重性の中で日常を生きている、ある面で人間とはそうした複合的な存在であるとみるべきか。それは人間を単純に色分けせず、つねにフラットにみるという辻井の価値観につながる。日本人は黄色人種に色分けされ、そこから狭い島国の中で、〈中央と地方〉〈キャリアとノンキャリア〉〈富裕と貧困〉〈大企業と中小企業〉などに分類されていき自由を失くす。

自らを精神の極限に追い込んでいってはじめて沈んだ城が見えてくるという描写はうつくしい。ここには究極のロマンチシズムの形がある。その後、二人は釈放され広場に出る。広場では、大勢の人が集まって、手と手に赤い布切れもってこれを振っている。

辻々の立札には、蕃族の支配が滅びた日が祭りの起源になっているると掲示されていた。ただその時以来、町から城の姿が消えてしまったのだ。人々は互に解放を喜びながら、同時に消えた城への愛着を断ち切れないという矛盾した心情に陥って、より一層烈しいもの、呪詛的なものへと情熱を燃えあがらせていったのであろう。もしかすると、かつての私への指令は、この城探しに何等かの結着をつける必要があって、町の権威から私の所属していた組織への依頼が発せられたのかもしれないと内心頷いたが、もうそれは私に関係のないことであった。

これは、敗戦後、日本の荒廃した光景のようにみえる。あるいは、赤い旗は実らなかった戦後革命運動の象徴か。そこには、城の姿はない。しかし、測量技師は再び夜の神殿の中で城をみることになる。

私が城を見たのはこの時だ。光の屈折のせいか水中には二つの城があって、いずれも金色に輝いていた。静かに腐ってゆく物体が発する背光に照し出されて、二つとも黯《くろず》んでいる。その沈潜のなかに、しきりに爆る喧騒の気配があるところを見ると、城は繁栄の町を象徴しているのか、あるいはかつての戦火の記憶を反芻しているのか。城の存在自体が、腐敗現象の結果として、在るように見える幻影に過ぎないのか。たしかに、かつての輝かしき帝国の歴史はすでに時の足跡のなかで錆びているのだ。

この描写を最後に、技師の言葉は未完のまま終了する。城が二つあることの意味は何か。これについて、辻井は飯吉光夫の「二つの城の意味とは何か」の質問に、つぎのように答えている。

それは、何でもいいんです。相対立する二つのイデーでもいいし、だから、古典と現代でもいいし、マルクシズムと天皇制でもいいし、何でもいい、独裁制と自由主義でも……辻井は実体験として、マルクシズムと天皇制にも失望し、そこで国家再生を組み立てるプログラムの用意はない。

常に強い二つの城があって、しかしもう両方とも沈んじゃってる。つまり、それが現代だという認識です。（「図書新聞」一九八六年八月九日　辻井喬VS.飯吉光夫「二つの時間のぶつかり合い」）

ここには、辻井の国家再生の創造的ビジョンの中身が読み取れる。辻井の国家再生の中には、小沢一郎が目指した二大政党が政権を奪い合う、保守や革新という二項の対立はない。むしろ政治的にはかつての詩人たちが信奉したアナーキズムの発想に近い。

辻井はマルクシズムと天皇制という政治的矛盾を受容するが、それはそのまま詩人経営者の二律背反受容にもつながる。辻井はマルクシズムと天皇制、詩人と経営者、どちらの側からも答を得ようとはしない。そうした矛盾の中で引き裂かれていく自己につよいシンパシーを覚え、そこから躍動していくことになる。

これについて、辻井は独特の感性で時代の変化を捉えている。

「２項対立では物事は決して解決しません。人間というのはもっとアイロニカルな存在だというのが、１９７０年代以降に一般的になった概念だと思います」

（毎日新聞一九八八年十一月二十六日夕刊・重里徹也のインタビューに答えて）

辻井喬の思考は、イデオロギーから自由でいて、しかも時代に対してラジカルであることを特徴としている。これについて、これまで辻井は一貫した主張を貫いている。そのことを示す文章がある。

政治的な思想と精神的な構造、そして社会的な職業との間には相互関連と同時絶対的な範疇の違いがあるはずである。つまり自由主義的な軍人がいてもいいし、精神構造の面では全く保守的な革新政治家もいるのである。その人の職業や支持する政党によって精神構造までレッテルを貼ってしまうやりかたは文化の世界には通用しない、今更こんなわかりきったことを言うのは、こうした評価の仕方のために大事な文化的遺産が無視されたり、秀れた才能の所産が過小評価ないし誤解されていることが今でも多いと思うからである。（「浪漫派と私」／「短歌」一九六六年三月）

この当時、こうした政治的な発言をすることに、どれだけの勇気がいったことであろう。現在、ここでの辻井の政治と文化の領域を分けるということは、ある程度認知されてきているが、それでもまだまだ抵抗があることは否めない。たとえば、国家再生を唱える詩人は、この国ではまだまだ国粋主義者の領域に押し込まれかねない。そして、この文章でさらに辻井はつぎのように述べる。

日本浪漫派のいくつかの所論は評論というよりはまさに一篇の現代詩であったのではないかという気がしきりにしてくるのである。彼等が軍国主義のイデオローグであり、そう見做されていたということは、たとえ事実としてそうであっても、文化史的には限りなく不幸な出来事であったと私は思う。

浪漫派の仕事のなかから政治的社会的なものをとりのぞき、現代の日本人の心のなかにしまわれている部分を取り出して照明をあてる作業は、今のうちにしっかりやっておかなければならない仕事だと私は思っている。

（註・傍点は筆者。「漫」は原文ママ）

辻井喬がこれを語ったのは、経済の高度成長が始まる一九六六年のことで、まだ三島事件も連合赤軍事件も起きていない。日本浪曼派は、戦前右翼的文化人の象徴であり、それをこのように称賛することは、当時の左翼全盛の政治状況からみればかなり異例である。それから、相当年数が経ち、われわれの社会は、こうした辻井の言動を自然に聞き入れるまでに状況は変化してきている。辻井は思想詩の連作を続けてきたが、その根底には、ここでの日本浪曼派再評価への思いがあるとみてよい。ある意味、ここで辻井が述べているのは、思想的政治的には左翼であっても、文化的には右翼である可能性と、つまり、いかに詩人がイデオロギーの呪縛から自由になるべきかということである。これまでの文学を考えた場合、作者としての思想的政治的なスタンスが、そのまま当該作者の文学的な立ち位置を決定してきた、といっても過言ではない。たとえば、それを受け取る側も、当事者の思想的政治的な姿勢が変われば、ただちに、その作品世界を、転向前、転向後で整理し直してしまうのが通例であった。これによれば、ある時期の作者の言動一つをとって、それが左翼的であるとか、あるいは右翼に転じたという見方は当たらないことになる。

そして、こういう辻井喬の、詩人はイデオロギーから自由であるべきという発想が、かつての左翼詩人に『群青、わが黙示』『南冥・旅の終り』『わたつみ・しあわせな日日』という思想詩を書かせたのであろう。

四　詩集と小説『沈める城』

詩集刊行から、十六年後、辻井喬は小説『沈める城』（一九九八年・文藝春秋）を刊行している。すでに前章で述べていたが、ここでもう一度その骨子を復習してみたい。刊行後、辻井はＮＨＫ衛星放送「ブック・レビューの集い」という番組に出て、インタビュアーの児玉清の質問に答え、執筆の動機を、戦後の進歩とは何であったのかという問いに、それは経済の進歩に過ぎず、戦争で亡くなった何百万という兵士の魂を鎮められなかったと語っている。さらに、生き残った人々は、あの戦争で亡くなった人々の責任の一端を負うているはずで、だから、表現することでその責任の一端を担うのだ、とも語っている。

すでに述べてきたが、小説『沈める城』、詩集『沈める城』とも同じ測量技師を古文書の制作者としたシチュエーションで作られている。小説でそれを解読するのは、アルコール中毒の元過激派の詩人である。そして、この詩人は失踪した二代目経営者でもある。

詩集の中の技師は、測量終了後、何者かによって身柄を拘束されてしまうが、その原因は「測量以外のこと、町の歴史や言語の起源、鎖国状態の有無」に関心をもったことによる。技師の任務は、あくまで「没価値的にのみ没頭」すべきという為政者の指令を遂行することにあったのに、それに背いたのである。小説で、この何者かに捕らわれた技師は詩人である。辻井には、まず詩人とは、時代にとって危険な存在でなければならないとする固定した認識がある。

そのことは、小説『沈める城』に、つぎのような結末を用意する。

「(略) 僕は日本という島がただ物質的な豊かさを求める集団に堕落してしまったのを苦々しく思っていました。この状態を変え、人間を取り戻すには人々の意識の底に拡がっている常世《とこよ》幻想を核爆発によって粉砕するしかないと思うようになりました。しかしこの考えも根本的な思索はまるで不得手なくせに新しがることが好きで、それでいて世間の良識に気ばかり使っている連中からは危険思想として非難されるでしょう。でもそれは僕にとって名誉みたいなものです」

(P七五八)

こう読むと、詩集『沈める城』は辻井の関与した戦後的時間への決別の書であったともいえる。それにしても、一九八二年という早い時期に、なぜ辻井には現在に至る日本の閉塞状況が見据えられていたのか。それは詩人の直観性の鋭さに加え、経営者として常人には理解しがたい体験を通しての認識の深さによるものか。

辻井によれば、経営者堤清二のメインテーマは、マルクスのいう人間的過程に消費生活を結びつけることにあったという。ある時期までの日本人は、テレビ、車、クーラー、マイホームと、一つずつ物質的欲求を満たしていくことがユートピア実現の基準であった。しかし、これがある程度満たされると、そこには消費のための消費しか残らなかった。統計によればＧＤＰの六〇％が個人消費だが、その五〇％以上が人間の生存とは関わりのない消費のための消費である。だから、企業はテレビ・マスコミの広告媒体を使って、消費者に不必要なものを買わせるしかない。辻井によれば、この時点で、日本人は欧米のように余暇を楽しむ、文化的なものへの経済的投資という、成熟社会へと成長を遂げなければならなかった。にもかかわらず、日本人の感性はそういう方向へ行かなかった。辻井の掲げた文化戦略は、すべてこうした成熟社会の到来を促すものであったが、みごとに読み違えが起きてしまった。消費者の意識はほとんど成長せず、そこでの消費は、金銭欲のために金を投資するという守銭奴と化し、バブル経済を引き起こしてしまった。これを推進したのは、銀行を中心とした金融機関、そして土地漁りを推進した大手ゼネコンである。

そして、辻井はつぎのように消費社会を乗り越えることを提言する。

ともかく日本の経済の急成長を支えた開発主義政策、それを可能にした集団主義、共同体主義が、情報社会のなかで障害になる危険性が明らかになってきたのが二十世紀末でしょう。でも、消費社会を超えた成熟社会への道も次第に見えてきていると思います。集団主義から脱却し「個」が確立され、各人が多元主義的なものの見方を身につければ、人権を尊重する意識が生まれ、ネットワーク関係が網の目のようにはりめぐらされた社会ができ、消費社会は乗り越えられる可能性も出てきていると思うのです。

（「未完の世紀」・「論座」一九九九年四月）

ここでの辻井喬の提言が日本人の間に根づけば、現在日本を支配し、腐敗させている病原菌が除去できるのではないか。それは第二の戦後を迎えた日本への、有効かつ適切な処方である。

辻井喬は、詩集『わたつみ・しあわせな日日』のあとがきの中で、「詩は敗れたのだろうか。しかし、敗れなかった詩が今まであったのか。」と問うている。ここには、現在もっとも真摯に時代と向き合った詩人の姿がある。

Ⅷ 『風の生涯』と水野成夫

一　財界人水野成夫

小説『風の生涯』は日本経済新聞に九八年十二月十五日から二〇〇〇年四月二日まで連載されたものである。上巻三八二ページ、下巻三二五ページの長編小説である。まず、未読の方々もいると思われるので、簡単にストーリーを紹介しておこう。現在では新潮文庫でも読める。

小説の主人公は数奇な運命を辿った矢野重也という人物で、彼は豪農の家に生れながら、村で最も貧乏な家に里子に出される。そして、一高、東大というエリートコースに進む。

主人公矢野重也のモデルは水野成夫であるが、この人物の歴史に翻弄された破天荒な経歴に圧倒される。水野にはA・フランス『神々は渇く』、『舞姫タイス』、アラン『教育論』（浅野晃と共訳）、『政治と文化』（浅野晃と共訳）、アンドレ・モロア『英国史』（浅野晃、和田顕太郎と共訳）等、多数の翻訳書がある。

思想面では、戦前は日本共産党中央委員就任、投獄を経て、共産党を離党し軍部に取り入り、軍用製紙工場の払下げによって、一九三八年国策パルプを設立。国策パルプでは労働組合の弾圧に動く。戦後は一転文化放送、フジテレビ社長として、娯楽中心の番組編成、保守系財界人の宣伝、組合潰し等で名を馳せる。文化放送、フジテレビ社長だった水野は、つぎに全国紙となった産経新聞を手中に収める。先の戦争での翼賛体制への反省から、産経を朝日、毎日、読売など中央紙とは異質のメディアに育てることをめざす。

水野成夫は、日本が経済の高度成長に入る前に現われたマスコミ界の巨人であった。しかも、そればかりか、戦前は日本共産党幹部で、A・フランスやアランの翻訳をこなし、同人誌活動もするという経歴は、どこか辻井のそれにも重なる。もしも、辻井の存在がなければ、戦前非合法の共産党運動を経験し、戦後日本企業を代表する経済人となり、しかも文化人としての顔も持つという称号は、水野のためにあったものといっても過言ではない。その意味で、辻井が水野を論じることは、そのまま辻井の文学観、あるいは企業経営の在り方を含めての人生観を語ったものとして受けとめてよい。

西欧の合理主義を模倣した近代日本では、水野や辻井の経済活動と文化活動は矛盾した関係にあって、趣味の範囲のことならともかく、その両立は至難の業である。詩壇において、一部上場会社の取締役など、実生活でもしかるべき社会的地位を得た詩人は枚挙に遑がない。他の文学者のように職業的に自立できない詩人は、必然的にその内部に独立した専門職業人を抱えこまざるをえない。つまり、その境遇が、詩人内部に世俗内禁欲というプロテスタンティズムの精神を熟成してしまうのである。かつて辻井は年商五兆円、グループ企業約二百社、従業員十四万五千というセゾングループを率いて、マスコミからは時代の寵児と呼ばれた。そんな辻井が、経済人であり文化人であり、そして、一定の社会的地位を得た後も、同人誌活動を続けていた水野に親近感を抱いたのは自然の成り行きである。ただ、水野の最大の不幸は、辻井とはちがい文化人としての衿持をもちながら、そのおおらかな人間性が時代のもつ経済的指標に絡め取られてしまったことである。つまり、辻井のように堤清二／辻井喬という明確な独立空間が作れず、よって水野の晩年の創作活動は一部の同人誌活動を除いて活発だとはいえない。ここが、堤清二＝辻井喬の二律背反を積極的に受け入れ、経済活動と文化活動を両立させた辻井とはちがう。だからこそ、辻井が『風の生涯』のような小説が描けたとも言えるが。

ここで、いかに水野が財界の風雲児として遇されていたのか、初めにそれを物語る資料を呈示しておきたい。それは「週刊朝日」一九五七年十一月二十三日号の巻頭を飾る「水野成夫論」である。サブタイトルに「財界の新チャンピョン」とあり、今であれば、水野はテレビのニュース番組にゲストコメンテーターとして登場していただろう。

かつて辻井は西武を渋谷に誘致する際に、水野を含む財界四天王を順に回って外堀工作をしたことがあるという（毎日新聞「堤清二の周辺」九二年五月三日）。

『風の生涯』の序章は、主人公矢野重也が一九六一年、皇居前に皇太子結婚記念「大噴水」を設置する描写から始まる。矢野は社運をかけた話題作りのためこれを作った後、国に寄付することを考える。

矢野重也の右隣には、席に戻った吉田茂が、その隣には現総理の池田勇人が座り、左側には、東京・中京・関西の経済団体の幹部に混じって、有名な歌舞伎役者や画家と一緒に、安倍能成とか小泉信三、辰野隆、茅誠司のような、教育者や学者も並んでいた。（上・P七）

六〇年安保は、壮絶な労使の闘い、学生運動によって終焉していた。新安保条約は六〇年六月二十三日に発効。矢野は国民の目を経済活動に誘導すべく奔走していた。

二　重也（水野成夫）と中国共産党

この小説に登場する人物で、水野の経済と文化、実業と学業を架橋するキーパーソンはロマン派詩人浅野晃である。辻井の場合、この二つの領域を前述した通り堤清二／辻井喬を独立させることで両立できた。しかし、水野成夫は文化面での強力なサポートを必要とし、ある意味でこの小説で浅野は水野の分身の役割を果たすことになる。その意味で、辻井の堤清二／辻井喬という図式は、そこに水野成夫／浅野晃を当て嵌めることによって理解できるかもしれない。この小説の主人公は水野であるが、別の観点から隠れた主人公は詩人浅野晃であるということもできる。

浅野晃の略歴を記してみよう。

一九〇一年（明治三十四）八月十五日、石川県生れ。東京府立一中、第三高等学校（京都）入学後、中谷孝雄、梶井基次郎を知り、西田哲学に傾倒。一九二二年（大正十一）三月、同校卒業。四月、東京帝国大学法学部フランス法科入学。二五年（大正十四）三月、同校卒業。四月、経済学部大学院に入り財政学専攻、産業労働調査所の所員となり、水野成夫、野坂参三、志賀義雄、野呂栄太郎を知る。二六年（大正十五）、日本共産党入党。マルクス『哲学の貧困』（弘文堂）翻訳。昭和三年、三・一五事件で逮捕。三二年（昭和七年）秋、マルクス主義と決別。四五年五月、東京大空襲で杉並の自宅全焼。十月、家族と共に北海道勇払に移住。四八年四月、詩集『風死なず』出版。五〇年五月、保田與重郎の招きで奈良桜井の保田邸に起臥。七月、家族と共に東京に戻る。五五年、立正大学文学部教授。六三年八月、詩集『寒色』出版、第十五回読売文学賞受賞。六五年三月、詩集『天と海』出版。八五年五月、『浅野晃全詩集』刊行。九〇年一月二十九日、心不全にて死去。

（享年八十九歳）

読売文学賞の受賞には、佐藤春夫、三島由紀夫の強い推薦があったとされる。

それまで、不遇の身であった浅野晃を世に広く知らしめたのは、三島由紀夫の存在である。三島は一九二五年生まれ。六七年五月、浅野の『天と海』は三島の朗読、山本直純の音楽によってレコード化されている。三島の解説をみてみよう。

「天と海」は、抒情詩であると共に叙事詩であり、一人の詩人の作品であると共に国民的作品であり、近代詩であると共に万葉集にただちにつながる古典詩であり、その感動の巨大さ、慟哭の深さは、ギリシャ悲劇、たとへば、アイスキュロスの「ペルシア人」に匹敵する。この七十二章を読み返すごとに、私の胸には、大洋のやうな感動が迫り、国が敗れたことの痛恨と悲しみがひたひたと寄せてくる。浅野晃氏は、日本の詩人としての最大の「責務」を果たしたのである。

（「天と海」レコード・ジャケット・六七年五月）

このレコード制作にあたって、作者の浅野晃がつぎのような謝辞を寄せている。

「天と海」の主部は、スンダ海峡を漂流しながら見たバタビヤ沖海戦の強烈な印象がもとになっている。輸送船団はみな錨をおろし、上陸は始まっていた。そのとき私らの佐倉丸は、魚雷を二発うけて沈没したのであった。

終戦とともに私どもは北海道にのがれ、勇払《ゆうふつ》の曠野に五年住んだが、その間、思いは多く戦いの始終、わけても若くして国に殉じたおびただしい英霊の上に走った。自然、「天と海」は、北の曠野にあって、遠く南溟を思う格好になった。私はこの一作に微力を尽くした。戦後の二十年を便々と生き存えた罪も、これで幾分かは償われたような気さえした。（同前）

この時期三島は、浅野の世界に共鳴するかのように大作『豊饒の海』（一九六九―七一）に挑んでいる。そして、一方浅野晃は七〇年十月一日、詩集『観自在讃』を出版し三島にも贈呈する。三島は、これに対し「今度の『観自在讃』では、嵐と共に鎮魂が、激越な憂国の想ひと共に静謐が、遠い一片の青空のやうにのぞいてゐます。」と礼状をしたためている。三島の自決は、その一ヶ月後であった。

辻井喬は、『わたつみ　三部作』で、戦前の軍部独裁の軍国主義の犠牲となり海の彼方に散っていった者たちへの追悼詩篇を書き記している。とりわけ、同世代の学徒動員で南方の海に散った者への思いが熱く語られている。彼らの死の上に戦後日本が再構築されたのであれば、それは国家としても、個人の生き方としても彼らの死に恥じないものでなければならないはずだが。しかし、辻井の目には戦後日本人は彼らの死に少しも報いることなく、アメリカ発の物質至上主義を模倣し、自堕落で自己中心的な市民社会の一員となって何も恥じることがないようにみえる。こうしたことを踏まえ、辻井ははじめソビエト的な革命を模索するが共産党の内部分裂で頓挫、つぎにアメリカの傘の下での経済繁栄に関与し、充分過ぎるほど戦後日本の再構築に身体を預けてきたがすべて崩壊。それへの自戒を込めて、つぎの世代へのメッセージとして『わたつみ　三部作』を編んだのだろうか。こうした憂国の想いが、少なからず思想的には対極に位置する水野成夫や浅野晃に心を動かす結果につながったのかもしれない。

そして、これはすでに述べたことだが、辻井は日本の伝統の創造への復活にひどくこだわる。戦後期のマルクス主義でもない、東京オリンピックを契機とした経済の高度成長でもない、二十一世紀初頭から先を見据えた新たなユートピア待望のために。

敗戦は、新しく作られた天皇制下の富国強兵策が、わが国の文化と伝統とは別の事柄であったことを明確に主張する機会だったのかもしれない。しかし、明治維新で、江戸時代に発達・成熟した文化まで否定してしまった〝近代的〟文化芸術の世界は維新後の新しい体制下で自らの伝統的創造の心、広い意味での詩の精神を表現する手法を獲得することができなかった。

（『伝統の創造力』Ｐ一八四）

こうした論調を張るには、ある面でかつての浅野晃や三島由紀夫のように孤立を恐れない勇気がいる。

それでは、この小説で、辻井はどのように浅野を描写しているのかを軸に、しばらくそのストーリーを追っていきたい。一九二七年、正月が明けて間もなく、水野成夫である重也は共産党幹部福本和夫から、上海に行くようにとの指示を受ける。中国の状況は風雲急を告げていた。

中国は指導者孫文が北京で没したばかりであり、蔣介石、中国共産党、地方軍閥という三大勢力が屢々《しばしば》砲火を交えている内戦状態でお互いの駆け引きは日増しに烈しくなっていた。

（上・Ｐ二八五）

この時期、日本、イギリス、フランスなどが中国において、当該領土の利権を奪おうと争っていた。そこへ重也は国内への革命理論輸入のため、上海に赴くことになるのである。みつかれば厳刑の時代である。

一九二四年、中国では孫文の国民党がソ連との提携、中国共産党との国共合作によって国内統一（第一次国共合作）を進めていた。孫文亡き後、蔣介石は国内統一を狙って、広州から国民革命軍を率いて北京へと歩を進める北伐（二六年〜二八年）を決行しようとしていた。その背後で、蔣介石は地主、資本家などに近づいていき、自らの中国全土支配と引替えに列強からの共産党排除の要請を受け入れてしまう。自らの利益のため共産党と手を切るなどの行動は常人では考えられない。それによって毛沢東は、国共合作が失敗に終わると、南方に革命の根拠地を打ち建てる政策に方向転換する。毛沢東は、一八九三年湖南省生まれ。

毛沢東の中国共産党は、二一年に創設、都市労働者、知識人や農民層の支持を幅広く集めていた。

上海にある日本系の企業の工場では、共産党の指導でよくストライキが起こり、これに対抗しようとして日本側は現地の暴力団を雇い入れて労働運動の指導者の暗殺を計画するといった緊張が続いていた。そうした中へ、日本の革命党員として乗り込むのだから、周りを見渡せば敵ばかりの中への単身赴任なのであった。（上・P二八五―二八六）

国民党と共産党の内戦状態の中にあって、重也もまた現地の暴力組織の標的になりかねない。すでに奈保子と結婚していた重也はその動きを察知し、もっとも信頼が厚い浅野晃に後のことを頼む。

「ちょっと仕事の関係で東京を離れなければならない。それで済まんが、君、ぼくの家に住み込

んでくれないか。奈保子のことを頼む、半年ほどはかかるかもしれない

（上・P二八六）

こうした二人の強い友情と同志的な連帯感は、お互いに党を信じるという、ある種のロマンチシズムによって結ばれているのであろうか。

こうして重也は日本の革命党員として中国へ視察調査に赴き、蔣介石による共産党排除への政策転換の場面に遭遇する。さらに、コミンテルンが福本和夫を中心にまとめた再建共産党の草案へ批判を投じるという混乱の渦中に突然帰国する。

革命戦士となった重也は、たとえ自らの命が異国の土に果ててもよいという決意のもとでの中国行きであった。辻井は、ここでその心情をつぎのように述べている。

革命と小さな願いのどちらを選ぶのかと聞かれた時に、躊躇なく小さな願いを選ぶ勇気を持った者が、おそらく革命の戦士になれるのだ。そう思うと重也は、たとえ上海で果てようとも悔いはないという気分になった。すぐその気になれるのは彼のひとつの特性でもあったのである。

（上・P三一〇）

辻井のこうした「躊躇なく小さな願いを選ぶ」価値観は、他の著書にもしばしば現われている。その象徴はすでに述べている失業対策事業登録者（ニコヨン）で土木事業に従事しながら、戦後革命運動に関わっていた詩人郡山弘史夫妻をモデルにしたつぎの詩である。

待っている時間

素朴なものを信じて
美しく生きた人の話が聞きたい
いつか
用意が出来たと言いきれる人の
優しさについてすっかり聞きたい

（組曲「不確かな朝」より）

辻井の革命的な価値観は、それが郡山夫妻のように現実に支えられていた時にのみ有効で、一度それが観念の空転に落ち込んだらもはや持続ができない。本著の別の場面で、志賀義雄が重也に語った「上部構造と下部構造ではズレがあるんだよ。頭は革新的でも、生活感覚みたいなものは封建的だったりする」（上・P二六五）という言動も同様である。

こうした描写の背景をみると、辻井がかつて重也のように革命運動に没頭し、その後失望していった精神的なプロセスが読み取れる。辻井にとって革命運動の中身は、人間一人一人の生活意識に密着したものであって、しかもそれを遂行する人間の頭脳も近代化されていなければならないとされる。しかし、その実体は生活から遊離した観念的な綱領への崇拝であり、しかもそれを支配するのは、進歩的政党の幹部の多くは封建制の仮面を被ったエセ・インテリゲンチャに他ならなかった。だから、革命運動とは世界全体にマルクス主義というドグマで網をかけて終わりというものではない。それはキリスト教的ユートピア以上に、それを遂行する人間一人一人が物質からも綱領という固定観念からも自由に解放されていなければならない。よって、辻井にとって革命とは、千年王国を目指してのユートピア実現のための一手段にすぎない。現在の共産主義に限界をみたことによって、水野成夫にしても、辻井喬にしても、そのユートピアの一形態として戦後日本の資本主義社会を逆説的に疾走し続けたのである。

三　重也（水野成夫）と日本共産党

中国を出て四日後の明け方近く、重也の船は渥美半島と知多半島の沖合に到着。そこで重也は浜辺に寝て、夢とも幻覚ともつかない妙な光景に遭遇する。

六カ月の間、重也は中国で、日本では読めないマルクスやレーニンの英訳、あるいは仏訳本を読み、中国の次の時代を担うと思われる同年輩の共産党幹部とも会い議論を重ねる機会があった。その結果、モスクワでコミンテルンに叱責され、仲間の叛乱なども出て政治的な調整に腐心しなければならなかった他の幹部よりもはるかに強靭な理論武装が出来たはずであった。それなのに三年ぶりに訪れた佐久島の浜辺で見たのは、陰翳の町とか、鳥町とか、根の国などとしか呼びようのない情景であった。（上・P三七二―三七三）

重也は中国で毛沢東や周恩来と会って話したことなどを思い出していたのであろうか。そして、かつて訪れた漁師町の一軒の家を訪ねるが、疲れてしまったのか、しばし昏睡に落ちる。そして島に着いて五日目、重也は連絡船に乗り、赤羽の自宅に辿り着き、妻の奈保子、留守を託した親友浅野晃と再会を果たす。

帰国後、重也は渡辺政之輔に春日庄次郎の下での関西地区担当を命じられる。春日は印刷労組結成という経歴をもち、大正末期にはソビエトロシアの東洋勤労者共産大学に留学していた。重也は翌年（一九二八年）二月二十日の選挙を待たず、機関紙「赤旗」の編集長ポストを用意され、東京に呼び戻される。選挙は、労働農民党（共産党が混ざった）が十九万票を集めて、党から山本宣治、水谷長三郎の二人が当選する。この結果を受けて、治安維持法による取締りが厳しくなって、矢野重也と浅野晃の二人を逮捕。ここで上巻は終わっている。これは三・一五事件と言われる共産党弾圧で、重也は二年の獄中生活を経験する。三・一五事件は、田中義一内閣が治安維持法に基づいて行なった共産党弾圧で、これによって、全国で一五六八名の逮捕、四八四名が起訴された。特高は彼らに執拗な拷問によって転向を強要したりした。

そして、重也は獄中で、日本の天皇制はロシアのツァーリズムやヨーロッパの君主制とは異質であるという認識に達し、共産党組織からの離脱を決意する。しかし、そう言い出したとたん、共産党はそれまで君主制打倒といっていたのを重也を標的に天皇制打倒に言い替えてしまう。これは、ひとつのきっかけに過ぎないのだが、重也は獄中で「悩んだ末に脱党を決意し」、「日本共産党脱党に際して党員諸君に」という文書を発表する。

これは検事に転向と受けとられたが、重也はきっぱりとつぎのように言う。

「僕は転向したんじゃありませんよ。お断りしておきますが、本当の共産主義社会を実現したいのなら、今の党では駄目だ、という考えに立っているだけです」（下・P九）

この言葉通り、重也は共産党から除名されたのであって転向したわけではなかった。重也は共産党幹部から思想警察と検察に情報が流されていることを疑ったのである。もうひとつ、重也が敗北感を決定的にしたのは、二人の幹部が娼家に逗留し女性と寝ているところを逮捕されたと聞いたときである。

保釈後の一九三〇年から、重也は浅野晃たちと日本共産党と対立する共産主義グループの「日本共産党労働者派」として二年間、非合法活動を続ける。これは、コミンテルンが起草した二七年テーゼ批判をまとめて行動綱領として作成、天皇制についての存廃は将来の討議に委ね、運動方針として、いくつもの工場に日本共産党労働者派の組織を設置し、それらをまとめて地区別労働者懇話会を立ち上げ、やがて労働組合統一協議会を結成しようとするものであった。

重也は、日本共産党労働者派の活動資金を稼ぐため、翻訳の仕事を増やした。しかし、「日本共産党労働者派」の活動は衰退し、はじめに集まった幹部も徐々に脱落していってしまう。さらに日本共産党労働者派の運動は、日本共産党の「赤旗」に毎号のように、「裏切り者」「反動」「分派主義者」という批判記事まで書かれたりする。ついには、「日本共産党労働者派」内部に重也殺害の噂が広がる。かつて編集長だった「赤旗」紙面に躍る批判記事の数々。そして日本共産党労働者派から離脱し、日本共産党へ復帰する者が続出していった。

ここで、辻井は重也につぎのようなことばを語らせている。

日本人全部の意識が変わるということが不可能なら、考えられる変革はこの雨のなかの紫陽花のようなものでなければならないだろう。ひとつひとつの花の蕚片は意識していないのに、いつしか花全体の色が変わったというように。

（下・P八）

重也は「こうした考え方は、革命家の存在を否定する反動思想だろうか」と自問する。

重也の脱党の理由は、つぎのようにも書かれる。

今まで、総ての人間関係が自由でのびのびしたものになるような社会の建設こそ党員の行動目標なのだと胸の奥の方では思っていたのだけれども、その党のなかで、重也がどうしても胸襟を開けないような男がいた。しかも、そういった厭な人間のいる割合は学校や工場よりも多いように思える時があった。なかでも、彼が脱党したと知るや、（略）（下・P三五）

その代表格、徳山助一は「彼はすぐさま尻尾を振って敵がわのスパイになり下がり、共産党の組織をぶちこわすためにあらゆる努力を払うと官憲に誓約者まで出す始末なのだ。矢野の出獄は近いに違いない」（下・P三五）と述べる人物として書かれる。

このあたりの描写は、同じような離党経験をもつ辻井にとっては重要である。

三二年十月六日、党員三人による大森川崎第百銀行襲撃事件。渡辺政之輔は二八年、帰国の準備中、台湾基隆《キールン》で官憲と交戦し、ピストル自殺。

重也は浅野晃に日本共産党労働者派の解散を告げる。重也は検事局に自首し、懲役五年の刑を受ける。

日本共産党労働者派の自然消滅後、重也は翻訳の仕事に専念する。メリメの作品集は、重也が下訳、鈴木信太郎、辰野隆の監修で出版され好評を博した。

三六年二月二十六日、一部の皇道派陸軍将校に率いられた千四百名の兵が、首相・陸相官邸、内大臣私邸、警視庁、朝日新聞などを襲撃。この事件で、高橋是清大蔵大臣、斎藤実内大臣、渡辺錠太郎陸軍教育総監、首相補佐官松尾伝蔵が殺害される。そして、彼らは反乱軍と断定され、一部の幹部の自決、軍法会議で十七名の死刑が決定、そこから日本は泥沼の日中戦争へと引きずり込まれていく。

これについて、重也は共産主義運動に続いて、もうひとつの理想主義の潰滅であるという。その結果、日本は「当面の計算が可能な、目先の『経済合理性』に沿った大陸侵攻の道」（下・P六七）を選ぶことになる。

そんな折、日本共産党労働者派の同志南条源太郎が、パルプ再生工場の話をもちかける。四〇年五月、大日本再生製紙という社名で設立。北海道の苫小牧に近い五万ヘクタールの勇払原野に工場は建てられた。機械設備の大部分は中国の広東省から運ばれ、計画の推進者は北海道長官の戸塚九一郎、朝日新聞の篠田弘作たち。さらに朝日新聞の経済部長の丹波秀伯、商工省の椎名悦三郎たち。

日本の戦争目的は、オランダ領インドネシアの資源確保にあった。その鍵はフィリピン、マレー攻略で、とりわけイギリスの極東支配の要であるシンガポールに狙いを定めていた。四一年十二月八日、山下奉文軍司令官率いる先遣隊がマレー半島中東部のコタバルに上陸。真珠湾攻撃に先立つこと一時間二十分前。四二年二月十五日、山下・パーシバル会談が開かれ、パーシバル中将は無条件降伏を受諾しシンガポールは陥落。

そんな折、重也は製紙会社の設立で世話になった岩畔豪雄《いわくろひでお》少将にシンガポールに招かれる。岩畔はマレー作戦の総司令官と意見が合わず、インド独立機関長に就任し、シンガポールに常駐していた。岩畔は近代戦を戦い抜くためには、情報蒐集と政治経済の利害調整を連動させる総合戦略が不可欠とみていた。また非開戦論者であった岩畔は、東条英機を説得して平和交渉のためワシントンに行ったりもしていた。彼は泥沼化した日中戦争を打開するため、チャンドラ・ボース率いるインド国民軍の独立を支援していた。そのため、国際舞台で影響力がある重也の力を必要としていたのである。

また一九三九年、重也（水野成夫）は紀伊國屋田辺茂一の「文学者」創刊同人となる。同人には、浅野晃、尾崎士郎、尾崎一雄、上泉秀信、伊藤整、丹羽文雄、石川達三、本多顕彰たち。同年、水野は尾崎士郎が筆頭同人の「文芸日本」にも招かれている。さらに河盛好蔵の紹介でアンドレ・モーロフの『英国史』の翻訳に着手。浅野晃は、党を辞めて、日本文学報国会の一員となって、日本的浪漫主義の推進者となっていた。

そして、敗戦。それ以前に重也はそれをつぎのように予感していた。


敗北の予感は不思議に重也の活動の力を減少させなかった。敗北するなら潔く、堂々と敗れるしかないと彼は思った。中国大陸への無謀な侵略を国の方針として決めた時、その無謀さを知っていた勢力がそれを阻止できなかった時、政党政治家が自らの安全と栄達を国の命運よりも上に置き、軍に迎合する姿勢を取った時、国の滅亡は予定されていたのだという気がした。その責任の一端は、自らの非力と質の低さを克服できなかった共産党も負わなければならないと、重也はひそかに思った。そして自分も関連のある一人として同罪なのであった。（下・P八七）

この歴史認識は、辻井の詩を貫くものでもあろうか。

四　重也（水野成夫）と戦後史

敗戦後、重也は「激しい労働運動に抗して資本主義の修正を標榜する」個々の集まりとして、経済同友会の設立に参画する。設立メンバーは、いずれも戦後経済界を支えた人物ばかりである。

　諸井貫一、青木均一、大塚万丈、藤井丙午、堀田庄三、野田信夫、永野重雄、川北禎一、鈴木治雄、陣内信、郷司浩平、帆足計。

　GHQは農地改革、財閥解体を唱え、着々と日本の戦後処理を進めていた。その実施を監督する極東委員会は、日本の労働運動の促進をマッカーサーに要請する。マッカーサーは、幣原喜重郎を首相に、婦人解放、労働組合結成の奨励、学校教育の民主化など五大改革を要求する。

　こうした占領政策の中、「国際社会の勢力関係の変化や、東西の対立を睨みながら予測していくという方法論も知性も、敗戦後の指導者は持っていなかった」（下・P一〇八）のである。そうした時、役に立つのは重也のような非合法活動で検挙、獄中生活をするなどの稀有な体験を持った人間であった。

　五〇年六月二十五日、朝鮮民主主義人民共和国（北朝鮮）軍が三八度線を越えて南に侵入。朝鮮戦争が勃発。日本はアメリカ軍のための補給基地となった。これによって、経済界は日本がアメリカの兵站基地として起こる軍需景気に胸を躍らせる。純粋な経済人であれば、それは「天の助け」「神風」であり、一方文士であればそうした問題に心躍ることはないだろう。重也は「経済人であることと文学者であることは、どうしても相容れない場合や、あるいは生きている風土の違いのようなものがあると認めない訳にはいかなかった」（下・P一一二）と告白する。

　戦後の水野成夫は、経済人としての重責を担う傍ら、アナトール・フランス『神々は渇く』、モーパッサン『われらの心』、アラン『教育論』の翻訳、アンドレ・モーロア『英国史』の再訳を試みている。こうした水野のアカデミックな活動は、多少時代はずれるが辻井の経歴にも重なる。こうしてみると、この小説全体が水野成夫の生涯を描きながら、辻井の心象を余すことなく映し出すことにもなっていることに注目したい。

重也は、着実に経営者として地位を固めていくが、そんな多忙な中にも、盟友浅野晃のことは片時も脳裏を離れることはなかった。

考えてみると、彼の方がずっと純粋な生き方をしているような気が今の重也にはしてきた。純粋だから一直線に新しい理想に突込んでいく。革命に見放された時、彼に残されたのは五族共和《ママ》という理想しかなかった。その〝理想〟と言われていたものが日本の版図を広げるための植民地獲得行動にしかすぎなかったとしても、浅野はその考えに追い縋るようにして、最も熱心な戦争賛美者になってしまったのである。（下・P一一二）

敗戦後、言論界からの浅野晃攻撃は烈しさをきわめていた。それは「戦争が完全な敗北で終わった時、浅野晃は〝戦争詩人〟と呼ばれ烈しい追及を受けることになった。」（下・P一四三）からである。辻井によれば浅野は身辺に汚れた部分をもたず、それが相対的に周囲からの攻撃を増幅させることにもなったという。現在も詩壇では愛国詩告発は続いているが、一体だれがどんな資格で彼らを裁けるのであろうか。それを負の遺産として現在に生かすのであれば、現在の詩壇がもっと毅然とした高貴なものになっていなければならないはずである。しかし、そうした気高さをもった詩人を想定したとき、そこに浮上するのが愛国詩執筆の当事者である浅野晃である、というのはあまりに皮肉すぎはしないか。いわば、こうした愛国詩告発を問うとき、当事者の品性が下劣であったとき、だれがそれを黙って承認できるだろうか。重也は、厳寒の勇払で呻吟する浅野を励まし続けた。

五　重也（水野成夫）と神話

さらに重也は「敗戦と同時に日本から陰翳が消失してしまった」（下・P一六〇）という。それを神話に遡ってつぎのように考える。

　神話の構造の根本は大和朝廷と大国主命に代表される出雲の勢力との戦いであった。（略）そこから、日本の文化の古層のようなものが姿を現してくる。いくら時を経ても、大和朝廷は出雲的なものに首の付根を押えられているという印象を拭いきれない。言いかえれば事を決するのは軍事力ではなく文化なのだという価値観に脅かされ続けるのである。（下・P一六三）

そして、辻井はつぎのような仮説を導き出す。

　この日本の歴史の構造、武力対文化という力学を知れば、戦争中の東条英機たちの思想は神話を歪曲したというより、神話を理解できない頭の悪さで神話を異質なものに作り変えたと言えそうだ。そういった偽の近代主義が日本を駄目にした。（下・P一六四）

また、別の箇所でもつぎのように述べている。

「（略）多分ヨーロッパでは権力は打倒されて消える。しかし文化は形として残る。ところが日本では権力は変わるが名誉などを与えられてなんとなく残る。それを足掛かりにして、一度消えた文化が少し様変わりして立ち戻る。進歩の概念が日本では抽象的な範囲から外に出られない。

目的は文化的統一などと荒唐無稽なことをいっている。これでは、必然的に彼の著書の分析をまたず、世界全体が、キリスト教文明とイスラム教文明の闘いになってしまう。文化は集約ではなく拡散し、地方に分権化することに意味があるのではないか。

（略）」

ハンチントンは『文明の衝突』という著書で、「文明は文化を拡大したもの」であり、文明の最終

（下・P二一九）

ここで辻井は、文明を超越して存在する文化の優位を主張している。政治の文化への介入は、大和朝廷対出雲の神話から始まり、東条英機たち軍国主義者の言論弾圧まで続き、日本は「一度消えた文化が少し様変わりして立ち戻」り、「進歩の概念が日本では抽象的な範囲から外に出られない」という。かつて辻井は詩集『群青、わが黙示』でスサノオの復活劇を描いたが、スサノオの破天荒なふるまいに、現代の混沌とした状況を乗り越える力を措定してみせた。そうすると、辻井によればスサノオは時代を超越した革命児、いわば稀代のロマン主義者として、ある種の文化的象徴の役割を果たしているといえよう。

戦後のマスコミ言論界は、戦前の愛国詩人浅野晃を一刀両断に切り棄てた。戦後的文脈では思想とは左翼思想であり、新たな歴史とはマルクス主義を下敷きに戦前日本の軍事国家を否定することだった。辻井は、自らもそこにアンガージュをしたことへの自戒を込めて、そうした歴史認識に異議を唱える。辻井の「詩が滅びる時」というエッセイが『わたつみ　三部作』（思潮社・〇一年八月）に収録されている。初出は「現代詩手帖」〇一年六月号。その中で、辻井は『きけ　わだつみのこえ』の編集に関わった経緯から、「数多くの手紙、手記、遺書のなかから、国家の大義に殉じる意義を強調し、

死におもむく決意を述べた書簡や、天皇陛下の徳を賛えたような手記をこの本に含めるべきかどうか」烈しい議論をしたことがあったという。そして、そこではつぎのような結論を出す。

今になれば、当然含めるべきであったと思うのだけれども、敗戦直後の〝進歩的〟学生として文集は戦争反対の思想を推進するものでなければならないという想いが強かった。従って、間違っても戦争を美化するような文書は含めるべきではないという意見が強く、私も、首をひねりながらもその意見に従ったのである。戦争の正当性を信じて敵に突入していった若者の数の多さこそ戦争の悲劇の深さであったのに、そうした資料を排除することで、この本が持つべきリアリティは弱くなったのではないだろうか。（「詩が滅びる時」）

戦前、ほとんどの著名詩人がその強弱の度合いはあれ、愛国詩制作に手を染めた。そこから、戦後は愛国詩＝否定（弾劾）、民主主義詩＝擁護（推進）という公式が作られ、後者が前者を裁くという原理が生まれ、それが一段落すると、しだいにマスコミの論調は愛国詩をタブー視する風潮へと固定化していった。それによって、一部詩人において、その生涯を飾る全詩集から愛国詩部分だけを削除し、公然とそれを出版することがまかり通り、そこには逆説的な意味での「臭いものには蓋」の言論封鎖が生じてしまった。それほど、戦後の詩人にとって愛国詩は人生に汚点を記すものとして忌み嫌われた。おそらく『きけ　わだつみのこえ』の発想も同じであろう。ここでの辻井の論理は、一人の詩人の評価について、愛国詩に手を染めたことも含め、当該詩人の全業績を客観的に判断すべきというものである。考えようでは、愛国詩人というレッテルほど重い十字架はない。それはある種の原罪のようなもので、一定期間、反省し、罪を償ったから過去の言動、行為が清算されるという甘いものではない。こんな厳しい社会的制裁は他にあるだろうか。愛国詩人は、詩的能力の有無に拘わらず、無差別に糾弾の対象となり、戦争協力者の名のもとに、まるで東京裁判の被告人のように弾劾を受け、なんらの抗弁も許されない。戦後、反省から、どんな高邁な理想を説いても、いったん過去の愛国詩の類が発見されると、そこから先の文脈はない。まさに浅野晃は、戦後民主主義陣営からみて愛国詩弾圧の象徴であった。

五四年七月、水野成夫は、尾崎士郎、尾崎一雄たちと同人誌「風報」創刊。同誌に「柳軒亭酔録」を連載。六二年十月終刊。水野は五五年三月、千代田紙業株式会社社長就任。同月、財団法人・日本生産性本部発足。九月、文化放送社長に内定。五六年二月、文化放送取締役社長に就任。十一月、国策パルプ工業社長就任。五七年七月、フジテレビ創設に加わり、取締役社長に就任。五八年八月、産経新聞社取締役社長就任。六〇年八月、大阪新聞社、日本工業新聞社取締役社長就任。まさに、小説の中での重也は日本のメディア王である。

冒頭の皇太子御結婚記念噴水完成記念式典は、六一年四月に開催。六二年八月、サンケイ新聞、フジテレビ、文化放送、ニッポン放送四社代表として、プロ野球「国鉄スワローズ」との業務提携に調印。戦前非合法時代の共産党幹部の重也が、戦後財界屈指の指導者となったのである。社内からは組合潰しの噂が流れた。

現実の水野成夫は、労働組合潰しで名を馳せている。これについて、辻井は本著でつぎのようにその思いを語っている。

労働組合は自らの立場に忠実に、あくまでも労働者の利益を主張すべきだし、経営者は毅然とこれに対決すべきなのだ。新しい経済の動きは、力と力の対決のなかから生まれてくるに違いない。

（下・P一二六）

しかし、重也はつぎのような考えを教養放送の組合幹部たちに打ち出す。

労働組合の意見を経営を進める際の参考にしたいというのは社交辞令ではなく、重也の本心でもあった。経営の縦の組織は自分に都合の悪い部分は切り捨てて上へ報告をあげるから、社長は真実を摑みにくい。特に外部から来た経営者の場合はそうだ。

しかし、理屈ではそうと分かっていても自分の責任で矢野重也のように言う経営者は少ない。組合の幹部は話を聞いているうちに、だんだん相手が本気で裸になって自分たちと向かい合っていると感じて来た。

（下・P二〇〇―二〇一）

これも、辻井本人の経営哲学を率直に語ったものであろう。

さらに、他にも重也の経営哲学を語った部分がある。

重也の、職種によって相手を差別しない流儀は世間的に尊敬される度合いの少ない職場の人たちほど評判が良かった。印刷工場、輸送といった部門の人たちの間では、重也が若い頃、正義感に燃えて運動に走ったことが英雄伝説を語るような口調で語られていた。しかし、この重也の流儀は、世間的に評価される職種の人には不満の種になった。自分たちは不当に低く扱われているという印象を重也の態度から受けるのだったから。

（下・P二六七）

その後重也は萬朝バレー（サンケイバレー）というスキー場をめぐる経営問題から、陣内信との確執が生じる。

萬朝バレーの経営は窮地に陥っていた。財界四天王と呼ばれた永野重雄、小林中、桜田武などからもその財務状況を心配されていた。市中銀行は資金を出さず、財務担当者は信用金庫や農協系統の金融機関を回るが、やがて彼ら銀行は萬朝バレーを見捨てる。よく言われる「晴れの時に傘を売り、雨の時にはその傘を回収して歩く」というその習性に遭遇してしまう。銀行担当者に重也の顔でなんとか金を回すようにと懇願しても、まるで異星人をみるような冷やかな目でみられてしまう。ついには、さくらテレビの陣内信も重也を見捨てる。重也は時代の変化を感じ、ついに病に倒れ、後任は陣内信であった。そして、萬朝バレーと球団の整理が始まり、メディア王矢野重也の終焉である。

そんなとき、重也は三島由紀夫の推薦によって浅野晃が読売文学賞を受賞したことを知る。重也は浅野晃との友情の証しとして、勇払工場の敷地の一角に受賞を記念して碑を建てることになった。それは皇太子殿下の旭川国策パルプ工場の視察時に思い浮かんだものだった。そして、そこで重也は、自らの経営しようとする新聞の理念を、浅野に照らし合わせてつぎのように考える。

重也は「世論による締め出し」が、かつての官憲による発表禁止、執筆禁止と同じであることを教えられたのであった。

勇払の工場敷地に立って重也はそのことを想起した。自分が経営する新聞は、そうした民主主義の装いをまとった結果としての言論統制を破らなければならないと思った。

（下・P二三五—二三六）

そして、一線から身を退き、病に落ちた矢野重也にとっての唯一の慰めは、北海道勇払工場内の「まきば遊園地」の一隅に浅野晃の碑が作られたことである。そして、重也は浅野の『天と海』の詩の一節「われらは　みな／愛した／責務と／永訣の時を」と揮毫する。
これは『天と海　英霊に捧げる七十二章』（一九六五年・翼書院）の九章の一部である。
全体はつぎのような詩である。

明けがたの海の／ほの白い渚をゆく／海は　ただ／青く
　遠い／世の人の永訣の時を／いまこの時と／何が決め
るのか／けれど／海にはおもいいとなみがある／星には
彼の光度がある／人には責務がある／われらは　みな／
責務を愛した　また／この国土と／東洋の満月を／われ
らは　みな／愛した／責務と／永訣の時を

辻井喬は同じ左翼活動経験者として、浅野晃の詩にシンパシーを覚えていたのはまちがいない。それが『わたつみ　三部作』に発展していったということもいえる。ここで浅野の詩について触れる余裕はないが、ここでは六十九章から七十二章を紹介しておきたい。

赤道の秋／ひややかにうねりを返す浪の背に／祖国の声
が　青い天から／呼んでゐる／捧げた君らの／尊い名を
（六十九章）

静謐で清浄な空間を充たす／無尽の光／このひたすらな

挺身者／時は　いま　重い足どりで／歩いてゐる／偽りの歴史を／じつくりと溶かすべく
（七十章）

すべては逝く／知つてゐたその人も逝く／録されたすべては亡びる／けれど記憶は残る／けれど天は忘れない／すこやかにありし日のまま
（七十一章）

死を超へて／なほも多くの日付がある
（七十二章）

辻井は政財界に人脈も豊富で、こうした水野成夫のような人物に迫った小説は経験がモノを言い、まさに独壇場である。『風の生涯』が戦中・戦後史に迫った経済小説だとすれば、その後大平正芳をテーマに書き下ろした『茜色の空』（二〇一〇年・文藝春秋）は、屈指の戦後政治小説である。

Ⅸ　小説『虹の岬』の美意識

一　歌人川田順の恋愛

一九九九年四月、東京有楽町マリオンで映画『虹の岬』を鑑賞した。辻井喬は、この映画の原作で第三十回谷崎潤一郎賞を受賞している。開演二十分前にもかかわらず、館内はすでに超満員であり、かろうじて確保できたのは最前列の席である。著名な歌人川田順と大学教授夫人の不倫愛がテーマ。しかも、戦後まもない頃の実話で、この映画には、老若男女を問わず一般大衆を引き付けるものがあった。そして、主演の三国連太郎と原田美枝子の演技の魅力が加わる。

ある時期まで、セゾングループ堤清二代表のコメントは日本経済の動向に与える影響が少なくなかった。どんなに努力しても、世間的尺度でみれば、詩人辻井喬は著名な経済人堤清二の分身でしかなかったが、いつの間にかこの立場は逆転している。この映画が封切りされた時点で、辻井は詩集『沈める城』『ようなき人の』『群青、わが黙示』『過ぎてゆく光景』『南冥・旅の終り』と話題作を世に問い続けた。これ以外にも膨大な量の小説、エッセイ集、経営関係の著書等がある。そして、東京大学、信州大学で教壇に立つ学者の顔も加わる。

辻井喬は父康次郎との確執を乗り越え、二十八歳の時「西武百貨店取締役店長」となるが、当時西武百貨店はまだ池袋一店のみ。その後辻井は、日本経済の高度成長と歩調を合わせるかのように、三十年間でグループ企業百社、従業員数十一万という一大企業集団のセゾングループにまで急成長させた。しかし、そのグループ代表の座を、突然九〇年代初めに辞任している。ある意味で、この辞任を契機に詩人辻井喬の活動が活発化されていったといってもよい。しかし、詩人辻井を論じる場合、いくらセゾンの経営を離れたとはいえ、経済人堤清二の存在を無視して何も語ることはできない。

まず簡単に『虹の岬』のストーリーを紹介しておきたい。歌人川田順は、弟子で人妻の森祥子（モデルは歌人鈴鹿俊子）と激しい恋愛に陥る。祥子には、大学教授の夫と三人の子供がいたが、やがて川田との出会いで家庭を棄て、すでに愛情のない夫の許を去る。そして、この恋愛はマスコミを通じて世間を揺るがす大事件となり、「老いらくの恋」という当時の流行語を生む。ちなみに、この恋愛事件は、戦後姦通罪が廃止された直後に起きている。

辻井は、ここでなぜ歌人川田順を小説のテーマに選んだのであろうか。辻井は、映画のパンフレットに「これはまさしく、純愛という言葉がまだ生きていた時代の物語」と書いている。しかし、辻井の文学的関心は、「老いらくの恋」とマスコミの非難を浴びながら、あれほどの恋愛を成し遂げた川田の内実を探ることにあったといってよい。

川田順は一八八二年（明治十五）、朱子学者川田剛の庶子として東京市に誕生している。自伝的小説『彷徨の季節の中で』によれば、辻井自身同じように、幼少期「妾の子」として周囲から不当ないじめに遭っている。その当時、辻井家の家計を支えていたのは父康次郎からの仕送りである。それは、親子三人がかろうじて食べられる必要最低限のものだったという。ある意味幼少期の辻井は、精神的にも経済的にも、極めて悲惨な境遇に置かれて育っており、川田の生い立ちに自らの幼年期を投影してみせたといってもよい。

辻井は、自らの生き方について、「生い立ちについて、私が受けた侮蔑は、人間が生きながら味わなければならない辛さの一つかもしれない。」（『彷徨の季節の中で』扉）と記しているが、このような生活環境で、当時の辻井にとって唯一の支えは、「武士の娘」であることを誇りに歌人でもある母の存在であった。辻井にとっての父堤康次郎は、苦学した後実業家、政治家となり世俗的に成功はしていても、手当たり次第、身近な女性と関係してしまう所詮品性下劣な成り上がり者でしかなかった。それに反し、辻井からみて、知性溢れる母は、生きるためには父への服従を拒めなかった弱者であった。父は半ば力ずくで母の肉体を奪った卑劣な無頼漢にすぎない。辻井にとってそんな父への反発は、まず大学に入って、共産主義運動への党員参加という形で現われる。デパート経営も、保守的な父に反抗し、破壊と創造を繰り返すアヴァンギャルドな手法を用いて世間をあっといわせる。デパート経営を時代の最先端に置き換えた辻井の手腕は見事だが、その元を辿れば父への反発ということになろうか。そして、辻井には、その内部に破壊と創造を思想信条とする闘士がいれば、もう一方に、歌人の母に似た静謐な詩人の顔が生まれた。辻井はかつてないスケールで、動と静という二律背反を内側に潜ませて、外部（デパート経営）にも内部（詩人・作家）にも前人未到の領地を開拓していくのである。

辻井は、「妾の子」であった自らの運命を恨まず、そういう立場を取らざるを得なかった母へ憐憫の情を終始寄せている。生まれた時、母がいて、父の存在がないというのはある種その成長期に重要な影響を及ぼす。しかしそこでの欠落は、辻井にはまことに不幸ではあったが、詩人辻井喬の生みの親でもあったのだから、われわれには幸運であったというべきか。そうみれば、辻井が突然セゾングループ総帥の座を辞し、文学に専念したことも自然の成り行きで、父との闘争に幕を降ろしたことへの見返りの結果ではなかったか。

川田の場合は、母とは生き別れであり、その場合の庶子はどういう意味をもつのか。それはあらかじめ在るべきものがないという不安、すなわち不在意識の深まりということになろうか。川田は住友の総帥ともいえる総理事職の座を辞退してまで、そうした不在を祥子との愛で埋めることに生涯をかけることになる。川田は、戦時下、本来の在るべき日本がないという不在意識にかられるが、その源泉を母子関係の中に読み取ることができる。子供にとって、母という存在は他に代えがたい究極の信仰対象といってよい。辻井と川田に共通するのは、庶子であるということ以上に、母という存在によって、その後の人生が決定づけられているということである。

辻井は、美しく聡明な母の取った行動について、つぎのように論じている。

　人間は結局自分の内部の映像だけしか愛せないのだ。そのいい例が母だ。憎みながらも父を愛せたのは母の中に源氏物語の幻想があったからではなかったか。それがなかったら母は惨めすぎた。

（『彷徨の季節の中で』）

辻井は、どうしても品性下劣な父の軍門にくだった高貴な母の行動を頭では理解できても心では納得できない。あくまで母という存在を幻想化し、現実の外で起こったことと思うしかない。そして辻井は、経済学部を卒業後文学部に学士編入したのも、歌人である母の影響からであろうか。辻井は東京大学の経済学部を卒業しているが、その進路選択は母が辻井に期待した以上のものではなかった。そこで母の中にあった父への思いを解明するため、辻井は『源氏物語』の研究にその答えを求めようとする。辻井にとって歌人の母は自らの分身で、必要以上の養分をそこから受けていたといってもよい。川田にはうらやましい限りの母子関係である。

世界的にも注目される経済人の経歴、そしてセゾングループの総帥として知られた辻井に貧困という言葉はあてはまらない。経済人堤清二は父の資産を継承する富の象徴としての記号的効果がある。しかし、幼少期に体験した精神の損傷と経済的困窮は、その後の人生がどんなに変容を遂げようと容易には償えるものではない。辻井は経営者になった後も、幼少期「妾の子」といじめられた差別体験を、一生の重い十字架として背負って生き抜いてきた。辻井の母は、著名な歌人大伴道子でもあった。辻井には、その歌人である母をテーマにした『暗夜遍歴』（一九八七年・新潮社）という小説がある。ここで作中の主人公（辻井）が、臨終間際の母につぎのように語る箇所がある。

「僕にとって一番有難いのは、中学までの年月を一緒に三鷹村で暮せたことです。肩書や家柄なんて、結局記号で、人間の値打とは関係ないって考えられるようになったんですから」

（P二九七）

この小説『虹の岬』は、辻井が経営者として頂点を極めていた時期に書かれている。そして、『暗夜遍歴』の執筆からおよそ二年後、辻井は経営者の座を辞している。これによれば、辻井にとっての原点が、聡明で容姿端麗な母の記憶とともに、幼少期の「妾の子」としての生活の中にあることがみえてくる。

だから辻井は、『虹の岬』でもこの幼少期の「妾の子」という出自にこだわる。川田順は、朱子学者川田剛の庶子として誕生後、十二歳の時、身勝手な大人たちの都合で生母との仲を裂かれる。以後、著名な漢文学者父川田剛の元で成長を遂げる。この時点で、川田の内面から母の姿は消えて、以降それは「自分の内部の映像」にのみ留まることになる。

辻井は、漢学者依田学海が墓碑名に刻んだ言葉を介し、つぎのように川田の生母の姿を記している。

姫の父は本多清助、母は大野氏、家すこぶる富む。後に父の資産落つ。その容色を利して大商に嫁せんとせしも、姫肯《がえ》んぜずして甕江に帰す。姫、清痩にして白皙、素粧澹泊　（P六七）

辻井の恋愛観の特徴は、庶子という特殊な立場からくるのか、必ず、恋愛対象の女性の中に母の幻影が伴う。この特徴は、幼年期に母との関係を引き裂かれた川田にも当て嵌まる。川田は、弟子で人妻の祥子の中に、かつての「日陰者」の母の幻影を見ることで、世間からの非難と戦い抜くことを決意する。また川田は青春期、徳川慶喜令嬢にも恋心を抱くが、そこにも父に囲われた不幸な生母の面影をみている。

また二人の庶子から見た母は、内には経済的事情で性的自由を強奪された弱者であり、外には日陰者としての蔑視的存在である。そこには、そんな母を支えるのは自分以外ないという騎士道精神が芽生える。住友幹部時代の川田は、先輩役員たちが恐れをなす労働者代表と議論の末、こじれる労使関係を調整したというが、ここにも庶子として成育した人間の強靭な精神力をかいま見ることができる。川田は、歌集『鷲』(改訂版)の中で「日かげ者の母の苦労を見ながら育った私は、おのづから感傷的な少年になつた。私の個性は、かやうな環境に出胎し、やがて逐年成長して行ったものらしい。」と述べている。

二　歌人川田順の経歴

それでは、ここで川田順の経歴を整理していきたい。川田は一九四九年三月、京都で祥子(実際は歌人鈴鹿俊子)と結婚式を挙げる。六六年一月、八十五歳で永眠。

川田は、住友在職中、『伎芸天』(大正七)、『山海経』(大正十二)、『青淵』(昭和五)、『鵲』(昭和六)、『立秋』(昭和八)、『旅雁』(昭和十)と歌集を刊行。

経歴は、東大法学部卒業後、一九〇七年に住友に入社。三〇年に常務理事にまで出世するが、昭和十一年総理事の椅子を前に突然住友を退社する。

ここでの歌人川田の行動は、セゾングループの経営を全面的に退いた辻井の決断に重なる。そして、川田も辻井も、経済人として日本経済全体に与えた影響力は測り知れず、財閥系住友総理事の有力候補、セゾングループの総帥という立場は、戦前・戦後の経済人の顔を代表しているといってもよい。

辻井は、経済人川田の横顔をつぎのように書いている。

彼は実業の世界に住む人間にもはっきり二種類あると思う時があった。

ひとつは自分の考えを持ち、場合によっては損得を超えて頑張る人達だ。これは少数派である。もうひとつは有利に見える側に加担できる人達である。少くとも利益に近づこうと努力する型である。そして川田は人間を、卑しい奴と浪漫派に分類するのを常とした。利益だけで動くと思える相手には容赦しなかったから川田を理解できない人々は恐れをなした。噂を聞いて若い社員達は彼が執務している部屋の前の廊下を忍び足で歩くといった具合であった。すぐ下の部下から見ると、何故川田が急に怒り出したのか、訳が分らない場合が多かったのである。（Ｐ一五二）これは、辻井自らの経営者像を語ったものでもあろう。そして、ここには辻井のような繊細な精神をもった人間が、百鬼夜行の世界で長年采配をふるえたことの背景が読み取れる。おそらく、人が経済人辻井の冷徹さを語る場合、ここでの文章にその理由が求められてこよう。つまり、そこには、経営者というより、詩人らしい「主張の当否よりも、それを言う人物の貴賤が先に見えてしまう」（Ｐ一五二―一五三）鋭い感性の動きである。

三　小説『虹の岬』の美意識

辻井は川田という人物を通して、つぎのように国家や自らの美意識についての持論を展開している。

敗戦以後、後世のために自分にできるのは日本の美を解き明して人に伝えることだ、と川田は思った。日本人に本当の美意識があったら、あんなに愚かで野蛮な陸軍や官僚が国を牛耳ることもなかったろう。出家したつもりで俗世間を離れ、研究と著述に没頭する毎日を志したのであった。そんな気持を非常識だと笑う住友のもとの仲間も多かった。それではまるで世捨人ではないか。こういう際だからこそ、からだを張って経済復興に取組むべきだ。実力があって無傷なのは君ぐらいなのだからと、何人もの先輩や同僚が川田を説得に来た。（P四九）

戦後、GHQは戦犯指名のない川田に住友への現場復帰を要請する。住友の再建に、実力があって無傷の川田に白羽の矢が立ったのである。これに対し川田は、占領軍の財閥解体指令を受けて、即刻それを受託するようにと旧知の住友幹部に提案する。それによって、住友本社の解散はどの財閥より早かったという。川田は、東宮太夫の穂積重遠から殿下の作歌指導役を要請されるが、その承諾理由に「やまとの美」を守ることをあげている。

（略）戦争に敗れたために途絶えてしまいそうに見える〝やまとの美〟のこころを、たとえたった一筋の可能性であっても支えていかなければならないと決心したのだと思われた。軍国主義者が悪用し、汚してしまったために見放されているが、やまとごころそのものが駄目なわけではない。（P六五）

戦後川田は、寺に籠り新古今の註釈の仕事に着手するが、辻井はそれについて、「古代世界が崩れてゆく変動期に歌人達がどのように精神の姿形を定め、身を処したのか、彼等の詩のなかにどのように時代の苦悩が映し出されているかを通して、自分の、ひいては同時代の日本人の今後の生き方を見定めていきたい」という目的があったとしている。

そして川田は、「もう国の在り方や経済のことには目をつぶっていよう、国は滅んだのだからと思い定めた時、祥子が現れたのだった。」（P二六二）と回顧する。ここでの見方は、辻井の詩集『ようなき人』の中の「無用者の系譜」を思い起こす。『ようなき人』は、伊勢物語の第九段「むかし、男ありけり、その男、身を要なきものに思ひなして」から取っている。

また辻井は、川田の生き方を語る上で、芭蕉の「虚に居て実をおこなふべし、実に居て虚にあそぶべからず」という言葉を引用し、「これを言った時は俳句方法についての話なので少し違うが、私が住友を辞めた時はこの言葉が意識のなかにあったのは事実です。二つの世界は峻別しなければならない」（P七五）としている。これは、辻井が経済人と詩人という二つの顔を使い分ける方法でもあったろう。

映画『虹の岬』は、世紀末的な娯楽作品であったとしても、ストレートに観客の胸を打つものがあった。放映後、回りから大きなすすり泣きの声が聞こえ、何人かの女性は目の周りを腫らして映画館を出ていった。外に出ると、有楽町上空に大きな虹が出ていた。大都会の真中で、こんなに雄大でそして美しい虹を見たのは初めてであった。

他に辻井には、戦中に結核を発病、戦後は病と闘いつつ優れた俳句を遺した石田波郷（一九一三―一九六九）をモデルにした小説『命あまさず　―小説石田波郷』（二〇〇〇年・角川春樹事務所）、人間国宝となった陶芸家富本憲吉とその妻で婦人解放の運動家、尾竹紅吉《べによし》をモデルした『終りなき祝祭』（一九九六年・新潮社）、近現代の俳句から一篇を選び、そこから喚起されるイメージを物語にした短編集『故なくかなし』（一九九六年・新潮社）などがある。これらについては、別の機会に論じたい。

X　矢内原忠雄と東大細胞

一　矢内原忠雄と辻井喬

二〇一一年十二月十一日、東京堂書店神田神保町店で、川中子義勝と辻井喬による『『矢内原忠雄』刊行記念対談」があった。お二人の一時間半を越える熱のこもった対談に魅了された。川中子は東大教授・詩人編著者の一人、辻井は矢内原東大総長時に経済学部の学生であった。

冒頭、辻井はこの対談を矢内原批判からはじめた。経済学部在籍時、マルクス主義に傾倒していた辻井にとって、当然ながら矢内原の専門分野「植民政策学」の講義は感覚的になじめなかったという。ただ「植民政策学」は統治者の視点からではなく、経済のグローバル化という社会現象を科学的・実証的に分析するものとして活用できるのではと擁護していた。

矢内原は個人雑誌「通信」に南京大虐殺を糾弾する文章を書き、当局から睨まれ、一九三七年十二月、東大教授辞任に追い込まれてしまうなどの経歴をもつ反骨の人でもあった。敗戦後、矢内原は東大に復帰、社会科学研究所長、経済学部長、教養学部長を歴任、一九五一年、南原繁の後任として東大総長に選出（一九五七年まで二期六年務める）される。

総長時代、矢内原は東大ポポロ事件で、大学の自治と学問の自由を守るために毅然と態度を表明するが、一方、ストライキを計画指揮した学生は原則として退学処分とする「矢内原三原則」を打ち出す。これについては後述する。いずれにしても、辻井にとって矢内原は分かりにくい人物であったようだ。

二　辻井喬と日本共産党

安東仁兵衛『戦後日本共産党私記』（一九七六年・現代の理論社）は、辻井の所属した東大細胞を中心に戦後日本共産党の実体を詳細にたどることができる優れた本である。この中に、いくつか革命青年辻井に触れた箇所がある。

一九四八年六月二十六日、百十四校、約二十万人が参加し、学生運動史上初の全国ゼネストが決行。辻井は東大細胞の中心人物の一人として活動を展開。

大会フラクションは会場にばら撒かれて位置を占めていた。堤清二（成城高校出身の彼に私は入学以前から見覚えがあった。一高で開かれた関東高等学校代表者会議――議長は一高の坂本義和――で、紅顔の彼がまことにシャイな物腰で成城高校の民主化闘争の報告をしたことを覚えている。彼は家族との関係から横瀬というパルタイ・ネームを使っていた）、氏家某（東高出身の彼は活動力あふれるタイプではあったが、間もなく高校の先輩、渡辺恒雄――前述した新人会の

リーダーとの切っても切れぬ縁から脱党した）、（略）（『戦後日本共産党私記』Ｐ二八）
いわば、当時の辻井はマルクス主義を信奉する政治青年であって、文学青年として思春期を過ごした形跡は読み取れない。よって、辻井には文学的な情熱を革命に投影する情緒的な側面はみられず、プロの革命家を志し、戦後史の舞台へと登場している。
高校の先輩、東大細胞でも一緒の渡辺恒雄（一九二六年―）は読売新聞グループ本社代表取締役会長・主筆。東大細胞の先輩氏家斉一郎（一九二六―二〇一一）は元日本テレビ放送網代表取締役会長。辻井を革命運動に誘ったのは、長くマスコミ界に君臨するこの二人である。その後の渡辺と氏家の言動には、辻井のような東大細胞在籍時の情緒的な感慨はみられない。辻井の東大入学後、東大細胞をリーダーとする学生運動は、四九年五・二四ゼネストでも参加百三十九校、二十万を集めるなど力を発揮する。これを受けて、前述した矢内原忠雄学部長のスト禁止令が発動されることになる。その内容は「ストライキの提案、討論乃至緊急動議は不可」であり「国会への集団的、組織的デモは不可、違反の場合は処罰」との強硬方針を経友会委員会に申し渡すというもの（『戦後日本共産党私記』Ｐ六三）。
一九五〇年一月七日は、戦後共産党運動のターニングポイントで、ＵＰ電・コミンフォルムによる野坂参三批判が話題を集める。これに対し、主流派伊藤律による声明で、「同志野坂に関するＵＰその他の電報は、党の結束をかきみだそうとする明らかな挑発行為である。われわれがもし外国電報を信ずるなら、同志スターリンは、すでに二十たび死んだであろうし、同志毛沢東は、十たびあやまりを犯したことになるであろう。」（『戦後日本共産党私記』Ｐ九二）と激しくコミンフォルムに反論。十日、コミンフォルム声明を受容したとして中西功が除名。

徳田ら主流派は、中西の除名、「志賀意見書」の配布活動を奇貨として全党に対する締めつけを強め、批判的見解の封殺と排除に乗り出して来た。彼らの言動は中央と各級機関を握っているが故にすべて合法的、正統的とされ、これに反する者には〝トロツキスト〟〝分派主義者〟〝党破壊者〟そして〝スパイ〟等々、お定まりのレッテルが貼られはじめた。

(『戦後日本共産党私記』P九五)

そして、五〇年五月五日になると東大細胞の解散。この時期、辻井は中央委員から「東大細胞内に潜入していた戸塚、高沢、横瀬らのような非階級分子」として名指し攻撃されている。横瀬は辻井の党員名。六月六日、マッカーサー、日共中央委員会の解散と公職追放を指令、翌日には「アカハタ」編集幹部十七名を追放。これを受けて、徳田たち九人の中央委員は地下に潜伏。急遽八名の臨時中央指導部(臨中)が発表される。この後、六月二十五日、朝鮮戦争が開始。マッカーサーは、この戦争を日本への脅威ととらえ、吉田内閣に武装部隊の創設を示唆する。

そして六月二十七日、臨中指導部統制委員会は、戸塚秀夫(元東大細胞指導部責任者)以下三十八名を悪質な分派主義者、党破壊を企てた者たちとして、東大十二名、早大十名、中大六名、工大五名、法政三名、商大、教育大各一名の除名処分を公表。

七月八日、マッカーサー、日本政府に七万五千人の警察予備隊を創設。

辻井の革命活動は、朝鮮戦争を契機とするＧＨＱによるレッドパージなど、当時の歪んだ政治的状況に翻弄される。そして、コミンフォルムによる野坂の平和革命論批判を受けての所感派と国際派の分裂騒動に巻き込まれてしまう。その中で特筆すべきは、中央指導部が行なった辻井へのスパイ容疑である。その理由について、「アカハタ」が「東大細胞内に潜入したスパイ」という見出しで、「もと黒龍会幹部の父親の命を受けて、横瀬郁夫と名前を変えた男が大学の党組織の分派活動に狂奔している」という記事を掲載。

この時の心境について、辻井はつぎのように書いている。

だがアカハタにそう書かれてみると、同志達の私を見る目が変化したのを感じない訳にはいかなかった。安東仁兵衛や上田耕一郎、富本壮吉といった仲間は「あれはひどいな」と私を労《いたわ》ってくれたけれども、直接私と触れ合うことのない組織の中に疑いの感情が生れるのも無理からぬことと耐えなければならなかった。

（『本のある自伝』・「落葉散るⅠ」（P一一二―一一三）

ここで辻井は、個人は組織のために蟻のように働いても、組織はけっして個人の利益を守ることはないことを実感する。いわば、組織の冷徹さを身をもって知ることになる。五〇年秋、全学連は反・レッドパージ闘争を開始、九月二十九日、東大教養学部試験ボイコットに突入、本郷構内での学生決起大会には二千五百名が参加。三十日、東大教養学部で矢内原学部長は警官を導入。

翌三〇日九時半ごろ、ソフト帽をかぶった矢内原学部長が正面前に姿を現わし、スト破りの学生数十名の先頭に立って開門を迫った。と間もなく、トラックに分乗した警官隊が到着、矢内原学部長はヒステリックに突入を要請、警官隊はピケ隊に襲いかかったが、「一人の学生が、『われわれは警官に守られてまで試験を受けたくない』と叫んだため、誰も動けなくなった。闘争は、この学生の叫んだ一声できまったようなものだ」。スト破りの学生までもスクラムを組み、学部長は断念せざるを得なかった（もしピケ隊が破られていたら、矢内原学部長は戦後東大の最初の警官導入者としての汚名を残すことになったはずである。前年の強硬姿勢といい、この日の目のつり上った顔といい、ポポロ事件で抗議の先頭に立った矢内原総長とは別人の観があった）。

（『戦後日本共産党私記』Ｐ一三五―一三六）

ここでの矢内原は絶大な力を誇る権力者として、辻井たちの革命活動の前にたちはだかる。さらに辻井は一〇・五ゼネストでも、ハンマーで正面の錠前を叩きこわし門をはずす行為にでる。

「私は（註・安東仁兵衛）まずアーケードからデモ隊を組織して正面にデモを掛けさせ、通用門をすり抜けて外に出て早大生の一隊に正面に突撃させた。通用門から突入すると見せかけ正面前に警官を引きつけ、その隙にいっせいに塀を乗り越えて学内に飛び込もうという目算である。果して正面周辺が大混乱に陥った時、なんと正面が内側に開きはじめた。喚声を挙げて早大生はなだれ込み、デモ隊からも喚声と拍手が湧いた。この時、ハンマーで正面の錠前を叩きこわし門をはずしたのが堤であった」

（『戦後日本共産党私記』Ｐ一三七）

辻井はこの時のことをつぎのように書いている。

実はこれは私のあまり知られたくない武勇伝なのだ。末端の兵士だった私はプラカード作製用に日頃使っている金槌を正面前の警官達との揉み合いのさなかに思い出した。なかなか埒があきそうにもないのを見て経済学部自治会の隣の部屋に置いてある道具を取りにこっそり戦列を離れ、ベルトに金槌を隠して正面前に戻って錠前を叩き壊したのであった。

（『本のある自伝』・「落葉散るⅠ」Ｐ一一五）

辻井は川中子との対談で、自らが革命青年であったことは示唆したが、ストをする側と止める側の関係、矢内原とは敵対する立場に自らがいたことは語っていない。しかし、この経緯を辿ると、革命青年辻井の前に抵抗物となってたちはだかっていた権力的象徴は矢内原その人である。

戦後六十六年を経て、敗戦期革命という理想に燃えて、革命の炎の中に飛び込んでいった辻井の生き方も分かるし、一方それを許さず、大学の自治と学問の自由を守るために奔走した、無教会主義者矢内原の立法主義も理解できる。矢内原によれば、共産主義の問題はマルクス主義という綱領の欠陥というより、それを立案し、具現化しようとした人間に原因があるとみている。

矢内原は自著でつぎのようにマルクス主義の欠陥を述べている。

> 第一には唯物史観は物質的条件が歴史の原動力なりというが、物質的条件なるものは歴史発展の条件にして原動力ではない。所与であって創造ではない。一定の物質的条件を発生せしめかつその発展に秩序と法則性あらしむるためには統制的意志が存在しなければならない。意志は人格であり、超個人的人格すなわち神が歴史の原動力たるものである。第二に、唯物史観は階級闘争の終結によって人類社会完成化が行なわれるというが、階級の撤廃をもってただちに富の無限の生産ができる保障はなく、社会の富が有限ならば人々の間にこれが分配に関する争闘が起こりて再び階級を成立せしめるであろう。またかりに経済的に豊富なる社会が成立しても人類の自由と平安とは物質的財産のみにはよらないのである。
>
> （角川文庫『マルクス主義とキリスト教』・一九六九年七月）

戦後日本、マルクス主義は自由平等社会のための実験工場になった。革命政権樹立にまでは至らなかったが、辻井はじめ多くの青年たちはソビエト革命政権の綱領を模倣し、戦後日本でその樹立を考えていた。矢内原は唯物史観による政権ができても、富の再分配の仕方をめぐって別の争闘が起こるという説を唱えていた。その通り、マルクス主義を採用した国のほとんどで、むしろ自由平等の幅は制限され、残虐非道な独裁者を生んで、さらに民衆を混迷に導いたことに説明はいらない。戦後あれだけ革命思想に燃え、新政権を樹立したソビエト連邦、中国、北朝鮮、東欧諸国の政治的失墜をみたとき、矢内原の透徹したまなざしに脱帽するほかはない。

これまでみてきたように、日本に限らず共産党内部の権力闘争には裏切り、密告、リンチ、粛清、除名などの否定的言説が日常的に飛び交う。彼らは同じマルクス主義の具現化というユートピアを目指しているにも拘らず、その発展的過程で、一致団結し反動政権と闘うという柔軟な共通理解が薄れ、いわば、一致団結できないわずかな差異を探し出し、それに加担した人間に対する排除の論理が作動してしまう。そこでは大同小異につくという民主的な決着は許されず、あくまで個々の唱えるある種の原理に基づく組織内完全一致が原則である。辻井は、そうした理想と現実が乖離した運動体の中での犠牲者の一人であった。

すでにⅢ章の『自伝詩のためのエスキース』で述べてきたが、辻井文学の根幹を司ることとして、ここで改めて辻井が遭遇したスパイ容疑について触れておきたい。

はじめに辻井は、堤康次郎の側妻の子として誕生し、幼少期、その出自ゆえに根拠のないいじめに同級生たちから遭う。それらを持前の根性で克服し、長じて革命青年になったとき、ここでも父堤康次郎の影を背負ってスパイ容疑という不当ないじめに遭う。自らの属する革命組織と父が所有するブルジョワの鉄道会社、世間は一人の人格に二つの階級をもつという、そんな二律背反を許すわけにはいかない。よって辻井は、共産党内部からみたブルジョワの権化、鉄道会社のスパイであると断定される。いわば、革命に打ち込めば打ち込むほど、周囲から「彼は金持ちの息子だ、そんなことはありえない」という疑惑の目が向けられる。それでは、革命家の出自は頭のいい貧困層の出身者でなければならないことになる。これをみても、当時の革命運動はきわめて科学的な根拠に乏しいものであったことが分かる。辻井は、ここでの屈辱的な体験を内に秘めて文学に没頭していくことになる。

反レッドパージ闘争は一〇・五ゼネストをピークに下降線を辿る。各大学での学生に対する大量処分が下る。

一九五一年二月二十三日、第四回全国協議会＝四全協、所感派と国際派の対立は深まってくる。ここでは、野坂の平和革命論批判を浴びた所感派が、武装闘争に方向転換し、国際派を「右翼日和見主義」と名指し批判する。九月八日のサンフランシスコ対日講和条約を挟んで、十月十六日、共産党第五回全国協議会＝五全協。新綱領を採択、武装闘争方針の具現化。その年の三月、辻井は東大経済学部を卒業し、新日本文学編集部に勤務。ここでも辻井は、まだ革命への情熱を失っていなかった。

こうした私の憂鬱は前の年の十月の第五回全国協議会で共産党が武装闘争方針を決めたことで一層強くなった。ここで決った五一年綱領にもとづいて、血のメーデー以後も、中国革命をなぞった山村工作隊の地主襲撃事件や火炎瓶闘争が頻発した。（略）

その頃の私は、党の方針は間違っても、自らの怯える心に鞭打って地主を襲撃したり火炎瓶を投げる若い党員の真剣さを否定することはできない、と考えてしまうのだった。

（『本のある自伝』・「わかれ」Ｐ一四八〜一四九）

しかし、一方で辻井の中に「あの組織は私をスパイと罵倒し除名したのだ。それはいい。中央委員がマッカーサーから追放を命じられ、必死の戦いの中でのことなのだからそれは許す。しかし、復党を働きかけてくることは許せないと思った。」（『本のある自伝』Ｐ一五二）と憤りを隠せない。そして辻井は「あらゆる共同体的なものから自分ひとりを隔離してみると、私はそこに矛盾だらけのひ弱な青年を見ることになった。」（『本のある自伝』Ｐ一五三）と反芻する。ここでの「復党を働きかけてくることは許せない」という屈折した心の動きは重要である。辻井は革命に絶望したというより、それを担う組織への不信感が増幅し、結果的に何もかもが不完全燃焼のまま身を引くことになったことになる。いわば、辻井の中で青年期の革命運動は何一つ総括されていない。

五一年十月、辻井は肺結核のため療養生活に入る。そして、この療養生活こそが、詩人辻井喬を誕生させることになった。

自分が寝込んでいても、党内闘争で私の所属した分派が敗北しても、国会で破壊活動防止法案が成立しても、周囲で人々の生活が平静に続けられ、ゆっくり四季が移ってゆくことが、私には敗北の自認を迫る事柄のように思われた。

（「私の詩の遍歴」）

ここには、ひとつの闘いの終わりが透けてみえてきている。何かに具体的に直面し敗北したわけではなく、移ってゆく季節のようにその内部が自然に変容したのである。辻井は革命に挫折したわけではない。最後まで革命兵士であろうと努めたにもかかわらず、そこでの理想は外部から壊滅してしまったのである。

それでは、その代償として、その後の辻井の人生があったかといえば、必ずしもそうともいえない。むしろ、その代償として詩が書かれていったのではないか。

辻井喬は、川中子義勝との対談でも明らかなように、詩人という枠をはるかに越えた大地震、原発問題、憲法九条、国家論、教育、政治・経済などを対象にした、文明批評家という側面が目立ったが、つねにその語り口は市民の目線であった。近年の詩人・文明批評は、鮎川信夫、吉本隆明の独壇場であったが、そこにはサブカルチャーに迎合してみせたり、しばしば詩人という身分に逃げ込んでみせるトリッキーな場面があったりした。たしかに、天下国家から風俗まで語れてこそ、それが市民の目線という反論も聞こえてきそうだが、それが強調されると「それは詩人の一つの見方であるから」と矮小化されてしまうのではないか。その意味で、辻井のように軸がぶれない硬質の文明批評のほうが信頼がもてる。その意見は、大向こうを唸らせたものではないが、デパート経営という体験に裏打ちされた独自な見解は説得力がある。

川中子との対談でも語っていたが、辻井のもっとも嫌悪すべきは差別感情である。それは出自にかかわるものであって、おそらくそこだけは譲れない何かがあるのだろう。

XI　辻井喬論補遺

一　詩集『過ぎてゆく光景』

この項では、辻井喬の出版した詩集を簡単に整理し直しておきたい。辻井が生涯に出した詩集はつぎの通り。

一九五一年三月、東京大学経済学部卒業。「新日本文学」編集部に勤務。十月、喀血し肺結核のために療養生活に入る
一九五二年、　病床で詩作開始
一九五三年六月、結核は治癒し、衆議院議長の父康次郎の秘書
一九五四年九月、西武百貨店入社
一九五五年四月、東京大学文学部入学。十一月、中退。十二月、第一詩集『不確かな朝』（書肆ユリ

イカ）刊行
一九六一年七月、詩集『異邦人』（書肆ユリイカ・第二回室生犀星詩人賞）刊行
一九六四年四月二十六日、父堤康次郎死去。十月、詩集『宛名のない手紙』（紀伊國屋書店）刊行
一九六六年二月、西武百貨店代表取締役社長就任
一九六七年九月、『辻井喬詩集』（思潮社）刊行
一九七二年九月、詩集『誘導体』（思潮社）刊行
一九七三年六月、渋谷パルコ設立
一九七五年六月、現代詩文庫『辻井喬詩集』（思潮社）刊行。九月、西武美術館開館。初代館長就任
一九七八年十一月、詩集『箱または信号への固執』（思潮社）刊行
一九八一年八月、軽井沢高輪美術館（現・セゾン現代美術館）開館
一九八二年十一月、詩集『沈める城』（思潮社）刊行。この年、西武百貨店池袋店、百貨店の年間売上第一位達成
一九八四年十一月十七日、母操死去
一九八五年三月、詩集『たとえて雪月花』（青土社）刊行。十一月、詩画集『錆　TIME　OF　RUST』（脇田愛二郎との共著・河出書房新社）刊行
一九八七年七月、詩集『鳥・虫・魚の目に泪』（書肆山田）刊行。この年、セゾン・コーポレーション代表に就任。西武百貨店、年間売上高百貨店一位を達成
一九八九年十二月、詩集『ようなき人の』（思潮社・第十五回地球賞）刊行

一九九二年七月、詩集『群青、わが黙示』（思潮社・第二十三回高見順賞）刊行
一九九四年九月、詩集『過ぎてゆく光景』（思潮社）刊行
一九九五年三月、詩集『時の駕車』（角川書店）刊行。六月、現代詩文庫『続・辻井喬詩集』（思潮社）刊行
一九九七年十月、詩集『南冥・旅の終り』（思潮社）刊行
一九九九年十一月、詩集『わたつみ・しあわせな日日』（思潮社）刊行
二〇〇〇年十月、「わたつみ」三部作『群青、わが黙示』『南冥・旅の終り』『わたつみ・しあわせな日日』で第三十八回藤村記念歴程賞
二〇〇一年八月、詩集『わたつみ　三部作』（思潮社）刊行。十月、詩集『呼び声の彼方』（思潮社）刊行
二〇〇六年五月、詩集『鷲がいて』（思潮社・第二十四回現代詩花椿賞、第五十八回読売文学賞）刊行
二〇〇八年七月、詩集『自伝詩のためのエスキース』（思潮社・第二十七回現代詩人賞）刊行
二〇〇九年五月、『辻井喬全詩集』（思潮社）刊行
二〇一二年七月、詩集『死について』（思潮社）刊行

本論は詩人辻井喬論であり、そうであれば本来辻井の詩集をテキストに、一冊毎丹念にそれらを読み込むことが核にならなければならない。にもかかわらず、辻井の経営者としてのノンフィクション的側面や、詩人辻井喬の本質を補完する小説『沈める城』や『風の生涯』に予想以上に紙幅をとられ

てしまった。それでは、ここでそれを具体化すればよいのだが、それはつぎの課題とすることにした。その大きな理由は、本論を書き進めていて、テキスト論に着手する前に、辻井喬という稀有な資質を有した人物論を書き上げる必要性にかられたことによる。

とはいえ、これまで述べてきた以外の重要な詩集等にはここで触れていきたい。

まず、辻井の心象風景を映し出したものに、詩集『過ぎてゆく光景』（一九九四年・思潮社）がある。この詩集は『沈める城』や『群青、わが黙示』のような思想的主題はない。否、辻井に限って、そういう言い方は誤りかもしれない。テーマは国家から男女の愛に変わっても、登場人物の中身は充分思想を帯びているといってよい。辻井は一九五〇年代半ば、暗喩の詩人として登場し、いちども難解詩人の座を明け渡すことなく、最後まで言語主義的姿勢を貫き通した。現代詩の言語構造は暗喩を軸としていることもあり、一般読者には簡単に意味解釈ができず、なかなか人口に膾炙していかないジャンルといわれる。暗喩はこの世にあらざるもの、いわば現実の裏側に潜むもう一つの現実、すなわち〈非意味〉、〈超意味〉、〈未意味〉などの人の感情を写し取る言語機能だといわれている。辻井によれば、詩は体制言語から独立を果たしている革命政権のようなものかもしれない。だから、詩の言葉を体制に妥協し、分かりやすくするわけにはいかないのである。

そうだとすれば、詩は日常言語で説明できるところには存在しない。個々の感性領域において、読者はそれぞれそこに固有の物語を思い浮かべればよく、あえて詩人はひとつの意味をそこに想定して書いていない。極端にいえば、読者から指摘を受け、この詩はこういう読み方があるのだと逆に示唆されることさえ起きうる。つまり、詩は読者の想像する空間へ自由に拡散し、そこで命脈を保つというような言語性質を帯びている。

たしかに辻井は、晩年はことばが平易にはなってきてはいるが、詩的対象を日常言語で説明しているということはない。その代わり、しばしば辻井は小説という散文形式で詩を説明する試みをしている。

ここでは、その一つの例として、詩集と同じタイトルの短編集『過ぎてゆく光景』(一九九六年・文藝春秋)、その中の一編「森のざわめき」について触れてみたい。初出は「文學界」一九九一年九月号。

この物語の舞台はカンボジアのシェムリアップ。物語の主人公南はアンコール遺跡群調査団の一員で、職業はディベロッパー。カンボジア調査団の中で、この主人公の職業は異色である。幼馴染みの大学教授が団長となっていて、「ディベロッパーも一人参加していた方がいい」とのことからの参加となった。主人公は遺跡調査の段階で、日射病から軽度の脳血栓症状を引き起こし、現地で診療にあたる日本人医師甲斐から二ヶ月の安静を言い渡される。彼の入った病室は日本とは大違いで、一日に二時間しか電気がつかず、夜間は蠟燭を点して過ごさなければならない。しかし、そんな生活も、それに体が順応してしまえばあまり不便を感じず、それより南にとって、帰国後、世俗的な仕事が待ち受けていることのほうがストレスなのである。ある意味、猥雑な日常を過ごす者にとって、死を宣告されない程度の入院加療は案外、都会の中のオアシス的役割を果してくれるのかもしれない。現代人が都会で文明を享受するためには、過酷な経済活動をはじめ、果てしない心身の代償を払わなければならない。この時期、辻井は日本でもっとも多忙なビジネスマンの一人であった。ここでディベロッパーに、一日二時間の電気の点灯時間に不便を感じないと語らせた心理的背景は何か。それは辻井が電気も潤沢には供給されないカンボジアにあって、日本にはないものの重要さに気づいたことではないか。

こうした蠟燭生活の中にいると、「ここにいて日本を振返ると、ずっと遠い極東の、霞の向うの文明国という感じなので、その中にいて議論し争っているのは、温室のなかで怒鳴り合っているような不思議な感じ」（Ｐ一三）となる。つまり、帰国してからの新たなホテル建設計画のビジネスの話など、アンコール遺跡群という大自然の前でどうでもよくなるのである。

やがて小説は、主人公から主治医の甲斐という人物に焦点が移される。辻井の分身らしい経営者と、甲斐は意気投合し、やがてお互いの人生観を披瀝しあう関係へと発展する。

南の症状も回復に向かい、日本から迎えがくるという日の前々日、甲斐は自らの特異な経歴を彼に語る。甲斐はかつて東京の郊外に三代続く医家を継いでいた。趣味は写真である。甲斐がカンボジアに来たのは六年前で、それ以前の十五年ほど、アフリカに住んでいたという。アフリカに行ったきっかけは、出版社から新進写真家シリーズの一人に推薦されたことで、医師の仕事を中断し、出かけたという経緯がある。アフリカの空港に到着するなり、甲斐は衝撃を受ける。空港の周囲、町中とを問わず、飢餓に苦しむ子どもたちや身体を衰弱した大人たちが路上に転がっている光景をみて、甲斐は奉仕の心にかられ、観光気分でここに来たことを恥じる。甲斐は難民キャンプを訪れ、入国ビザを待つ間、思い余ってボランティアで彼らの治療に踏み出す。そしてそのまま甲斐は、日本に残した妻と息子を思いつつ、彼らの治療のためアフリカに十五年も滞在してしまう。

そして甲斐は、いちどだけ日本に帰国するが、かつての甲斐医院は消滅し、妻子も行先不明となっている。そして、ようやく彼らが群馬の遠縁に身を寄せていることを知り、そこを尋ねる。妻によれば、医院の土地建物は、留守を任せた代診に騙されて取られてしまったという。甲斐は妻から「私達より、あなたにとっては難民の方が大切だったのよ」（P三七）と叱責される。息子からも同様に「今頃、何しに帰って来たんだ」と恫喝される。これが、十五年間、アフリカの難民キャンプで現地の人々から尊敬され、彼らの命を護ってきたことのまぎれもない代償であった。もしも、甲斐が独身医師であれば、これほどの仕打ちも受けず、その人生はだれからも無条件で称賛されたにちがいない。しかし、甲斐には自らが選んだ妻子がいて、まずは家庭人として、彼らの生存権を護るのが先決で、それをネグレクトし、見知らぬ異国の人たちの救済に当たるなど、世間一般の規範から許されるはずもない。いわば、ここでの妻子の抗議は社会正義の具現化であって、なにひとつ不明なところはない。ここで辻井は、一方で崇高な精神をもつものが、その一方で袋叩きに合う世間一般のシビアな現実を伝えている。辻井は消費を介して人々の幸福を願っているのにもかかわらず、大方それは金儲けの手段としてしかみてもらえなかった。辻井は、もしも消費を介して人々の幸福を願い、それを実現しようとするなら、甲斐のように世間からの罵倒を覚悟しなければならないと思ったのではないか。後年辻井は、ビジネスの一線から身を引くのだが、まさに私財百億提供時のマスコミ報道などは、ここでの甲斐に浴びせた世間という名の妻子の訴えに似ている。そうだとすれば、辻井はマスコミからセゾンが頓挫したことの責任を問われたことで、ここでの甲斐の心境に近づけたといえるのかもしれない。その一件を経て、甲斐は再びカンボジアに新天地を求めて日本を後にする。そして今は六十代になっている。

南は帰国前に甲斐と一緒にアンコールワットの遺跡巡りをする。そこで耳にしたのは、遺跡で働いている家族の娘の澄んだ美しい声で、彼女はヒンズー教の声明に自らの旋律をつけて明朗に歌っていた。それから二人は十字中回廊の南廊下、地元の人たちが信仰対象とするヴィシュヌ神の立像前に立つ。

調査団の一員として最初に訪れた時、ヴィシュヌ神は左右四本ずつの手の、一番下の左右に七夕様の短冊とも、御多伽楽《おたから》ともつかぬ飾りをたくさん下げて立っていた。月の光を受けている今夜は飾りがなく、あの日は何かの祭りに当っていたのだろうと思われた。文明国から調査団が来ようが来まいが、人々の生活はゆっくり流れて止まるところがない。甲斐はそのなかに入って行こうとし、自分は日本へ帰ろうとしている、と南は思った。　（P四七）

そして南は、甲斐を残し迎えの医師及び後妻と共に東京に帰る。しかし、帰京しても体調は回復せず、しばしば夢の中に妖怪が出てきたり、カンボジアの少女の歌声が聞こえてきたり、極度の幻覚症状に悩まされる。肝心の事業といえば、ホテル建設事業が県議会で環境保全条例に抵触するという理由で否決されるなど前に進まない。この背景には、カンボジアにいる間、対立候補が担当の議員を抱き込んでいたことが判明する。このように事業とは、正攻法だけではうまく行かないことがある。

しかし、事情は一転、大臣談話があり、適正な開発を進めて国民に豊かな暮らしを呈示する方針が示され、ホテル計画に一筋の光が灯ったことが示唆される。しかし、南は、政府のいう環境保護と開発を調和して、人類の未来をつくるという方向に心が動かなくなっていた。そこにみえてきたのは、カンボジアに残した甲斐とその風景である。

「地球にやさしい開発こそが二十一世紀へ向けての――」

という声が耳に入り、彼は甲斐が聞いたら怒るに違いないと思った。アンコールの森はやさしいなんて言えるものではなかった。猛々しく生命力に満ちていた。それは暴力と呼んでもよく、遺跡の中に生えはじめた樹木は逞しい根を張って次々に石積みを破壊し瓦礫の山をつくっている。それはどうみても意志あるものの腕力だ。それと戦って生きるなかで、体験を通じて共生の方法を覚えることしかないのに……。（P五七―五八）

そして、この物語はつぎのようなシーンによって終わる。

誰かが何か言った。南は甲斐が後姿を見せて視野の中を遠離っていくのをチラッと見た。目をあけると大臣がテレビのライトを浴びて、中央の席に近づいてくるところだった。（P五九）

企業経営者は、社員とその家族の生活を支える責務を負う。社員は社長のユートピア探しに付き合わされてはたまらない。辻井が経営者として利潤追求のため非情に徹した面があれば、社員たちの生活を護るためであったにちがいない。辻井は父から西武の事業を託された時点で、あえて「すること」と「したいこと」の矛盾を紐解かず、矛盾を矛盾のまま率直に受け容れ、実業と文学の一方の極である経営者として孤独に生きることを覚悟する。だから、大企業のリーダーとして生きられたのであろう。それは経営者の苦悩を内包したというより、たとえば強制収容所内でも、最後まで人間性を失わず生きる意味を自問自答したフランクル博士の立場にちかい。もちろん、セゾンの経営と強制収容所を単純に比較することはできないのだが。

この小説の主人公南は、開発事業にも関わっていた辻井の分身で、つねに環境保護と開発の両立には悩まされたにちがいない。しかし、もう一人の医師甲斐の存在こそ、辻井の究極の理想像なのかもしれない。

医師甲斐の行動は、だれもが理想としては描いても実現不可能なユートピアの領域にある。彼は子どもの頃からの趣味が写真撮影で、プロ級の腕をもっていたことが災いしてしまう。医師は人命を預かり、写真家と兼業できるほど甘い職業ではない。医師でありプロの写真家というのはあるかもしれないが、それはきわめて実現する可能性は低い。甲斐は前衛歌人岡井隆の例を出し、自分にもできるかもしれないと淡い願望を抱くが、それは辻井の思いも同じである。しかし甲斐は、プロの写真家にもなれず、いくら自分が選んだ道だとはいえ、同時に家庭と三代続く虎の子の医院を失ってしまう。これが辻井の出した結論か。辻井は経営と文学を両立させようとしたが、結局それはできなかったというべきか。それは失敗というより、必然であったとみるべきであろうか。

すべてを捨て、最終的に甲斐が手にしたのは、異国で彼の手を待つ飢餓と貧困に苦しむ人たちであった。

辻井の家庭については論及はできないが、平均的な家庭人であったというイメージは抱きにくい。そして、セゾンの破綻でカリスマ経営者という肩書を失う。そうして辻井が消去法で選んだのは、社会から孤立無援の現代詩人という立場であった。もう一つ、辻井には小説家としての肩書はあっても、読者に次回作を待たれるエンターティメント作家ではなく、その多くは現代詩人を補完する立場で書かれたものといってよい。そうみると、辻井は詩人という肩書で生きたとしかいいようがない。まさに甲斐の取った荒唐無稽な行動は、医師というより詩人に近い。しかし、人々が幸福に暮らすユートピアは、そうした側面からしかみえてこないのも確かである。

この小説集について、辻井はつぎのように述べている。

この作品集に登場する人物は、いずれも自分で考え、自分流に生きようとしている点で共通している。しかし、そうした生き方はいつの時代でも、あまり現世利益をもたらしてはくれない。特に、大衆社会などと呼ばれる世の中は、そのような個性的な生き方を認めないところに成立しているように思えてしまう時がある。「個体的なものは語りつくせぬ」という言葉があるが、そんな人たちが生きている光景はもう過ぎ去りつつあるのだろうか。そんなこちらの危惧の念にはお構いなく、小さな事件が次々に目の前を過ぎてゆく毎日である。

(『辻井喬コレクション　2』あとがき)

このあとがきは一九九五年十一月に書かれている。大衆社会は経営者南は擁護するが、金儲けにつながらないヒューマニスト甲斐に生きる場所を与えない。学校から職場まで、現在すべての人間関係が無言の同調圧力で個性が消されている。

ここで、詩集『過ぎてゆく光景』(一九九四年・思潮社)から、一篇を引いてみたい。

渡り鳥がいっせいに飛び立つ　豊饒の沢から
まるで終りがきたように
　かたつむりは地平にむかって這っている
　あこがれの睫毛は燃えてしまった
旗は色あせてスモッグの重い空をゆっくり嚙んでいる

わたしはどこへ還ったらいいのだろう
兵士でもなく　演奏家でもなかった私は
「隣の町の三郎さんはブラジルに行きました
むかいの木村さん一家は
そろって昔の国を目指して旅立ちました
ゆきつけるものやら　どうやら
だれにも分らないのですが」

わたしの国では今日も酸っぱい雨が降っている
こころの中に降るごとく
白い地図の上を　かたつむりが這っている
ただよう島のまんなかにある食人国では
ひまわりは夜に花をつける

わたしはたぶん間に合わないだろう
新しい町　新しい時代に
だからわたしにできるのは

不確かな夜に立っていることだけ
舗道に　ひまわりと　ならんで
吹いてくる風にむかって
よりどころなく
微笑んで

（「世の終りの向日葵」後半部分）

この詩のイメージは小説『過ぎてゆく光景』につながるものではない。全篇が非日常的なアレゴリー表現に彩られて、人や物など、特定の対象物を説明するものではない。

辻井は一九九一年の四月から五月にかけて、アンコール遺跡視察・調査団の一員としてカンボジアを訪れた。時期はポル・ポト派のキュー・サムファン議長が休戦を受け容れた直後である。それらはなんの制約も受けないバカンスというより、決められた時間の中での調査研究という制約はあったにしろ、「森のざわめき」にあるように、カンボジアはもっとも辻井の心を捉えた場所のひとつではなかったか。辻井がそこでみたのは、壮大なアンコール遺跡群に対比するように存在する、人々が食料を求めて群がるプノンペン辺りの市場でみた風景の猥雑さである。それは、人々を圧倒する寺院群の聖なる響きと、想像を絶する飢餓と病にあえぐ人たちの姿のコントラストである。辻井は、それについて「その両極の差異の深さは、適当な解釈で人間存在の矛盾に目をつぶるなと命令している」（「アンコール遺跡との語らい」・『大アンコールワット展　壮麗なるクメール王朝の美』図録）と述べている。

辻井は孤立を恐れない、そうした現代詩の立場を、生涯を通し貫き通した孤高の詩人であった。

二　詩集『時の駕車』

辻井の詩をみていったとき、その頂点に位置すべきは『わたつみ　三部作』であるという評価は論をまたない。この三作は、一九九二年の『群青、わが黙示』から、九七年の『南冥・旅の終り』、九九年の『わたつみ・しあわせな日日』まで七年ほど経過している。

そして、この間に辻井は、前述した『過ぎてゆく光景』、『時の駕車』（一九九五年・角川書店）の二冊の詩集を上梓している。『時の駕車』はそれまでの硬質な暗喩の羅列とは異次元に、辻井にしてはことばが散文化しているのが特徴である。しかし、中身は日常に隠されたもう一つの現実をモチーフにしており、そう簡単にここから日常的な意味はとれない。

『時の駕車』から一篇を読んでみたい。

そして気が付くと灰色に沈んだ底を巡っているのだった
上には明るい空があったが
時の刻みはしばらく前から意味を失くしていた
小鳥が啼きかわしながら輝いている方角に飛去った
たぶんあれが西方浄土なのだ

あたりが静かなので外界の気配がよく伝わる
「オデュッセウスは英雄なので船に乗って帰還したが
ぼくは見知らぬ人たちと電車のなかにいる」と考えた
乗客はみんなどこか家族の一人や仕事の同僚に似ていた
このままでも生活は続けられるだろう
息苦しさを我慢しさえすれば

（「明るい谷間」一連）

この詩集は、初期から中期にわたる漢語の多用や、『わたつみ　三部作』の思想的表現から解放されたかのような、やわらかい言葉遣いに変化している。それは辻井がつぎのように意図的に行なったものと考えられる。

今度の詩集は私にとって三段目の時代に入った最初の作品ということになりそうである。そのあいだに、大学で「語学」の講義を持ったこと、また詩人飯島耕一、俳人加藤郁乎と三人で、一年間俳句の合評会に参加するなどの体験があった。つまり、少し勉強する機会に恵まれたのである。一方で、この期間に、私の職業上の立場の変化もあった。ビジネスというものの現場から離れたことで意識が自由に漂い出したのだ。まだやり残した辛いことも残っているが、ライフスタイルのようなものは確かに自分で考えても変ったようである。そんなことも多分影響しているのだろう。書法の上でも「もっと自由に」というような意識が少し働いているのではないだろうか。自分では本当のところはよく分らないのだが。

（詩集『時の駕車』あとがき）

　辻井は基本的に理知の詩人であるから、リアリズムという言語形式をとることなく、緻密な計算のもとに詩の制作が行なわれる。本来、こうした理数化されたところに詩は存在しないはずだが、辻井の場合、独特の暗喩用法によってその弊害が払拭されている。つまり、辻井の詩ははじめから詩で読者に意味を伝達することを放棄している。極端にいえば、詩に限っては一人の読者も想定せず、書き進められているとみてよい。

「明るい谷間」というタイトルから、読者はどういうイメージを思い浮かべるか。たとえば筆者にはサークル詩全盛の頃、勤労者のうたごえ運動のようなものが脳裏を過る。しかし、この詩はことばは平易になっても、現代詩特有の〈非意味〉〈未意味〉〈超意味〉の効果は残っていて、読み手は容易に意味構成を結ぶことはできず、辻井の詩の難解さはつねにあって、何も変わっていないのだ。

　この詩は、さらに平易なことばを連ねて、青年期の結核療養所での療養体験のようなものが読者にイメージされて終わる。

目をつぶるとどういう訳か海辺の療養所が見えてきた
朗らかな昼前　部屋の電話が鳴っている
「モシ　モシ　モシ　モシ　モシ」
風が吹いて来てカーテンが飜える
時は譬えれば春　あるいは秋　患者はいない
きっと拡がっている水平線を見にいったのだ

「まだ人生にいろんな可能性があると信じていた頃」
とアメリカの詩人が歌っていたっけ
「モシ　モシ　モシ　モシ」
問いかける男は寝台の枕元の造花を見ている
汚れたうがい薬のコップと水差しも
光が独楽のように音もなく廻っている
もしかすると明るい谷間では
光と闇の区別がなくなってしまったのだ

後世の人はこの今を何と呼ぶだろう
思案しているとシェクスピアばりの魔女の合唱が聞える
とおくから遠慮がちに
　明るいは暗い
　暗いは明るい

二〇〇〇年代に入り、辻井は『わたつみ　三部作』をまとめた後、詩集『呼び声の彼方』（二〇〇一年・思潮社）を出版する。この詩集は亡き武満徹（一九三〇―一九九六）へのオマージュとして編まれている。詩のタイトルの多くは武満の作曲名からとっている。詩集全体をみて、辻井特有の対象物を知性で動かそうとする修辞手法は感じられない。もちろん、暗喩の言語詩人は健在ではあるが、それまでことばの裏に隠れていた日常性が、ひょこっと行間に顔を覗かせているのは興味深い。

隊商の旅

わたしは旅に出た
砂丘のむこうに何があるのか隊商も知らない
星が降る鈴の音を聞き
うつらうつら身を駱駝の歩みに委せ
蹄が砂と語る乾いた音に夢を見る

わたしはどこへ行こうとしているのか
見えないものに導かれて
積み込んだ知識の絹が役に立つだろうか
あちらで香料は芳わしい薬を奏でられるのか
たしかめられないまま出発した

その声はとおくで燃えている火なのか

わるい光を放つ坩堝から立昇る
それとも水の音だろうかさまよえる湖の
時おりその上に虚栄の海市を浮べ
やがて世俗の砂に沈んでしまう

指の呪文が教えてくれた風の方へ
わたしは出発した隊商に加わって
生れた国の漂泊の仕来りに身をなぞらえ
はためいていた旗は儀式の旋律を教えていた
あるいはそれは女たちの別れの歌だったろうか

砂丘が鳴る音もポプラの葉擦れも幽かになった
オアシスの光景は生れた国の記憶と混った
すこしずつ心は呼び声の彼方へ
凍りつく星が降る鈴の下で
ゆるやかな列は天山に向って砂漠を渉る

この詩は、シルクロードの旅に題材を得て、辻井にしては、「ゆるやかな列は天山に向って砂漠を渉る」など珍しく写実的なフレーズがある。他にも荷物を運ぶラクダの列、トルファン辺りでみた民族舞踊、鳴沙山など、シルクロードに行った読者であれば、そのイメージから、充分意味内容がとれるのではないか。しかし、よく読めば思想的なスパイスが効いて、それなりに難解であるともいえるが。辻井は詩で外部現実をありのまま写実しない。それでは、一般読者は辻井の詩をどう読んだらよいのか。もうひとつ、辻井の詩は小説やエッセイを借りて説明できるのか。本論もそのように書き進めてきているものの、辻井の詩は小説やエッセイを参考に、ある程度の分析はできても、やはり限界がある。

三　現代詩入門『詩が生まれるとき』

辻井の詩論書に、『「詩が生まれるとき」私の現代詩入門』（一九九四年・講談社現代新書）がある。これは辻井が一九九二年に、慶應大学・久保田万太郎記念資金講座の講義録「詩学」を初心者向きにまとめたものである。といっても、辻井の書く本であり、けっしてスラスラ読めるほど中身は単純明快ではない。この本は、辻井がビジネスの現場から去り、労作『群青、わが黙示』を執筆していた時期に重なる。

この本のなかで、辻井は詩人としてもっとも重要なのは、小林秀雄のいう「言葉の二重の公共性を拒絶することが、詩人の実践の前提」（P八五）であることを強調していることである。二重の公共性というのは、「現在流通している言葉、という意味と、歴史的に、ラングに組み込まれている言葉、という両方の意味」と説明している。ここでのラングは、ソシュールのいう民族性や地域性を映し出す通時的な性格、もう一つはその時代の流行という面での共時的な性格を指すのだが、辻井はそのどちらも拒絶せよという。これを実行に移せば、その詩は、ほとんど日常で像を結ばない隠喩的性格を帯びてしまうのは当然である。

辻井にとって武満徹は特別な存在であった。辻井の評論に『生光』（二〇一一年・藤原書店）がある。帯に『詩生』の詩論」とあり、ここに「なぜ詩を書くのか」という興味深い問いかけがある。

ここで辻井は、「なぜ詩を書くのかという質問にはあまり意味がない」と言いつつ、「それをきっかけにして詩について考えてみることは充分に可能」だとしている。この質問自体、なぜわれわれがその仕事に就いているのかと同様、きわめて世俗的で意味がない。しかし辻井は、家族を養うためとか、自分の生きがいのためとか、詩人がこうした質問を等閑視することは、「結果として詩を痩せたものにしていきかねない」としている。そして、辻井は前述の質問につぎのような答えを引き出す。

「なぜ書くのか」という問題設定に則して考えれば、「収入を得るため」「世間をアッと驚かすため」「イデオロギー宣伝のため」などの目的を持っている作品は最初から消去してしまっていいだろう。しかし、これから先の分類はなかなか困難である。

そこで気の付くままに区分の方法を考えてみると、そのなかのひとつにマンネリズムがある。それは一度世間から受けた評価に自分を寄り添わせて同工異曲の作品を書く態度のことである。雪景色で評判をとった画家が画廊の要請もあって夏でも汗を拭き雪景色を描くのに通じる態度である。マンネリズムは収入を得るために、という考えに通じている場合が多い。

そこには自分の創造的行為を通じて、新しい美を作品化しようとする意欲はない。もっとも創造的努力には破壊的要素があり、失敗の危険も摩擦も起りやすいから、マンネリズムの方が楽だという事情は無視できない。しかしその場合、絵描きは絵画商品生産者に、小説家は文学製品製造業者に変質する。（略）

敗戦後間もなく訪れた作曲家ストラヴィンスキーが日本人の曲を聴いて帰ろうと考えてＮＨＫに依頼してオープンリールのテープを取り寄せた時の話がある。彼はどれも欧米の借り物に思えて退屈して眠ってしまった。しかし、その録音が終った時、ＮＨＫが消し忘れた無名の青年の曲が部屋に流れて彼は驚き、日本にもオリジナリティのある作曲家がいることを知った。

この話はかなり知られているが、その無名の作曲家はその少し前に、海外の現代音楽の紹介に熱心だった批評家によって、「音楽以前」と斬り捨てられた武満徹だった。（Ｐ一五三―一五五）

はたして詩人たちは、ここでの辻井のように、なぜ詩を書くのかという質問に真摯に答えているだろうか。辻井のいうようなことが現実であれば、詩人はなぜ詩を書くのかという質問の意味すら失っているといってよい。それでは、辻井のことばを敷衍して考えれば、どういう答えが望ましいのか。たとえば「収入を得るため」「世間をアッと驚かすため」「イデオロギー宣伝のため」とは対極の世間の評価を考えずに個の権利主張のためとかになるのか。

ここで辻井の言っている、だれがだれの何を評価するかの問題意識は重要である。詩の世界にも、高名な批評家によって、『音楽以前』と斬り捨てられた何人かの武満徹が潜んでいるにちがいない。

武満徹は、現在では小澤征爾と並んで、世界にその名が知られている日本人音楽家である。多才で

「東京裁判」(小林正樹監督)、「他人の顔」(勅使河原宏監督)の映画音楽も手掛ける他、武満徹著作集(全五巻・新潮社)などもある。武満は芸大受験を失敗するなど、なんの肩書もなく、在野での音楽活動を余儀なくされていた。世間にまるで相手にされなかった武満が、世界的権威ストラヴィンスキーによって偶然評価を受ける経緯はあまりに日本的な顚末である。現在、日本の詩壇で評価を受けるのは、なんらかの日本的権威に護られているか、柴田トヨ的な大衆詩人になるかの二極方向に閉塞化している。だからこそ、詩人たちは必死になって、ある種の詩的権威である詩集賞をめざすのであろうか。しかし、その賞を選ぶのは仲間の詩人たちで、ストラヴィンスキーのような慧眼の士はいるのかどうか。いわゆる、情実人事によって賞がたらい回しにされている印象は拭えない。

武満の現代音楽は耳に心地良く聞こえるわけではなく、おそらく辻井の詩のように難解な部類に入るだろう。それでも、武満の遺した音楽的価値はますます世界の聴衆を魅了しつつある。われわれは理解されたいと一般大衆に近づくのではなく、むしろ自然に当該芸術が大衆の心を誘導する方向を選択すべきなのである。そのことについて、辻井は『生光』の中で、武満とのコラボ詩を紹介し、つぎのように具体的に語っている。

少し前から、私は、日本の現代詩は思想性が稀薄になってきて、それが日本の現代詩の衰弱の原因ではないかと書きもしたし、詩に関心のある方が集まる場所で話もしたわけです。(略)私のところにお送りくださる詩集のなかには、核兵器はいけないとか、戦争はいけないとか、テロは許せないとか、表現の巧拙はあれ、非常に主題のはっきりした詩集がずいぶん多くなったように思います。思想というと、そういうものを題材にすることが詩の思想性だと誤解されているのかもしれないなと、私自身の言い方も含めて改めて考えるところがあったのですね。

音楽、つまりもっとも思想性から離れていると思われる音楽を題材に、そういうものにこそ本当は思想が含まれているのかもしれないということをお伝えすれば、私のいう思想性の意味が少しお伝えできるかなと考えて今日はここへやってきました。（「詩によってのみ可能な思想性とは」）

ここで、辻井のいう思想の中身とは、評価の定まった伝統宗教、アカデミックな哲学を下地にしたものともちがう、詩人独自の感性によって言語化されたものである。そうなると、それは「思想性から離れていると思われる音楽」というのが浮上する。

四　詩集『鷲がいて』

詩集『鷲がいて』は、第二十四回花椿賞、第五十八回読売文学賞を受賞している。この詩集は辻井特有の難解な言い回しが姿を消し、読み手には比較的親しみ安さがある。

いくつか、作品を読んでみたい。

落葉が散り積った昔の庭には／いろいろな植物が生えている／故郷を捨てた思想が戻ってきて／自らを愛しむかのように／そのひとつひとつを眺める／／あるものは羊歯に似ている／その隣に生えているのは杉の苗だ

／巨きな樹にはなりそうもないが／一所懸命に背伸びして／その近くには盗人萩や蔓草　茅《ちがや》

（「昔の庭の植物」一、二連）

消されれば／風が消える／夕暮の雲がほのかな光を失い／朝　小鳥の声が聞えなくなる／／樹が倒れかかる／ひとつの秩序が鼓動を止めたように／地上には苔の花が咲いている／葉と同じ色で　いくらか薄い緑の花が／踞《かが》んで眺めるとその形は意外に華やかで／ずっといちめんに拡がっているのだ／とおい昔に滅んで／海の底に横たわっている都のように

（「消される」一、二連）

征服者は走る／島の大通りを　海へ向う道を／かかげる旗には褪せた金色の太陽が昇り／三日月は服従の夜に懸る／彼は吼え　彼は彼方の空を指さす／わたしは彼を批判することができるが／倒す方法を知らない／／征服者は語る／これは真理だ　国を救う道だと／しかし理由についても内容についても語らない／わたしは彼の嘘を見抜くが／あたらしい意見を出すことができ

ない　　（「征服者」一、二連）

これらの詩をみて、読者がそこに任意に意味を当て嵌めて、それなりの文脈を作ることができないわけではない。「昔の庭の植物」は、そのまま過去の庭にあった植物で、作者は疲れた心を癒すように、ある種の感慨に浸っている。その思いに矛盾はない。それでは、辻井の詩が平易になったかといえば、必ずしもそうとはいえない。たまたまその対象が国家や共同体という抽象性のつよいものから、過去の歌人たちが対峙した自然というものに関心が移ったにすぎない。そして、この詩には、「ある日一条の光が庭を照らしたのだ／まるで少年のゆく末を暗示しているかのように／消えてしまっていた旋律が聞え／何かが光の届かない奥で踊っているようだった」というフレーズが挿入される。辻井にとっての庭は、私的感懐をうたうための対象物ではなく、あるいは物語の中の非現実の庭ではない。辻井にとっての庭は、思想を耕すための時間を超越した神話的世界のそれであった。

「消される」は、それがなんらかの不治の病気か、アウシュヴィッツのような暗黒政治によるものか、人が死に追いやられる際の心的状況を描いたものとして読める。いずれ、だれかが命を奪いにくる。人の命はそれまでの猶予にすぎない。みんなマザー・テレサのように生きられればよいが、たいていは日常を自分の都合の良いように解釈し、日々をそんなに緊張感をもって生きることはできない。つまり、こうした命のやり取りの場面で、いったいだれが自分を消しにくるのか、そしてその理由とは何か、そういうことを思いつつ、人は充分深刻ぶって生きて構わないのではないか。辻井が無神論者であったかどうか分からないが、西欧的な神への信頼度は相対的に薄い。この詩は、つぎのように終わっている。

消される自分を見たくないから
目をつぶっていても　後を向いていても
それは何の役にもたたない
消す男は胸を張ってやってくる
それでも何もするまいと耐えていたら
いきなり大きな×印を付けられてしまった
後頭部に　収容所行きだとでもいうように
消されるとは顔を失くすことだったのだ
そう気付き怯えてふり返ると
下手人の顔は驚くほどわたしに似ていた

（「消される」終連）

「下手人の顔は驚くほどわたしに似ていた」は、辻井らしい見方である。「征服者」は、何か特定の人物や組織に対峙して、それに挑むというより、全体がなんらかのアレゴリーで、あらゆる人間がもつ征服本能のようなものを抽象的に描いているようである。人間の本能で征服欲にとり付かれた人物に対峙することほど面倒なものはない。この詩にもあるように、知力で征服者を倒すのは至難の業で、時の経過を待ち、当該人物の自滅を待つしかない。そうなると、一般市民が征服者に権力を与えた段階で、すでにだれもが、彼らのいうことを受動的に追認乃至は服従するしかないことになる。

征服者は「いつも勲章をぶら下げ」、その指示するところは、自分を「信じるか信じないか」だけの問題で、「死ぬまで変らないのは支配の情熱だけ」だという。そして、「あなたまで征服者の側になったのか」との問いに、「ええ　まあ　流れですからという答え」で、それについて、「まともな人は流れに従うのだと教えられる」のである。この詩の初出は「現代詩手帖」二〇〇四年一月号である。十年後の世相を切り取ったような鋭い観察がある。というより、こうした征服者はいつの時代にもいて、一般市民はその抑圧に喘ぎ、ときに一時的に彼を追放できても、すぐに新手の征服者が出てくる、人が生きていくということはその繰り返しにすぎない。日本人の長所は「浮世の義理」を重んじる協調性であるが、それは裏を返せば同調圧力に弱い。すぐに一億何とかとなって、戦前であれば軍国主義、戦後はエコノミックアニマルの会社主義と、集団でそれに猛進する。現在は終身雇用制が終わり、新自由主義のもとに格差社会の到来だというが、その場合の征服者はだれなのか。

それについて、辻井はつぎのようなアレゴリーを投じている。

征服者とは誰のことか
おそらくわたしの心を摑む予言者
誰も彼の顔や後姿を描くことができない
目や眉毛や鼻があるのかないのかも不確かで

ただ赤い口だけは間違いなくある
人間を食らうたびに黒い息が出てくる

（「征服者」八連）

五　詩集『たとえて雪月花』

辻井には『たとえて雪月花』（一九八五年・青土社）という詩集があり、古典に精通していることからすれば、こういう詩集が編まれても不思議ではない。

辻井は『詩が生まれるとき』の中で、川端康成がノーベル賞後の講演で「美しい日本の私」で雪月花について話したことに触れている。そして、万葉集から綿々と現在に至る日本文学の核に、川端の語った「雪月花」という美意識をみている。その典型として、辻井は大伴家持が七四九年に詠んだ歌を挙げている。

雪の上に照れる月夜に梅の花折りて贈らむ愛《は》しき児もがも　（「万葉集」巻の十八　通し番号四一三四）

辻井のこの歌についての解説も引いておきたい。

梅の枝に雪が降り積もっている。雪が止んで、月が照ってきた。梅の枝にはもう花が咲いている。雪の白さと、月の青白い水を打ったような光と、梅の花。強い、しかしけして品の悪くない香りを漂わせた白い梅の花、これをとても美しいと自分は思う。だからその枝を一枝折って、好きな人にあげたい。しかしその好きな人が今ここにはいないのだ。（『詩が生まれるとき』P一四三）

辻井はこの家持の歌を、「その枝を一枝折って、好きな人にあげたい。しかしその好きな人が今ここにはいない」という、異性への愛を歌ったものとして、その後に至る日本人の美意識の出自としている。さらにこの「雪月花」は、宝塚歌劇団の組の名前に使われるなど、社会的コードを獲得している。これについて辻井は、つぎのように述べている。

いつの時代でも、社会のなかに存在している美的判断基準をなんとかして破壊しようというところに、現代詩が生まれる、といってもよいでしょう。千二百年もの伝統を持った美意識に対してどんな態度を取るか。（『詩が生まれるとき』P一四六）

ここからは、辻井の詩に対する強固な前衛姿勢が読み取れる。辻井は「社会のなかに存在している美的判断基準をなんとか破壊しようというところに、現代詩が生まれる」ことを創造していった詩人であったといえよう。よって『鷲がいて』のように分かりやすいことばで書かれていても、それらは散文とは対極にあることは変わらない。

それでは、家持の歌に対峙、辻井が書いた詩をみてみよう。

水は光とたわむれて煌き／花は風にもたれて薫るのだから／雪を狂うにまかせよう／ひらひら　ひらひら／花ではなく　季節の夢でもないが／深いところからくる痛み

は乾いていて軽く／しんしんと積り／雪月花の譬えはあ
っても／家持《やかもち》の女はもう鏡に映らない／梅の枝は折れた
／木立はもだえ　想いはめくるめき／力つきて落ち／霏
霏とふる雪に隠れる／暗い偏光は乱れ飛び／風雅の冷た
さにしびれ／時の廊下を去ってゆく修羅の足音が聞える
／白夜に沈む地球をささえるのは／声のない言葉／凍っ
た沈黙に意味は溢れ／なお雪はふり積み／時空をとおし
てふりつづける

（「雪」部分）

長い詩なので、全体の四分の一程度の引用である。辻井の思いは自然に同化せず、あくなき挑戦を止めない。狙いは反・雪月花の「社会のなかに存在している美的判断基準の破壊」である。反・雪月花の趣を呈している。この詩集は「あだ花」という作品で終っているが、その一部を引きたい。

あたりは不思議に明るくなって／かえって　しんしんと
冷えてゆき／待つときめきはなく／花鳥風月のたとえは
　軽いはずなのに重く／ていねいに箱にしまわれて／秘
すれば華やぐ回廊の奥から／かすかな笛が聞えてくる／
消え入りそうに細く／怨念を想わせるしなやかさで　跡

切れず／鏡なのか　知の変貌なのか／光の屈折に／どこ
かで会った顔が浮び／恐しい顔が浮び／懐しい顔が浮び
／くるしげに指揮棒を振る男の姿が／重ね合せになって
見えてくる

辻井は詩の衰弱を憂い、『わたつみ　三部作』など思想詩の構想を打ち出したが、日本の伝統的美意識の継承を重視した。それについて、ちょうど世紀が変わったタイミングで、つぎのように二十一世紀の詩の可能性を見据えている。

今日、伝統的美意識とは雪月花とか花鳥風詠のことだと考えられているが、これは間違いである。我が国の伝統とは、能狂言を見れば、そこにはシェイクスピアも驚くような劇的な空間があり、近松、西鶴、南北を見れば人間関係のダイナミックな展開があり、絵画的表現としては、世界最古のインスタレーションとしての絵巻物という独創があり、源氏物語に見られるような心理主義的文学空間があるのである。それらを忘れて伝統的美意識を矮小化してしまったのは、「進んだ文化を持っていた」西欧の知識人が自分たちにないものとしての日本文化に殊に注目しただけのことだと私は思う。　（「二十一世紀へ」・「地球」一二六号）

そんなこともあり、辻井は能の謡曲集を現代に置き換えた小説『西行桜』（二〇〇〇年・岩波書店）などで、伝統的美意識の回復を実行に移す。辻井にすれば、思想＝ヒューマニズム、民主主義という戦後以降のステレオタイプを壊したかったのであろう。その後も、辻井の近代への懐疑を古典で焼き直す作業は続き、全国の寺院を回って書いたエッセイ集『古寺巡礼』（二〇〇九年・角川春樹事務所）などもある。辻井の見方によれば、戦時下、神社仏閣が戦争協力をしたというのも、マスコミ等のイメージ操作によって作られたものということになる。これも思想＝ヒューマニズム、民主主義という戦後的原理への挑戦であったともいえようか。この本のあとがきで、辻井は神社仏閣の戦争利用について、「外側から批判するのではなく、内在批判を展開する」という決意を述べている。ここで内在批判ということばが出たが、ある意味、セゾンの経営も内在批判であったといえなくもない。もちろん、『わたつみ　三部作』などはその最たるものといえるが。

六　詩集『死について』

辻井最後の詩集は『死について』（二〇一二年・思潮社）である。あとがきによれば、二〇一〇年からの一年間、辻井は入退院を繰り返し、生死の境をさまよっていたという。二〇一一年十二月、東京堂書店での川中子義勝との対談では、幾分痩せたようだが、いつもの明晰な語りぶりは変わらなかった。しかし、この時期の辻井は命を削っての執筆活動の渦中にあった。この詩集は二〇一一年一月号から二〇一二年一月号にかけて、「現代詩手帖」に発表したものをまとめたものである。その前後の活動をみると、あえて死を意識して、それを書いたというより、「はじめて、自分はどう死ぬべきかを考える立場に立って」（「あとがき」）書いたものといえよう。それまでの辻井は、「いずれも時代やその変化のなかでどう生きるかが意識の中心になっていた」（「あとがき」）という。

このあとがきは、「この詩集はどう生きるかではなく、美しく死ねないという枠のなかで死について考える作品集なのだ。」とあるように、辻井の死に対する訴えがリアルに出ている。ある面で、このあとがきは、これまでの膨大な著書を総括した自著解説ということがいえなくもない。

これまで私は未知のものを手探りしてはいたけれども、未知のものそれ自体をテーマにして詩集をまとめたことはない。想像だけで未知のものを描けるとは思えないし、なんとなく、すべきではないという考え方があった。それは戦死できずに生き残ってしまった自分に対する禁忌だろうか。

その頃、私は病院のベッドの上で、玉砕し、あるいは無念の戦死をとげた若者の死顔は美しかっただろうか、としきりに考えていた。生物学的な死に私は興味がなかった。正確に言えば今まで興味がなかった、と言うべきだろうか。問題は、若者たちを死へと赴かせた大義が間違っていても死顔が美しいかということだった。若者が信じた大義が荒唐無稽な国粋主義の産物だったとしても、信じるもののために死ねるならば死顔は美しくなるのかという問題の前で、私は立止らざるを得なかったのだ。

私は今でも、革命のために倒れた志士の死顔は美しいと思うのだった。その美しさと、八紘一宇、天皇のために死んだ兵士の死顔を同じに扱っていいのかというのは、ほとんどもう自分に対する拘泥でしかないように思われてきた。しかしそこに、自分の生物学的な死が登場してきたのである。

今までの考えを拡げていけば、現在のわが国で美しい死顔を持つというのは不可能なのではないか。何も天下国家をイメージしなくてもいい。軽太子と外衣姫のような烈しい恋の場合でも、別々に死なねばならなかった二人の死顔は美しかったと三島由紀夫に縋らなくても想像することは可能だ。

これは個体としての死を待つ人間の態度ではない。ここでいえるのは、戦争で生き残った者の苦渋に満ちたどうにも言語化できない混沌とした情念である。辻井は大作『沈める城』でも天皇制と革命という二つの城を呈示してみせたが、それらは辻井の中で矛盾し合いながらも一つに溶け合っていた。これまで辻井の心を捉えた三島由紀夫（一九二五―一九七〇年十一月二十五日）は、戦後日本に天皇制を軸とした一つの城を築きあげることを訴え自刃した。それは辻井からすれば、「八紘一宇、天皇のために死んだ兵士の死顔」の系譜にあった。辻井は三島のように国家主義者ではなかったが、あえてその立場を否定せず、そのひとつの城を引き受けて生きる覚悟があったのではないか。三島が自決する前、三島由紀夫対談集『尚武のこころ』（一九七〇年・日本教文社）という本の中で、二人は対談している。そのなかで、三島が当時全盛期の左翼運動について、マスコミに報道されることを狙ってのデモ活動について、それを俗っぽいと批判するくだりがあり、辻井もそれに同調し、「精神の領域と政治の領域を、マスコミを媒介にして」一緒にしているのはおかしいと述べている。それでは、辻井のいう「革命のために倒れた志士の死顔」は具体的にだれの何を指すのか。おそらく、辻井の生涯は、その人々の魂の所在を求めての行脚の一生ではなかったか。

それでは、『死について』の詩篇をみていきたい。

それでも世の中は動いている／いくら人類絶滅の危機が指摘されても／病院の窓から見える建物は輝き／朝日を受けた上の部分は明るく　窓によっては赤く／人がゆきかう下の通りは／まだ暗くなにかが靄っているようだが／それでも今日という日は目覚めたのだ（略）

死ぬべき森と決められた場所へ歩いていく／老いた象の悲しみほどの美しさはない／かれの姿は堂々と威厳に満ちていて／あれもやり残した　これも仕上げたかったと／のたうち廻った末の諦めも諦めには違いないが／自然の死は情を挟まないから／それ自体が花なのだ星の誕生なのだ

（「病院にて」部分）

死者は異議申し立ての声をあげなければならない／ことに戦争で死んだ若者たちはそうだ／きっとその時　神なき国の鎮魂歌が可能になる／雅楽でもなく行進曲でもない曲は／おそらく楽譜には書けない／見えない薄翅蜉蝣や桐一葉が落ちる時立てる音／それを聴くために僕は死のうとしている（略）

あるいは広場もすっかり焼跡になっていただろうか／大津波の後の町のように／おそらく僕はどこにいても孤りだったのだ／死んだ仲間が一人も戦線から逃げなかったように／微笑を浮べて目を閉じた波打際の死体の表情も／みんな一直線に大義の方を向いていた／今なら記念館や無言館にその足跡がある／そこからの足音は黒い朝でも眩ゆい夕暮でも／ひそかにあたりを明るくしているはずだ

僕らは政治的には反対の意見の場合が多かったが／それでも友を送る方法はあると知った　それなのに／同じ戦争で死んだ仲間を送る方法がないとすれば／それはおかしいと友の死に遭遇して分った／これは僕の死への第一歩として理解が進んだからか（略）

自分が死にかけているのに／身のほど知らずという批判もあるだろう／まだ暗黒の空が頭上にあるとしても／遅ればせながら死者を復活させるためには／死んでもいいと覚悟すれば自分の死は恐くない／それに僕の死は今は

（「繃帯」部分）

じまったばかりなのだから／ただ　困難はすぐ近くの別のところにある／死んだ若者たちを愛しながら否定すること／かれらの死を聖戦のための死と錯覚しないこと／たとえそれが平凡な顔立ちをした通念だとしても／これは違うのだ　だからあえて自らを失くせ

（「足踏み」部分）

これらのフレーズを引いて思うのは、辻井の目は自らの病状についてはつねに客観的であって、あくまで、それが社会的に可視化されていることである。高見順の詩集に『死の淵より』という名作がある。つぎのような詩である。

青春の健在

電車が川崎駅にとまる／さわやかな朝の光のふりそそぐホームに／電車からどっと客が降りる／十月の／朝のラッシュアワー／ほかのホームも／ここで降りて学校へ行く中学生や／職場へ出勤する人々でいっぱいだ／むんむんと活気にあふれている／私はこのまま乗って行って病院にはいるのだ／ホームを急ぐ中学生たちはかつての私

のように／昔ながらのかばんを肩からかけている／私の中学時代を見るおもいだ／私はこの川崎のコロムビア工場に／学校を出たてに一時つとめたことがある／私の若い日の姿がなつかしくよみがえる／ホームを行く眠そうな青年たちよ／君らはかつての私だ／私の青春そのままの若者たちよ／私の青春がいまホームにあふれているのだ／私は君らに手をさしのべて握手したくなった／なつかしさだけではない／遅刻すまいとブリッジを駆けのぼって行く／若い労働者たちよ／さようなら／君たちとももう二度と会えないだろう／私は病院へガンの手術を受けに行くのだ／こうした朝　君たちに会えたことはうれしい／見知らぬ君たちだが／君たちが元気なのがとてもうれしい／青春はいつも健在なのだ／さようなら／もう発車だ　死へともう出発だ／さようなら／青春よ／青春はいつも元気だ／さようなら／私の青春よ

高見順の本職は小説家であり、辻井のようにずっと詩作と並行してそれを進めてきたわけではない。しかし、高見が最後に残された者たちへの遺言として書いたのは詩であった。しかし、辻井はこの詩の素朴な心情吐露を文学的に認めなかっただろう。こうした私的感懐は旧態依然の自然主義的傾向で、あえてこうした散文的な詩を書かないことで、辻井は詩人としての矜持を保っていた。高見のような詩を書くのであれば、睡眠時間を削ってまで現代詩の創作にはあたらなかったにちがいない。

ここで辻井は、「自分が死にかけているのに」と状況を説明していても、高見のような私的感懐の心境に陥っているわけではない。死を通して、世界をみていくことへのまなざしが感じられる。高見の場合、医師から死の宣告を受け、そこで死の準備に入るという明確な線引きが行なわれている。その詩には、一人の詩人が死の淵に臨んで、若者たちに未来を託すという分かりやすさがある。そして、この詩は半世紀にわたって当時若者だった者の心を捉え、さらにまだ生まれていなかった読者の胸にも訴えて久しい。辻井はそうした高見の明快さを嫌悪し、たとえ人は死の宣告を受けようと、まさにその一分一秒前まで生きて思想を耕していくしかないと考える。だから、辻井は高見のように遺言めいた言辞を投じることなく、その生涯を賭けて戦死者の魂の蘇生というモチーフに挑む。この中で、「大津波の後の町のように／おそらく僕はどこにいても孤りだったのだ」というフレーズは、辻井の文学を支える基調音として捉えてよい。それは、かつて「私が私であるためには／どの仲間入りもしないことであつた」（「静かな街」・『異邦人』）と書いた時点からいささかの揺るぎもない。辻井ほど孤独を愛し、孤立を恐れず、それを最大の武器として活用した詩人はいない。

現代詩界は個人の利益が結社などの徒弟制度に守られることはない。すべて個人の責任ではじめ、終らせなければならない。そうした完全自立型システムは、辻井の性格に合っていたのではないか。辻井は短歌や俳句にも力を発揮したが、それはあくまで現代詩に付随した活動で、そこで歌集を出したり句集を出したりするまでには至っていない。何より、辻井の仕事は現代詩という社会から隔絶した言語形式の中で完結していたのである。

辻井はジャンルによって文体を変幻自由に変えることができたが、小説は一般読者を念頭に平易な文体で意味を伝えることを重視し、分かりやすい。辻井は現代詩を書くときのみに意味を伝えない暗喩(後期はアレゴリー)表現を用いた。それらを勘案してみると、辻井の詩は、たとえば前衛絵画をことばに置き換えたように、全体をなんらかのイメージによって捉えていけばよい。辻井の核心は、ことばを日常の意味の呪縛から解放させることであって、最後までその軸はぶれなかった。

辻井は二〇一三年十一月二十五日、肺不全のため死去するが、詩集『死について』出版後、一年と少しの時間しか与えられなかった。そして、二〇一四年二月二十六日、帝国ホテル本館三F富士の間で堤清二さん／辻井喬さんお別れの会が催された。つぎの団体・企業による合同葬でもあった。

公益財団法人セゾン文化財団、一般財団法人セゾン現代美術館、学校法人国立学園、株式会社クレディセゾン、西洋フード・コンパスグループ株式会社、株式会社そごう・西武、株式会社パルコ、株式会社吉野家ホールディングス、株式会社良品計画

かつて辻井が関わったセゾングループ企業が名を連ねていて、詩人・作家辻井喬として命を終えたという印象は薄い。たしかに、それだけ辻井は経営者として偉大な功績を遺したともいえるが、そうした側面が強まれば強まるほど、読者にどういう心理的変化が起きてくるのか。それは経営者堤清二、

詩人・作家辻井喬の評価の最大化であり、経営と文学の矛盾に生きた個性を薄れさせてしまう。この企業名をみて、辻井はすでに経営を離れていたが、創業者として敬意を払われていたことに文句をつける気はないのだが。

このお別れの会には各界から二千五百人が参列したという。会の実行委員長はコロンビア大学名誉教授ドナルド・キーンとクレディセゾン社長の林野宏であった。流通業界のリーダー、イオンの岡田卓也名誉会長、セブン&アイ・ホールディングスの伊藤雅俊名誉会長も参列している。それは詩人・作家辻井の立場を相対的に軽くしてしまいかねないが、はたしてこうした見送られ方を望んでいたのか。たとえば、財界色が強まれば、辻井の詩人・作家活動は余技と受け取られかねない。しかし、辻井はそうした矛盾を受け入れることをためらわなかった。その理由として、辻井にとって、セゾングループの提唱する生活総合産業は生活革命であったからにほかならない。そこでの生活革命は、資本主義から社会主義に移行するに匹敵するインパクトをもって、圧倒数の一般消費者に迎え入れられたといってよい。辻井にとって昼間の流通産業従事は生活革命の主戦場であった。まさに辻井は革命家のように新規事業の開拓に立ち向かっていったといってよい。スーパーにしろコンビニにしろ、そこには次世代の生活体系を視野に入れての先駆性があった。スーパーは弱小商店街にとっては黒船襲来であったが、それらはいわゆる主婦層をはじめとした一般大衆の生活環境を一新した。当時はまだフェミニズムが社会全体に浸透しておらず、家事の多くは女性の犠牲のもとにあった。スーパーを利用することで、主婦層には余暇が増え、その時間をかねて念願の文化的活動に充てることができた。現代詩の世界でいえば、カルチャーセンターが隆盛となっていくことと軌を一にしている。そこから、女性の書き手が増え、今や余暇をもたない男性の書き手を質量共に凌駕している。女性に生活的余裕をもたらし、彼女たちが文学に目覚めることは辻井の目論むところではなかったか。

つぎにコンビニだが、それなくして生活が成り立たないところまで生活環境が変化している。コンビニは富裕層ではなく、とりわけ自らの肉体を切り売りして対価を稼ぐ人たちの味方となっている。辻井の創設したファミリー・マートの店長に聞いた話だが、近くに再開発事業が始まると売り上げは急上昇するという。深夜を通して働く彼らに、もしも食糧調達が容易なコンビニがなかったとしたら死活問題であったろう。大手スーパー対地元商店街でいえば、すべてが壊滅したわけではなく、たとえば六本木ヒルズができて一番恩恵を受けたのは、近隣の麻布十番商店街だといわれている。再開発はブルドーザーで古い家屋を全滅させるイメージだが、商店街はそうしたものに屈しない底力も秘めている。筆者が見聞したところでは、他に板橋区のハッピーロード大山商店街、荏原町商店街などの賑わいは、一律に大手スーパーvs.商店街で図式化できないものがある。辻井には、自社のスーパーなどより、そうした人間味ある商店街のほうを好む傾向の感性があったのではないか。辻井は新旧対立という命題について、経済学という方程式で解くのではなく、新旧が内包する矛盾を矛盾として受容し、つまり、大型スーパーと小売の利害を対立させず、つぎのステップへと足を踏み出した。これはどの立場からも一定の批判を免れなかったが、そうしたときは「私が私であるためには／どの仲間入りもしないことであつた」というフレーズを自分の胸に言い聞かせたのだろうか。

いずれにしても、辻井はすべての矛盾をそのままに、財界、政界、文壇、詩壇の有数の人たちに見送られ一人旅立った。財界は利益追求、政界は勲章、文壇・詩壇は功名心、辻井はそれらに背を向けず生きた。しかし、辻井はそれらの名誉栄達に拘泥せず、つねに一人で精神内部の荒野に立ち尽くした。辻井を慕い、お別れの会には二千五百人が集まったが、それをみて孤独の生涯とはいえないという見方はできる。しかし、辻井はその輪からこっそり抜け出て、どこかで一人になることを望んでいたのではないか。

辻井の心残りは、本当の意味での死を直視した詩を作る時間がなかったことである。いわゆる、『死について』をさらに深化させた世界だが、もう少し時間があれば、それを書くことができたにちがいない。『死について』は未完の遺作詩集とみることはできても、それは辻井が納得したものではなかっただろう。

辻井は詩人として、詩集をつくり、それをフォローするための評論、入門書、評伝を書いた。つまり、すでに辻井喬論は辻井本人によって、その大半は書かれてしまっているのである。そうすると、このようなものを出版する意味があるのかどうか迷うが、それではまた二十年前に戻ってしまう。よって、この本は、辻井の力を借りて、私が少し前に進むためのものにすぎない。

七　辻井喬と小説

つぎに辻井の刊行した小説をみていきたい。

一九六九年九月、初の単行本『彷徨の季節の中で』（新潮社）刊行

一九七七年十一月、小説集『けもの道は暗い』（角川書店）刊行
一九八三年五月、小説『いつもと同じ春』（河出書房新社・第十二回平林たい子賞）刊行
一九八四年八月、小説『静かな午後』（河出書房新社）刊行
一九八五年一月、小説集『不安の周辺』（新潮社）刊行
一九八七年八月、小説『暗夜遍歴』（新潮社）刊行
一九九〇年十一月、小説集『国境の終り　―世の終りのための四章』（福武書店）刊行
一九九二年四月、小説『ゆく人なしに』（河出書房新社）刊行
一九九四年七月、小説『虹の岬』（中央公論社・第三十回谷崎潤一郎賞）刊行
一九九六年一月、小説集『過ぎてゆく光景』（文藝春秋）刊行。六月、小説『終りなき祝祭』（新潮社）刊行
一九九八年十月、小説『沈める城』（文藝春秋・第一回親鸞賞）刊行
二〇〇〇年五月、『命あまさず　―小説石田波郷』（角川春樹事務所）刊行。六月、小説『西行桜』（岩波書店）刊行。十月、小説『風の生涯　上下』（新潮社・第五十一回芸術選奨文部科学大臣賞）刊行
二〇〇三年三月、小説『桃幻記』（集英社）刊行
二〇〇四年九月、小説『父の肖像』（新潮社・第五十七回野間文芸賞）刊行
二〇〇五年四月、小説『終わりからの旅』（朝日新聞社）刊行
二〇〇七年五月、小説『萱刈』（新潮社）刊行。八月、随想集『幻花』（三月書房）刊行。十月、小説『書

庫の母』（講談社）刊行
二〇〇九年二月、小説『遠い花火』（岩波書店）刊行
二〇一〇年三月、小説『茜色の空』（文藝春秋）刊行

辻井の小説の中で、すでに述べた『沈める城』は重要で、この世紀の大作を仕上げた後、『風の生涯』『父の肖像』など、再び自伝的要素のつよいモチーフに変わってきている。

辻井の小説は、難解な前衛路線の詩を補完する自伝物と、詩集と対を為す『沈める城』などに分かれるが、数としては圧倒的に前者が多い。この中で、小説『沈める城』は詩集『沈める城』の深化だが、小説『過ぎてゆく光景』は詩集『過ぎてゆく光景』から独立している。

辻井の小説論を展開していったとき、軸となるのは自伝三部作、『彷徨の季節の中で』『いつもと同じ春』『暗夜遍歴』である。他に共産党活動家時代から結核療養を経て、父の衆議院議員秘書となるまでを緻密に書いたものとして、「若さよ膝を折れ」（「新潮」一九七〇年五月号）がある。『風の生涯』や『虹の岬』も、水野成夫や川田順をテーマにしていても、辻井の内面を色濃く反映したものとしてみてよい。

そのようにみていくと、小説『沈める城』だけは独立した文体で、詩劇を書くように執筆していったのではないか。

辻井は新聞小説をいくつか書いているが、『風の生涯』は日本経済新聞に一九九八年十二月十五日～二〇〇〇年四月二日まで連載。これについて詳しく書いてきたが、もう一冊、渾身の力で戦後を検

証した『終わりからの旅』（二〇〇五年・朝日新聞社）がある。朝日新聞朝刊に二〇〇三年七月一日～二〇〇四年九月十五日まで連載。これは辻井のメインテーマ、太平洋戦争の惨禍を通し、戦後日本の存在意義を照射する国家論が軸である。主人公は二人で、一人は戦争体験者で戦後はファストフードチェーンで成功を収めた人物、もう一人は戦後生まれの元新聞記者で、現役最後の仕事として、系列の出版部に移動し、戦争体験者の作品を収集している。彼らは年の離れた異母兄弟である。

兄の関忠一郎はアメリカ式のサンドウィッチチェーンを売り物とするNSSCチェーンを創業、チェーン五百を越える成功者となっても、戦争中、密林で起こった不意の出来事の幻覚に悩まされる。彼は戦地のペグー山系に逃げ込み、蜥蜴捕獲用の罠にはまり身動きができなくなり、出血多量で意識朦朧となる中、敵軍に捕えられてしまう。これが生涯の大きなトラウマとなって拭い去れない。なぜなら、皇軍兵士は「ゆめゆめ生きて虜囚の辱めを受けるようなことがあってはならぬ。その際は自決あるのみ」と教えられてきており、本来忠一郎は自決すべきであった。しかし、それができぬまま生きてきたことは、「戦友を裏切って生き延びた」（P二八四）のではないかとの罪意識に呪縛される。当時、将校として三分の二は戦死、残った者の半分は障碍を抱えて帰還するなど、戦後忠一郎のように普通に生きられた者の数は限られているという。戦争を始めるというのは、政治家の征服欲を満たすには払う代償が大きすぎて、ある面で人類滅亡を覚悟の非情な決断がいる。

戦後経営者となった忠一郎は、かつて商社マンとしてアメリカに滞在したことの経験からか、物事から無駄と遊びを失くすなど、その経営手法は非人間的な合理主義に徹している。彼の語る「経営者になるというのはだんだん具体的で細かい現実性から離れること、現実性の代わりに数値で現実を認識できたと思える人間になることかもしれない」（P四三四）というのは、セゾン時代の経営者辻井の実像であろうか。そうでなければ、西武をデパート売上日本一にはできない。

弟の関良也は『現代人の俳句全集』を世に出し、さらに全国に散らばる俳人の足跡を訪ねて、戦無派による『きけ わだつみのこえ』をまとめることを計画していた。その記録集のタイトルを、太平洋戦争のイメージから、『潮騒の旅人』と名付けていた。これについては、戦争体験者の忠一郎から、「だいたい戦争のセの字も知らん男」（P五〇二）がそんなことをすべきではないと攻撃される。しかし、こうした体験至上主義が、戦争犯罪の普遍化をどれだけ妨げる結果になっているだろうか。この兄弟の確執は戦争に対しての見方の対立からきている。

これに物語は二人のかつての恋愛相手を探す旅が加わる。忠一郎には良妻がいて、いずれ後継者になるべき子供もいる。さらに戦友で同じく捕虜となり、戦後は弁護士となった親友の房がいる。房はまさに黒田官兵衛的存在で、公私ともに忠一郎を支えている。そんな人生の成功者の彼だが、つねに仲間を見捨てて敵前逃亡したのではなかったかという、かつての忌まわしい戦地の記憶に囚われる。そして、もうひとつ気がかりなのは、アメリカ在住の独身時代に恋愛相手となったグレタという女性である。グレタは忠一郎がアメリカで商社のマーケット調査をしていた頃の案内役、ヤスシ・ヤマナカの妻であり、彼が所用で日本に帰ることになったとき、後の面倒を託されたという経緯がある。そこで忠一郎は人妻と関係してしまうのだが、その背後には夫はもうアメリカに戻れないという家庭的事情があったから仕方ない。つまり、グレタはヤマナカの個人的事情でアメリカに置き去りにされてしまったのである。

過去にグレタは、ナチスドイツのユダヤ人狩りからアメリカに逃れてきた経緯がある。そのとき、グレタを除く家族はことごとく亡命に失敗するが、彼女はアメリカで親子ほど年の違うヤスシ・ヤマナカに運よく助けられるのである。

ヤマナカがニューヨークに戻ってくることはないことを知り、忠一郎は結婚を前提にグレタと付き合い始めるが、彼女もまた突然祖国に帰ると言い残し消息を絶ってしまう。それから、忠一郎は日本に帰り、事業を成功させるのだが、人生のゴール寸前でかつてのグレタとの記憶が脳裏によみがえる。それにしても、なぜ忠一郎がこんなかつての恋人探しという衝動的な行動に出たのか。それは事業経営を譲り、「死んだ戦友への償いの気持とか、国が敗北したのに生き残ってしまった自分は経済大国になるために頑張るしかないというような大義から解放」（P五三〇）されたという思いからなのか。

良也もまた、かつての青年時代の恋人茜を探す旅へと向かう。茜の父親は陸軍士官学校出の職業軍人で、良也との交際中、彼女はその父の看病にあたっていた。この父は戦地で人肉を食べた経験があり、茜は「私にも父の光背が出る可能性がある」ことを憂い、そのことがトラウマで良也との結婚に踏み出せず、消息を絶ってしまう。その後、良也は結婚し、子供はいないが、東京郊外に一戸建ての家を建築し、妻と何不自由のない生活を送っていて、家庭を捨て茜に会いにいく理由が見当たらない。二人は社会の第一線から退こうとするタイミングで、兄はグレタを探しにリトアニアに、弟は茜を探しにバリへと向かう。その破天荒な夫の行動に対し、妻たちはまったく違う反応をする。兄の妻は「それでグレタさん見付かりましたの？」（P六〇六）と忠一郎の行動を容認し、夫の思いに寄り添うのだが、弟の妻は離婚も辞さずとの頑なな態度を取る。ここで辻井が訴えたいのは、戦後日本人のだれもが、はたして「ゆめゆめ生きて虜囚の辱めを受けるようなことがあってはならぬ。その際は自決あるのみ」を実行した者たちに報いる生き方をしてきたかどうか、ということである。

忠一郎はグレタを探しにリトアニアに行ったが、彼女がそこに戻ったという記録は諸機関のどこにも見いだせない。すでにグレタは生きていても八十歳に達し生死不明、忠一郎は街角で若い女性に幻影をみることでしかグレタに再会できず、終わりからの旅に決着がつけられる。

良也は妻との生活を捨て、茜との生活を夢見るが、彼女は末期がんですでに余命半年を宣告される身の上であった。良也はその半年に命を賭けるのだが、日本に連れ帰る前に急死してしまう。こちらはかつての恋人の死によって終わりからの旅にピリオドが打たれる。

これを読んで生じるのは、忠一郎の場合、あれだけ事業経営で合理性を追求できる人間が、どうして情緒的にグレタ探しなどができるのかという二律背反的疑問である。これは辻井のいう一個の人格に異質の個性が同居することで説明できるのか。この人物設定に読者は多少戸惑いを覚えるかもしれない。

この物語にトシオ原口という特異な人物が登場する。彼は忠一郎がかつて収監されたイギリス、インド、アメリカ三国が共同管理する捕虜収容所の通訳であった。収容所内、彼に捕虜日誌をもっていくのが忠一郎の任務だった。原口は博多の酒問屋の次男でアメリカに帰化した日本人である。戦後は再び日本に帰化し、福岡の大学でアメリカ文学の教授になっていた。この原口は、忠一郎について、収容所で「奇妙な癖を持った男がいた。二重人格を悪いとばかりは言えないが、彼には強い放心癖と、死地を潜ってきただけの変に現実的なところと幻想癖とが共存している」（P三〇二）と述べている。

これは原口が良也に語ったものだが、これは辻井そのものではないか。この原口を通し、忠一郎の奇妙な癖というのが語られている。

「夜、一人だけでハウスを抜け出して長い時間月を見ているんだ。ある晩、ふとその姿を見て僕はあわてた。脱走を考えていると誤認されれば射殺される危険がある。注意しようと僕が管理棟を出て歩き出した時、関少尉が吠えはじめた。よく狼が月に向かって吠えている図があるだろう。あれは不思議だった、奇妙だったな」

（P三一一―三一二）

中島敦の『山月記』を思わせる幻想ロマン的な描写である。辻井には現実的なところと幻想癖とを共存させる性格があり、この手立てによって人生の難所を乗り切ってきたのだろうか。辻井の初期の小説『けもの道は暗い』（一九七七年・角川書店）は、変身願望の中に人間の哀感を書いたものであったが、当時から、別の何かになるということで、経営者として日常的に訪れる修羅場を乗り切っていたことが推察できる。

辻井にとって、忠一郎の戦場体験は自らの軍国少年のスペクタルな夢想に置き換えられる。良也は辻井と同じように愛人の子として出生。良也は十七歳の時、この母からいろいろな意味で「あなたは滅びのなかから生まれた」（P三一七）と告げられる。ここでの滅びは、実家の火事ということもあるが、国家の消滅とともに生まれたということでもあろうか。そして、日本は焦土から国家再生の道を模索するのだが、辻井からすれば、革命願望のあった一九五〇年代、まだ日本人の心に戦死者の魂を背負う意識は共有されていた。しかし、経済の高度成長が始まり、人々の日常が己の欲望を満たすことになっていくと、彼らの内面から戦死者の魂は姿を消していくことになる。そして、さらに戦後五十年から六十年と、日本人の戦後意識は戦死者追悼行事の中で形骸化していった。この小説の時代状況は、そうした時代状況と重なるが、ここで辻井はもう一度、戦死者の魂を現世へと呼び戻すことを責務と感じたのであろうか。終わりからの旅は、一人が求める女性は行方不明、もう一人は異国の地での死ということだが、それはみごとに現在（戦後七十年）の日本の空洞化を象徴していないだろうか。

リトアニアは五月中旬から二ケ月以上、白夜になる。辻井にはオペラの台本「愛の白夜」がある。二〇〇六年二月二十四日、二十六日、世界初演として神奈川県民ホールで上演された。作曲は一柳慧、指揮は外山雄三、演出は白井晃。これはユダヤ人避難民にビザの発給を決断した外交官杉原千畝がモデルである。杉原（劇中名は上原専治）はリトアニアの領事館に勤めていて、そこにはポーランドから大勢のユダヤ人がナチスの迫害から逃げてきていた。一九四〇年当時、リトアニアは中立国で、ユダヤ人はそこに逃げて、ロシアのシベリア鉄道で日本に行き、そこからアメリカに亡命する計画が立てられていた。杉原は本国政府の意向に従わず、彼らにビザを出すのである。杉原の判断で、六千人以上のユダヤ人の命が助かったと言われている。このオペラの台本を書くにあたって、リトアニアを母国とする『終わりからの旅』のグレタがイメージされたにちがいない。

良也が企画する『潮騒の旅人』は、戦死した将兵、残された家族、離散した恋人たちまでの証言を集めることにあった。その意味で、忠一郎はもとより、良也自体が収集の対象であったということか。

辻井が八十歳の時に書き下ろした『萱刈』（二〇〇七年・新潮社）も『沈める城』の系譜につながる思想小説である。『沈める城』はマルクス主義と天皇制という二つの城を措定し、人々が抱く共同幻想を軸に日本人にとって国家とは何かを追求した大作であった。『萱刈』はテーマを日常に引き付けて、そうした共同幻想の城に入れない男の悲哀を描いた幻想小説である。主人公は何百年も前からある城下町で高校まで育つ会社員。城主は村全体を支配しているが、だれもその姿を見たものはいない。彼の家はその城から萱刈りの特権を与えられている名家であった。しかし、実際に萱刈りに従事するのは彼から依頼を受けた労働者で、彼の家の仕事は刈りはじめの日、「翁烏帽子を被り、狩衣に括袴という出立ちで舞を舞い、女も混った仮人たちの音頭を取る」（Ｐ七）ことをするという。他に村には、城から村への達しを司る飛師、城への上納金の徴収や村道の改修費などを村民に割り当てる蔵師がいた。さらに、村の上流階級を構成する部族としてのほかい部があり、彼らは和歌を詠んだり、琵琶を演奏し、昔から村に伝わる物語を聞かせたり舞を舞う。萱刈部の長男は、五歳になると、ほかい部に行って萱刈りの古歌と儀式を習わなければならない。主人公は兄についていき、これを習ったことがある。城に召される女性は、この四つの部族から選ばれることが決められていた。主人公は東京の大学工学部を卒業する頃、このほかい部の女性と見合いをさせられ、婚約してしまう。就職は大手建設会社の建築設計・都市計画室に決定する。そして、数年後、村が大火に見舞われ、主人公の家族もろとも全滅してしまう。婚約者は城に召されたという以外、消息不明。

萱刈部直系唯一の生き残りとなった主人公は、東京に戻ると社員寮とは別にまた渋谷に隠し部屋を借りる。洋服箪笥の後ろの穴から隣りの部屋が覗ける。彼は隣りの部屋に忍び込んでみると、やはり覗き穴があって、みてみると自室と同じように、部屋全体に光線が濃淡をつけて走る風景が広がり、同じ部屋が無限に続いているような錯覚に陥る。

大火から四年後、彼は取引先の経営者の娘と結婚する。それから五、六年後、彼は地方出張が増え、ある県の若手知事のアドヴァイザーに就任、城を二つ復元、新しいショッピングモールの建設など、城下町の街並みを復活させる。その間に妻は失踪してしまう。それから、主人公は萱刈村の再生の技術顧問になる任務が与えられる。彼を推薦した常務によれば、まだ村には領主様と呼ばれる君主がいて、絶対的な権力を誇っているという。主人公はそこで、飲み屋の女将から未亡人を紹介され、その家の離れに下宿することになる。彼女は萱刈村の出身で、自分の亡夫は蔵師一族の出であったことなどを語り、主人公が城主に面会できるようにいろいろと参考意見を出してくれる。そのうち、彼は夫人と肉体関係をもってしまう。

いろいろ都市計画案を練っているうち、主人公は何者かにビルの最上階に幽閉されてしまう。訊問で、「技師さんよ、都市計画って何んですかねえ。それ人間を幸せにするんですか。道を真直ぐにして、規格型の家を整然と並べて、気分がいいのは設計者だけなんじゃないの」（P八五）と聞かれる。辻井は、セゾングループで数多くの都市計画、開発事業にも着手したが、終わってみれば「こんなはずではなかった」という思いが強かったのではないか。そこでの実体の説明はないが、幽閉は君主の意志だと名乗ったことについて、それは戦前日本の特高のようにもみえたし、日本共産党分裂時、国際派の党員に圧力をかけた所感派の査問委員会のようにもみえる。だれもが国民の自由と平和のために闘うというが、いずれもそこには言論弾圧が出てきて、云う事を聞かなければ逮捕、監禁というのは最近まで日常的に起こっていたことである。これから先、そうしたことが起きないという保証はどこにもないし、むしろ日本国民は恒久的にそれが奪われないよう、つよく意識していなければならない。

主人公は幽閉中、大火で古い王権を滅ぼし勢力の頂点にいるものか、ただ強者に身を寄せて命脈を保つ形式的な君主かなど、権力の象徴にいるものの正体に想像をめぐらす。しかし、作者には自分を捕らえた者も、それを命令した者がだれかも分からない。ある時期、政財界の頂点近くにいた辻井に分からないのであれば、それはだれにも分からない。それはここでの村民といわず、国民すべてが権力の頂点にいる者について、何かを探ることはつねにタブーなのである。ここで辻井は、そうした可視化できない権力組織のヒエラルキーについて、つねにそれは幽閉はおろか、大火での村民全滅など、きわめて危険な暴力装置を隠し持っていることを説いている。そうしてみると、われわれの日常は、何か得体の知れない正体不明の何かに支配されているということか。辻井はタブーについて、つぎのように説明している。

触れ過ぎると今の体制、ひとつの党が事実上独裁体制を敷いている現実と、城の権力の本来の性質との間の矛盾が人々の目にはっきり映るようになってしまうからだ。（P一〇二）

このアレゴリーは、辻井が過去の共産党分裂時に遭遇したスパイ容疑に当て嵌まる。このイメージは、辻井の書くものになんども出てきているので、よほどこの不条理な体験は身に応えたにちがいない。ここでも、主人公は「村から派遣されたスパイ」（P一一〇）だとしている。そして、突如、釈放される。理由を聞いても、逮捕の理由がないから、釈放の理由もないといわれるだけ。主人公はそこでも隣りの部屋を覗くが、渋谷のビルの部屋から覗いた風景と同じだった。そこにあるのは、それまで自分が創った低コストで量産可能な集合住宅であった。

それから主人公は、図書館にこもり村の歴史調査を終え、現地調査に入って、かつて自分たちが住んでいた家の場所を探すが見当たらない。それから、萱原のなかの行き止まりになっている細い道で舞うことを決意する。舞台に上がると、そこには群衆の先頭に立って大きな旗を振っている亡き兄がいた。踊ろうとすると、彼は二人の女性に呼び止められる。ひとりは城に召された婚約者であった。当然、彼はかつての婚約者に城内の様子を聞くが、「君主の存在は常に気配だけ」（Ｐ一七三）としか返事は返ってこない。ある意味、これが人民を支配している体制の象徴的意味かもしれない。正体が分かれば、それは世俗的な権力闘争に利用されるなど、いわば体制の転覆というテロ行為が日常化してしまうかもしれない。正体が分からないからこそ、だれも手の下しようがない。そして、主人公が奇妙な秘密組織に幽閉されたように、そのタブーに、たとえ間接的にもいったん手を触れようとするならば、その身に危険が生じてくる。辻井にとって城とは、天皇制とマルクス主義の二極のことであったが、ここでいう君主とは何を指すのか。辻井は三島由紀夫への共感はあったが、かつてのマルキストの思想をすべて放棄したわけではなく、その両極についてを考えていたのではないか。

そうしたことについて、辻井が同時期に出版した評論集『新祖国論』（二〇〇七年・集英社）から、その中身について考えてみたい。辻井の考える国家像は、たとえば天皇制とマルクス主義という二つの城に対峙する市民共同体のようなものをイメージしているようだ。戦前日本は、天皇陛下の赤子として一致団結する立憲君主制で、それを脅かすもうひとつの城、マルクス主義者を徹底的に弾圧した。戦後ひとつの城はアメリカ的自由の受容と引き換えに象徴に後退した。その戦後的自由の享受とは資本を懐に世界の金融市場を跳躍することを意味した。もはや、そうした戦後的自由の暴走を止める者はだれもいない。今や経営者にとっての神とは貨幣価値で、労働者は産業戦士である。ときに、汚く稼いできれいに使うなどの免罪符もあって、どんな手段でお金を稼ごうと今はどこからも文句が出ない。すべての世俗的評価は、貨幣価値に還元されてはじめて意味をもつという、すでに日本が、かつて「武士道」の国であったことに思い巡らせることはできない。戦後日本の経済効率至上性は、金銭に還元されない超越的価値をことごとく消滅させていった。たとえば、東日本大震災で改めてその価値が見直されたように、村落共同体（地域共同体）がもっていた「目の前に困っている人がいるなら助ける」という日本人ならではの互助精神である。これらの善意は戦前、軍国主義に隣組制度などを組織し悪用された。戦後になって個人の自由を奪うものとして否定的にとらえられ、それらが人々の前に再びよみがえることはなかった。

そうして消えていった共同体に代わって登場したのが、労働組合などが呈示する職場共同体であった。そこでは様々な文化サークルが生まれ、一時期詩の雑誌などにもサークル詩人ということばが周知された。しかし、これも官邸主導の企業の買収・合併などによる再編成、グローバル化の波を後押しすることで衰退していった。世界的な規模での経済戦争に打ち克つためには内側での結束は不必要ということか。それと同時に、夫婦の共稼ぎや少子化などによって家族という共同体も消えていった。かつて一家団欒というのが生活の基本で、だれもがそこに価値と喜びを見出して労働に勤しんでいたはずだ。辻井は経営者として、社員たちには家庭の平和と喜びを、消費者には一家団欒に寄与する商品開発に心を砕いていたことは想像に難くない。辻井は詩人・作家として、消費者が享受する豊かさを人間的豊かさの次元に高めようと努力していたのである。しかし辻井は、ある時期、自らが発案した物質的豊かさが人間的豊かさを保障するものでないことを認識する。それが直接的な原因ではないにしても、バブル経済の崩壊もあって、経営の第一線から身を引くことを決意してしまう。辻井がたえず主張していたのは、人々が自由な立場で結集し、そこで価値観を共有する働きとしての「感性の共同体」である。たとえば、ここでいう感性とは、かつて辻井が主導したパルコ文化のようなものであってもいいし、二〇一五年現在の国会前の安保法案反対のデモのようなものを想定してもよい。そして、なぜ「感性の共同体」なのかについて、つぎのようなことを述べている。

　中世封建制国家にとって、絶対的な神の存在が揺らごうが揺らぐまいが、近代国民国家の時代になって、それにエネルギーを供給するナショナリズムがあろうがなかろうが、人間の生息を可能にする社会構造としての共同体は存在していた。（『新祖国論』P二二五―二二六）

西欧の共同体には日本同様、任意に選択可能な村落共同体や職場共同体、それにキリスト教共同体などがあり、それらは国家権力とは異質の講、組合、結社などであったが、それらはナショナリズムとは無関係に組織化されている。故郷を思う心とそこに住む人たち、いわば共同体に思いを馳せる心は本当にいけないことなのか。辻井からすれば、それはかつて軍国主義的城主によって悪用されたものであって、それを本来の正常な形に奪還することこそ急務なのではないかと問う。それについて辻井は、「国を愛する心、自分の郷里を自慢したい気持ちは自然な感性の動きだと思う。しかしそれは、感性という個人の内心の問題であって、権力に強制されるべきものではない。」（『新祖国論』P一一九）と述べている。

　この本が書かれたのは今から八年前であるが、辻井はすでに、政府によるナショナリズムの悪用を危惧している。

　彼らは今日の社会の堕落も、青少年犯罪も、すべてを憲法や教育基本法、言論・思想・表現の自由を保障している諸制度のせいにして、無責任にも戦後体制の一掃を唱え、六十年かけてようやく実体化しつつある民主主義体制を〝改革〟しようとしている。そのために彼らは、ニュースソースの秘匿を認めず、テロ防止を口実に『共謀罪』を提案し、個人情報の保護を理由に政府の情報管理権を強化しようとし、憲法を改正しやすいように国民投票法を作ろうとしている。

（Ｐ二二六）

二〇一五年、戦争法案と呼ばれる安全保障関連法案が成立し、自衛隊の海外派兵が承認され、武器輸出も現実化し、ヨーロッパで起きたイスラム国のテロを契機に、日本国内でも共謀罪の成立が検討され始めている。これは辻井がもっとも恐れる戦後日本の戦前化ということになる。ここでのナショナリズムは、辻井によれば一部為政者たちの「侵略的ナショナリズム」の発想で、本来の国を守る精神とはちがう。

辻井からすれば、本来自由意思によって形成されているはずの共同体が、戦前「八紘一宇の思想」のもと、いわば城主の権力行使によっていとも簡単に崩壊してしまったことが問題なのである。辻井は、日本近代詩の翻訳文化受容から始まった思想と感性の乖離を指摘している。

同じ認識の構造から感性と思想は縁のないもの、異質なものと考えられた。しかし、感性につながっていない思想の言葉が説得力を持たないのは当然である。敗戦後六十年の過程で、いわゆる革新的言説が次第に影響力を失っていったのは運動を指導する人たちが現実を認識することを拒否し続け、総てを原典から解説しようとしてきたばかりでなく、彼らが感性に訴える言語を持たなかったからではないかという気が僕にはしている。

（Ｐ二二五）

辻井は詩人・作家なので感性を優位に物事を考えるが、それについて、「僕はその人が知的であるかどうかは、自分の思想や判断、感性の限界を知り、それが宇宙の森羅万象に通用するものでないと考えられるかどうかで決まる」（Ｐ四三）と語っている。たしかに、〈詩的な政治家〉、〈詩的な官僚〉、〈詩的な経済学者〉、〈詩的な裁判官〉という文化的形容は成立しにくい。むしろ、それらは本分をまっとうするには障害となりこそすれ、プラスには働きにくい。しかし辻井は、たとえ共産党の綱領を一般に語るにしろ、聴衆の感性に訴える力が働かなければならないのだとしている。

ここで『萱刈』という幻想物語は、つぎのように終わる。

大火の後の合同葬に参加したとき、飛師の友人がぼくに、

「君ももうこの村には来ない方がいい」

と囁いたのには、いろいろな意味と想いがこめられていたように思い返された。その当座は城の君主の権力が村の指導層の家系を狙っているという意味にだけ取ったのだけれども、それはどうやら浅薄だったようだ。村に帰って自分の体内に染みついている伝統などが触発されると、都会での平板で平和な日常に帰還できなくなる危険がある、というようなことも含まれていた忠告だったと考えた方がよさそうだ。とすると、何度か覗き見た無機質の部屋、人間がいた気配が少しもない空間こそ、ぼくが腰を下すべき場所なのだろうか。（Ｐ一八〇）

辻井は日本人がタブーとすべき二つの城について、感性の共同体によって再興を試みようとしたが、この小説のエンディングで「城に入る許可はついに実現しない」とそこに立ちはだかる堅牢な壁を暗示している。そして、主人公が、無機質でだれもいない空間に佇むことでこの不条理劇は終わる。

辻井と同人誌活動を共にした作家に司馬遼太郎がいるが、司馬は「日本人とは何か」をテーマに国民作家となった。辻井が司馬に論及した著書に『司馬遼太郎覚書 ―「坂の上の雲のことなど」』(二〇一一年・かもがわ出版) がある。この中で、辻井は「司馬が思いえがいた『この国のかたち』は、司馬のなかにしかないものでありながら、しかし何とはない想像の共同体の中にあったといえるだろう。」(P六九) と述べている。辻井のいう「感性の共同体」に、司馬の「想像の共同体」が重なり合うとき、不可侵の城を越えるための新たなビジョンがみえてくる。辻井は、日本人の想像力について、「敗戦後の日本の歩みゆきのなかで、金権社会が出現したことで人々から想像力が失われた」(『新祖国論』・P一八六) と指摘している。

辻井は、東大在学時代の一九五〇年六月、同人誌「金石」に小説「車掌甚吉」を発表している。筆名は中田郁夫。この同人誌の中心は成田有恒(寺内大吉)で、その寺内が一九五七年五月、「近代説話」を創刊している。創刊号には、寺内の他、司馬遼太郎、清水正二郎(胡桃沢耕史)、吉田定一、石浜恒夫などが参加している。辻井は寺内に誘われ参加、短編小説「初老の人」を発表。「近代説話」は三号から伊藤桂一、四号から黒岩重吾、五号から尾崎秀樹、九号から永井路子が参加。辻井は九号(一九六七年四月)に、詩作品「飛翔」を発表。このグループから多数の直木賞作家が出ている。これによって、辻井は小説家として無意識に彼らから刺激を受けていたのかもしれない。ただ、辻井の軸足は終始現代詩の創作にあって、彼らの後を追い本格的に創作活動を展開したとはいえない。ある意味、『沈める城』を除き、他は詩を補完する意味での必要最小限の仕事にとどまっている。

八　日中文化交流協会と韓国詩人高銀

辻井の活動は幅広く、どこまで書いたら終わるのか分からない。ここでは、これまで触れていない言論文化活動の一端をみていきたい。まず、国際交流として、辻井が最後まで力を尽くした日本中国文化交流協会の活動がある。この会は一九五六年三月二十三日、日中両国間の友好と文化交流の促進を目的に中島健蔵、千田是也、井上靖、團伊玖磨たちが中心になって創立。会員は文学、演劇、美術、書道、音楽、映画、学術など各分野から多岐にわたっている。

辻井はこの会に七〇年代から参加し、一九九五年十一月、顧問、二〇〇四年四月に会長に就任。八一年四月、井上靖会長を団長とする同会代表団に同行し、魯迅生誕百周年記念大会に出席。九六年六月、團伊玖磨会長を団長とする日中文化交流代表団に同行。会長就任後、〇四年五月、訪中し、当時の胡錦濤主席と会見、中国人民対外友好協会創立五十周年記念祝賀会に出席。〇八年十月、北京の人民大会堂での日中平和友好条約締結三十周年記念祝賀会に出席、胡錦濤主席と会見。〇九年九月二十八日から十月四日まで、中国人民対外友好協会の招きで北京を訪問し、中華人民共和国建国六十周年記念祝賀に出席。辻井は民間大使として毎年のように中国を訪問、日中の友好、相互理解を深めていくことに貢献した。

日中文化交流協会は、設立した年の五月、戦後初の中国京劇代表団を招聘。七二年には、上海舞劇団を招聘し、三木武夫や中曽根康弘たちの閣僚が参加、日中友好のムードを高めていくことに貢献した。

二〇一四年四月三日、日中文化交流協会主催で辻井喬前会長追悼会開催。程永華中国大使、日中友好協会の加藤紘一会長、日本国際貿易促進協会の河野洋平会長、日中友好会館の江田五月会長たち、各界からその関係者三百名が出席。程大使は、「中国と中国文化を愛し、生前、中日の文化交流に積極的に力を尽くし、両国の文化交流と文学界の友好往来に生涯、精力を注いだ。一九七三年から日本文化界の代表団を率いて二十八回訪中し、中国の文化界と深く厚い友情を結んだ。」と語っている。辻井と中国の文化交流についてはー章を割き論じたいところだが、それはつぎの機会に譲りたい。中国に題材を求めた小説集に「桃幻記」（二〇〇三年・集英社）がある。

韓国については、高銀詩選集『いま、君に詩が来たのか』（二〇〇七年・藤原書店）の跋、『高銀問題』の重み」がある。

詩集は青柳優子・金應教・佐川亜紀訳、金應教編。解説は崔元植・辻井喬。筆者も九〇年代前半、崇実大学（ソウル）で開催されたアジア・キリスト者文学会議に出席し、日本の詩の状況を発表させてもらったことがある。その後なんどか日本・韓国のアンソロジーに詩作品を寄せたりもしている。その中で思ったのは、日本よりずっと詩が盛んな韓国現代詩の全貌を俯瞰し理解することの難しさであった。日本であれば、日本現代詩人会と日本詩人クラブ、それに総合詩誌「現代詩手帖」や「詩と思想」などを頭に入れて考えれば、おおよその詩人たちの活動状況を知ることができる。それと同じ理解の仕方を韓国現代詩に求めても難しい。とくに、日本国内での韓国詩の紹介は客観的価値に乏しく、当該詩人による自己ＰＲやパフォーマンスの手段として使われていることが少なくない。つまり、彼らは日韓の詩の仲介者と称して、自分の都合のいいように韓国詩壇の情報を歪曲し、ときにそれを矮小化して日本の一般読者に伝えたりしてしまう。そんな断片をいくつかみていくうち、いつのまにか私は韓国詩の探求に限界を覚え、興味を失ってしまった。それ以上に、時に現代詩が百万部も売れてしまう韓国と、そういうことがまったくない閉塞した日本とが同じ土壌で詩を語れるものなのか。あるいは詩人を職業として生計の維持を図っている人が数百人いる韓国と、ほとんど別に生計維持を図るための職業を持ち、そうした生業の余暇として行っている日本ではあまりに詩的環境がちがいすぎる。

だが、高銀詩選集を読んで、久し振りに韓国現代詩の魅力に引き付けられたといってよい。まず、冒頭の「日本の読者へ」と題した高銀の熱いメッセージ、さらに「君に詩が来たか」というグローバルな感覚で書かれた詩に魅了された。


　あの世の魂をこの世に呼び出す時、この世の執着から抜け出せない魂をなだめて送り出す時、韓国語はその鎮魂の叙述を通してより一層切なるものとなる。

　私の詩もまた何か鎮魂の言語であることを願っている。だから、韓国語の宿命の中で生まれた私の詩が一つの魂として彷徨うことを夢見ぬわけにはいかない。

　韓国語の海の向こうに日本語があること、中国語があること、そしてベトナム語がある幸福と、それらの言語の境界を越える幸福で私は独りではない。

　こういう私の言語が日本語の友情によって新しく生まれたことは詩の行路をあらためて悟らせる。なぜなら、詩はあるところから他のところへ行くことを詩自身の生としているからだ。そうだ。詩がある国の響きなら、その響きはやがて他国の旅人になるのだ。今なおあのシュメール時代の詩が今日の旅人として生きている事実と違わないように。

君に詩が来たか

胸　開いた　肺が出てきた　ホカホカの心臓が出てしまった／息は　千年前の未来／しっかり隠れた／千年後の過去／これらがムクムクと湧きあがり／今日の素顔を作りだす／陽炎／かげろうのメスよ／発題　そして貧弱な討論／／二〇〇〇年は二十世紀なのか　二十一世紀なのか／二〇〇〇年の初夏／慶州普門湖《キョンジュボムンホ》の一隅／ホテルの食堂で／私は桜の間から湖水を見ていた／水はあまりに多くの虚偽に／取り囲まれていた／／いまからアメリカ帝国主義と闘うために／／一緒に組もうと／／ブルデューが私に言った／彼は私より三歳上／私よりもっと少年だったし／私も尻馬に乗って少年だった／／水は　水中の短い生と死に／知らぬふりをしている／／フランスの過去と／韓国の現在が一塊りとなって／今日の顔を作りだす／／おお　偶然の絶対／／その時／ガラス窓の外に／一羽の四十

雀が飛んでいった／（雀ではなく四十雀だろう）／私の視線は／熱い帝国主義をそのままにして／その鳥／その鳥の刹那に生け捕りにされた〃ブルデューが尋ねた／いま　君に詩が来たのか／と／（鳥が飛んでいったから間違いなく君に詩が来たはずだ）

（青柳優子訳・以下略）

高銀の高い知性に裏打ちされた詩的言語は、自由自在にこの時代の困難な社会状況を突き抜けている。「君に詩が来たか」には既成の政治的イデオロギー、あるいはありきたりの詩的技法に依存しようとしない前衛的姿勢が読み取れる。あるいは人や事象に対しての先入観がない。日本の詩人はこうした高銀のラジカルな姿勢を忘れてしまっているのではないか。

巻末に高銀の詳しい略年譜が掲載されているが、その中から主なものを拾い上げてみたい。

一九三三年全羅北道の沃溝に生まれる。五一年出家し、法名一超。五八年、韓国詩人協会機関紙『現代詩』に詩作品『肺結核』発表し、詩壇デビュー。六〇年、第一詩集『彼岸感性』刊行。七〇年、民主化運動、労働運動に積極的に関わり、国家機関による連行、逮捕、監禁が繰り返される。八〇年、光州事件に関連し、戒厳司令部に連行され、特別監房に送致、軍法会議で終身刑が宣告される。八二年、放免釈放。

八八年、民族文学作家会議で南北作家会議提唱。八九年、南北作家会議の

予備会談を開くため板門店に向かうが、白楽晴、申庚林らと共に連行。その後、安城の自宅で連行され、国家保安法違反の疑いで拘束される。

九四〜九八年、京畿大学大学院教授。九八年、政府の許可を受け、北朝鮮を訪問。九九年、ハーバード大学、カリフォルニア州立大学バークレー校の招聘教授として米国に一年滞在。〇〇年六月、南北会談の金大中大統領に同行、詩を朗読。

著書に詩集・小説・評論集等一三〇余冊。邦訳『祖国の星』(金学鉉訳・新幹社)、『華厳経』(三枝壽勝訳・御茶の水書房)、『「アジア」の渚で』(吉増剛造との共訳・藤原書店)。


高銀の経歴の一部だが、この詩人の権力へのあくなき抵抗姿勢をみることができる。高銀は詩人として韓国の民主化運動、南北首脳会談という二つの大きな社会事象に直接関与しているが、日本の詩的状況に置き換えれば、このような詩人の行動形態は理解しがたい。しかし、一方で高銀は法名一超を持つ尊師であり、あるいは大学教授としての顔も合わせもつなど、それら多彩な経歴から生み出された著書は百三十余冊に及び、まさに日本ではまずみることができないスケールの詩人なのである。

本著には、高銀の詩論「詩は誰なのか」が収録されているが、ここではあえてそれに触れず、辻井喬の跋「『高銀問題』の重み」について考えてみたい。日本はＧＨＱに政治支配されたことで、国家の基本的ビジョンが経済大国の道一筋に歪曲してしまった。辻井は戦後期に革命家、日本の独立以降は大企業の経営者として、戦後から昭和の終わりまで激動の歴史を体現した人物である。その意味で辻井は、日本の現代詩人として、唯一高銀と真っ向から向き合い、『高銀問題』の重み」を呈示できる資格をもつ詩人だといえよう。

ここで辻井は、非常に分かりやすく「高銀にあって、日本の詩人にないもの」という視点で、日本の現代詩の問題を掘り下げている。

祖国を歌えない日本の現代詩

その第一は、彼が歌い、彼が訴えているような作品を、なぜ日本の現代詩は創ることができないのか、という問題である。どうして僕らは祖国とか国を愛するとか、異性のことを作品『休戦線のあたりで』の中でのように、『北韓の女人よ　私がコレラとして／そなたの肉の中に入って／そなたとともに死んで／一つの墓に入って　我が国の土になろう』という具合に語れないのか、ということである。この対比は日本の現代詩人と高銀作品との比較であるばかりでなく、ドイツの占領下でパリの詩人たちが創った詩作品と現代日本の詩との対比でもあるのだ。（略）

伝統拒否と高等遊民化

第二に詩人たちは伝統を拒否しなければならない、という時代認識に立っていた。その上、この伝統忌避は未完のまま弊《つい》たかに見えるモダニズムへの憧れに後押しされていた。明治維新以来の文化と近代についての観念性が再生産された。そうした目で見れば、祖国、愛国などという言葉に実感をもって同調することができる歴史社会認識は唾棄すべきもの以外ではあり得なかった。それはただ軍閥が支配した国粋主義の時代を想起させる言葉であった。

辻井は「第三に高銀は行動の人であった。」と記述している。日本の詩と詩人に欠けているのは、詩的発想のグローバル化と詩的言語の世界性への相対的な視座の欠落ということになろうか。そこで注意すべきは、高銀の政治的抵抗を韓国で起こったものとして認識するのではなく、それをこの日本国内での内在的な（思想的な）ものとして共有していこうとする姿勢である。

辻井と高銀は「詩人と近代」というテーマで対談している。二〇〇七年三月二十三日、東京藤原書店内で、これは「環」三〇号（二〇〇七年七月号・藤原書店）に掲載されている。

辻井は詩集『鷲がいて』の中で、高銀と会ったときの印象を詩にしている。

韓国の高銀に会って地名を歌う詩人を知った／彼は太丘
光州　慶州という名を詩に入れる／そうした町や通り
の名前には／汗と血の記憶が印されているのだという／／
それでは僕の血は汗はどこへ流れたのか／東京　武蔵野
あるいは僕が勤めた会社／どれを取っても血は流れてい
ない／いくらか汗が滴ったことはあるかもしれないが／
時間を奥へ辿っていくと敗戦の日にぶつかる

（「屋根つき回廊」部分）

この対談で、高銀は辻井に日本の詩の最大の欠陥ともいうべき点を指摘し、日韓が互いに東北アジアという漢字文化圏に属しているにも拘らず、日本はもうひとつの西洋として脱亜の道を選択し、第二フランス詩の位置に甘んじてしまっているという。たしかに、日本の詩は海外詩の受容からはじまり、高度な言語モダニズムに発展していったが、それが日本独自のものかと問われれば確信がもてない。これは日本の近現代詩の歴史を振り返ってみて詳細に検証すべきだが、ここではその紙幅の余裕がない。ただ、高銀の指摘するように、日本近現代詩の歴史は、脱亜入欧をそのまま踏襲したという見方は誤りではない。それに対し、辻井の近代に対する考えはつぎの通りである。

いま高銀先生のおっしゃったことに関して、私は、日本は本当に近代国家になったのかという疑問をもっています。というのは、一九四五年八月十五日の日本の敗戦で、はじめて主権在民、そして平和主義の国家に、形の上ではなりました。しかし、主権在民が本当に実現したのか。自分で主体的に判断できる大衆が登場してはじめて民主主義は実体をもち、それが民主主義を保障するのではないか、と考えると大いに疑問を感じるわけです。

ここで辻井は、戦前戦後と日本の近代化政策に疑問を投げかけている。辻井の場合、それが『わたつみ　三部作』や『沈める城』につながったのだが、その主張が現代詩壇にあってスタンダードになっているわけではない。やはり主流は、欧米経由の言語モダニズム詩受容である。その周辺を「四季」派的抒情や自然主義的感懐詩が囲むという図式は変わっていない。ある意味で、辻井の近代の超克論はドン・キホーテ的な冒険がすぎて詩壇からの孤立を免れえない。そうしてみると、辻井の真の理解者は日本国内の詩壇ではなく、韓国にあって日本の近代に強烈なアンチテーゼを唱える高銀のような詩人であったということもいえる。お互いに、その異質な価値観を認め合う中で、二人の詩人には日本の近代への疑問というテーマが浮上してきたといってよい。さらに高銀は、民主主義について、ワシントンの民主主義とバグダッドの民主主義の違いを示し、「ひとつのものが支配するのではなく、生きた中心がたくさん四方八方に広がっている」状態が理想だという。そして、高銀は「この世の中というのは、ひとつの中心ではなく、数えきれないほどの中心の空間」で、「そういうところに、詩の独自性、オリジナリティの可能性がある」ことを示唆している。

政治家が選挙に勝ち、だから民意を得られたと無理な法案を通すのは民主主義というより、一党独裁政治の擬似的な一形態であろう。辻井は、この時点で、多数派政党による日本の憲法改正論議が、民主主義の具現化ではなく、形骸化した「手続き的民主主義」にすぎないとしている。

私はナショナリズムというのは、理論であるというよりも感情だと思います。しかし、そのナショナリズムは他者へのリベラル、他者への自由を保障するナショナリズムでないといけない。ですからナショナリズムと民主主義を対立させるのはまちがいです。

辻井が三島由紀夫の行動を認めるのも、それが国粋主義の政権を作るということに優先して人間的感情の問題だからである。また辻井が著書で国家を語る場合、それは政治問題を越えて民族的感情という文化領域に軸足が置かれているのである。三島が民主主義者であったかどうかは分からないが、少なくても国家を語る際の辻井は他者に寛容なリベラリストである。たしかに日本では、三島もそうであったが、思想の国粋化は直ちに反民主勢力というレッテルが貼られかねない。辻井はそれに反旗を翻し、一九九〇年代から、真っ向から詩で国家の再生をめざす思想詩人に変貌した。それによって辻井が詩壇から孤立したわけではないが、その方向性が詩人たちに受け入れられたということはない。辻井は脱西欧として、日本の詩人は「ナショナリズムにたいする表現力」「民主主義を表現する表現力」を開発していくべきだとする。
他に辻井には、鶴岡真弓との対談集『ケルトの風に吹かれて』（一九九四年・北沢図書出版）がある。これについて、石原武がつぎのように述べている。

この一世紀、私たちが追随してきた西欧の近代合理主義の破綻について、辻井喬の想像力は、かつて、T・S・エリオットがそうであったような所謂〈正統性という秩序〉に帰らない。中心を離れて、遠い縁《フリンジ》へ、縁から縁へ、たとえば、文化人類学者レヴィ＝ストロースにいざなわれたかれの感受性は、表層文化の奥の奥の基層の風を感ずる。ヨーロッパの西の縁のケルト、極東の島の北辺の縄文、そして出雲、これら神話世界をつらぬく普遍言語の認識は、〈知の組替え〉への極めて魅力的なプロポーズであるだろう。（「周縁《フリンジ》への想像力」・「地球」一一五号）

これについて、本論で詳しく触れることができなかったが、ここでの石原の指摘は『わたつみ　三部作』にもつながる視点として興味深い。

辻井喬論　参考資料

▩単行本　Ⅰ

・タイトル　・出版社　・発行年月
東大学生自治会戦没学生手記編集委員会編『はるかなる山河に』　東大協同組合出版部　一九四七年十一月
『佐藤清遺稿詩集』　詩声社　一九六一年八月
『天と海　英霊に捧げる七十二章』　翼書院　一九六五年四月
高見順詩集『死の淵より』　講談社　一九六六年六月
ヘルベルト・マルクーゼ『ユートピアの終焉』　清水多吉訳　合同出版　一九六八年十月
矢内原忠雄『マルクス主義とキリスト教』　角川文庫　一九六九年七月
三島由紀夫対談集『尚武のこころ』　日本教文社　一九七〇年九月
三島由紀夫『蘭陵王』　新潮社　一九七一年五月
安部公房・堤清二ほか『現代日本人』　毎日新聞社　一九七二年四月
ダニエル・ベル『脱工業社会の到来』内田忠夫・嘉治元郎・城塚登・馬場修一・村上泰亮・谷嶋喬四郎訳　ダイヤモンド社　一九七五年十月
トマス・モア『改版ユートピア』澤田昭夫訳　中公文庫　一九七八年十一月
佐佐木幸綱『底より歌え』　小沢書店　一九七九年一月
ジャン・ボードリヤール『消費社会の神話と構造』今村仁司・塚原史訳　紀伊國屋書店　一九七九年十月

ジャン・ボードリヤール『物の体系』宇波彰訳　法政大学出版局　一九八〇年十一月
郡山吉江編『郡山弘史・詩と詩論』「郡山弘史・詩と詩論」刊行会　一九八三年四月
ジャン・ボードリヤール『シミュラークルとシミュレーション』竹原あき子訳　法政大学出版局　一九八四年三月
大伴道子詩集『天の鳥船』大岡信解説　思潮社　一九八五年三月
ヴァレリー『テスト氏』粟津則雄訳　福武文庫　一九九〇年六月
現代詩文庫『平林敏彦詩集』辻井喬解説　思潮社　一九九六年九月
『二一世紀日韓新鋭一〇〇人集　―新しい風―』辻井喬・白石かずこ・丸地守編（日本詩）　書肆青樹社　二〇〇一年五月
『高銀詩選集　いま、君に詩が来たのか』（解説・崔元植、辻井喬）藤原書店　二〇〇七年三月
『武満徹を語る十五の証言』　小学館　二〇〇七年四月
小川和佑『辻井喬　―創造と純化』　アーツアンドクラフツ　二〇〇八年十二月
平林敏彦『戦中戦後詩的時代の証言』　思潮社　二〇〇九年一月
郷原宏『清張とその時代』　双葉社　二〇〇九年十一月
ジャン・ボードリヤール『芸術の陰謀　消費社会と現代アート』塚原史訳　ＮＴＴ出版　二〇一一年十月
『矢内原忠雄』鴨下重彦・木畑洋一・池田信雄・川中子義勝編　東京大学出版会　二〇一一年十一月
黒古一夫『辻井喬論　―修羅を生きる』　論創社　二〇一一年十二月
堤清二×辻井喬オーラルヒストリー『わが記憶、わが記録』御厨貴・橋本寿朗・鷲田清一編　中央公論新社　二〇一五年十一月

■単行本　Ⅱ

・タイトル	・出版社	・発行年月
企業の現代史6『暮らしの夢のフロンティア』	フジ・インターナショナル・コンサルタント出版部	一九六二年二月
坂本藤良『日本の社長』	毎日新聞社	一九六三年十一月
堤康次郎『叱る』	有紀書房	一九六四年七月
高丘季昭『ショップレス・エイジ』	徳間書店	一九七〇年六月
高丘季昭『西友ストアーの流通支配戦略』	日本実業出版社	一九七〇年十一月
電気通信総合研究所編『イノベーション　―その革新と展開』	産業能率短期大学出版部	一九七一年六月
水野成夫伝記編集室編『作品　水野成夫』	サンケイ新聞社出版局	一九七三年五月
佐藤肇編『カタログ商法』	日本経済新聞社	一九七三年九月
『佐藤肇追悼録』	流通産業研究所	一九七六年四月
佐藤肇『日本の流通機構』有斐閣大学双書	有斐閣	一九七八年九月再版
松枝史明『堤清二の研究』	東京経済	一九八二年八月
上之郷利昭『西武王国　―堤一族の血と野望』	講談社	一九八二年九月
流通産業研究所編『先端商業の発想と戦略』	ダイヤモンド社	一九八二年十一月
林周二『経営と文化』	中公新書	一九八四年五月
麻生国男『西武セゾングループ』	日本実業出版社	一九八五年十月
今田高俊『モダンの脱構築』	中公新書	一九八七年十二月
永川幸樹『野望と狂気』	経済界	一九八八年一月
立石泰則『漂流する経営　―堤清二とセゾングループ』	文藝春秋	一九九〇年六月
小川周三・外山洋子『デパート・スーパー』	日本経済評論社	一九九二年十二月

立石泰則『堤清二とセゾン・グループ』(『漂流する経営』文庫化)　講談社文庫　一九九五年二月
佐伯啓思『現代民主主義の病理』　NHKブックス　一九九七年一月
高丘季昭『こころざしを持って』　株式会社西友　一九九七年二月　非売品
立石泰則『ふたつの西武　―揺らぐ兄弟の王国』　日本経済新聞社　一九九七年八月
堤清二・橋爪大三郎編『選択・責任・連帯の教育改革』　勁草書房　一九九九年十二月
佐藤敬『セゾンからそごうへ　和田繁明の闘い』　東洋経済新報社　二〇〇一年一月
立石泰則『淋しきカリスマ　堤義明』　講談社　二〇〇五年一月
増田通二『開幕ベルは鳴った』　東京新聞出版局　二〇〇五年七月
真鍋一史編著『広告の文化論』　日経広告研究所　二〇〇六年十二月
日本経済新聞社編『西武争奪』　日本経済新聞社　二〇〇六年四月
佐野眞一編著『戦後戦記　中内ダイエーと高度経済成長の時代』　平凡社　二〇〇六年六月
宮沢章夫『「80年代地下文化論」講義』　白夜書房　二〇〇六年七月
本上まもる『〈ポストモダン〉とは何であったのか』　PHP新書　二〇〇七年五月
辻井喬・上野千鶴子『ポスト消費社会のゆくえ』　文春新書　二〇〇八年五月
堤清二・三浦展『無印ニッポン』　中公新書　二〇〇九年七月
由井常彦・田村茉莉子・伊藤修『セゾンの挫折と再生』　山愛書院　二〇一〇年三月
永江朗『セゾン文化は何を夢みた』　朝日新聞出版　二〇一〇年九月
辻井喬・山口二郎『日本を問う』　平凡社　二〇一一年四月
深澤徳『思想としての「無印良品」』　千倉書房　二〇一一年六月
青木幹生『観光大国フランス　―ゆとりとバカンスの仕組み』　現代図書　二〇一二年十一月

石井妙子『日本の血脈』　文春文庫　二〇一三年六月
若杉実『渋谷系』　シンコーミュージック・エンタテイメント　二〇一四年九月
ドナルド・キーン・辻井喬『うるわしき戦後日本』　ＰＨＰ新書　二〇一四年十一月
田坂広志『人は、誰もが『多重人格』』　光文社新書　二〇一五年五月

■新聞・雑誌他

・タイトル　・発表誌　・発行年月
谷川俊太郎「世界へ！」　「今日」創刊号　一九五六年十月
水野成夫論　「週刊朝日」　一九五八年十一月二十三日号
辻井喬「現代経営者の孤独について」社会思想研究会出版部　「教養」　一九六一年春号
堤清二・筑紫哲也・影山景一「企業文化と若者文化」　「現代の理論」　一九八五年三月
〈対談〉辻井喬・飯吉光夫「二つの時間のぶつかり合い」　「図書新聞」　一九八六年八月九日
城戸朱理「現代詩としての反歌」　「地球」一一五号　一九九六年六月
石原武「周縁《フリンジ》への想像力　―辻井喬の知の組替え」　「地球」一一五号　一九九六年六月
廣田國臣「辻井喬」（特集・現代詩の五十人）　「詩と思想」　一九九八年七月号
辻井喬『現代詩の現在　―詩はなぜ衰えたか』（日本詩人クラブ講演要旨）「詩界」二三九号　一九九八年十一月
重里徹也『沈める城』の辻井喬氏に聞く　「毎日新聞」夕刊　一九九八年十一月二十六日
堤清二に聞く「未完の世紀　―消費文化」（聞き手・西島建男）　「論座」　一九九九年四月
対談〈芸術と神話〉今道友信・辻井喬　「詩と思想」　一九九九年十一月号
辻井喬「実存への郷愁」（現代詩文庫159『村上昭夫詩集』解説）思潮社　一九九九年十二月

辻井喬「歴史とユートピアの消滅」　「神奈川大学評論」三五号　二〇〇〇年三月
堤清二＝辻井喬氏に聞く・消費社会と文化（聞き手・尾崎真理子記者）「読売新聞」二〇〇〇年十月十日～十三日
辻井喬「詩の思想と感性を繋ぐもの」　「現代詩手帖」二〇〇〇年十一月
辻井喬「二十一世紀へ」（創刊五〇周年記念号）　「地球」二〇〇〇年十一月
〈対談〉辻井喬・長谷川龍生「二十一世紀を迎えた詩人の役割」「新日本文学」二〇〇一年一月
辻井喬「詩が滅びるとき――『昭和史』三部作のあとに」「現代詩手帖」二〇〇一年六月
辻井喬「実作者のための文学論」（詩人会議創立四〇周年記念講演）「詩人会議」二〇〇三年三月
〈対談〉辻井喬・篠弘「詩人として作家として」日本現代詩歌文学館「日本現代詩歌研究」六号　二〇〇四年三月
小林康夫「『二』の必然」（辻井喬コレクション　月報八）河出書房新社　二〇〇四年五月
辻井喬「前衛としての詩の役割」　「現代詩手帖」二〇〇四年十月
辻井喬「なぜ詩を書くのか」　「詩と創造」五〇号　二〇〇五年一月
辻井喬「疑心と詩心」　「詩と創造」五一号　二〇〇五年四月
インタビュー・辻井喬「新たな荒地を歩きはじめる」「現代詩手帖」二〇〇八年十月
平林敏彦「辻井喬と詩誌『今日』のこと」　「現代詩手帖」二〇〇九年七月
〈対談〉辻井喬・小川英晴「辻井喬の辿りついた世界観」「ギャラリー」二〇一一年四月
八木忠栄「堤清二と辻井喬の葛藤」　「現代詩手帖」二〇一四年二月
ささきひろし「壮絶な『叙情と闘争』の人生」「留萌文学」九九号　二〇一四年七月
「黒子の奥義　パルコとスバルの未来は託された」「週刊東洋経済」二〇一四年十月十一日
近藤洋太「辻井喬と堤清二」①～⑩　「現代詩手帖」二〇一四年十二月～一五年十一月

■講座・全集

・タイトル	・出版社	・発行年月
由井常彦編『セゾンの歴史　上巻　変革のダイナミズム』	リブロポート	一九九一年六月
由井常彦編『セゾンの歴史　下巻　変革のダイナミズム』	リブロポート	一九九一年六月
『セゾンの活動』年表・資料編	リブロポート	一九九一年十一月
上野千鶴子、中村達也、田村明、橋本寿明、三浦雅士『セゾンの発想　マーケットへの訴求』	リブロポート	一九九一年十一月
今村仁司責任編集『トランスモダンの作法』	リブロポート	一九九二年六月
多木浩二・内田隆三責任編集『零の修辞学』	リブロポート	一九九二年六月
辻井喬コレクション　1　小説	河出書房新社	二〇〇二年一月
辻井喬コレクション　2　小説	河出書房新社	二〇〇二年三月
辻井喬コレクション　3　小説	河出書房新社	二〇〇二年七月
辻井喬コレクション　4　小説	河出書房新社	二〇〇三年一月
辻井喬コレクション　5　小説	河出書房新社	二〇〇三年五月
辻井喬コレクション　7　詩	河出書房新社	二〇〇三年八月
辻井喬コレクション　8　エッセイ	河出書房新社	二〇〇四年一月
辻井喬コレクション　6　小説	河出書房新社	二〇〇四年五月
辻井喬全詩集	思潮社	二〇〇九年五月

■雑誌特集

辻井喬の詩と小説	「地球」	一九九六年六月
辻井喬　シリーズ１　詩の世界	「投壜通信」	一九九八年五月
辻井喬の詩と思想	「現代詩手帖」	二〇〇七年三月
辻井喬、自伝詩への接近	「現代詩手帖」	二〇〇八年十月
辻井喬、終りなき闘争	「現代詩手帖」	二〇〇九年七月
辻井喬と戦後日本の文化創造	「談」九〇号	二〇一一年三月
渋谷ＰＡＬＣＯは何を創ったのか？	「マガジンハウス」	二〇一三年六月
追悼・堤清二理事長	「セゾン文化財団ニュースレター」六六号	二〇一四年二月
堤清二／辻井喬	「ユリイカ」	二〇一四年二月
追悼・飯島耕一／辻井喬	「現代詩手帖」	二〇一四年二月
追悼辻井喬	「すばる」	二〇一四年二月
辻井喬追悼集	「歴程」五八八号	二〇一四年四月

■図録・目録・パンフレット

ＴＯＷＮ９　公園がある。美術館がある。ここは街です。	西武百貨店文化事業部	一九七六年七月
西武美術館の10年	リブロポート	一九八五年十一月
パルコの広告	パルコ出版	一九八六年九月
辻井喬・宇佐美圭司二人展『ホリゾント・黙示』	南天子画廊	一九九五年五月
虹の岬	東方（株）出版・商品事業部	一九九九年四月
女の七〇年代・パルコポスター展	東京都写真美術館	二〇〇一年六月

大アンコールワット展　「大アンコールワット展」事務局　二〇〇五年
オペラ・愛の白夜　３幕５場　神奈川県民ホール事業部　二〇〇六年二月
堤清二／辻井喬さんへ　㈶セゾン現代美術館　二〇一四年七月

■**復刻**

近代説話　養神書院　一九六八年九月

辻井喬著作

■詩集

・タイトル	・出版社	・発行年月
『不確かな朝』	書肆ユリイカ	一九五五年十二月
『異邦人』	書肆ユリイカ	一九六一年七月
『宛名のない手紙』	紀伊國屋書店	一九六四年十月
『辻井喬詩集』	思潮社	一九六七年九月
『誘導体』	思潮社	一九七二年九月
現代詩文庫63『辻井喬詩集』	思潮社	一九七五年六月
『箱または信号への固執』	思潮社	一九七八年十一月
『沈める城』	思潮社	一九八二年十一月
『たとえて雪月花』	青土社	一九八五年三月
『錆』（脇田愛二郎と共著）	河出書房新社	一九八五年十一月
『鳥・虫・魚の目に泪』	書肆山田	一九八七年七月
『ようなき人の』	思潮社	一九八九年十二月
『定本　沈める城』（装画・中西夏之）	牧羊社	一九九一年七月
『群青、わが黙示』	思潮社	一九九二年七月
『過ぎてゆく光景』	思潮社	一九九四年九月
『時の駕車』	角川書店	一九九五年三月

現代詩文庫130『続・辻井喬詩集』　思潮社　一九九五年六月
『南冥・旅の終り』　思潮社　一九九七年十月
『わたつみ・しあわせな日日』　思潮社　一九九九年十一月
『わたつみ　三部作』　思潮社　二〇〇一年八月
『呼び声の彼方』　思潮社　二〇〇一年十月
『鷲がいて』　思潮社　二〇〇六年五月
『自伝詩のためのエスキース』　思潮社　二〇〇八年七月
『死について』　思潮社　二〇一二年七月

■小説

『彷徨の季節の中で』　新潮社　一九六九年九月
『けもの道は暗い』　角川書店　一九七七年十一月
『いつもと同じ春』　河出書房新社　一九八三年五月
『静かな午後』　河出書房新社　一九八四年八月
『不安の周辺』　新潮社　一九八五年一月
『暗夜遍歴』　新潮社　一九八七年八月
『彷徨の季節の中で』（解説・三浦雅士）　新潮文庫　一九八九年四月
『不安の周辺』（解説・高橋英夫）　新潮文庫　一九九〇年七月
『国境の終り』　福武書店　一九九〇年十一月
『ゆく人なしに』　河出書房新社　一九九二年四月

『虹の岬』　中央公論社　一九九四年七月
『過ぎてゆく光景』　文藝春秋　一九九六年一月
『終りなき祝祭』　新潮社　一九九六年六月
『故なくかなし』　新潮社　一九九六年十二月
『虹の岬』（解説・宮田毬栄）　中公文庫　一九九八年二月
『沈める城』　文藝春秋　一九九八年十月
『命あまさず　小説石田波郷』　角川春樹事務所　二〇〇〇年五月
『西行桜』　岩波書店　二〇〇〇年六月
『風の生涯　上下』　新潮社　二〇〇〇年十月
『桃幻記』　集英社　二〇〇三年三月
『風の生涯　上下』（対談・松本健一／辻井喬）　新潮文庫　二〇〇三年十二月
『父の肖像』　新潮社　二〇〇四年九月
『終わりからの旅』　朝日新聞社　二〇〇五年四月
『父の肖像』（解説・三浦雅士）　新潮文庫　二〇〇七年一月
『萱刈』　新潮社　二〇〇七年五月
『書庫の母』　講談社　二〇〇七年十月
『暗夜遍歴』（解説・田中和生）　講談社文芸文庫　二〇〇七年十一月
『終わりからの旅』（解説・沼野充義）　朝日文庫　二〇〇八年九月
『遠い花火』　岩波書店　二〇〇九年二月
『彷徨の季節の中で』（解説・丸谷才一）　中公文庫　二〇〇九年十二月

『茜色の空』　文藝春秋　二〇一〇年三月

■評論・エッセイ集

『詩・毒・遍歴』　昭和出版　一九七五年八月
『深夜の読書』　新潮社　一九八二年一月
『現代語で読む　日暮硯』（堤清二訳・解説）　三笠書房　一九八三年十二月
『変革の透視図　―脱流通産業論』　トレヴィル　一九八五年十二月　改訂新版
辻井喬・日野啓三対談集『昭和の終焉』　トレヴィル　一九八六年九月
『堤清二・辻井喬　フィールドノート』　文藝春秋　一九八六年十一月
『深夜の遡航』　新潮社　一九八九年四月
堤清二・吉田直哉『世紀末ヴィジョン』　創樹社　一九九〇年十月
『詩が生まれるとき』　講談社現代新書　一九九四年三月
『深夜の散歩』　新潮社　一九九四年八月
『ケルトの風に吹かれて』（対談・鶴岡真弓）　北沢図書出版　一九九四年十二月
『消費社会批判』　岩波書店　一九九六年一月
『深夜の唄声』　新潮社　一九九七年十一月
『本のある自伝』　講談社　一九九八年四月
『堤清二＝辻井喬対談集』　トレヴィル　一九九八年十二月
『ユートピアの消滅』　集英社新書　二〇〇〇年十一月

『伝統の創造力』　岩波新書　二〇〇一年十二月
『深夜の孤宴』　新潮社　二〇〇二年四月
『新祖国論』　集英社　二〇〇七年八月
随想集『幻花』　三月書房　二〇〇七年八月
『憲法に生かす思想の言葉』　新日本出版社　二〇〇八年九月
『抒情と闘争　辻井喬＊堤清二回顧録』　中央公論新社　二〇〇九年五月
『古寺巡礼』　角川春樹事務所　二〇〇九年七月
書評集『かたわらにはいつも本』　勉誠出版　二〇〇九年七月
『心をつなぐ左翼の言葉』（聞き手・浅尾大輔）　かもがわ出版　二〇〇九年十月
『私の松本清張論』　新日本出版社　二〇一〇年十一月
『生光』　藤原書店　二〇一一年二月
辻井喬×宮崎学『世界を語る言葉を求めて』　毎日新聞社　二〇一一年十月
『司馬遼太郎覚書　『坂の上の雲』のことなど』　かもがわ出版　二〇一一年十二月
『流離の時代』　幻戯書房　二〇一二年三月
『抒情と闘争　辻井喬＊堤清二回顧録』（解説・黒古一夫）　中公文庫　二〇一二年五月

おわりに

二〇一三年十一月二十五日、辻井喬の死は、実業家堤清二の知名度も加わり、新聞・テレビなどマスコミを通じて多くの耳目を集めた。私は当日の夕刊でこの訃報を知り、その場に呆然と立ちつくしてしまった。前々年の秋まで、日中文化交流協会会長として、中国訪問の元気な様子が、テレビなどでも報じられていたので、こんなに早く亡くなられるとは思ってもいなかった。辻井は詩界のみならず、文壇、経済界を柔軟な思考で自在に横断する知の巨人であった。本著で容易にその全貌が捉えられるものではない。ある意味、その複雑に幾重にも入り組んだ人間像を、第三者が分析するのは難しい。本格的な辻井喬論は、辻井自身にしか書けなかったのではないだろうか。事実、その通り、私は辻井が本格的な自叙伝の執筆に着手していたのを耳にしていた。これまでも、『彷徨の季節の中で』『暗夜遍歴』など、それらしき著書は多々あったが、辻井はそれをもっと自らの内部の問題に引き付けて、その足跡を後世に書き記しておきたかったのではないか。今は辻井本人、それが実現出来なかったことを何より悔やんでいるのではないだろうか。

稀代の実業家であり詩人・作家、これほど多面体の人物になると、そのどこにアングルを合わせるかで極端に評価のちがいが生じてしまう。

かつて私の出版した凡庸な第一詩集が、辻井喬の推薦で当該年度のH氏賞候補に推されたことがある。それまでの私は二十歳の頃に入ったサークル誌で、こつこつと生活詩を書く一人にすぎず、自分の詩の傾向は現代詩とはちがう言語領域にあると自覚していた。やっと分かる詩は、吉野弘、黒田三郎などまでで、辻井喬も含め、難解な現代詩はなんど読み返しても意味がよくつかめなかった。当時の私は、現代詩特有の暗喩という概念を、日常言語の延長で理解しようとしていたのである。それから、詩に特定の意味解釈はいらない、自分には自分の読み方があればよい、そのことが分かってから気が楽になった。詩には「前文を読んで後の問に答える」必要性はない。読みっ放しでよいし、たとえ何か答えが分かってもそれを言う必要はない。私にそういう暗喩解読の個人的変化があり、辻井のような難解な詩にも恐れを抱くことはなくなった。

いずれにしても、十年、いわゆる私はサークル誌の渦中にいて、詩界の華であるH氏賞候補になる日がくるとは、よもや想像もしていなかった。

はたして第一詩集『ベース・ランニング』は、サークル詩的な生活抒情詩で、とてもH氏賞で選考されるような言語レベルに達しているとは思えず、それまで面識のない辻井が、いったいどこに目を留めてくれたのか、今でもその理由がはっきり分からない。いずれにしても、一夜にして、一介のサークル詩人が、現代詩人の仲間入りができたことの喜びは計り知れなかった。

それから、私は十年所属したサークル誌の会を退き、一念発起、詩壇の登竜門誌「詩学」投稿を経て、現代詩人としての研鑽を積むことにした。一九八四年、第二詩集『ダッグ・アウト』を出版する際、「詩学」編集長、岡田幸文の仲介で幸運にも辻井喬の跋を得た。当時、辻井は世界を股にかけ多忙を極めており、よもや、私のような者の詩集に跋文を書いてくれることは考えもしなかった。しかし、辻井はその依頼に快く応じてくれ、それは私の詩的成長を促す丁寧に書き込まれた文章だった。一九九〇年代に入ると、私は詩集を出したり、詩の雑誌の編集に関わったり、いつのまにか評論集や山村暮鳥の研究書を出すようになっていた。辻井とは、プライベートで直接お会いすることはなかったものの、この頃から、さまざまな場所でお話ができるようにもなった。とくに「地球賞」の選考の場では選考委員として、一九九三年にご一緒させていただき、その後も一九九七年、二〇〇二年とそれは続いた。よもや、辻井と一緒に、他者の詩を評価する機会が訪れようとは夢にも思っていなかった。

辻井と同席して驚いたのは、選考会が終わると、われわれがお茶を飲み、一息ついている間、その場で選評を書き終えてしまう集中力の凄さであった。これはまさに神業で、それを真似することはできなかったが、それ以来私は、どんなに疲れても毎日詩集を読み、机に向かうことを自分に課した。

私は辻井から時間活用の仕方を学んだが、なるべく詩人との交流は積極的にするようにした。いわゆる、私が辻井から学んだのは、多忙な中での時間活用の仕方であって、自分の執筆時間はだれにも妨害されたくないという偏ったものではなかった。多忙な中、どう時間を捻出したらよいのか、それを意識したとき、どんな場でも辻井のように読書及び執筆が可能となった。たとえば、待ち時間が想定できる病院の待合室、銀行、新幹線の中などは、瞬時にしてバーチャルな書斎になった。さすがに論文執筆までは無理だが、この時間を有効利用して多くの詩作品やエッセイを生むことができた。

二〇〇〇年に入り、編集委員の小川英晴の企画で、土曜美術社出版販売から「現代詩の十人」シリーズが出版された。その十人の一人に選ばれ参加したのだが、小川を通し、辻井はその解説執筆にも応じてくれた。ここでの辻井の解説は、その著書『深夜の孤宴』（二〇〇二年・新潮社）にも収録された。

その前後から、私は廣田國臣編集発行の「点」、鈴木東海子編集発行の「櫻尺」などに辻井喬論を書くようになっていた。廣田の「点」は、何かと比較されがちな「現代詩手帖」「詩と思想」の垣根を越えた視点で、詩界全体の動向に広く目を配った詩誌であった。廣田は辻井と共にかつての「今日」の同人であり、それもあってか、私の辻井論執筆に誌面をふんだんに使わせてくれた。当時、廣田と会食した際、今度辻井のよく訪れる銀座のバーに一緒にいかないかと誘われたが、なぜかそのままになってしまったことが悔やまれる。その理由は分からないが、私が詩人団体の仕事に時間が取られるようになったり、廣田の雑誌が休刊になってしまったことも影響しているのかもしれない。物事を進めるにはいろいろとタイミングがあることを思い知らされる。

当時「詩と思想」で、「現代詩の五〇人」という特集を編集委員の佐川亜紀と一緒に企画し、辻井喬については廣田に執筆の労をとっていただいた。その廣田の文章が辻井のもとに届き、廣田からその紹介への感謝を書いた手紙をみせてもらったことがある。廣田の文章は、辻井をよく知る詩人の優れた辻井論で、ここでその一部を紹介させていただきたい。

辻井喬自身の「あとがき」に依れば『ようなき人の』という題名は、よく知られた伊勢物語の第九段「むかし、男ありけり、その男、身を要なきものに思ひなして」から取っている。しかし、辻井喬がある日、百貨店の売場で、新しい室内足踏健康器が売り出されている前を通ったのが、動機となったもうひとつの要素《エレメント》としてある。横には駈ける姿をしているが、駈けてはいない男の笑顔の投身大の写真が立ててあった。自分自身の姿のようだと思い、「駈ける男」という言葉が頭の中に浮んできた。——と辻井喬は述べている。「ようなきひと」ではじまり「駈ける男」で終る詩集『ようなき人の』を八重洲BCで見た時、私自身ぎくりとして、何かが胸に支《つか》えたのを今でも思い出す。バブルが弾けた昨今、平成不況の中で「ようなき人」は確実に増えており、用なきか、又は、要なき老年層の増大も社会問題になっている。この詩集は、その現実を先取りしたような先見性があった。

これは辻井の詩集『ようなき人の』の一端について述べたものである。この詩集の刊行は一九八九年で、八四年に有楽町マリオンが完成し、ちょうど日本がバブル経済に向かう頃で、同時に辻井率いるセゾングループの絶頂期であった。辻井の銀座西武ができたとき、行ってみて驚いたのは、ある階のほとんどのスペースが、何もないチケット売場であったことである。おそらく、辻井はデパートがすでに物を売る場所ではないと認識していたのであろうか。たしかに、今やデパートは従来の百貨店としての機能を放棄し、ブランド品を所狭しと並べるテナントビルに変容してしまっている。辻井は、消費文化の変化と従来のデパート経営の見直しをいち早く察知していたのであろうか。そしてまもなく、バブル経済崩壊の余波もあり、デパート経営から全面的に手を引いてしまう。

それでは、辻井の『ようなき人の』のタイトル・ポエムから、その一部を引きたい。

ようなき人はふりむかない

夕陽のあたる家のかたわらを通りすぎる
文字は胸のなかで踊る
町が燃え　空が燃え
川が焔をあげ
かなしみは光を女の髪のように靡かせ
青ざめた淵で歌が泣く
　風化を拒否して

ようなき人は風になる
魂と入れ替る
どこに行くのか分らないままに
風景を身にまとい
重さを失くして
　雲が恨みやあこがれを支えている

（略）

ようなき人は

まばゆい時の崖を仰ぎ
コンピューターやワークステーションの中で
ふやけてしまったなりわいの
いのちの糧のゆくすえの
倦怠に棹さして
中空に跳ねた日を想起する

おそらく辻井は、この対極の「用ある人」の側のトップランナーで、世俗的には充分「用ある人」の人生を生き切ったといえよう。しかし、そこで払った精神的苦痛の代償は計り知れず、その孤独感は好きな文学によってでも払拭することはできなかった。この詩は、そうした辻井の精神内部をリアルに描いた作品として注目できる。

ある時期から、私が辻井本人に辻井論をまとめることを公言したことで、何か必要な資料があればいつでも提供したいとの連絡をいただいたことがある。しかし、私の力量が足りず、これまで十年以上、辻井の周縁を右往左往しているばかりの状態で、ご存命中、辻井喬論をまとめることはできなかった。

なぜ辻井喬論なのか。これは直接的な恩返しという意味もあるが、もちろんそれだけではない。辻井は実業家と詩人・作家という二律背反を全身で受け止め、その稀有な体験を詩と小説で言語化しようと試みた。まさに辻井は日本近代文学史上、他に類例のない存在であるといってよい。さらに、かつて日本共産党員であったこと、三島由紀夫と昵懇の間柄であったことなど、その型破りで既成の枠に入らないスケールの大きい経歴も興味深い。

こうして一冊にまとめてみて、いかにも辻井が望んでいた「辻井喬論」に達していないことを痛感してしまう。これは辻井論のゴールではなく、そこへのひとつの出発であることを肝に銘じ、さらに精進を重ねていきたい。

私ははじめ本著を「辻井喬私論」で書き始めたのだが、廣田國臣より、「辻井喬論」とするようにアドバイスを受け、それに従った経緯がある。しかし、今でも私は「辻井喬私論」のほうがふさわしかったと思っている。

本著は土曜美術社出版販売の高木祐子社主のお力添えがあって世に出すことができた。校正、編集に携わってくださった方々も含め、感謝申し上げたい。また表紙カバーに、宇佐美圭司「プロフィールのこだま：スカイブルー」の使用を快く承諾して頂いたセゾン現代美術館のご好意にもお礼申し上げたい。

（文中・敬称略）

二〇一六年二月

中村不二夫

●辻井喬論発表誌

辻井喬私論Ⅰ・―その戦後的現在1―　「点」四号　一九九八年三月（廣田國臣発行）

辻井喬私論Ⅱ・―その戦後的現在2―　「点」五号　一九九八年十二月（廣田國臣発行）

辻井喬論・―小説『沈める城』の神話性―　「櫻尺」二一号　二〇〇〇年四月（鈴木東海子編集発行）

二つの城と測量技師の眼・―辻井喬詩集『沈める城』の暗喩をめぐって―　「櫻尺」二三号　二〇〇〇年十二月（鈴木東海子編集発行）

辻井喬論・―その詩的出発の背景と展開―　「櫻尺」二五号　二〇〇一年七月（鈴木東海子編集発行）

辻井喬論・―ユートピア幻想とその崩壊―　「櫻尺」二六号　二〇〇三年五月（鈴木東海子編集発行）

実業家水野成夫の二つの顔・―小説『風の生涯』をめぐって―　「櫻尺」二八号　二〇〇五年二月（鈴木東海子編集発行）

辻井喬論・―セゾン文化の脱構築―　「櫻尺」二九号　二〇〇六年十一月（鈴木東海子編集発行）

辻井喬論・―『自伝詩のためのエスキース』を読む―　「櫻尺」三六号　二〇〇九年十一月（鈴木東海子編集発行）

辻井喬論・―『矢内原忠雄と東大細胞』―　「櫻尺」三九号　二〇一二年二月（鈴木東海子編集発行）

辻井喬論・―小説『虹の岬』の美意識―　「詩と思想」一九九九年八月号

＊本論をまとめるにあたり、以上の文章を大幅に加筆訂正した。

著者略歴

中村不二夫（なかむら・ふじお）

一九五〇年神奈川県横浜市生まれ。一九七九年、第一詩集『ベース・ランニング』（詩学社）刊行。辻井喬の推薦でH氏賞候補となる。一九八四年、第二詩集『ダッグ・アウト』（詩学社・辻井喬跋）刊行。一九八六年、月刊詩誌「詩と思想」に編集スタッフとして参加。現在同誌編集委員。
既刊詩集に『Mets』（第一回日本詩人クラブ新人賞）、『使徒』、『コラール』（第三三回地球賞）、『House』など。詩論集に『山村暮鳥論』、『現代詩展望Ⅰ～Ⅶ』、『廃墟の詩学』（第四回秋谷豊詩鴗賞）、『戦後サークル詩論』など。他に『アンソロジー中村不二夫』（辻井喬解説）など。大阪発行の同人誌「柵」（志賀英夫主宰）に「現代詩展望」を執筆。

現住所　〒107-0062　東京都港区南青山五―一〇―一九　真洋ビル九F

辻井《つじい》喬論《たかしろん》

発行　二〇一六年八月三十一日

著者　中村不二夫
装画　宇佐美圭司
装幀　直井和夫
発行者　高木祐子
発行所　土曜美術社出版販売
〒162―0813　東京都新宿区東五軒町三―一〇
電話　〇三―五二二九―〇七三〇
FAX　〇三―五二二九―〇七三二
振替　〇〇一六〇―九―七五六九〇九
印刷・製本　モリモト印刷
ISBN978-4-8120-2301-3　C0095